公关启示录

我在大厂做公关

苏东东 —— 著

中国出版集团　现代出版社

图书在版编目（ＣＩＰ）数据

公关启示录 / 苏东东著. -- 北京：现代出版社,2024.3
ISBN 978-7-5231-0666-2

Ⅰ.①公… Ⅱ.①苏… Ⅲ.①长篇小说－中国－当代
Ⅳ.①I247.5

中国国家版本馆CIP数据核字(2023)第223628号

著　　者　　苏东东
责任编辑　　姚冬霞

———————————————————————

出 版 人　　乔先彪
出版发行　　现代出版社
地　　址　　北京市安定门外安华里504号
邮政编码　　100011
电　　话　　(010) 64267325
传　　真　　(010) 64245264
网　　址　　www.1980xd.com
电子邮箱　　xiandai@vip.sina.com
印　　刷　　北京飞帆印刷有限公司
开　　本　　889mm×1194mm　1/16
印　　张　　27.75
字　　数　　410千字
版　　次　　2024年3月第1版　2024年3月第1次印刷
书　　号　　ISBN 978-7-5231-0666-2
定　　价　　50.00元

———————————————————————

本故事纯属虚构，请勿对号入座。

目　录

第三篇

第四篇

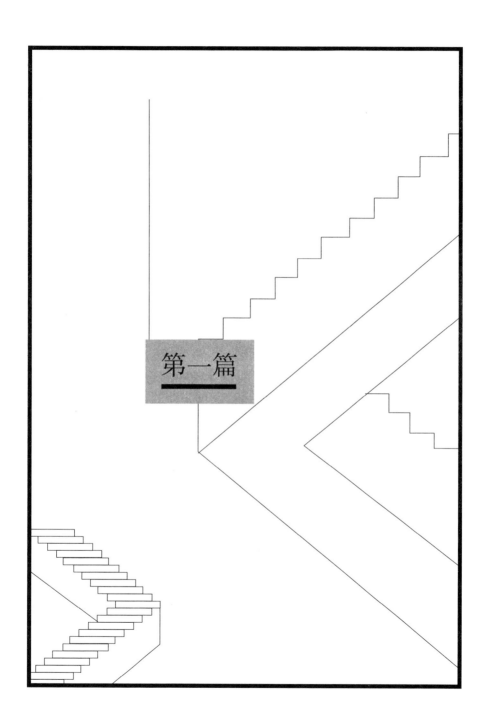

第一篇

突如其来的调查

"欧阳娜娜，跟我来一趟！"

正在格子间里埋头敲键盘的欧阳娜娜，虽然并不知道喊她的是谁，但多年的职业习惯让她随口应了一声："好的，稍等。"

她正在做一份今天下午需要汇报的PPT（微软公司的演示文稿软件），是对上一个月工作的总结报告。欧阳娜娜来网北公司这家"大厂"工作已有三年多，已经习惯了每周提交周报，每月提交月报。

这次提交的月报之所以非常赶，是因为上个月底她负责的智能科技产品这条业务线刚刚结束了一场媒体沟通会活动。她主要负责媒体邀约、沟通、出稿的策划和执行工作。当然，如何将工作成果有效汇报，是每个合格"打工人"最需要认真思考的问题。

作为"大厂"的"螺丝钉"，欧阳娜娜非常清楚，所谓"做得好，不如说得好"，是"大厂"评定绩效的潜规则，毕竟你做得再好，隔了好几个层级的领导很难感受到。只有把手头的工作汇报出花儿来，领导们才会了解你工作的实际内容和取得的效果，然后吝啬地给你点个赞。

所以，欧阳娜娜在分配工作精力的时候，往往会把百分之五十的精力放在汇报 PPT 上，使内容看起来更像是经过深思熟虑的策略思考，以及扎实的执行过程，最终才取得耀眼的工作成果。

上个月底的媒体沟通会，业务部门本来就犯愁，因为没有新东西可讲，不过，欧阳娜娜和媒体提前打过招呼，说二季度财报之后会公布业务最新进展，所以这次媒体沟通会上没有太多实质性的内容，媒体出稿情况也一般。

因此，欧阳娜娜正在绞尽脑汁，思考怎样才能把这次活动汇报得更出色。比如，是否可以强调这次沟通会的核心是与媒体持续保持良好关系，以及加强品牌曝光度和美誉度，让业界明显感觉到网北公司在品牌影响力和抢占用户心智上正在持续发力。

网北公司的上班时间是上午十点。从上班开始到现在，欧阳娜娜已经工作快一个小时了。她特别焦虑，因为除了下午要提交汇报 PPT，手上还积压着一个大活儿——两个多月后要召开的网北公司年度最大行业盛会"网北智能生态大会"的方案草案，至今还没有头绪。

就在欧阳娜娜苦思冥想如何将工作成绩提炼成 PPT 里精华文字的时候，一个不容置疑的中年女声突然"从天而降"，说让她跟着走一趟。

沉浸在工作里的欧阳娜娜头也没抬，她实在是太焦虑了，太想把 PPT 做得更精彩，于是就随口回答："好的，稍等。"

可话刚说完，她就感觉不对劲，因为她对这个中年女声并不熟悉，不是直属领导楚姗姗，也不是日常接触的同事，语气严肃得让她心里打了个寒战。

她抬起头，看到了一个穿着深黑色职业套装的女性，五十多岁的样子，发型是干练的短发，虽然染了深棕色，但感觉不到一丝时尚，脸上深深的法令纹显然是昂贵的保养品也挽救不了的岁月痕迹。她化了精致时髦的淡妆，却掩盖不了妆容下冷酷的表情，让欧阳娜娜突然有了一丝不祥的预感。

"不好意思，刚才在忙工作，您是？"

欧阳娜娜不自觉地站了起来。因为对方站着，她潜意识里认为，和别人沟通需要平等，不能对方站着，自己还坐在工位上，这也是来网北这家公司后培养起来的职业习惯。

"我是公司监察部的刘诗男，请你跟我走一趟！"

刘诗男？这不是有着公司"母夜叉"之称的刘部长吗？欧阳娜娜的两腿一下子有点发软。

来网北工作这么多年，监察部这个部门虽时有耳闻，但总觉得特别神秘，因为她听说这个部门的员工大多以前是体制内的警察，为了高薪跳槽来的，所以欧阳娜娜早在内心告诉自己，没事不要瞎打听，敬而远之比较好。

而关于刘诗男的传说就更多了，说她是和公司创始人黄西一起创业的元老，后来生了孩子就不再负责一线业务，而是退居幕后，借助其元老的资格专门帮公司查处各类贪腐行为。

据说被她谈过话的人，要么被开除，要么默默离职走人，要么被送去派出所，鲜有全身而退的。她铁面无私，令许多人心惊胆战，所以大家背后称她为"母夜叉"。渐渐地，全公司都知道了这个"昵称"。

本来以为自己这辈子都不会和监察部产生任何交集，可万万没想到人家居然主动找过来了。

到底是什么事？欧阳娜娜瞬间在脑子里闪现过无数个念头。

是半年前为了答谢一位媒体老师发了篇封面文章，送出的礼物没法报销，后来用餐票抵的事情吗？可是这件事自己和领导报备过，且公共关系部的同事都是这么做的，会是这件事吗？

还是那个加班到晚上十一点半的周五，自己实在觉得人生无趣，所以在公司内部打车系统里打了一辆车到三里屯，然后喝了一杯的事情？可是公司规定，晚上九点半以后下班打车可以报销，何况都晚上十一点半了！

对了，还有一件事持续了很久，一直没和别人提起过。因为网北公司食堂晚上七点就开始提供免费加班餐，自己经常去点个粥，还有两根玉米。这两根玉米自己经常当天晚上不吃，而是放在包里带回家，留着第二天早上当早饭吃。是不是这"薅资本家羊毛"的行为被公司发现了？

太乱了，没法想下去。

"您好，可以让我做完工作汇报 PPT，下午开完会后再联系您吗？"欧阳娜娜试探性地问了一句。她想看看能不能争取点儿时间，赶紧和楚姗姗沟通一下，好知道自己可能会面临什么困难，以及如何解决。

"不行，现在就走，我会和你领导打招呼的！"

欧阳娜娜见没有商量的余地，就合上了电脑，顺口问了句："去哪儿呢？"

"跟我走就是了！"刘部长有点不耐烦，可是看到欧阳娜娜紧张得嘴唇有点发抖，语气才稍稍缓和，"就在公司里，去回答几个问题就行，用不着紧张！"

说是让欧阳娜娜别紧张，但欧阳娜娜内心反而更紧张了。

工位旁的小伙伴看起来都在电脑跟前认真敲字，但欧阳娜娜心里知道，其实每个人的耳朵都支棱起来了，生怕错过一点儿信息。

只有组里来了不到一年的曲婷对她说了一句："娜姐，把PPT发给我吧，我和姗姗姐说一下。"

欧阳娜娜充满感激地看了她一眼，又看了刘部长一眼，得到默许的眼神后，她立刻打开电脑，把PPT给曲婷发了过去，并打了几个字："快告诉姗姗姐。"

姗姗姐，就是楚姗姗，是智能产品公关部总监，欧阳娜娜的直属领导。

欧阳娜娜跟着刘部长走的一瞬间，所有人才发现楚姗姗今天上午没有来。而且好几个人在"小群"里同时反馈，楚姗姗从早上到现在没有回复过他们任何一个人的信息，打她电话发现她手机也关机了。

单点的信息有时候就像孤岛，大家并不知道彼此掌握的情况。但是某个点一旦被突破，大家把既有信息整合串联起来后，就推断出了明确的结论，那就是，楚姗姗不见了。

难道，楚姗姗也出事了？

隐秘的角落 ——

欧阳娜娜被刘部长带走的时候，只穿了一件普通的碎花套裙和一双小白鞋。现在已经是八月初，虽然才上午十一点，可是外面的太阳已经是火辣辣的。此起彼伏的蝉鸣，聒噪得让人特别心烦，尤其是对现在的欧阳娜娜来说。她恨不得把树上的那些蝉都抓起来，放油锅里炸了。

网北公司的办公楼非常阔气，光单体建筑就有三栋，还有一栋正在打地基，每栋楼都有二十多层，组合成了一个面积庞大的科技园区。

十年前，网北公司创始人黄西决定把公司整体搬迁到这片开发区的时候，这里还什么都没有，员工怨声载道。可现在放眼望去，国内各大知名的互联网公司都已经在这里扎堆了。

网北公司也在这里建立了一个大型的生活社区生态。不仅员工早餐和加班晚餐都是免费的，而且在网北大厦里还有幼儿园、健身房、医疗室、理发店、生活超市等，不用出园区就可以在这里生活得很好。

如今在北京的写字楼里几乎已经见不到家长还带着小朋友上班的现象。但是在网北大厦，经常能看到员工一早带着小朋友来大厦，一起在员工食堂吃完早饭后，把孩子送到大厦里的幼儿园，然后自己去上班。下午放学，接完孩子后，又一起在员工食堂吃完晚饭，再带到工位加会儿班，下班一起回家。

所以有人说，黄西要让员工衣食住行全都在这个科技园解决，而这也正是网北公司最受员工欢迎的隐形福利。

不过也有人说，这就像是一个无形的牢笼，当你享受这里的一切后，到了外面就无法快速适应，如同《肖申克的救赎》里的图书管理员老布鲁克。

科技园非常大，欧阳娜娜跟着刘部长走了大约十分钟，才在园区下沉庭院中一扇毫不起眼的门前停了下来，这扇门的旁边，就是员工食堂。

虽然食堂很大，但每个摊位是什么口味，是哪个地方的特色菜，欧阳娜娜闭着眼睛都说得出来。因为这几年，每个工作日的午餐，她基本都是在这里解决的。

可对于食堂旁边这扇紧锁的门，虽然她在门前路过无数次，却从来没有注意过还有这样一个存在，它实在是太不起眼了。

刘部长敲了敲门，然后把门推开。

欧阳娜娜扫了一眼，发现屋子里非常宽敞，只有中间放了一张桌子和三把椅子。其中一把椅子背对着门，面对桌子单独放着，桌子后边面对门方向的是剩下的那两把椅子。这个布置，犹如她当年艺考时的考场。

"坐在那儿等会儿吧！"刘部长指着背对着门的椅子对她说，"手机给我！当然，你要是不想给也可以，这个屋子已经屏蔽了所有信号。"

欧阳娜娜想都没想，直接把手机交出去了，仿佛晚交一秒钟就证明心里有鬼一样，而直接上交则显得自己底气十足。

等她坐好后，刘部长把门带上走了。

头顶上的冷风不停地吹，欧阳娜娜身上忍不住蹿上来一股寒意，手臂上的毛孔都放大了。这让她想起十年前，她在武汉参加艺考时的情景。

当时是一月份，考场就是这样一个桌椅布局。考场里还没有暖气，尽管穿着厚厚的羽绒服，但由于紧张，身上一阵阵发抖。她报考了两个专业，一个是播音主持，一个是广播电视编导。

她是湖北武汉本地人，但没有生活在市区，而是武汉下面的一个县，当然当年的县现在早已成为武汉的一个区了。湖北因为有黄冈中学这神一样的存在，高考环境尤为惨烈。当时有个艺考培训班在她们县中做讲座，一个弯道超车考取本科的机会就这么来了。

以前，县中的学生都只知道苦学文化课，通过刷题真才实学地高考，从来不知道原来还可以通过这种方式低分读本科。要不是大城市里艺考学习班卷得太厉害，估计这些培训机构也不会下沉到县中来争取生源。

艺考班老师建议她学习两个专业，播音主持和广播电视编导，说她长得漂亮，条件好，两个专业都有戏。后来，她才知道，艺考班的老师这是为了多赚钱，因为自己除了外貌较好，音色和语言表达在同龄人中实在没有优势，所以最终没有拿到播音主持合格证也在意料之中。

广播电视编导更重要的是写好影评，而作文是她的强项，所以她把学习重心都放在编导这门专业上。考试时，试卷上列出了三部电影，分别是《霸王别姬》《英雄》《那山那人那狗》，要求三选一进行默评。她写的是陈凯歌的这部著名电影《霸王别姬》，因为这部影片她看了不下十遍。

作为"小镇做题家"，她每看一遍都有不同的心得体会，甚至有时候觉得自己就是程蝶衣，开始还和命运抗争，后来不得不屈服于命运安排的程蝶衣。拿到专业合格证后的半年，她认真复习，终于如愿以偿地读了广播电视编导专业。虽然只是武汉的一所二本院校，但她知足了。在大学里，欧阳娜娜参加了各种校内外的活动，校报的采写编评、老家电视台的采访拍摄等。

每当带着自己名字的作品在电视台播出，她那心里的虚荣都会得到极大的满足。或许不能完全叫作虚荣心，而是能力的体现？

这些都不重要，重要的是，欧阳娜娜非常享受这样的学习和实习，乐观的她甚至觉得自己离央视记者也只有一步之遥。

北京在向她招手，只是招手的人不是央视，而是她男朋友。

欧阳娜娜在社交网站上认识了一个叫"那那"的男生，自我介绍上写的是北大信息专业，理工"直男"，但爱好文学、打球、游泳，和她是老乡。

欧阳娜娜就这样一步一步对这位与她名字同音的男生有了好感，不久后两人奔现了。第一次见到那那，欧阳娜娜突然意识到自己忘了问一个自己曾经很在意，但这次却忽略的问题，那就是男生的身高。

直到奔现后见到那那，才发现两人几乎一样高，都不到 1.7 米。欧阳娜娜有点失望，可连她自己也不知道是因为那那身后的北大光环，还是真的被他的才华打动，最终接受了他，和他谈起了恋爱。

因为那那也是湖北人，所以往往到了放寒暑假的时候，欧阳娜娜先到北京找他，玩遍北京的旅游景点，然后两人一起回武汉，再然后各回各家。

一转眼，就快要毕业了。那那是北大学生，所以工作相对比较好找，接连拿到好几个 offer，最终选择了一家体制内潜艇制造方向的单位，虽然工资比外面公司少不少，但福利好，有保障，永远不用担心失业。

可是欧阳娜娜在北京找工作却屡屡碰壁。

北京遍地都是好大学，最不缺的就是名校毕业生。这么多毕业生都没法消化呢，什么时候轮到她这个外地的二本生？

从上一年十一月，一直到毕业这年五月，整整六个月，虽然参加了好几家公司的笔试，但都在笔试环节就被刷下去了，连面试的机会都没有。

欧阳娜娜很是苦恼，在北京的天桥上，看着路上的车水马龙，不知道哭过多少次，曾经的自信，一下子变成了自卑和对自己的否定。

直到有一天，她接到了一家杂志社的电话，通知她去面试，岗位是新媒体视频剪辑，很多人觉得折磨人的职位。

这个电话对她来说却非常重要，因为杂志社所属的单位，可以说是国内第一梯队的报业集团，规模庞大，人员众多。但是想要有编制地进来工作，也是难于登天。

面试的时候，主考官对她印象很好，可是已经过了校招时间，问她以社招身份进来工作能接受吗。

她何尝不知道应届生身份的重要性，如果是签那种正儿八经的三方协议，即用人单位、自己、学校都签署的三方合同，是可以保留所谓的"干部"身份的。现在，让她放弃应届生的身份参加工作，她之前想都没想过。

或许是六个月找工作碰壁的经历，又或者是这家杂志社强大的背景，更可能是确实没有高追求的资本，她想都没想就答应了：没问题，可以的！

于是，欧阳娜娜在北京，在这家杂志社开始了近一年的新媒体视频编辑和剪辑的工作生涯。

正在欧阳娜娜还在想着自己当年怎么从视频编辑，转到企业工作的时候，"咣当"一声，"小黑屋"的门被打开了。

两个男子走了进来，一个四十多岁、中年发福的样子，一个是看起来还不到三十岁的精壮小伙。两人在欧阳娜娜对面的两把椅子上坐下。

欧阳娜娜感觉好像又回到了当年的艺考考场，可是对面坐着的两人分明没有老师那般和蔼，而更像是审讯犯人的警察，说出口的话就如同从鼻孔里喷出来的一样。

"你就是欧阳娜娜？"

"是的。"

"知道为什么带你来这里吗？"

"不知道。"

"不知道？自己想想。"

欧阳娜娜一下子蒙了，她真的不知道为什么会被莫名其妙带到这里。本来一大早自己还在工位上抓紧时间修改PPT，准备下午的汇报，转眼就到了公司这个"隐秘的角落"，鬼才知道是怎么回事呢！

"我真的不知道！要不，你给点儿提示？"

"蔚蓝海域这家公关公司你知道吧？"

对方提到蔚蓝海域时，欧阳娜娜突然紧张了起来，悬着的心，一下子被吊得更高了。因为这家公关公司口碑一直不错，从她到网北公司起就一起合作，满打满算也有几年时间了。只是现在监察部的人为什么会突然提起？是供应商说什么了吗？

她快速思索着所有可能的答案，可是这几年经手的事儿太多了，可能会是哪一件呢？

她的虚荣，
自己清楚

"你们说娜娜被公司监察部带走会是什么事儿？"

"不知道啊！她跟了姗姗姐四年，一个不见了，一个被带走了，肯定有裙带关系……"

"你说这公司，要真查起来，哪个没问题啊！供应商没请你吃过便饭，还是没请你喝过咖啡？"

"别瞎说！咱们都没问题，经得起查！"

网北公司的福利之一，是每个楼层都有一个茶水间，里面有免费供应的零食小吃，还有咖啡机，可以免费喝现磨咖啡。

咖啡机看起来就不便宜，因为有美式、摩卡、卡布奇诺、拿铁等不同的口味可以选择，甚至连甜度都可以有全糖、半糖、少糖、无糖等选项。

茶水间，往往是各种小道消息的聚集地。公共关系部的每个人都是八卦小能手，常常在茶水间交换第一手的新鲜资讯。

"反正我不相信姗姗姐和娜娜有问题，她俩工作那么拼，感觉都不睡觉的，怎么可能啊！"

"是啊！要是连她俩都有问题，那整个公关体系还有谁是干净的？"

"你们啊，真是太年轻了！"

"别这么阴阳怪气的，那你说！"

"要我说啊，什么干不干净，那并不重要！你看娜娜的领导是谁，是姗姗姐吧？姗姗姐的领导是谁？是华总吧？那，华总现在在公司的地位和格局，你们是真看不见呢，还是装看不见呢？哈哈哈……"

话音未落，突然有个人跑进了茶水间，一脸神秘地说："你们知道吗？今天有人在地下车库看到姗姗姐了，消息源非常可靠！"

"她今天来公司了？"大家的注意力都被吸引过去了。

"来了！就是后来不知道怎么消失了。"

尽管茶水间的消息纷繁复杂，但总有一些细节能被人捕捉到。比如，楚姗姗今天确实来公司了，作为总监，公司认识她的人不少，所以这个"可靠消息"的确还是比较可靠的。

至于她为什么会消失，又是什么时候消失的，就没人知道了。

事实上，楚姗姗的车早上刚一开到地下车库，管理地下车位的保安就报告给了行政部领导，同时也向监察部做了汇报。毕竟楚姗姗是公司总监级别的中层领导，考虑到公司形象和给下属工作可能带来的不好影响，所以监察部决定在楚姗姗走到工位前就提前将她带走协助问询。

至于被带走的原因，楚姗姗也是一脸蒙。楚姗姗被问询的地方，就在欧阳娜娜隔壁的"小黑屋"，但她们彼此不知道她们之间只有一墙之隔。

楚姗姗有着一张人人都羡慕的瓜子脸，看起来很单纯，但其实是一位干练的女强人，常年短发，说话干脆，从不拖泥带水，据说脾气不好，还时常骂人。她在网北公司工作了将近十年时间，也是从最基层的专员开始做起，一路摸爬滚打才到了现在的总监职位。

互联网公司业务变化快，常年被挂在嘴边的就是"拥抱变化"，所以这十年她对接的业务领域也在不断变化，服务的业务 VP（Vice President，副总裁）和总监少说也有十几位了，迎来送往过几十位高管。这些高管中，有的入职即巅峰，媒体高调宣传，可是还没过一年就悄悄离职，当初入职时有多绚烂，离职时就有多低调；有的高管工作了十几年，最后离职时却和公司产生了诉讼纠纷；还有的离职后，被媒体曝出了很多内斗内幕，她要赶紧找媒体去灭火删稿。

高管离职纷争中，几乎都少不了监察部的介入，所以没吃过猪肉，可也见过猪跑，面对监察部的工作人员，她表现得十分淡定："我可以配合公司调查，但是能不能告诉我，为什么我要被调查，调查我什么。"

问询楚姗姗的，是两名四十多岁的中年男性，一个白白胖胖，唇边一小撮胡须显得有点滑稽；另一个皮肤黝黑，身材消瘦，坐在那里没精打采的。

"我们收到一份举报信，举报你和供应商之间有不正当的经济往来。你自己先说说吧，和哪些供应商之间有过经济往来。"

原来是有人写了举报信！楚姗姗的第一反应，是在大脑里搜索写举报信的人可能会是谁，自己究竟有什么"仇家"。

但是人家问的问题又是关于供应商的，还不得不先解释供应商的问题。

"我在公司工作了七八年，供应商用过十几家吧，最常用的有蔚蓝海域、非凡营销、分享传媒、星空国际这几家。"

"那你和哪家有经济往来？"

"和哪家都没有！"楚姗姗一口否定。

的确，工作这么多年，要说没有和供应商吃过饭、喝过酒、唱过歌，说出来都没人信。可就这经济往来，的确是没有。退一步说，自己有时候可能会请供应商帮一些忙，但这应该也不能算是经济往来。

"那好，我问你，你怎么解释两年前买的那台玛莎拉蒂？"

听到玛莎拉蒂，楚姗姗气不打一处来："玛莎拉蒂？我买台车都有问题了吗？请问需要我解释什么？！"

楚姗姗生气是因为这台车本身没有什么大问题，最大的问题是自己的虚荣心。很多人都和她说过，不管什么时候都要低调，你一个在公司上班的打工人，又不是做生意的，为什么要买一台玛莎拉蒂？太引人注目了！而她对谁的建议都没听，依然我行我素，就算是买一台最低配的，只要上面是玛莎拉蒂的 LOGO 就可以。

她的虚荣，自己是清楚的。为什么虚荣，她也知道。

别看网北公司现在招聘的全都是"985""211"大学的毕业生，可是在二十年前刚创办的时候，才几十个人，很多大专生都能进来工作，因为知名度不高，对人才没有什么吸引力。可此一时彼一时，现在"985""211"大学毕业的研究生，排着队都不一定进得来。

楚姗姗上的大学知名度并不高，还是在一个三线城市。因为读的专业是新闻，在小地方没什么她喜欢的就业岗位，所以她一心想到北京工作。后来，她如愿以偿，在北京一家门户网站做了一名网络编辑。十几年前的网络编辑，还是以复制粘贴为主，就是将很多媒体报道的新闻，复制到自己的网站上来，将原标题改编一下就可以发布了。尽管如此，楚姗姗还是在门户网站学习到了最前沿的网络新闻编辑方法：如何对内容进行编辑，如何起标题，如何刺激用户的点击欲望，让用户更喜欢看你这个平台上的新闻。

时间久了，难免觉得做编辑工作实在枯燥乏味，于是她和领导申请转岗，做内容策划。正是在这个岗位上，楚姗姗对新闻内容的包装和理解有了很大提升，也为后来进入网北公司做公关工作打下了非常坚实的基础。

到了网北公司，工作能力并不比别人差，但面对周围几乎全是名牌大学毕业的同事，楚姗姗心里总感觉比别人矮一头。于是她拼命工作，经常是组里最后一个走的人，对领导交代的工作，就如同领取了圣旨一般格外认真。

她的努力终于得到了回报。在网北公司工作了四年后，她终于当上了高级经理，工作了六年后晋升为总监。可拼了命地努力奋斗，让她的感情一下子陷入困顿。当年一起"北漂"的男朋友刘宇飞后来考取了律师资格证，进了一家律所工作，还当了好几家机构的法律顾问，工作比楚姗姗还忙。楚姗姗奋斗的这么多年对刘宇飞来说，如同两条永不相交的平行线，不是你加班就是我出差，不是我出差就是你陪客户，两人一年都见不上几面。

可也正是因为两人都忙，反而回家后能够相敬如宾，只是感情这东西需要长时间磨合。所谓陪伴是最长情的告白，可他们就如同陌生的旅人一般，也不知道这样的生活什么时候是个头。

楚姗姗当然也明白他们状态不对，可不愿意做出改变。她不改变的底气来源于她在网北奋斗的经济收入。互联网"大厂"总监的收入，往往比一般人想象中的还要高，工资加股票期权，年薪百万元仅仅是个起步薪资。

而自从走上管理岗位，楚姗姗就觉得自己和周围人似乎有点不太一样了，她开始追逐高阶的物质生活。还是学生的时候，她就特别喜欢看电影《穿Prada（普拉达）的女王》，尤其对剧中的女总编Miranda（米兰达）追求完美、心细如针、敏锐善变的工作狂气质着迷。

虽然自己达不到Miranda的气质，但是可以追求嘛。追求的第一步，必然是从外在的衣着品位开始改变，现在总不能还穿得像个主管吧？

其实，楚姗姗心里清楚得很，这种想法要不得，尤其是在号称平等简单的互联网企业文化里。可是自己好不容易当上领导了，就不能与普通员工拉开距离吗？大家都穿一样的衣服，怎么显出自己才是那个领导者呢？何况自己还有个精神领袖Miranda！

和普通员工拉开距离最简单的办法，就是穿着。这自然有理论依据，也就是符号学当中的权力符号理论。衣服的品牌、样式，不仅有遮风挡雨的基础功能，更重要的是文化，也是权力的符号象征。所以，在职场打拼，"战袍"往往意味着你的级别。

当老同事还穿着ZARA、H&M、JESSICA、优衣库这种大众品牌的时候，楚姗姗已经全身上下穿起Burberry、Prada、Ferragamo等奢侈品牌了。

那一年，GUCCI刚刚发售"小蜜蜂"系列的小白鞋，很难订到货，她第一时间找到柜姐，让柜姐无论如何都要给她留一双，为此还多付了五百元钱。一双原价三千多元的小白鞋，她花了四千元买到的，而她却乐此不疲。玛莎拉蒂也是一样，宁可买低配，也要买品牌。衣服穿大牌，顶多别人说你败家，可是开豪车，盯着你的人可就多了。

楚姗姗不知道，从把车开到公司第一天起，她就被无数双眼睛盯上了。

楚姗姗和欧阳娜娜被带走，最紧张的人是楚姗姗的直属领导华莹莹，现任网北公司公关体系智能产品公关部总经理，曾经的 VP 候选人，网北公司十五年老员工，一位年龄三十七岁，看起来只有二十八岁的资深公关人。或许，那飘逸的长发、幽深的丹凤眼、雪白的皮肤，以及走路如风的气质、快如吐珠的语速，是她在互联网高强度工作下依然看起来充满活力的原因。

华莹莹大概知道楚姗姗和欧阳娜娜被带走的原因，但不知道具体是什么理由能把人就这么直接带走，也不知道被带走后会问些什么问题。

楚姗姗是十点刚一上班就被带走的，欧阳娜娜是十一点。而华莹莹则是在十点半接到的通知，让她把楚姗姗这两天的工作重新安排一下。当时她就有一种不好的预感：没想到对方出手这么快！

华莹莹觉得，她的推断应该不会错。

二十二岁时，华莹莹本科一毕业就来到网北公司工作，一干就是十五年。十五年的时间，她和这家公司有了极为深度的绑定，也有着更为强烈的情感认同。从早期公司的宣传语"网北，更懂网络"，到后来的"网北，不负生活的每一份期盼"，再到"网北，网聚科技力量让人类更美好"，每一次的品牌升级，都有她的参与；每一次的产品发布，都有她的汗水。

所以在公司的十五年里，她就如同打怪升级一般，从普通专员，到经理，到高级经理，再到总监、高级总监，直到现在的总经理。她见证了网北从一个三百多人的小公司，发展到如今三四万人的头部互联网公司。

她自己从桂林的一个"小镇做题家"起步，到现在年薪二三百万元的"大厂"总经理，在网北公司实现了阶层跨越。她还未雨绸缪，早在西城金融街买了一套一百多平方米的学区房，哪怕现在连个正经男朋友都没有。

不是她不想找男朋友，而是她在互联网公司里杀伐果断的职业气场，使得能够掌控她的男人实在太少了。有时候她想，干脆找个小男生得了。

实际上，她是这么想的，也是这么做的。

她交往过一个体育大学大三学生田小帅，羽毛球专业，一米八五的大高个儿，身材健硕，身上肌肉就像是希腊雕像般线条分明。田小帅八块如同巧克力一样的腹肌，让华莹莹第一次见到他时，忍不住咽了一口口水。相处的半年里，华莹莹每个月都给他两万元零花钱。这个体育生对她很好，以至于那段时间楚姗姗总说她面若桃花，整天春光满面，工作充满了干劲。

互联网"大厂"的工作节奏很快，华莹莹有无数的事情要处理，真正能够陪田小帅的时间终归是有限的，可田小帅毕竟年轻，还有大把的荷尔蒙需要释放。有一天，华莹莹发现了他脚踏两只船，可是她居然没有生气，也没有哭闹，怪只怪自己实在太忙了。于是两人和平友好地分了手。

从那以后，她再也没敢谈恋爱。毕竟是女人，说起来强大，可是内心也还需要有人呵护；说起来不在乎，其实只是不想让人看到自己的脆弱。

她深深知道只有金钱才不会背叛自己，于是更加拼命工作，想换取在网北公司更美好的前途。一个 VP 岗位的出现，让她觉得自己离成功不远了。

就在上一年夏天，黄西邀请主管公关体系的 VP 涛哥到他的私人庄园去喝葡萄酒。那是在北京郊区的一处豪宅，远远看去，如同欧洲的古城堡一般，有着一种威严而不可亲近的距离感。

或许黄西是真正白手起家的互联网大佬，骨子里天生有一种平等精神，所以他并不喜欢别人叫他黄总，而更愿意别人喊他"黄老师"。他十分惜才，却又不愿意像很多商业大佬那样开坛讲课，只是私下里会对一些有缘分的创业者提供一些个人指导。

这座庄园据说特别神秘，黄西平时并不常来，只有和心仪的创业者聊天沟通时，才会过来坐坐，而邀请 VP 过来则更是少见。一个不成文的说法是，只有黄西要沟通十分重要的事情时，才会把 VP 邀请过来，边喝边聊。

涛哥接到这个通知的时候，知道老板有重要的事情需要沟通，但到底有多重要，需要干什么他怎么也想不出。

涛哥全名叫汪海涛，是黄西当年从一家业已成名的大型公司挖来的公关"大拿"。工作时涛哥十分严肃，没有人敢在他面前开玩笑，可私底下他十分和蔼，大家对他是又爱又怕。

尽管他在网北公司负责公关体系已有十年时间，自认还能把准老板的脉，虽不能百分百还原老板的想法，百分之八十的可能性还是有的。因为一个公司对外的公关风格，大多情况下是老板行事风格的外在体现，如果涛哥工作没有做到老板心坎里，是不可能在这个岗位待上十年的。

当涛哥到达这座庄园时，黄西已经取出了一瓶分装出来的红酒，2009年份的玛歌酒庄干红葡萄酒。

这款酒，涛哥早就听过大名。当时这批酒采用了有史以来最大的瓶装（相当于十六瓶标准装容量），全世界总产量只有六瓶。售卖地址在迪拜国际机场葡萄酒专卖店 LeClos，只卖三瓶。最重要的是，这款酒的每瓶售价高达十九万五千美元，相当于一百三十二万元人民币，就算是分装成十六瓶，每瓶也要八万多元人民币，可以说是世界上零售价最昂贵的红酒了。

涛哥真没想到黄西会用这款酒招待他。他不知道别的 VP 是不是也品尝过，但黄西拿出这款堪称奢侈品的酒，就意味着一定有重要的事情和他讲。

果然，酒喝到一半，在肯定他对公司十年公关发展的贡献后，黄西直接告诉他，公司想把原有的教育业务进行整合，把原先的在线教育视频、教育网店进行拓展，再发展 K12 的在线教育课程，以及成人职业培训，就叫"西红柿在线教育",让他接手做 CEO,还说想来想去只有他最合适。

这些年公司一直在为这块业务输血,迟迟不见盈利,所以计划在下个季度财报前把这块业务剥离出网北公司业务主体,到市场上去接触更多资本。

涛哥恍然大悟,怪不得之前教育业务做得这么烂,老板却迟迟不定总负责人。他还一直纳闷儿,这么边缘的业务,没有直接的业务负责人,黑锅谁来背?老板永远是正确的,更是不可能背锅的。这关乎公司品牌形象——老板的形象就是公司的形象,当然也更关乎员工士气。原来最终这口大锅在这里等着他。

涛哥明白,这不是商量,而是决定;不是讨论,而是通知。可是自己并不是做业务的第一人选,之前也没有直接负责过具体业务,那又为什么让他作为业务负责人接手这个烫手山芋?

于是涛哥把这一年来老板对他的工作态度,像放电影一样在大脑中快速过了一遍。这一年,老板对他的工作没有太多批评,但不耐烦的蛛丝马迹也被他时时捕捉到。比如,他汇报工作时老板常常心不在焉,反复收发邮件;沟通发布会细节时,老板玩手机、回微信;请示工作的时候,老板经常一句"都行都行,你们定"就打发掉了。

涛哥隐隐感觉不对,但他跟了黄西十年,总是以"老板可能累了""老板可能懒得管了"来安慰自己。事实证明,自己大意了。与其说是老板对他主导的公关风格已经厌倦了,不如说是老板对自己越来越不满意了。

揣摩到老板心思的涛哥,立刻点头表示同意。

"你去负责'西红柿在线教育'后,还需要推荐一位公关 VP,相信你的专业眼光!我知道谁都比不上你,但工作还得做,不是吗?"

这话听起来像是请求,又像是肯定,更像是安慰。但在此时的涛哥看来,这只是老板的御人术而已,虽然自己摸爬滚打做到了高管,已然是网北公司的核心管理层,但毕竟也只是一个职业经理人,能不听人家安排吗?

接下来的问题是,推荐谁呢?那个跟了自己十年的华莹莹?虽说是举贤不避亲,可在网北公司这样的安排好吗?明察秋毫的老板会有意见吗?

他或许没有想到,自己对一个公关 VP 岗位的推荐安排,居然导致后来整个体系刮起了一场巨大风暴，而这场风暴的发端就是监察部的介入。

监察部介入后，楚姗姗和欧阳娜娜随即被带走。

华莹莹心急如焚，隐隐感觉此事不简单。现在她要想办法知道公司到底掌握了哪些材料，想把事情往哪个方向定性，最关键的是和自己有无关系。

她的第一反应是找涛哥。虽然在公关 VP 岗位上涛哥最终没能帮到她，她心怀芥蒂，但涛哥和刘部长关系非同一般，这时她顾不上许多，硬着头皮也要找过去。涛哥的在线教育公司离网北公司不远，直线距离不到三百米，是租的四层写字楼。这件事电话里说显然不方便，她想请涛哥出来。

"涛哥，中午有空出来吃个饭吗？"华莹莹发了个信息。

作为在公关体系深耕十年的老领导，体系内有什么风吹草动，涛哥都会第一时间知道。所以当华莹莹给他发消息时，他已经明白了怎么回事，只是他还没有想好去还是不去，或者说他要不要蹚这趟浑水。

十五分钟过去了，涛哥还没回消息，华莹莹着急了。她知道涛哥作为一个公关 VP，眼睛很少离开手机屏幕。一有风吹草动，他总能第一时间发现，甚至比公司的舆情监测系统还快，这也让服务网北的舆情监测公司很痛苦。

所以这十五分钟，华莹莹判定涛哥一定是在犹豫。不行，都这个时候了，涛哥一定要来，或许要给他一点点压力？

"涛哥，不方便也没关系。对了，咱们美国出差的时候，老板换房间的费用，有空记得还我哦。"

"浑蛋！"看到信息，涛哥突然对华莹莹讨厌起来：还威胁起我来了？

说起老板住宿的费用，涛哥也是一肚子委屈。

当时网北公司在美国参加一个国际科技产品展，黄西会见一位重要客人，客人一定要请他吃饭，还请了当地一家著名媒体公司的副总裁陪同。因为有媒体高管在场，涛哥和华莹莹全程陪同。这位客人还有那位媒体高管太过热情，而黄西为了拿到更大的订单，陪两人左一杯右一杯，三人一不小心就喝多了。黄西大手一挥，今晚就住这儿了！老板发了话，可原来订的酒店退不掉了，老板的助理又不在，涛哥只得先让华莹莹去订房间。

华莹莹犹豫了：没有老板护照啊！

涛哥急了："用你的护照开房间，让老板去住，这还要我告诉你吗？！"

华莹莹突然明白了，赶快去前台开了套房，还订了一份自助早餐。

可回头当华莹莹拿着近两千美元的酒店明细单找总裁办黄西的秘书报销时，二十岁出头的秘书莞尔一笑："你看看，住宿信息上写的你的名字，这肯定不能在总裁办报销呀！"

华莹莹愣了，她自己也有住宿费，公司规定一个人不能报销同一晚上两家酒店的费用。况且给老板开的还是套房，自己这个级别的住宿标准根本住不了这么贵的。钱不算太多，可也是为公司付出的，不应该不明不白算到自己头上吧？她请示了涛哥，被涛哥骂了回来：这点儿小事还要问他？

华莹莹就把酒店明细给了楚姗姗，让她找蔚蓝海域帮忙消化这笔钱。实际上，工作这么多年，类似的事情发生过不止一次两次，每次都是一笔委屈的糊涂账。既然华莹莹提到了这事，就意味着她肚子里还有不少类似的账目。

"这个女人，还和我耍心机！"涛哥心有不满，但还是决定接受午饭邀请。为了表示刚才是真的忙得没看手机，他特地补充了一句："抱歉，刚才忙。我定好了科技园北区日料店的包间，你走过去十五分钟。十二点见！"

果然是涛哥，吃饭定包间，做事依然处处透着谨慎。

"大厂"里同事关系有亲疏远近之别，所以平时谁和谁吃饭了，谁和谁一起喝咖啡了，谁又和谁一起下班了，总是会成为茶余饭后的八卦谈资。

普通同事如此，高管更是敏感。一般谈事的话，高管们都会订远一点儿的餐厅，而且一定要包间，以免产生误会，也是以防隔墙有耳。毕竟他们聊的多是公司人事变化、业务调整、资本投资等敏感的话题。

现在才十一点半，离吃饭时间还有三十分钟。她想起楚姗姗和欧阳娜娜被带走有一会儿了，到现在还没有任何消息，不免又担心起来。她在网北公司工作多年，可是并不知道传说中的"小黑屋"到底在哪里。

她们俩还好吗？会被问到什么问题？最重要的是，问题和自己有关吗？

华莹莹陷入无边的焦虑中。

这家公司问题很大

在楚姗姗和欧阳娜娜被问询的过程中，蔚蓝海域是双方都提及的一家公关供应商。

"欧阳娜娜，是你把蔚蓝海域引入网北供应商库的吗？"

"不是。"

欧阳娜娜心想：这么简单的问题，难道公司自己不会去查吗？

"那你知道是谁引入的吗？"

"不清楚，我入职的时候，蔚蓝海域就已经是常用的供应商之一了。这家公司有什么问题吗？"

这话问出来，欧阳娜娜自己都觉得紧张，当然是这家公司出了问题，所以她才被带来问询。但至少应该不是自己猜测的那几件事了，看来资本家也没有那么小气嘛，吃两根玉米就被带到"小黑屋"，传出去这家公司还有人敢来吗？

记得以前就听人说过如何判断一家公司是不是好公司。就是这家公司如果能在一些小地方让你感觉好像占到了便宜，就是一般意义上的好公司，比如公司提供了免费早餐和免费晚餐。不过，免费的才是最贵的，为了占这么点儿便宜，许多人牺牲了休息时间，早早来上班或者加班以便"薅羊毛"。

"这家公司问题很大！"四十多岁的中年男子说着，把手往桌子上猛地一拍，啪的一声，让欧阳娜娜吓了一跳。她不知道这是诈她，还是蔚蓝海域真的有问题。在这个密闭空间里，她感觉自己都快窒息了。

"抱歉，我真不知道这家公司出了什么问题。平时我和他们在工作上沟通比较多，你们需要我提供什么帮助吗？"欧阳娜娜努力让自己镇定下来。

"那你说说，蔚蓝海域和你领导楚姗姗的关系。"

"他们的关系？他们不就是正常的工作关系吗？"在欧阳娜娜心里，姗姗姐虽然和蔚蓝海域的创始人 Selina 关系不一般，但到底是怎样不一般，她并不清楚。她知道的是，姗姗姐和蔚蓝海域的工作交集很多，重要活动或者重大发布的时候，姗姗姐会让 Selina 亲自带着方案到网北公司讨论。

偶尔姗姗姐和 Selina 会单独吃工作餐，可姗姗姐一般都会带上自己，吃饭时讨论的内容也没有什么太出格的，除了工作，顶多就是讨论一些女性话题，如大牌又新发布了哪些时尚单品、哪款美容仪能瘦脸、哪个口红色号更适合自己肤色，总体并没有什么特别的。

"装得还挺像那么回事！"那位精壮小伙没好气地说，"我问你，楚姗姗拥有蔚蓝海域百分之二十的股份这事你知道吗？"

听到这个问题，欧阳娜娜吓了一跳。她从来没听说过这事，可是从姗姗姐和 Selina 的亲密关系看，似乎也不能完全排除这个可能。

关键问题在于监察部问话的方式。这人用了一个陈述句"楚姗姗拥有蔚蓝海域百分之二十的股份这事"，说明他们认可这个内容。如果不认可，他们应该会这么问："楚姗姗有没有拥有蔚蓝海域百分之二十的股份？"

难道姗姗姐真的有问题？姗姗姐千万不要出事啊！欧阳娜娜心里开始默默祈祷，她是真心不希望楚姗姗出事，因为确切地说，楚姗姗是她的人生贵人。

当初，欧阳娜娜从杂志社转行到企业的时候，去的是一家互联网金融公司。当时 P2P（peer to peer lending，点对点网络借款）业务在国内搞得风生水起，这家 P2P 金融公司已经到了 B+ 轮融资，有十几亿元的流动资金，而给她的职位是新媒体经理，工资开得很高，税后到手能有两万多元。这让本科毕业还不到一年的年轻人，根本无法拒绝。一切看起来都是那么欣欣向荣，十分美好。

直到有一次出差回来，她提出了裸辞。

裸辞并不是她冲动的决定。当时她的领导是一个发际线退到脑后，肚子像怀孕五个月的离异中年男人，但这人在公司的人缘特别好，甚至和不少女同事都有暧昧关系，听说还有一些人主动往上贴。

欧阳娜娜想不明白这样一个中年男人有什么好贴的。即便是自己的直属领导，她也刻意保持距离。哪怕后来她听说此人原来是公司创始人的大学室友，是公司的三股东，也没有改变她的态度。

那一年的金融科技峰会在上海举办，三股东有一个演讲环节，点名要欧阳娜娜和他一起出差，为他做新媒体稿件的撰写。虽然觉得奇怪，但欧阳娜娜感觉自己的工作能力被认可，还是非常兴奋。

演讲结束的那天晚上，欧阳娜娜正在酒店房间奋笔疾书，三股东突然关心起新媒体稿子的情况。

"稿子写得怎么样了，有难度吗？"

"领导，我正在抓紧写，大概还有一个小时就可以了。"

"要不发我看看？"

"还没写完呢？要不，一会儿给您发邮箱好吗？"

"不好。这次的演讲非常重要，不是我的演讲重要，而是要通过这次演讲让更多客户看到咱们的价值，多签单才是目的！提炼核心内容要准确！"

"好的，知道了。"

"我来看看你写的情况，千万不要把方向写错了。你房间号是多少？"

"房间号是'2202'，您不用亲自过来，我一会儿给您发过去。"

五分钟后，三股东还没回复，欧阳娜娜索性懒得管他，写稿子要紧。

突然有人敲门，欧阳娜娜觉得奇怪，明明门口挂上了"休息中，勿扰"

的牌子。

她打开门后发现，出现在门口的居然是三股东，他穿着一身浴袍和酒店的一次性拖鞋，高挺的肚子让浴袍腰带系上后连个像样的蝴蝶结都打不上。显然，这并不是一个沟通工作的打扮，气氛一时有点尴尬。

"领导……您能稍等我一下吗，我把电脑拿到门口来？"

"不用，我看一下你写的方向，这个稿子很重要，看完就走！"说完，他不由分说地走了进来，坐到电脑跟前。

欧阳娜娜没办法，只得闪身让他进来，顺便把门敞开，并用力推到最里面，直到卡在固定器门吸里。顺手做完这一切，她才走了过来。

"你看这第一段就有问题！"

"哪里？"欧阳娜娜不自觉地把头凑了过来。三股东头也凑了过去，两人的头碰到了一起，突然之间，两人就像触电一般瞬间分开了。

砰！门不知道怎么竟然自己关上了。欧阳娜娜心里暗暗叫苦，这酒店的门吸怎么这么差，和自己家的门吸一样，刚刚推上去合上了，但是合不紧，不一会儿就松开了。

两人都被门关上的声音吓了一跳，但是彼此的情绪是相反的。欧阳娜娜在心中暗暗叫苦时，三股东则在窃喜。

看门关上，三股东胆子更大了，把欧阳娜娜的手一把抓过来放在鼠标上："来，我们再看第二段。"

欧阳娜娜的脸一下子涨得通红："请你放尊重点！"说完，她瞬间把手抽了回来。

三股东满脸尴尬，似乎从没哪个女下属这么跟他说过话。欧阳娜娜这才意识到自己的反应可能有点夸张，毕竟人家还没有对她有过分的举动。

"对不起，我不是故意的。您说第二段怎么改？"

"我的意见你还听吗？看你刚才那样，哪有一点听意见的样子！"

看着三股东油腻的脸上故作的生气表情，欧阳娜娜心中委屈。可也不能直接硬杠，毕竟这个油腻男人是自己的领导，保住饭碗要紧。

"我一定认真学习，您继续说。"欧阳娜娜端正了态度，谦卑地说。

"第一段交代了我今天演讲的事实后，交代一下行业地位，对吗？"三股东人模狗样地说，"第二段你就需要把我们今年的融资部分拿出来讲，这些是我们的硬实力，没有投资人的认可，客户会认可你吗？怎么知道你会不会暴雷？来吧，你自己动手改。"

欧阳娜娜正要伸手去改的时候，双手再一次被抓住了。

这一次欧阳娜娜的语气好多了："这样不好吧，被别人看到多不好。"话一说出口，她就意识到自己还是太嫩，门都关上了，还有谁能知道呢。

"只有天知地知你知我知！虽然你才来了几个月，但如果这次你工作表现得好，下半年一定会给你晋升，我可以保证！"

"晋升？"

欧阳娜娜心里的一丝犹豫，被三股东捕捉到了："放心，我说到做到！"说完，他得寸进尺地摸她的脸。

欧阳娜娜突然一阵恶心。都说身体很诚实，这次她总算是体会到了。面对一个不喜欢的人，尤其是渣男的动手动脚，生理上的恶心超越了一切。

那一晚，什么都没发生。出差回来第二天，她提出了辞职。她知道就算不辞职，也会被穿小鞋逼迫离职，现在辞职还能保留一丝尊严，哪怕这个尊严在别人眼里一文不值。

她没有和男朋友那那提起这事，还是每天定点"上下班"，只不过"上班地点"变成了家附近的星巴克。

之后欧阳娜娜到处投简历，可一年左右就换了两份工作的经历，让她投出的简历如同石沉大海。两周过去了，一直没有任何消息。直到接到一个自称网北公司智能产品公关部楚姗姗的电话，说看好她在新媒体视频编辑以及新媒体写作方面的经历，约她见面聊聊。

欧阳娜娜感觉自己可能有救了。

欧阳娜娜得救了，救她的人正是楚姗姗。

楚姗姗所在的公关团队，急需一名新媒体方向的策划，来了就能干活那种。看到欧阳娜娜在新媒体方面的能力，她很快就帮忙安排入了职。

欧阳娜娜入职以后，与楚姗姗的接触和沟通非常频繁。所以当听到楚姗姗可能会拥有蔚蓝海域百分之二十股份的时候，她绝对不敢相信，因为她坚信楚姗姗的为人。

欧阳娜娜非常清楚，如果楚姗姗真的拥有蔚蓝海域百分之二十的股份，那这绝对是严重的职务腐败行为，触犯了公司职业道德红线，相当于是利用职务便利将网北公司的钱套现给了蔚蓝海域，最终套现给了自己。

这种后果，楚姗姗肯定是知道的。可是现在为什么会传出这种说法呢？真的是无风不起浪吗？

欧阳娜娜实在想不明白，只能回答："对不起，我不知道！"

她的确不知道。可当她以为能应付过去这个问题时，监察部那位精壮小伙就像要吃人一般吼道："那你知道什么？"

"我什么都不知道！"欧阳娜娜有点糊涂了，监察部的人这是在穷追猛打啊。

"你确定什么都不知道吗？"看起来监察部还有其他的料。

欧阳娜娜脑子里快速闪现跟着楚姗姗这几年来发生的一切，她确认没有严重违规的事情发生。一切涉及现金的操作，都符合公司要求或者行业规则，而且她来网北公司这几年，每个团队都是这么做的。

应该不是这方面的问题，如果是，为什么偏偏是楚姗姗和自己，而其他团队却没有动静？或者其他团队也被调查了，只是自己并不知道？

虽说自己这几年拼命努力，最终成了楚姗姗团队最核心的成员之一，但在供应商的使用上，和其他团队相比，并没有什么特别的地方。反而服务她们团队的供应商经常叫苦不迭，不仅常常被安排的都是重活、苦活、累活，甚至需要二十四小时待命，随时都要起来工作。

实际上，这正是楚姗姗自己的工作风格，也是她能够成为华莹莹心腹最重要的竞争力。她很明白，靠自己并不能完成那么多工作，所以下属以及供应商便成为她意志力的延伸。

欧阳娜娜知道，楚姗姗对她有知遇之恩，所以苦活、脏活、累活，她总是冲在最前面。她更知道，楚姗姗是一个特别难伺候的领导，自己性格大大咧咧的，稍不留意就会被楚姗姗责骂，可她还是用四年的陪伴和支持打动了楚姗姗。

有一天，楚姗姗自己的打车发票让欧阳娜娜去整理打印报销，然后就是出差的发票、与媒体沟通的餐饮发票、约见分析师餐叙的发票、每月话费补贴的发票等都让她整理后帮忙报销，而她也一丝不苟地完成时，她终于意识到，自己得到了楚姗姗的无比信任。

然后，她很快便从一个做新媒体传播物料的高级专员，晋升成了高级主管，年薪也是翻番上涨。

这几年的职场经历，使她逐渐理解了那些心灵鸡汤里所讲的，业务能力强并不代表就一定就能够"加官晋爵"，只有成为老板心腹，才是能够快速进步的不二法门。所以这几年，总体上她觉得还是值得怀念的，哪怕每天都过得小心谨慎、诚惶诚恐，生怕一不小心就会被骂。只不过遗憾的是，和男朋友那那感情之间出现了巨大的裂缝。

现在她顾不上想这些，因为通过与监察部的沟通，她发现了两个近在咫尺的难题。

第一个难题是楚姗姗如果真的踩到公司红线出事了，自己怎么应对？第二个难题是，楚姗姗和自己都被冤枉了，怎么证明被冤枉？

"关于楚姗姗，你还知道什么？"

"除了工作上的事情，其他的我真的不知道。"

"你说的话都有录音，想清楚了再回答！"

"我想得很清楚，你们如实记录吧！"

"我们听说楚姗姗购买玛莎拉蒂的费用来源不明，这事你知道吗？"

当初，楚姗姗买玛莎拉蒂的时候，欧阳娜娜就曾侧面提醒过她，这车太过招摇，上班停在地下车库是不是有点扎眼？

还有好多话她没敢对楚姗姗说。因为有好多同事都曾私下问过她，楚姗姗是嫁给大款了，还是在公司赚大钱了？公司高管都不敢开这么豪的车，为什么她却这么张扬？这钱是从天上刮下来的吗？不会是吃回扣吃的吧？

可是，楚姗姗满不在乎："都什么年代了，老娘自己赚的钱，想怎么花就怎么花。有的人赚了钱喜欢吃喝玩乐，赌钱嫖娼，老娘对那些不感兴趣，就喜欢买大牌，这也不行吗？"

欧阳娜娜被撑得一阵语塞。

此刻，就在欧阳娜娜问询的隔壁，面对监察部同样的问题，楚姗姗依然是这个态度。她想不通为什么要解释自己是怎么买玛莎拉蒂的。自己赚的钱，连自由分配的权利都没有吗？

"举报信上说，你买玛莎拉蒂的钱，蔚蓝海域给你出了一半？"

听到这话，楚姗姗眼睛瞪得像铜铃，嘴巴张得像是一口可以咬进一个大苹果，连悬挂在咽喉深处的"小舌头"都清晰可见。

过了五秒钟，她才缓过劲儿来："放屁！简直是胡说八道！"这句话她是带着情绪骂出来的，她不明白为什么有人要做这种虚假举报！

"请问举报信里有证据吗？"定了定神，她才反应了过来，如果没有证据就举报，不就是在诬告吗？

"请你正面回答问题！"对面那位白白胖胖的人一脸严肃地说。

"我回答得还不够正面？"楚姗姗显然非常愤怒了，"我说了，没有！"

"那你的买车钱都是从哪儿来的？"

"当然是我自己的！这有必要解释吗？"

"当然需要解释。既然有人提出疑问，我们就需要调查。"没精打采的那人一边把玩手上的签字笔，一边慵懒地说，显然他没有被楚姗姗的愤怒影响到，"当然，我们期待你的解释，我们也不希望公司出这样的丑闻。"

听到这句话，楚姗姗快炸了。从她入职到现在，网北公司出的丑闻还少吗？什么接班太子抢班夺权，什么高管不和致被动离职，什么员工长时间加班在工位猝死，这样的丑闻，不都是公关团队出来灭的火吗？

现在问题还没调查清楚，就成为公司丑闻？再丑，有上面的那些丑吗？

愤怒的楚姗姗气得双手止不住地颤抖，手上戴着的转运珠也随着颤抖的手不停地晃动。她试图控制自己的情绪，可颤抖的手还是停不下来。她赶紧做深呼吸，因为她知道，和监察部的人对骂并不能解决问题，这两人也只是奉命行事，最终事情的定性还需要刘部长亲自来定。

"那我就把我能想到的告诉你们，你们给老娘记好了！"楚姗姗严肃地说。

"最大的一笔钱，是我把网北公司每个月给我发的期权兑现了，大概有五十万元。我自己有三十万元存款，我父母听说我要买车，支持我，给我打了十万元。这款车是玛莎拉蒂最便宜的一款，车型是 Ghibli，4S 店的销售是我朋友，加上保险，最后全部下来不到九十万元。"

"你都有证据吗？"

"当然！你们需要什么，是购买记录还是转账记录？"

"都可以，只要是证明这款车在经济上面没有问题的证据都可以。"

"这没问题！但是我不能被冤枉。还有，我能不能举报写举报信的人？"

"你先别着急，还有几个问题需要你澄清！"

楚姗姗愣了一下，拨动了一下手上的转运珠，心想还能有什么问题？

"你问吧！"

"举报信里还说，你拥有蔚蓝海域百分之二十的股权，请你解释一下。"

"这没什么好解释的，没有！"嘴上说没有，但其实她心里咯噔了一下，因为蔚蓝海域的老板 Selina 曾经和她提过这事。

Selina 说，在公司规模还特别小的时候，是楚姗姗帮助了她，介绍了很多业务给他们做。虽然订单量都不大，根据网北公司规定还没到需要采购部出面公开采购的程度，但在生死关头给了蔚蓝海域活下去的信心。因此，Selina 说想给她百分之二十的股份作为报答，但由于这事确实有风险，可以考虑让她老公刘宇飞代持。

楚姗姗心动了。

但作为律师，面对这样的诱惑，刘宇飞非常淡定。他告诉楚姗姗，这种事情想都不要想。第一，Selina 这是放长线钓大鱼，有你入股，他们公司的业务才会源源不断；第二，或许 Selina 不懂法律，但这是明晃晃的职场红线，哪怕是由他代持，查出来后对谁都没有好处；第三，若要人不知，除非己莫为，这世上没有不透风的墙。

后来楚姗姗和 Selina 两人都再也没提起过此事。

因此，现在的问题是，要给自己百分之二十股权的事，举报人是怎么知道的？Selina 绝不可能泄露这件事，除非蔚蓝海域这家公司她不想要了，又或者她想要自己的公司彻底倒闭。

那么，还会有谁知道这件事，又是怎么知道的？楚姗姗一脸茫然。

十二点整，华莹莹准时到达日料店包间，看涛哥没到，就先把菜点了。

先来个烤银杏开开胃，她知道涛哥爱吃三文鱼和北极贝，就点了一个刺身拼盘，还点了两个煎鹅肝寿司、两个和牛手握寿司，再来个清爽的飞鱼籽沙拉。对了，每次涛哥必吃的海胆鱼仔饭不能忘了，主食再要个鹅肝鳕鱼饭，两人分一分就好。要不是下午还要上班，她真想来瓶清酒解解闷。

点好后，让服务员把结账二维码拿过来，她想扫码先把账结了。因为涛哥是这里的会员，每次吃饭涛哥都抢着付钱，这次自己应该主动些。

"抱歉，来晚了！"依然是那如沐春风的声音，依然是灿烂的职业笑容，依然穿着那双他最爱的Tod's豆豆鞋。

"从我离开网北到西红柿在线教育以后，这是你第一次约我吃饭吧？"涛哥边说边把那双豆豆鞋脱下来，放在门外，掀开布帘跨进了包间。

在日料店吃饭一般都要把脱下的鞋放在包间外面，吃饭时要盘腿坐着，或者跪着，据说这才是吃日料最正宗的姿势。

"这不是您太忙，不好意思去打扰您嘛！"华莹莹的职业微笑看上去是如此真诚。

"别客套了，说吧，找我啥事？"涛哥顺手拿起一颗银杏剥了起来。

华莹莹想了想，觉得这种事就别弯弯绕了，还是开门见山："楚姗姗和欧阳娜娜被监察部带走了！"

"然后呢？"涛哥丝毫没感到惊讶。

华莹莹瞬间明白过来，一切都逃不过涛哥的法眼。

"然后我想知道为什么突然调查这两个人，这件事背后的主使是谁。"

"还有吗？"

"还有最重要的问题，公司对这件事是什么态度，会有什么定性。"

这时，刺身拼盘上来了。涛哥搓了搓双手，把刚刚剥银杏时残留在手上的食盐颗粒搓掉，拿起筷子夹起了一块生鱼片，在混合着芥末的酱油汁里搅拌着。

华莹莹心想，这家店涛哥少说也来过十几次了，他一定不只是在品尝新鲜刺身带给味蕾的快感，而是在快速思考如何回答她的这些问题。

"关于第一个问题……"刚准备说话，涛哥有意识地掀开布帘向外面看了一眼，确认没有人注意到这里后，才继续，"为什么调查她们俩，背后的人是谁？这……你应该比我更清楚吧？"

是的，没有人比华莹莹更清楚了。

自涛哥确定要去西红柿在线教育后，华莹莹觉得，涛哥空出来的VP岗位，最合适的人选，全公司除了她就没有其他人了。

她在网北公司工作了十五年，见证了公司的发展壮大，是真正属于那种把自己命运融入公司前途命运发展的典型代表，经常性加班加点工作，甚至周末也经常到公司干活，是连续八年获得网北公司个人最高奖项"最佳职场人"的常青树。

而且，几乎所有人都看得出华莹莹志在必得。当时，不管亲疏远近，公司只要是认识华莹莹的人，都会主动向她示好。

而她自己似乎也很满足这种状态。尽管她告诉自己，在最终结果出来之前，一定要保持低调，可是她平时喜欢穿"恨天高"，此刻踩在公司光滑的大理石路面上，依然显得那么铿锵有力，气场全开。

然而，万万没想到，在一次高管晨会上，黄西突然介绍了一位曾在深圳一家"大厂"负责公关工作的高管邱海棠女士，英文名叫 Dorran，说她有长期的从业经验和很强的管理能力，宣布从即日起任网北公司公关体系的负责人，职务是副总裁。

黄西还表态说，相信 Dorran 一定会带领大家，给网北公司的公关工作带来更多的新气象和充满惊喜的新变化。

黄西说完这些，在场的高管面面相觑，因为他们都熟悉华莹莹，平时相处得也都不错，黄西突然这样宣布，大家一下子都没有反应过来。但既然老板都宣布了，大家就不得不鼓掌以示支持。

晨会结束后，总裁办通过邮件向全体员工通发了这一新的任命。

通知发出后，公共关系部一阵哗然。因为所有人都认为接受任命的人应该是华莹莹，而不是什么 Dorran。

此刻最尴尬的人莫过于华莹莹。在高管开晨会的同时，她接到好几个高管发来的信息。和高管们保持良好关系，是她多年来苦心经营的结果，虽然此刻高管们帮不上忙，但能第一时间告诉她这个消息，她已是非常感激。

当她从地下车库走向工位的时候，能明显感觉到身边不少人都在窃窃私语，她当然知道别人都在议论什么，可依然满不在乎地向工位走去。依然是那双"恨天高"，踩在大理石上发出的还是嗒嗒嗒的声音，可此刻听起来，这熟悉的气场似乎没有那么强大了。

她是一个酷爱骑摩托车的人，平时上班开车，但到了周末的半夜，一定会骑上她酷爱的宝马 S1000RR，戴上头盔，驰骋在夜幕中五环外的高速路上，那才是她最放松的时刻。娇小的身材骑在一般只有猛男才能驾驭的宝马 S1000RR 上，在深夜的北京，看起来是那么酷，她就像一个夜行女侠一般。

此刻，她特别想骑着摩托车到五环外飞驰一圈，缓解那颗仿佛受到伤害的心灵。

"我并没有输！"华莹莹在办公区边走边给自己鼓劲。

收到邮件后，楚姗姗有好多话要和华莹莹说，但在人多嘴杂的工位显然很不方便，于是她让欧阳娜娜抓紧抢一个会议室，说一会儿要开个紧急会议。等到华莹莹到了工位后，楚姗姗赶紧走过去，说："华总，和您约好了今天上午的会，您别忘了，在 5 楼的 503 会议室，我先过去了。"

华莹莹瞬间明白，故作镇定："好的，你先过去，我一会儿到。"

"华总，这是为什么，太气人了吧？"华莹莹刚走进 503 会议室，就听见楚姗姗抱怨起来。

楚姗姗很清楚，这么多年，自己之所以敢撑天撑地，还开着玛莎拉蒂上下班，全是因为背后有华莹莹给她撑腰，她们俩已不是简单的同事关系，更有着一种接近闺密的亲密感。

"嘘！"华莹莹把食指放在嘴唇上，提示楚姗姗不要这么激动。

"我也不知道为什么，但是，老板既然做了这个选择，就一定有他的判断和想法。"

"问题是，老板的判断和想法是什么？为什么是这个选择？"楚姗姗依然很激动。

"刚才来的路上，我搜索了一下 Dorran 的背景信息。她本硕都是清华的，和老板是校友，这是明面上的关系。"华莹莹打开手机，给楚姗姗看了一眼她的搜索结果，"毕业后在两家外企工作过，来网北之前的最后一份工作，是深圳这家'大厂'的 VP，来网北职务上并没有提升，相当于平调。"

"可是，从深圳来北京，换城市工作的成本很高呀！"

"所以问题就在这里。"华莹莹说，"Dorran 宁可职位不变也要换城市工作，一定有很强大的推动力。我猜可能有三个原因：一是网北给她开的薪酬包是天价，她无法拒绝诱惑；二是黄西所信赖人的强烈推荐；三是黄西和 Dorran 之间可能有什么我们不知道的渊源。"

"如果是第一点，对咱们来说问题不大，职业经理人嘛，不就是高级打工人？活儿做漂亮就可以了。"楚姗姗认真地分析说，"但如果是第二点或是第三点，那就不好办了，说明很可能是老板新的代言人。"

"唉！"华莹莹叹了口气，"换句话说，老板还没有完全信任我！"

楚姗姗应该也想到了这层意思，但是没法直接说出口。见华莹莹自己说了出来，便也轻松了起来。

"华总，你放心，不管发生什么情况，我都会和你在一起！"

"谢谢你，姗姗！"华莹莹感激地看了一眼楚姗姗。她很清楚，自己很有可能就要面临进入网北公司以来最大的职场危机。

新官上任一般会先打破原有权力格局，分解既有山头，再慢慢进行权力的重塑和二次分配，最终让整个体系都匍匐在这位新官的石榴裙下，让所有相关人都知道，有能力对权力进行分配的人才是整个体系真正的主人。

当然，这需要时间。

有的空降高管急于进行机制改革，想早早抓住权力，却往往事与愿违，引发员工不满从而反噬自己，最终悄然离职而去。有的高管则充满智慧，通过足够长时间的逐步渗透，对权力山头各个击破，对原有员工打倒一批、安抚一批、提拔一批，让各方都"势均力敌"，最终实现绝对权力。

所以，在高管间斡旋了十几年的华莹莹，自然明白自己即将面临的是什么，所谓"先下手为强，后下手遭殃"，她想，与其坐以待毙、束手就擒，不如背水一战。

"我支持你！"楚姗姗很坚定地说。

但是，从何下手呢？一直以来在职场都顺风顺水的两人，一下子陷入了沉默。

要被打破的同盟

新官上任三把火。

Dorran 到网北公司几个月，除了熟悉公司业务，也在想着怎样才能让公司的品牌形象有一些明显提升。

她召集了一个会，让各个部门都提一些想法，要从公司整体品牌的角度出发，而不要局限在自己业务的那一亩三分地。

Dorran 现在领导的公共关系部是一个大体系，共有六个部门，分别是：媒体关系部，负责维护和拓展公司的媒体关系，负责人是高级总监马小安，她最先投诚，因此也成为 Dorran 兼职的业务助理；品牌内容策划部，负责公司整体品牌声誉和黄西个人形象的策划与输出，负责人是高级总监汤达人；政府关系部，负责维护和拓展公司的政府关系，负责人是高级总监戴京；智能产品公关部，对接公司最核心的业务部门——智能产品事业部，负责人是总经理华莹莹，她是所有同级别部门里职级最高、最接近 VP 岗位的唯一一人；互动娱乐公关部，对接公司文化娱乐产业相关的业务部门——智能文娱事业部，负责人是高级总监瞿佳慧；智慧云公关部，对接公司企业端业务的部门——智慧云事业部，负责人是高级总监王强。

作为网北公司的老员工，华莹莹带头发言，说那些宽泛的公关理论就不讲了，就说三个实际的操作方向吧，也是她今年工作的三个重点方向。

第一，强化节日传播，提升科技品牌形象，促进业务转化。网北公司现在的产品，不仅包括软件，也包括硬件，可以借鉴电商平台节假日促销的方式，对网北公司线上软件产品进行下载"拉新促活"，还可以提升智能硬件产品销量。最重要的是，通过一系列的公关动作，让外界认识到网北公司的科技实力，凸显科技品牌的力量。

第二，制造话题事件，打造品牌美誉度的流量高地。话题内容自然是正能量且"90后""00后"喜闻乐见的事件，自然发酵，公关助推。

第三，借助一年一度网北智能生态大会的举办，再次让行业聚焦在互联网前沿的科技产品尤其是网北公司引领中国市场的智能产品上，定调网北公司是科技实力最强的互联网公司。

这是第一次听华莹莹完整汇报，之前都是一些小项目的规划，没听过她完整的想法。这次听完，Dorran悄悄舒了一口气。

她想，怪不得黄西没有将VP这个职位留给华莹莹，尽管华莹莹在网北公司十五年，但可能长时间处在一线指导具体业务工作，整体格局看上去不够大，还没能站在网北公司这个头部互联网企业的高度上看问题，思维还是太局限了。现在的网北公司要对标的，不仅是国内的互联网企业，更是国际一线的高科技公司。

华莹莹阐释结束，轮到汤达人。汤达人，外号又叫"方便面"。没错，就是和市面上那款方便面同一个名字，只不过他出生的时候，这款方便面还没问世。虽然他个头不高，看起来也是十分憨厚的样子，但其实头脑相当灵活，语速很快，可往往脑袋跟不上表达，所以他经常说错话还不自知。他还常年穿着一件格子衫，常常自嘲是一个"灵活的码农"。

汤达人非常清楚，以他的资历和能力，自己绝对不会觊觎VP职位的，因此他和华莹莹曾经有过一个默契，只要华莹莹成功上位VP，那么下一个总经理将会是他。当然，前提是他要助力华莹莹达成目标，这是他和华莹莹结成的业务同盟。至于瞿佳慧和王强，历来都是墙头草，从来都是事不关己高高挂起的样子，只要不是反对力量就可以和平相处。

因此，当 Dorran 空降到网北公司的时候，汤达人一时也没反应过来，更没有想好怎么应对这位并不熟悉的新上司。

日常工作还得做。本来他也准备了三个方案，但看到华莹莹洋洋洒洒讲了半个多小时，他决定只讲一个方案，否则华莹莹会认为自己和她争宠。

他这个方案的核心词是：节气。

"随着传统文化的复兴，国潮风这几年快速成为品牌界新宠。承载着中国传统文化的二十四节气，正在引领一场品牌变革。这样的变化对于我们企业来说，更是一座有待挖掘的营销宝库。"

汤达人这个开场白，立刻把 Dorran 吸引住了。他接着说，公司今年整体对外的品牌形象，可否由二十四节气进行承接？他认为这样做有两个理由。

第一，科技与传统的结合，本身就非常具有话题性。网北公司作为头部科技企业，与传统二十四节气的结合，突出网北公司科技属性的同时，还能深度诠释对于文化的传承与热爱，由此迅速抢占一批年轻用户的心智，带动用户进行话题讨论。

第二，想要区别于其他品牌节日的营销，我们需要摆脱单点作战，而应该和用户持续形成互动，打造属于网北公司自己的品牌专属符号。

"业务转化呢？产品特点呢？什么都没有呀！"听完，华莹莹心里很不屑。她想，如果是她上位，这位汤达人能不能胜任总经理的职位，还真是要打一个问号。

"非常好！"一直默默倾听的 Dorran 开口了，"我个人非常喜欢汤达人这个想法。明年，我正计划打造一个品牌形象提升年，二十四节气是一个很好的抓手。通过科技与传统的结合，再次提升咱们网北公司的品牌美誉度。"

"可是……"华莹莹忍不住了。

"华总，你有什么想法直接说，咱们一起讨论。"Dorran 笑着对华莹莹说，华莹莹看得出来，那是再典型不过的职业假笑。

"我个人觉得，二十四节气的想法好是好，就是和咱们公司的实际业务有点脱钩。"

"品牌形象嘛，本来就是很虚的，我们主要是要传递出一种信念，或者说是……" Dorran 想了想，顿了一下说，"或者说是，公司的价值观。"

"公司的价值观不是喊口号就能实现的，我们以前也喊过很多口号，可实践证明，喊口号是没用的。真正的价值观，是要依靠具体业务，依靠我们的产品能够带给用户的实际价值，通过一点点的口碑传递出来的。"

华莹莹心想，在网北工作这么多年，为什么到现在还在讨论品牌价值的传递呢，这个 Dorran 到底有没有做过公关体系的高管？

"公司在创业阶段和成熟阶段的品牌策略是不一样的。" Dorran 感觉华莹莹有一种来者不善的感觉，认为有必要把自己的想法阐释一下，"一个已经建立起来的知名品牌，是需要依靠你的哲学思考，形而上的概念，使价值观深入人心，而不是具体的业务表达。所以，我们认为的'品牌广告'，它的目的不在于'卖产品'，而在于传递品牌价值、内涵、态度等一系列'品牌人格'维度的东西，它的目的更多在于用户共情和品牌共振。"

Dorran 觉得还需要用个例子来说明她的观点："比如谷歌就用'不做恶'体现了核心价值观，简单的诉求深入人心，最重要的是兼顾了商业价值和社会责任。而国内不少互联网产品的品牌诉求，基本更注重业务层面的表达，也就是给人们提供最便捷的信息查询或者购买方式之类。品牌人格孰高孰低，显而易见。"

"这个的确是事实。但我依然认为做品牌、做市场、做公关，不结合具体业务就是耍流氓！"华莹莹接过话头，"以前我也不止一次和团队讲过，做公关工作除了领导人形象包装，主要是为业务服务，要有业务转化，要有看得见的传播效果，要将企业的利益最大化！"

这是要吵起来的节奏吗？汤达人见状，赶紧把头埋在电脑前面敲敲打打，装作自己很忙。其他参会的人也都低下头，敲字的敲字，看手机的看手机，就是不抬头看这两人。可是，每个人的耳朵又都竖得高高的，生怕错过每一个细节。

很显然，Dorran 心里很不高兴。谁说不要传播效果了？谁说不要为业务服务了？谁说不要企业利益最大化了？但也要看企业在什么阶段，做的是什么项目吧！

Dorran 尽量控制情绪："华总，你说得其实很有道理，思路也很对。咱们的目标都是一样的：把网北公司头部科技企业的品牌形象再往前推动一步。咱们的策略并不矛盾，只不过打法和路径不同，但终归殊途同归。"

看到大家仿佛都很忙碌的样子，Dorran 心里明白了七八成，直接对汤达人说："汤达人，你说对吗？"

汤达人没想到 Dorran 居然点到了自己，不得不抬头回答："是的。"

这种时候能说"不"吗？但是他只说两个字，显然有点说不过去，肯定了 Dorran，也得给华莹莹找补一下："华总的策略也没错，只不过需要看在什么阶段，什么情况下使用什么样的打法而已。"

华莹莹看 Dorran 让了一步，又有汤达人像润滑油一般平衡了两股力量，心里居然有种打了胜仗的感觉，也就没再说话。

"好，既然大家都是在为公司品牌出谋划策，要不然就试试汤达人提出的方案。" Dorran 转过头对汤达人说："你觉得呢？"

汤达人刚要开口说话，Dorran 就打断他，继续说："你回去做一个'颗粒度'更高的方案，就从年后的立春节气开始，需要什么资源尽管开口。这个项目是我来网北公司的第一个完整项目，现在就交给你来做。"

汤达人心里一惊，自己接手的这个项目就像是一个烫手山芋，虽说是 Dorran 指定的，但也相当于向 Dorran 提交的一份投名状。

做得好，是 Dorran 的功劳，却会因此得罪华莹莹；做得不好，是自己的责任，毕竟人家 Dorran 才来了不到半年，这锅还甩不到人家头上，不能因此而制衡 Dorran，也会得罪华莹莹。

Dorran 这招太狠了！无论做得好不好，汤达人似乎都不得不得罪华莹莹。

难道曾经和华莹莹的同盟关系要被打破了吗？ Dorran 的算盘能得逞吗？

"这个文案太棒了！汤达人，好样的！" Dorran 激动地说。

同样激动的，还有汤达人。工作这么多年，第一次汇报工作这么顺利，文案居然一字未改，还得到了领导表扬。他心里也特别感谢供应商非凡营销，合作这么多年，第一次让老板这么满意。

"我给大家念一遍，大家看看怎么样。" Dorran 情不自禁地朗读起来。

今天是二十四节气的立春

二十四节气中，不仅有立春

也有立夏、立秋、立冬

但是有一件事情挺奇怪的

那就是只有立春，又被叫作打春

你从来没有听说过打夏，打秋，打冬

因为打夏，打秋，打冬

不符合我们古人的智慧

旧时习俗里，立春的前一天

人们用泥土做成春牛，放在家门口

等第二天立春了，用红绿鞭子抽打

为什么要打那头牛？大约因为它懒，打了它才肯动

用鞭子一打，它就会活络起来，就会想着要做事了

所以打春代表了一种人生态度

就是春天来了，岁寒松消，万物迎新

到了该谋划自己一年工作和生活的时候了

我们要省身自强、奋发向上，不能耽误大好春光

所以从这个角度

立春是一年中我最喜欢的日子

送你我喜欢的《黄帝内经》中的一句话

"圣人不治已病治未病，不治已乱治未乱"

说的也就是未雨绸缪省身自强的意思

我们每个人都会有一段艰难的时光

在这个特殊的时刻

大家给自己一点空间

积蓄力量，等到时机成熟

一定可以等来晴空万里

因为冬天从这里夺去的，春天必定会交还给你

大家一起加油

　　一起听汇报的华莹莹也觉得文案特别好，简直无可挑剔。她把 PPT 上的文案拍了下来，自己默读了两遍，隐约觉得这词似乎有点熟悉，但一时又想不起来为什么熟悉。或许是上辈子读过的书中的吧，她想。

　　"这个文案高级就高级在，如同高级服装不会轻易露出 LOGO 一样，我们这支品牌片，也不要直接点出品牌，一个字都不要有。"Dorran 依然沉浸在对文案的欣赏中，"虽然文案中不提网北，但画面中出现的一定是用户使

用网北公司的科技产品。"

"您的意思是，我们不直接点名产品，但是画面中又处处是咱们的产品，从侧面将网北公司带给用户奋发向上、省身自强的精神，在润物细无声中传达出来？"汤达人看起来像是谦虚地请教，但其实是另一种形式的恭维，这个态度被华莹莹敏感地捕捉到了。

"是这个意思。你看这几年火出圈的 C 视频公司的《X 浪》等，这些片子几乎看不到品牌的身影，却能体会到品牌传递的理念和价值。品牌看似无形，实则处处留影。不过有了好文案，还需要有好的代言人。那个国民偶像郭学华咱们一年可以用几次代言？"Dorran 扭头问马小安。

"Dorran，因为郭学华是全民优质偶像，出道三十年从来没有绯闻，在大众心目中的地位很高，所以价格非常贵。"

"说重点！"Dorran 有点不耐烦。

"因为价格贵，所以我们合同上签的是，一年参加一次活动，是留给下半年最重要的智能生态大会的。"

"拿到这次来用！"Dorran 不容置疑地说，"这次我们要用最好的导演、布景、配乐、偶像以及摄影师，打造一个最好的爆款！"

在场所有人都十分兴奋：优质偶像郭学华＋一流文案＋一流摄制团队，就是流量引擎啊！

到家后，华莹莹心里止不住地兴奋，但也酸酸的。最近几年供应商和团队的创意大多流于一般，没推出过什么爆款，从专业角度来说，能看到一个爆款诞生的确是让人兴奋的事情。酸酸的是因为这个项目一旦成功，必定会成为 Dorran 在网北公司打响的第一炮，以后自己的日子想必会越来越难。

晚上躺在床上，华莹莹心里被这两股力量反复纠缠，难以入睡。辗转反侧时，她又想起那令人喝彩的文案：明明是第一次看，可怎么就这么熟悉呢？她把拍下来带有文案的照片发给了楚姗姗，还说了段语音，让她帮忙在网上查一查。她脑子也没停下来，可想着想着，不知道什么时候就睡着了。

楚姗姗接到任务后不敢怠慢，连夜在网上搜索。可是用文案里的关键词，什么也查不出来。她开始对这家公司的文案团队肃然起敬，原创出这么好的文案的确很牛。不过她还是不太放心，又把有文案的照片发给了欧阳娜娜，让她有空也留意着，并嘱咐她这件事千万不要声张。

转眼到了立春前一天，汤达人小组成员正在为爆款视频上线做最后准备，包括海报设计、朋友圈和KOL转发文案、发布渠道的确认等，忙得不可开交。

而华莹莹的部门显得十分冷清。大家都默默在自己工位上干活等待下班，似乎立春节气与自己无关，而事实上这个项目本来就和华莹莹部门没有任何关系。

快到下班点的时候，楚姗姗猛地从工位上站起来，差点把桌上装满水的杯子碰倒。周围同事都吓了一跳，她这才觉得反应有点过大，拿起杯子喝了口水，让情绪稳定了下来。然后给华莹莹发了条信息：有重要事情汇报。

互联网公司追求的是平等自由的办公文化，所以事业部总经理的工位和普通员工都是挨在一起的。只有成为VP才会有一间独立的办公室，虽然不大，但好歹可以安静地独立办公，并可以有一个独立的讨论空间。

因此，就算有天大的事情，楚姗姗也不能在华莹莹的工位上汇报，周围到处都是想听八卦的耳朵，随时听着周围的风吹草动。

华莹莹端起水杯，漫不经心地去水房打水，并"偶遇"了也来打水的楚姗姗，哪怕楚姗姗杯子里本来就装满了一天都没来得及喝的水。

"华总，娜娜查出来了！"

"查出什么了？立春文案？"

"对！但也不能说是查出来的，是她偶然刷短视频刷到的。"

"文案有什么问题吗？"

楚姗姗小心地观察了一下周围环境，见没人关注到这边，便低声说："文案和娜娜刷出来的那条短视频文案一模一样，我发给你，你晚上回家再看。"说着拿起手机把视频传给了华莹莹。

"也就是说，那个文案是抄的？"

"可以这么理解，问题是咱们上上下下还没有一个人发现！"

"难怪网上搜不到呢，原来这文案藏在视频里。"华莹莹轻声地和楚姗姗交代，"你先别声张，等我到家看了再说。"

华莹莹到家看完视频，倒吸了口凉气。这文案何止是抄袭，简直是像素级抄袭！视频主播"学院路二姐"她居然认识，是她上学时的直系学姐。虽然不常联系，但从朋友圈知道学姐原本在一家国企工作，觉得朝九晚五太无趣，就出来开了一家文化传媒公司创业，把自己打造成分享传统文化的知识博主，"粉丝"有四十多万人，算是"大 V"。因此，她还把学姐推荐给了网北公司公关体系，号称谁要用这个"大 V"，提她名字可以打折。

她这才恍然大悟，自己一直觉得这文案很熟悉，原来是在学姐朋友圈里看到过，只是时间太久，根本想不起来了。庆幸过后，华莹莹后悔了。因为知道真相后，就面临着一个很现实的问题：要不要告诉 Dorran？

作为在公司工作十几年的老公关，她认为自己有维护公司声誉的责任和义务，毕竟她把公司当成半个家。这个家不能出问题，她必须告诉 Dorran！可项目不是自己跟进的，除了听过几次汇报，其他都没参与，或者说 Dorran 压根儿就没打算让自己参与。换句话说，Dorran 并不打算和自己分享项目的成功。现在在上线前一晚告诉 Dorran，说这个文案有问题，Dorran 会怎么想？

为什么现在才告诉她？现在才告诉，是来将她军的吗？还是来看她笑话的？或者，是来拆她台的？

在职场打拼十几年的华莹莹十分清楚，就算现在告诉 Dorran，说自己刚刚才知道这件事，知道后第一时间就告诉了 Dorran，Dorran 也不会相信她说的每一个字。而上面的每口锅、每条"罪名"，她都担待不起，当然也意味着战斗还没开始打响，她就彻底输了。

怎么办？她开始焦虑，继而痛苦。她走到衣帽间，换上皮衣，戴上头盔，下楼骑上宝马 S1000RR。她要去高速上骑摩托，让自己沉浸在摩托车的轰鸣声中。只有感受风驰电掣，她才能短暂地忘却烦恼，彻底放空。可放空之后呢？这道题不是判断题，而是选择题，不是多选题，而是单选题。

到底该怎么选？

公关人的专业判断果然准确。

视频发布还不到三十分钟，全网观看量就突破了十万！不到一小时，观看量奇迹般达到了一千万，朋友圈已经刷爆了，好评如潮。

视频当然是好看的。视频里，郭学华担当主演和文案配音，在"中国味"十足的水墨风景画中，通过使用网北公司旗下的软件看新闻刷视频，通过智能硬件听音乐玩游戏，还有一位数字人在那里挥毫泼墨，传统与科技结合得毫无违和感。这部片子从整体上表现了对节气的诠释，还从侧面宣传了产品和美好的企业愿景，更充满了一种传统与现代、古典与科技的气质，与网北这次要提升的品牌形象非常契合。

很多自媒体开始主动蹭这条视频的流量，夸赞文章层出不穷，都说这是十年来网北公司出的最好的广告。用户热情点赞，除了因为视频文案本身传递的未雨绸缪、省身自强的人生态度，更是因为这几年好的品牌 TVC（television commercial，商业电视广告）实在太少了。围绕在人们身边更多的是一些"聒噪"的产品宣传，偶尔看到一个不讲产品的"清新"广告，反而有种中彩票的错觉，忍不住随手一赞。于是，就在无数个"忍不住"的转评赞中，这支品牌视频就"出圈"了。

Dorran 的手机从视频发布后就一直没有停止震动，有几十个朋友同事都把这条视频转发给了她，其中不乏溢美之词。就连多年不见的大学老师和同学，也都过来祝贺，说很久没看到这么用心的品牌广告了，还问是不是她来网北公司后主导的这件事。

她自己当然也非常激动，毕竟这是她来网北公司打的第一仗。她告诉自己，这一仗只许赢，不许输。因为她知道，鲜花和掌声永远只能属于强者，而主政者必须是强者。所以，当一早看到华莹莹发来信息，说昨晚得了急性肠胃炎，今天要请假去医院时，她毫不犹豫就批准了。这事本来就和华莹莹无关，让她看到自己风光得意的样子，不知道会忌妒成什么样，不来也好，省得加深误会。

"Dorran，我们的播放量全网破亿了！"汤达人一路小跑，到了她的办公室后激动地说。

一个激灵，Dorran 从座椅上站了起来："真的吗？！"

"真的，而且舆情相当好！"汤达人依然很兴奋，他知道自己不只是在报喜，而是和 Dorran 的关系在这场战斗中似乎有了一种更加微妙的变化。

这几年几乎就没听说过全网播放量过亿的企业品牌广告，这下可能真的要写进品牌发展史了。Dorran 心里想着，但还是让汤达人继续关注舆情，好的坏的都要关注，有什么消息第一时间汇报。

关注舆情的不只是汤达人，还有华莹莹，她更关注"学院路二姐"的反应。此刻的她并没有在医院，而是在家里的电脑跟前。

果然，就在早上视频发出去没多久，"学院路二姐"就转发给了她，说这文案和自己短视频的文案相似度很高，然后问是不是她的项目，如果是，看在学姐学妹的分儿上就不追究了，顶多补签个授权协议，给点儿版权费就算了，毕竟学姐还在创业，这么做也算是双赢。

华莹莹知道学姐这是好心，而且是看她的面子才不想把事情搞大。可是和昨晚一样，这事能和 Dorran 说吗？

如果这个项目是自己的，倒是可以做主，从项目里面拿点儿钱出来，和学姐签一个补充授权协议，两全其美。关键问题就在于，这个项目不是自己的，没有地方出这笔授权费。而此刻如果和 Dorran 汇报，Dorran 必然会认为是自己和学姐串通好了来讹钱，也必定会认为自己从中捞了不知道多少好处。这种事情一旦发生，她就算跳进黄河，恐怕也是洗不清的。

也许是自己以小人之心度君子之腹了呢？可再转念一想，就算 Dorran 不会那么看待自己，但这嫌隙的刺一旦栽下去，就再也拔不出来了。经历了昨晚的痛苦和高速"飙车"后，今天她不再纠结。她想清楚了，目前公司再怎么样也没有那么容易倒下，而自己一旦输了，就会彻底失败，不只是面临失业没有饭吃，甚至连同情的目光都不会有一个。

"这个项目不是我负责的，谢谢学姐关照！"这不是明哲保身，而是不能引火烧身，让自己还能有口饭吃，华莹莹这样告诉自己。

"好的，知道了！"学姐简单地回复了她。

半个小时后，她在朋友圈看到了学姐发的视频声明，说网北公司涉嫌抄袭她的文案，并把网北公司的视频和她一年前的视频对比着播放。先播放一段网北公司的，再播放她自己一年前的。看完学姐的视频，观众的直观感觉是，网北公司是真正的"像素级"抄袭，因为文案几乎一模一样。

华莹莹放下手机，深深叹了口气，她知道网北公司可能会迎来一场史无前例的舆情风暴。所谓"眼见他起高楼，眼见他宴宾客，眼见他楼塌了"，只是没想到这场风暴会来得如此之快。

汤达人通过舆情监测系统也看到了"学院路二姐"的视频。起初他并没有在意，一个自媒体虽说有四十多万名"粉丝"，但是能引起谁的注意？一定是来碰瓷蹭流量的！直到 Dorran 把"学院路二姐"的视频转给他，汤达人这才觉得大事不妙，赶紧冲到 Dorran 办公室。

"对不起 Dorran，我们马上联系这个博主！"

"你们怎么做的舆情监控？"Dorran 显然很生气，"做危机预案了吗？"

"这……"汤达人心想，你当时也没要求做危机预案啊，况且当时的方案那么完美，谁能知道文案会出问题？可是作为高级总监，这种抱怨的想法实在很危险，于是立刻在脑子里搜索以往的危机公关案例。

"Dorran，我们现在是这么计划的。第一，和非凡营销沟通，确认是否抄袭。如果不是抄袭，就什么事也没有；如果真的是抄袭，就要启动第二步，联系上博主后沟通诉求。如果诉求可以满足，我们尽量满足；如果诉求满足不了，也要耐心沟通，最好能找个熟悉的中间人去。

"第三，现在就请马小安发动全公司的力量沟通媒体，让熟悉的记者尽量不要报道这件事。第四，我们现在就要同步草拟致歉声明，如果舆情实在控制不住，最终需要这个声明来扛住压力，把今天先对付过去再说。"

不愧是在网北公司做了多年的高级总监，四条建议瞬间就形成了。

Dorran 点了点头，虽然心中不快，但也没有更好的办法，就让他快点去执行。汤达人准备转身离去，又被 Dorran 叫住了："你刚才说找个中间人去沟通，这个人是谁？"

"华总啊！"汤达人脱口而出。

"华莹莹？"Dorran 很惊讶，"为什么是她？"

"那个博主是她学姐，以前还推荐过这个账号给我们用。"

"看看还有没有其他中间人，尽快联系！"

汤达人准备再争取一下，Dorran 却只是说："快去，动作要快！"

Dorran 的情商十分高，她知道汤达人想通过这次机会让华莹莹也参与进来，解决舆情危机的同时，还能卖个人情给华莹莹，这样他就在自己和华莹莹之间两边都不得罪。呵，别看汤达人表面看起来憨厚，骨子里也是个老狐狸，我怎么可能会让这只老狐狸得逞！

再说，此时让华莹莹参与进来说明什么？说明我 Dorran 没有能力处理这件事，还需要依靠老人才能解决问题，再欠她一个人情，这种情况绝不可能发生！况且，作为公司老员工和自己的下属，既然有这个资源，此刻不更应该主动站出来帮公司解决问题吗？难道还要我去请你？

华莹莹其实也很清楚，从昨天到现在，无论她做什么都是错，就算什么都不做也是错，就如同皇上赐的毒酒、沙漠里的尿，喝不喝都是错。只是两害相权取其轻，什么都不做，顶多被 Dorran 认为缺乏责任心，没有大局观；一旦主动伸手帮忙，那么处心积虑、不择手段、争风吃醋的谣言会立刻传遍整个市场公关体系，所以她决定暂时不主动露面。

到了下午，自媒体平台关于网北公司抄袭的报道越来越多。尽管马小安已经安排媒介和重点"意见领袖"以及知名自媒体账号打过招呼，让他们尽量不碰这个选题，可在如今人人都有"麦克风"的时代，成千上万的自媒体账号根本管控不过来，文章逐渐多了起来，起的标题一个比一个难听——《上午一片叫好下午神速翻车，网北"立春"视频像立冬般寒冷》《刷屏网络的网北"立春"品牌片翻车？视频文案被指抄袭，原作者发声》《网北公司的"立春"塌房：上午被捧得有多高，下午就摔得有多惨》《高级感营销翻车，网北"立春"节气营销文案被指抄袭》《网北"立春"，舆论"立冬"》《互联网巨头营销焦虑：网北公司"立春"文案翻车，"高级感"是抄出来的？》……

那些平时和网北公司很好的媒体也扛不住压力了。即使考虑过往还算不错的关系，没有选择第一时间报道，但漏了这个选题，不但会被单位罚钱，还会被同行笑话，所以在自媒体发酵一轮后，传统媒体也逐步开始跟进。

传统媒体跟进后，选题角度多了起来，开始探讨这次抄袭事件中谁需要承担责任、怎么维护原创作者的著作权——《网北"立春"视频涉嫌抄袭，谁的"锅"最大？》《网北视频广告涉嫌抄袭，知识产权保护是时候"立春"了》。

由于这个话题实在太热了，巨大的流量红利，吸引了很多网红律师参与：《网北公司深陷抄袭门：从著作权角度分析"立春"视频侵权事件》《网北公司"立春"事件，究竟是监管不力，还是知识产权意识过于薄弱？》《从网北公司"立春"广告抄袭简述短视频的知识产权保护》《从网北公司"立春"视频翻车事件谈原创知识产权管理的五点策略》……

网上舆情持续发酵，Dorran 开始坐立不安。因为就在一分钟前，很少对具体传播业务表态的黄西发来一条信息，只有四个字："赶紧灭火！"

看来的确已经火烧眉毛了，老板那里一定得到了足够多的负面信息，才会下达这个任务。

"快去把汤达人叫来！"Dorran 对坐在一旁的秘书说。

汤达人一路小跑，气喘吁吁地飞奔进办公室。

"现在什么进展？"Dorran 尽量控制焦躁的情绪。她知道再焦虑、再着急，也不能慌乱，事情还得一件一件做，这是一个 VP 该有的情绪管理。

"Dorran，现在网上舆情太乱，没法控制了，还上了热搜。我们让蔚蓝海域也加入了，他们在社交媒体上安排了很多网评员，正在引导舆论走向，但是效果不太好。"汤达人越说声音越低，越来越没有自信，因为舆情已经发酵到无法引导了。

"那个文案到底有没有抄？"

"非凡营销那边说这次的文案是他们文案创作部的一名实习生写的，文案组组长、经理、总监一层层都把过关，都觉得很好，没看出什么问题。"

"能不能说重点，我问的是到底有没有抄袭！"

"抄了，那个实习生抄的！"

"现在是怎么了，为什么出了事都要把责任推给一个实习生？"Dorran 感觉快要炸了，"非凡营销打算怎么处理这件事？"

"他们打算发一个致歉声明，时间点和咱们一致。毕竟是五六年的合作关系，他们还想继续维护咱们这个老客户，所以声明里会把责任全部扛下，明确是他们的原因，给网北公司、郭学华先生以及原文案版权拥有者'学院路二姐'带来了麻烦。"

"惹出了这么大的祸，还想让我们继续用他们公司？他们这脸也真够大的！"Dorran 说话越来越急，语气越来越重，就像敲在鼓上的鼓点一样，让汤达人冷汗直冒，"声明里扛下所有问题，是他们应该做的，这本来就是事实，难不成还是我们甲方让他去抄袭的？咱们自己的致歉信好了没有？！"

"拟了两版，不太理想，我刚刚又润色了一版，一会儿发您邮箱。"

"下一步是什么安排？"

汤达人擦了擦止不住冒出的冷汗，理了理思路，说道："第一，既然确认是抄袭，那么致歉声明建议尽早发布，最好是在晚上十点左右，大家都快休息的时候，避免舆情持续发酵。非凡营销的声明，我们必须看过才能发。

"第二，既然舆情已经上升到了知识产权保护、版权意识的角度，那么我们需要联系关系好的自媒体和记者，按照下面这三个方向准备稿件和朋友圈文案。一是将责任全部推给供应商，毕竟历史上很多类似问题都是供应商不专业引发的。二是'学院路二姐'本身也不干净，她的文案也不完全是原创，也有很多地方是借鉴别人的。呃……不管是不是吧，先混淆视听，将其定调成'抄袭套娃'事件。三是要持续传递一个观点，就是抛开抄袭问题不谈，这条品牌 TVC 依然是最好的品牌策划。

"另外，第三条需要您协助，让马小安和郭学华先生的经纪人联系，先口头致歉，给他们带来了麻烦，告诉他们，公司正在尽快消除影响，不能影响郭学华和网北公司的关系。"

"呼……"精神紧绷的 Dorran 听到汤达人的汇报后，终于舒了一口气，"快去做吧，郭学华那边我尽快安排人跟进。不过，现在还有一个最核心的问题，'学院路二姐'是什么态度？"

是啊，其实刚刚讨论的那些都是表面文章，最本质的问题还在于"学院路二姐"的态度。她要是表示不追究抄袭，这事儿基本就平息了一大半；她要是穷追猛打，网北公司明显就只能吃哑巴亏，毕竟抄袭是事实。

所以"学院路二姐"到底会是什么态度？谁去联系"学院路二姐"呢？

刚刚还舒了一口气的 Dorran，再次焦虑地看着汤达人。

"我们已经找到了运营'学院路二姐'账号的 MCN 工作室老板，这个老板和'学院路二姐'关系很好，两人曾经合伙开过公司。

"'学院路二姐'对抄袭非常气愤，但目前还没有明确答复。这 MCN 工作室老板是去年开始服务咱们公司的，他想长期合作，所以这个忙他一定会帮！"

汤达人知道 Dorran 非常关心不通过华莹莹能不能搞定"学院路二姐"。他语速本来就快，现在又急于表达，这两段话他语速快到含混不清，甚至不小心咬到了舌头，说完就龇牙咧嘴地默默忍着疼痛。

"你怎么知道他们不会联手讹咱们？"

"这……"汤达人没想到 Dorran 会这么问，"我不敢保证，但我想我们的目标是达成和解，尽快解决问题，能用钱解决的问题就不是问题。"

实际上，"学院路二姐"本来不是要钱，而是对网北公司就这么不打招呼使用其文案感到气愤，所以她和华莹莹沟通的时候，也说的是有钱更好，没钱也无所谓，签一个授权协议就可以了，不然对她的创业公司不好交代。

既然学妹不需要她这个人情，那么网北公司正好可以成全她。是的，现在事情闹得这么大，本来在创业阶段就需要知名度的她，曝光度瞬间暴涨，"粉丝"量一个下午就从四十万人猛涨到了四百三十万人，足足有十倍之多。所以当网北公司找来的"说客"联系到她时，她只回了两句话，第一句是"让子弹再飞一会儿"，第二句是"我很快会联系你们"。

正当 Dorran 和汤达人团队在公司紧急加班处理这场危机时，一个三十多岁的女人突然闯进了 Dorran 办公室，指着正在忙碌中的 Dorran 大喊："就是你这个狐狸精，把我老公迷得七荤八素的，天天晚上都说加班加班，这都一个月了，就没回过几天家！"这大姐声音豪放，外面格子间里正在加班的人都停下了手头工作，身体都被声音吸引而转了过来。

Dorran 也被吓了一跳，抬起头怔怔地问："这位大姐，您……什么事儿？"

"你还有脸我问什么事？我是汤达人的爱人，他连续一个月每天都是半夜才回家，甚至不回家，你还有脸问我？！听说你们俩关系很暧昧啊！"

Dorran 明白了，汤达人爱人来了，很明显是冲着她来的，理由是男女关系混乱。正当 Dorran 准备开口时，汤达人爱人继续大声叫嚷："我警告你，不要破坏别人家庭！不管你的职位有多高，你也是个女人，请你自重！"

听说爱人大闹 Dorran 办公室，汤达人吓得赶紧丢下电脑，跑过来连哄带骗地把爱人送到公司门口，带着哭腔说今天忙完了就回去，或者你就在前台等我一起回家，好不好。他还赶紧交代保安，千万不能再让她上楼了。

上楼的时候，他就在想：谁在利用他给 Dorran 造谣呢？公司里认识他爱人的人不多，公关体系里只有华莹莹在一次家属活动上见过，还彼此加过微信。

会是她吗？只是这没有证据的事，最好还是不要瞎猜。

事实上，汤达人也没有工夫瞎猜，因为晚上还要发致歉信，手上现在有一大堆活儿要处理，本来就忙得焦头烂额，再加上爱人到公司这么一闹，自己没面子不说，眼下工作都慌乱得没头绪了。

遵循危机公关四十八小时原则，当晚十点，网北公司的致歉信在社交媒体发布了。处理时间距离危机发生还不到十二小时，可以说是十分及时。

致歉信的大体意思是，对这次事件因监管不严给郭学华先生、"学院路二姐"和相关方造成的麻烦表示歉意，已经责成供应商非凡营销开展调查，在事情最终真相出来之前，立即全面下架相关视频，并重申网北公司非常重视版权保护，感谢社会各界的舆论监督，希望与各界携手一起打造一个尊重版权的社会环境。

这则声明的高明之处就在于，规避了至关重要的责任即抄袭，强调的是网北公司并不清楚是否抄袭，正在请视频制作供应商非凡营销展开调查，但是又强调了态度，在事实真相出来之前，网北公司下架全部视频，并且虚心接受社会各界监督。

尽管非凡营销的错误占主要部分，可是网北公司就真的没有问题吗？有的，但仅仅是致歉声明中提到的"监管不严"。

声明发出后，楚姗姗第一时间转发给华莹莹。华莹莹发了个大拇指"赞"的表情，说 Dorran 的确是公关高手，处理时间快，还把能想到的质疑点都想到了，不但推卸了最重要的责任，还尽力维护住了企业形象。

没过一会儿，非凡营销的致歉信也发出了。

这封致歉信的重点是承认在没有和版权方即"学院路二姐"沟通的情况下使用了文案，这也就是所谓的事实真相。因此，他们承诺会尽最大努力弥补对原作者"学院路二姐"的损失。

晚上十点，除了符合危机公关处理及时性的时间要求，还是一个特别微妙的时间点。一方面，可以显示出品牌方解决问题的诚意，也就是当天的事情，当天就解决了，效率高，第一时间满足公众的知情权；另一方面，大多数人都已经休息或者正准备休息，忙了一天，谁还有工夫去关注那些和自己本身没有太多关联的热点事件呢？

因此，这个时间点的声明，能够将事件的影响降到最低。而等到第二天，各大媒体将会被致歉信以及 Dorran 和汤达人安排的正面公关稿全面覆盖。当然，一起抢占头条的还有和"学院路二姐"达成一致协议的声明。

因为这天晚上，已经在社交平台霸占热搜榜一天的"学院路二姐"联系到汤达人，表示可以将"立春"文案免费授权给网北公司使用，但是发布时间必须在第二天，她也知道当天晚上已经没有多少人关注这件事儿了。

事实上，正如他们所料，公关团队所制定的议程设置，几乎占据了第二天各大媒体的头条：《网北公司就"立春"视频向"学院路二姐"声明致歉》《网北公司回应"立春"营销文案被指抄袭：各官方渠道全面下架该视频》《网北"立春"文案翻车，视频外包集体"立冬"？》《网北公司"立春"广告被指抄袭视频博主，网友扒出该导演此前抄袭经历》《抛开抄袭，网北公司"立春"视频是不是一条好广告？》……

在"学院路二姐"公开宣布已经和网北公司以及非凡营销达成一致协议后，又狠狠地赚了一波眼球：《"学院路二姐"称"立春"文案已向网北公司免费授权，三方已达成协议》《"学院路二姐"回应"立春"广告抄袭：三方达成协议，文案已免费授权》《"学院路二姐"：与网北达成三方协议，"立春"文案免费授权》《"学院路二姐"回应网北"立春"广告文案涉抄袭：作品免费授权，接受道歉》……

媒体的助力让"学院路二姐"赢得了巨大的人气和流量，还成功塑造出一个格局大、气量好的网红人设，这将对她的个人创业带来巨大帮助。

汤达人还是气不过。本来他一直没想好，关于"套娃式"抄袭的公关稿要不要投放，毕竟这接近于"挖坟式"的黑稿，可现在看到无限风光的"学院路二姐"，以及自己功亏一篑的策划，心中愤懑，直接给蔚蓝海域公司对接他的客户经理叶露打了个电话："发吧！"

于是，市面上又多了一些边角料的谈资：《网北公司广告抄"学院路二姐"的，"学院路二姐"又是抄谁的？》《"学院路二姐"也不是原创？网北广告陷抄袭"套娃"争议》《网北公司"立春"广告套娃式抄袭？侵权问题如何认定？》……

"学院路二姐"看到后不屑一顾。所谓"天下文章一大抄"，严格说起来，这个世界上就没有几件原创的东西，那些被人拍案叫绝的创意，不都是在前人基础上加以创新的吗？写篇学术论文还要有文献综述，拍部电影还有个向大师致敬呢，何必那么认真，所以是不是"套娃"式抄袭，谁会真正关心！

事情看起来完美解决了，但这个项目本身并不完美。Dorran 感觉是自己挖了个坑跳了进去，虽然已经动用了各种公关资源，尽最大努力去弥补损失，但是网北公司"像素级"抄袭的标签一时半会儿似乎很难被揭掉了。

她决定主动向老板黄西请罪。

供应商非凡营销自然需要承担最严重的惩罚，从此进入网北公司供应商黑名单，禁止使用时间长达五年。

汤达人是项目的直接负责人，出现这么重大的舆情危机，理应停职。但是 Dorran 认为，这件事情自己需要承担百分之百的责任，因为汤达人只是负责执行的人，每一步计划都和自己汇报过，所以停职的处分有点重，可否重新考虑。如果汤达人被停职，那么自己更应该停职。

这是在威胁老板吗？不，这是将汤达人绑到了自己这条船上。

最终的处理结果是，Dorran 扣除全年奖金，汤达人则被扣除了当季的季度奖，职位依然保留。

汤达人感激涕零！前不久爱人大闹 Dorran 办公室，Dorran 没有责怪他，反而让他好好休息一段时间，让他以后到了下班点就赶紧回家好好陪家人。而现在 Dorran 又这么极力维护自己。凡此种种，自己怎会不感动？

"Dorran，谢谢你，我跟定你了！"

Dorran 表面严肃，说不要搞团伙，内心却狂喜。项目做得一地鸡毛，但她收获了一个忠诚的盟友。汤达人表面连连点头称是，内心也舒展开来，终于不用再纠结是否会得罪华莹莹，在这样的权力架构中，只能二选一。

为了报答 Dorran 对自己的帮助和保护，汤达人决定帮她做件事，一件 Dorran 想做但永远无法说出口的事。

不说违法，违规总有吧

"原来是他！"

华莹莹把筷子送到嘴里，却迟迟没有拿出来，看起来非常吃惊。

"怎么，你很惊讶？"涛哥夹起一个煎鹅肝寿司，边吃边淡定地说，"你学姐'学院路二姐'高调维权，汤达人老婆大闹网北大厦，这些事儿发生的时候你不就应该会想到吗？"

"这些事和我有什么关系？涛哥，别瞎说啊，你说的话我听不懂！"华莹莹一脸委屈，"但这样闹下去，您一手建立的这个公关体系就真垮了！"

"太夸张了吧！"涛哥很不屑。

"涛哥，共事这么久，咱俩就不用打哑谜了吧！您知道的，这么多年，这公关体系有多少项目，多少账目，多少人情往来，打点了多少媒体关系，尤其是政府关系，里面就真的没有一点问题？不说违法，违规总是有吧？"

华莹莹越说越激动："这些情况您比我更清楚。现在抓住以往的不规范操作，写个举报信，貌似要整顿公关体系，可最后到底会捅出什么样的娄子，都会涉及谁，会受到什么样的惩处，我们都不知道！"

"别激动，来，吃！"涛哥给华莹莹夹了一块北极贝放到她搅拌好的碟子里，可华莹莹现在哪有心情吃下这看上去很可口的食物。

"你的心情我理解。其实在来的路上我也了解了一下，解铃还须系铃人，这敲山震虎的意思你能理解吧？"涛哥神秘地一笑，"但是如果有人利用公司规则，达到自己的目的，那么他自己的人设恐怕也不会有多高尚。"

见华莹莹不理解，他又补充了一句："你以为平时那些乱七八糟的人情往来、团建聚会，公司不知道吗？"

华莹莹瞪大了双眼。涛哥继续说："说来说去呢，核心只有一条，不能触碰公司红线。"聪明人的沟通从来都是点到即止，不能说得太明白。

但其实涛哥的意思表达得很清楚了：如果触碰公司红线，谁都救不了，除此之外，大概率就是会高高举起，轻轻放下。同时，网北公司也很讨厌利用公司规则打击职场对手的行为，这种恶意竞争不应受到鼓励。华莹莹放心了，如果一切顺利，楚姗姗和欧阳娜娜大概率不会有事，只是这种举报的行为实在太恶心了！可万一两人还有自己不知道的其他问题，谁能救她们？

对此时还在"小黑屋"中的楚姗姗和欧阳娜娜来说，两人的确都正在面临着人生从来没有遇到过的大麻烦。

"欧阳娜娜，最后一个问题。"中年发福的男子拿了一张纸递给她。

这是一张转账记录，蔚蓝海域和她对接的客户经理冯芳菲给她微信转了一万五千元，时间是两年前的一月。看到这个转账记录，她有点蒙，因为时间过去了这么久，已经完全不记得怎么回事了。

发福男子推了推眼镜，不怀好意地说："我们帮你回忆一下？"

"对不起，时间太久，我实在是想不起来了。"欧阳娜娜双手抱着头，仔细地思索着，但仍然没有头绪。

"你的上下文说的是，要去美国出差，需要一万五急用。"发福男子有点小人得志的感觉，"说吧，这一万五都用在哪儿了？"

欧阳娜娜突然放松下来，她想起来了，这笔钱很好解释。但看到小人得志模样的发福男子，她突然不想直截了当地解释。她说："都被我花了！"

"都被你花了？"发福男子不敢相信欧阳娜娜这么干脆就交代了。

"是的，被我花了。"

"都花哪儿了？"

"我想想，呃，买了一些美国当地的纪念品。"这一万五千元，有五千元的确是被欧阳娜娜用来买了当地的纪念品，但不是给自己买的。

两年前，她去美国出差参加的这个展会，大有来历。每年一月，美国电子消费品制造商协会都会在拉斯维加斯举办国际消费类电子产品展览会（International Consumer Electronics Show，CES）。

CES展创始于1967年，是世界上规模最大、影响最为广泛的消费类电子技术年展，也是全球最大的消费技术产业盛会。这个展会专业性强，贸易效果好，在世界上享有相当高的知名度，所以谷歌、苹果、亚马逊、微软等国际科技企业每年都会参展。这个会，国际国内的影响力都在逐年加大，随着中国互联网巨头出海业务增多，这几年参加展会寻求海外机会的中国企业也就多了起来，网北公司就连续四次参加了这个展会。

此前黄西在美国出差和客户喝多那次，也是在CES展会期间。因为参展不仅是企业形象的国际化展示，更是维护客户关系、签大订单的好机会。

两年前，同时参展的另一家国内互联网巨头从国内带了二十家媒体到拉斯维加斯进行展会报道。知道消息的其他企业纷纷打听有哪些记者被请到了美国，想蹭这些记者，好让他们对自己企业多关照关照。

华莹莹的任务是跟着涛哥服务老板黄西，欧阳娜娜则是一线的公关执行人，要想办法把网北公司带来参展的科技产品宣传好。她委托蔚蓝海域打听都有谁来参加展会，想挑出十家熟悉的记者参观网北公司展台，并把智能产品业务部总经理郝冬请出来，现场接受媒体群访。

在国内，记者采访一般都有"车马费"，这是尽人皆知的行业潜规则。到美国参展成本很高，来回机票、酒店住宿等，人均一万元起步，公关公司出于成本控制没法安排工作人员一起过来，接待媒体沟通选题的任务自然落在欧阳娜娜身上，所以她临时向蔚蓝海域的冯芳菲申请了一万五千元经费。

按国内惯例，每位记者的车马费是五百元，但这是在美国，所以每家公司默契地给每位记者一千元"车马费"，甚至更高。欧阳娜娜除了按照惯例给每人准备一千元，还想给媒体老师买些伴手礼。她选了半天，最终选了一款美国花旗参，在这里买正宗还便宜，人均五百元。当时有一个身穿精致西装，留着时髦短寸发型，手腕戴着一串好看的紫檀佛珠的中年男人，也在打听这款花旗参。欧阳娜娜打眼一看，这人一定也是从国内来参会的。可是他们逛的这家店现货不多，而拉斯维加斯又没有那种闪送或当日达的快递服务，所以欧阳娜娜果断下单，给了售货员一沓现金，算是把这单货抢了下来。这个中年男人见欧阳娜娜已付款，急忙示意售货员，说要加价买，然后说可以把他手上的紫檀佛珠手串作为小礼物送给售货员。那个白人售货员盯着那串佛珠看了半天，两眼放光，垂涎欲滴，但最终也没有答应。

接待来访媒体之前，欧阳娜娜把这批花旗参放在印有网北公司 LOGO 的纸袋里，还放了一些公司产品介绍以及现场派发给参观观众的小礼品。当媒体老师拎着印有网北公司 LOGO 的纸袋参观公司展台，采访完业务负责人郝冬回去，欧阳娜娜才舒了口气。这参展的公关传播工作算是完成了一半。

所以，当欧阳娜娜想起这一万五千元的费用时，心里顿时放松下来。此前她也时常考虑，媒体老师参加发布会或者商业活动时都会按惯例给他们车马费和伴手礼，算是业内普遍认可的，可如果认真追究起来，会有问题吗？

没有人告诉她答案，因为放眼望去，整个行业都是这么做的。前段时间，她得到了一个相对确切的答案。说这种行为处于灰色地带，需要结合具体情况具体分析。

给出这个答案的是楚姗姗的律师老公刘宇飞。楚姗姗也问过这个问题，刘宇飞说这个现象和给医生红包有点像，但也不完全像，可以作为参考。

给楚姗姗讲这个问题的时候，他取出了一本罗翔写的《刑法学讲义》，里面提到一个问题：手术时医生收受患者红包算不算犯罪？罗翔在书中明确说，一般不构成犯罪，因为这种现象比较普遍，刑法是一种最后法，不宜轻易使用。而且，如果做手术的医生可以构成犯罪，那么塞红包的患者也可以构成行贿，这样打击面未免太宽。

"所以，你说这一万五千元都是给媒体记者的？"

"是！"

"怎么证明？"

听到这话，欧阳娜娜又好气又好笑，钱的用处当然能证明，可每笔账都让监察部这么查，还让人怎么工作？干脆每个人身边都安排一个监工好了！

"第一，这笔费用是走的正常项目采购，体现在最终的结算单里，参加活动的具体名单都有，包括最后的出稿记录；第二，可以联系当时的媒体记者核实，我有联系方式都可以发给你们，你们可以逐个询问。"

"购买记录呢？"

"在国外买东西，用美元更划算，所以出国之前我临时兑换的美元。购物小票结束后给了蔚蓝海域作为报销凭证，他们没有给你吗？"欧阳娜娜耐心地解释，"最直接的办法，是给参加活动的媒体老师打电话核实。对了，当时展会结束后的汇报 PPT 里应该有媒体采访的现场照片，都可以证实。"

欧阳娜娜心想，这公关工作太难做了，每天除了拼命地想策划、搞大事、防危机，还要应付不知道什么时候会被人砸到头顶的一大棒。工作中如果任何一个小细节没留存，一旦解释不清，职业生涯可能因此就完了。

真的要谢谢楚姗姗，跟着她工作这几年，虽然经常挨骂，但她改掉了以往大大咧咧的工作习惯，在细节问题上十分谨慎，所以今天质疑的每个问题都能解释清楚，要是工作粗心一点，哪怕是一点点，恐怕神仙都救不了她。

听完欧阳娜娜的解释，两个男人互相看了一眼，合上电脑，关掉了桌上的录音笔。没有问出实质性的内容来，那个精壮小伙似乎还有所不甘，很不情愿地说："来，在今天的对话记录上签个字。签完后你就可以走了。"他一边说，一边把手机拿给了她。

欧阳娜娜终于松了口气，试探性地问："还需要我做什么吗？"

"回去等通知吧！"

还要等通知？难道这事儿还没完吗？

欧阳娜娜刚刚放松的心，一下子又揪了起来。

好事不出门，
坏事传千里

————

楚姗姗的那台红色玛莎拉蒂在网北公司地下二层停车库显得那么扎眼。

中午几个准备开车出去吃饭的同事路过，忍不住都要点评几句：

"听说集团公关部有个人开了一台红色玛莎拉蒂，不知道是不是这台。诶，你说这人是不是被包养了？"

"人家就不会自己赚钱吗？网北公司的高管养这台车还不是小意思！"

"咱们公司豪车是不少，可你在地下车库见过几台玛莎拉蒂？"

"树大招风，这么高调迟早没好事。你们没听说今天一早，集团公关部被监察部带走了两个人吗？"

"真的？"

"那当然！其中有个人好像就是开玛莎拉蒂的！"

"可怕！以后我再有钱也不买豪车！"

"说得好像你买得起豪车似的，哈哈哈……"

几人边说边笑，似乎一切都与自己无关。别人身上的事儿，在他们这里就是茶余饭后的谈资。鲁迅说过，"人类的悲欢并不相通，我只觉得他们吵闹"。是啊，这世上本就不存在能完全体会你感受的人，即便是你的父母。

"这事传得可真够快的！"正从地库经过的 Dorran，听到同事的议论后，对身旁的汤达人说。

自从上次"立春"事件后，Dorran 和汤达人之间的关系的确发生了微妙的变化，或许是因为战斗友谊而加深了彼此的信任。总之，几乎人人都能看得出来，汤达人彻底倒向了 Dorran，同事们也经常能看到他们俩中午一起吃饭的背影。

这天他们从外面吃完饭，开车回来路过地库时，听到了同事们的议论。

"好事不出门，坏事传千里嘛，正常！"汤达人轻飘飘地回复 Dorran，想早点结束这个话题。

Dorran 继续说："我听到有人说，是我安排人举报的，你觉得是吗？"

汤达人瞬间脸涨得通红，脑门上开始冒出一些冷汗。他知道，Dorran 这是想撇清责任。如果举报属实，那么还好，可以说是为公司除害。如果举报不实，公司一旦追究下来，就会涉嫌诬告，举报人的职业道德乃至人品和口碑都会受影响，毕竟没有人喜欢与一个动不动就举报的人做同事。

"怎么可能？您来网北公司才多久，公司上上下下里里外外的情况都不是很清楚，怎么就会去举报？又拿什么举报？"汤达人声音有点紧张，"更何况您是 VP，被举报的人一个是中层，一个是基层，这级别也不对等啊，绝对不可能！"

Dorran 很满意汤达人的回答。既达到了目的，又兵不血刃，还撇清了责任。可是，若不是为了巩固那可怜的职场地位，谁又愿意动这样的心思呢？

Dorran 身材消瘦，而脑袋偏大，刚入职场时，总是被人暗地里嘲笑为"大头娃娃"。但是她消瘦的身体里潜藏着大大的能量，她发誓一定要在职场做出一番成绩来，让那些以貌取人的庸才统统闭嘴。

后来经外企锻炼，她掌握了按规则办事的职场原则，凭借一股冲劲，一路做到中国区的公关负责人，直至跳槽到深圳一家"大厂"任公关副总裁，这时，她发现再也没有人对她的外貌指指点点了，更多是对她能力的认可。

她逐渐明白，只有强者才能赢得别人尊重的目光，也只有强者身上的缺点才能被认为是与众不同的特点。为此，她立誓要做一个永不落幕的强者。

在深圳"大厂"的高管经历，让她开始掌握外企规则和中国人情之间的平衡。在中国老板的企业工作，虽说业绩很重要，但有时候信任与友谊更值得重视。如无意外，她应该就在深圳这家"大厂"干到退休了。按目前的规定，女干部是五十五周岁退休，女工人是五十周岁退休。如果不是创始人，女职业经理人往往五十岁就要离开职场，除非公司愿意返聘。而来网北公司之前，她已经四十四岁了，再熬六年，就可以正式告别职场。

女性在职场其实比男性更辛苦。早年为了在职场快速进步，Dorran 把怀孕生子的时间一拖再拖。三十五岁时，老公何常成说你再不生孩子就离婚吧，她才慌了神，终于在三十六岁那一年有了她的宝贝女儿何梓萱。

何常成最近几年一直在忙创业，经常北京、深圳两头跑。她想，老公也不容易，也是为了这个家在打拼。自己再辛苦几年，等到将来告别职场的时候，宝贝女儿也才十四岁，还可以当个全职妈妈照顾她。没想到，何梓萱六岁那年，阿姨接她放学路上目睹了一个社会青年拿刀在人群中挥舞，有一个人倒在血泊中，晚上孩子回家就发了高烧。她烧了三四天，开始茶饭不思，逐渐郁郁寡欢，以往说话滔滔不绝的孩子，也不爱说话了，学习成绩一落千丈。

后来，她带女儿去深圳的医院做检查，初步诊断是轻度抑郁。可是转眼一年多过去了，女儿的症状没有明显好转，她就带着孩子到全国最好的精神科医院之一北京大学第六医院去看。

专家告诉她不要着急，孩子的症状是过度惊吓造成的，需要增加关心和理解，要多陪伴孩子进行社会活动，这样有助于缓解抑郁症状。专家建议经常复诊，根据具体情况调整治疗方案，说孩子好起来只是时间问题。

为了能够让孩子早日康复，她就开始考虑到北京工作，何常成在北京的时间比较多，可以有更多夫妻团聚的时间，更重要的是可以陪孩子治病。她觉得，只要可以让女儿早日康复，付出任何代价都可以。

她来北京工作以后，发现何常成出差的频率更高了，于是她常常会等何梓萱睡着，然后一个人在深夜端一杯红酒坐在落地窗前，以此来排遣一天的疲惫以及自己的孤独。

这所房子是何常成在北京租的，地点在网北大厦不远处的北岸壹号公馆。由于互联网新贵的青睐，品质颇佳的北岸壹号公馆成为不少高管的首选。北岸壹号公馆主打的是方方正正南北通透的大户型，而且北京西北方向上风上水，离大型互联网公司距离都很近。最重要的是，这里还有历史悠久的中关村小学分校，解决了高管们孩子的上学难题。所以，这个小区的二手房售卖均价都在十二万元每平方米以上，最便宜的一套也得两千多万元。

租房虽说便宜很多，但比一般的公寓还是要贵不少，不过 Dorran 从未考虑过这个问题，因为她有高管异地工作的高额租房补贴，公司让她住得舒服一些，也是为了让她能更有效率地工作。

Dorran 把何梓萱接到北京上了一所国际学校。这里更推崇素质教育，不会公开对学生成绩的排名，能充分保护孩子的自尊和自信。

看着落地窗外的车水马龙和不远处互联网公司因加班而灯火通明的大厦，她常常暗自伤神，除了在这里排遣一天的疲惫和深夜的孤独，她还尤为失落，因为就算是搬到北京来，就算是和老公住在了一起，她还是没能给孩子一个充满爱的家。

何常成有外遇这件事，她早就察觉到了。还在深圳的时候，有两次她发现了老公白衬衫衣领上的口红印，还有一次在老公的毛呢大衣上发现了数根女人的长头发。如果说这些还是她疑神疑鬼，事实就在一个夜晚突然从天而降。

就在决定是否接受网北公司邀请来北京的前一晚，她突然收到了一条匿名短信：你老公正在北京万科公园五号小区的六号楼三单元三五〇二号房，楼下停着他的车，车牌是京 NQXX9。

她赶紧查看何常成在北京租车的车牌，正是京 NQXX9！她拿起手机就拨了过去，想问清楚对方是谁，可对方手机一直关机，再也无法接通，她只好把号码存下，备注为"万科公园五号"。

彻底慌了！以前她无数次告诉自己，这不可能，何常成是多么爱自己，爱这个家，每个月赚的钱都会如数给她，自己只留一点生活费。可是现实告诉她，女人的直觉是多么可怕，既然这一次有人提供了线索，那么她不得不去面对。

所以她立刻找到一起在清华读书时的闺密胡秋霞，请她帮忙，让她立刻赶到万科公园五号，务必拍到她老公走出房间的照片。

胡秋霞在身上喷洒了一点白酒，装扮成喝醉酒的模样，就坐在六号楼三单元三十五层的过道上，假装迷迷糊糊、不省人事，但手机正对着三五〇二号房门。大约二十三点四十分，一个戴着鸭舌帽、穿着安德玛运动服的男人走了出来，胡秋霞快速按下了拍摄键。这男人从胡秋霞身边走过时，嫌弃地捂了捂嘴，觉得这么高档的小区里，怎么还会有这样的酒鬼。

从出门到走进电梯，一共三十秒。Dorran 看完这三十秒的视频时，心如刀割。是他，没错！那件安德玛运动服还是自己在欧洲出差时，在当地商场给他买的，当时两人还打了视频电话，一起选出了他最喜欢的款式。

Dorran 谢过胡秋霞，让她赶紧回家。还没到半夜十二点，她给黄西的助理发了一条信息：我确认来网北公司，入职时间拟定在两周后。

一心想给宝贝女儿一个完整的家的 Dorran，虽然有了证据，但当作什么都没有发生过。在她看来，只要何常成还爱着这个家，她就要努力维持家的完整。

可当她来北京后，何常成似乎出差频率更高了，第六感告诉她，何常成很可能又有事儿。有一次，她与何常成一起吃饭时，不经意间提起说有朋友看到过他的车停在万科公园五号。

何常成愣了一下，似乎明白了什么："哦，对，有个客户特别难搞定，导致晚上追到他家，喝了三瓶酒，才勉强谈成了合作。"

Dorran 痛苦地闭上了眼睛，想把眼角的泪水使劲憋回去。憋了半天，终究还是没有哭出来，从嘴角里勉强挤出了几个字："辛苦了！"

两个成年人之间的对话，不用过多言语，彼此都心照不宣。

婚姻事业
难两全

汤达人对 Dorran 撇清责任的表态心领神会。

可是举报信一旦公开，质疑的矛头必然会对准他。因为有一个小秘密，整个网北公司或许只有他一人知道，而他把这个秘密写进了举报信中。

就在"立春"事件后不久，蔚蓝海域合伙人史文钊找到了他。一般来说，甲方高管变动的一举一动，往往都会牵动不少乙方的神经。

是否用供应商、用哪家供应商，甲方都会走严格的招采流程，但招完标的实际执行中，甲方对供应商的态度以及对业务要求的严格程度，往往取决于这家供应商是不是甲方领导的嫡系。这似乎是一个毋庸讳言的潜规则。

现在，既然 Dorran 到了网北公司当 VP，而蔚蓝海域又是网北公司多年的供应商，理应早点过来拜拜码头。可蔚蓝海域创始人 Selina 是楚姗姗多年的好友，而楚姗姗又是华莹莹的下属，华莹莹又是当初的 VP 候选人，这里面错综复杂的关系，让 Selina 和合伙人史文钊愁眉不展。

于是，史文钊在没有和 Selina 打招呼的情况下，私下来找汤达人，表达想继续合作的意愿。汤达人自然也是官腔十足，也没有说不合作。原来怎样以后还怎样呗，难道还有比现在更深入的合作？

在史文钊看来，现在的合作已经是历史上的最好水平了，网北公司大大小小的公关活动都有蔚蓝海域的身影。他要和汤达人保持沟通，主动示好，还是在商言商的思维，也就是鸡蛋不能放在一个篮子里，这个宝两边都要押上。所以，他并不奢求能有更深入的合作，只要能够维持现状就很好了。

一见面，史文钊的这点小心思就被汤达人看透了。既然你示好，那也不能空口说白话，总得要拿出点诚意来吧？

史文钊自然明白，转了转头，确认周围没有人，把嘴贴近汤达人的耳朵，用一只手捂着说："您要是有继续合作的意愿，我回去商量一下，给您百分之五的股份看看行不行。"

汤达人吓了一跳，这可是踩踏公司红线的行为啊！你蔚蓝海域真敢给，我汤达人还真敢要吗？

"不行不行，绝对不行！"

"嗨！那怎么了，那个楚姗姗还有百分之二十的股份呢！"看到被吓到的汤达人，史文钊急得慌不择言，生怕到手的大鱼给扑腾没了。

可话说出口后，他立刻意识到自己失了言，赶紧找补："我就是那么一说啊，公司也不是我一个人的，说不定Selina还不同意呢！"

其实，要是给股份，Selina真不一定同意。她和史文钊辛辛苦苦把公司做大，真金白银给别人送钱，心里还是不舍得的，何况还涉及法律和网北公司的红线问题。史文钊没有真心想送股份，也就是想通过这种方式表达自己的诚意。

可他不知道，自己随口说出的一句话将会给别人带来多么大的麻烦和怎样的灾难。当监察部工作人员问起楚姗姗是否拥有蔚蓝海域百分之二十的股权时，楚姗姗着实也吓了一跳。

她很感激老公刘宇飞帮她在诱惑面前守住了底线，最终没有触碰公司红线，从而保全了自己，也保全了这个完整的家。

坐在网北公司"小黑屋"中，她心中对刘宇飞除了感激，还有愧疚。

两人结婚快十年，关系就如同是生活在同一个屋檐下最熟悉的陌生人。

她总是觉得自己还处在事业上升期，要以事业为重，才能杀出重围，成为华莹莹的得力爱将。

她喜欢聘用男生，如果是女生，她必问的一个问题是什么时候要孩子。如果对方答应三年以内暂时不生孩子，她才会考虑这位候选人，如果三年以内有生孩子的打算，她一定会把这位候选人刷掉。她知道这对女性很不公平，可是谁又能对自己公平呢？在网北公司干了快十年，没有一天敢懈怠。如果有人生孩子去了，谁来帮她扛事，谁来帮她工作？她自己又能怎么办？

在这个事情上，她是吃过亏的。

有位媒体出身的同事一直在业务部门做运营工作，但那个部门关系极其复杂，业务也总是调整，搞得人心惶惶。这位同事和楚姗姗有过接触，所以就问她能不能转岗到公关部来。和以往一样，楚姗姗的第一个问题就是近期是否有生孩子的打算，得到三年之内都不会生的回答之后，她同意了对方的转岗申请。

万万没想到，才过了两个多月，这位同事就找到了她，哭着说自己意外怀孕了，可是又舍不得这个孩子，和老公商量后决定要把孩子留下。楚姗姗当时肺都气炸了。当初答应让她转岗，就是因为对方答应三年内不要孩子，可这还不到三个月就怀上了，再过八九个月就要休产假，这也就意味着工作刚上手就要离开。问题是，离开后谁来收拾这个烂摊子？

毕竟是个生命，工作再重要，也不能不让人生。她不情愿地说了一些安慰的话，什么注意身体，有什么需要帮忙的尽管开口之类。从此以后，她再也不敢轻易相信别人暂时不生孩子的鬼话。

一次在团建时，她主动提起了这个话题。

那天在一个饭桌上，大家吃好玩好了，借着酒劲儿，她说公司任务这么重，大家都辛苦了，还需要再扛一扛，过几年就好了，然后话锋一转说，也不知道为什么，自己不是很喜欢小孩儿，总感觉生孩子当妈妈这件事离自己很遥远，况且在网北公司工作，哪里还有时间考虑到这件事！

在她身边待久了的欧阳娜娜自然知道她想表达什么，抢先表个态说，虽然自己喜欢小孩子，可现在正面临分手危机呢，真正的谈婚论嫁还早着呢！生孩子更是遥遥无期的事。

欧阳娜娜开了个头，其他女同事都开始纷纷跟进。有人说，我也不喜欢小孩子啊，也没做好准备；也有人说，自己和老公商量过了，这几年先不要孩子；还有的说，要先赚钱还贷款，还没想过生孩子的事儿呢；甚至有人说家里养了只柯基犬，宠物可比孩子好玩多了、听话多了……

虽然知道这都是些场面话，但当时的楚姗姗还是很欣慰，先保持团队的战斗力再说。然而楚姗姗的内心十分难受，因为刘宇飞不止一次暗示过她，两人是不是该考虑要个孩子，他说家里老人给将来的宝宝准备了好几套衣服呢，也不知道到什么时候才能用上。

作为律师，刘宇飞是个情商很高的人，这么重要的诉求，表达得十分委婉。只不过当时的楚姗姗还沉浸在刚刚购买了玛莎拉蒂的喜悦中，那种事业成功的兴奋感淹没了一切。

暗示过几次，刘宇飞见她没有反应，索性不再提。从那以后，刘宇飞在家的时间明显变少了，而自己一直忙于工作，竟然也忽视了刘宇飞的异样。

现在，在这个监察部的"小黑屋"中，她想起了刘宇飞的各种好。比如，他从来不主动和自己吵架，给自己提供了十分充盈的情绪价值，还通过他的专业认知帮自己避免了一场灾祸。他自己是多么渴望当一个父亲，多么渴望拥有简简单单的生活，自己却长期忽视了他的感受。

她突然觉得好难，当一个职场女性真的好难！不仅要和男同事竞争，还要在家庭里扮演好妻子好妈妈的角色，一旦家庭角色缺位，即便事业再成功，在世俗的眼光里，也很难说这样的人生是圆满的。

可是，如果不是刘宇飞，当时她稍有不慎，一脚踏错，现在所有的一切都会灰飞烟灭。如果那样，赚再多的钱还有什么意义？

现在，她想通了，这次调查结束后，她就和刘宇飞好好过日子，告别自己曾经推崇的"996""007"，就那么简简单单地相夫教子，也挺好的。

简直杀人诛心

"百分之二十的股权我没法自证，因为根本就没发生过！"楚姗姗对监察部那位四十多岁白白胖胖的同事说。

"最好是现在交代，如果被我们调查出来，性质可就完全不一样了！"这位白胖同事拍了一下桌子，恐吓似的说。

"没有发生的事情，我总不能编个事实交代吧？"楚姗姗依然很淡定，这份淡定来源于她的底气。

"那你看看这个！"看起来无精打采的瘦黑同事给她递来了一张纸，上面是蔚蓝海域客户经理冯芳菲给她转账四千元的截图。

楚姗姗心想，你这不是侵犯人家隐私吗？再转念一想，或许在调查她之前，已经调查过蔚蓝海域了？还有，百分之二十股权的事情只有 Selina 提过，现在监察部已经知道，也就是说 Selina 也被调查了？可这种根本没影儿的事，她为什么要交代？难道是被威胁了？

至于这区区四千元钱，其实非常好解释，只是因为事发突然。

今年三月，网北公司和一家大型咨询公司 IBC 联合发布前沿科技产品白皮书的报告并举办媒体发布会，地点选择在北京 CBD 核心区国贸三期的群贤宴会厅。楚姗姗是项目整体负责人，欧阳娜娜负责发布活动的海报设计、活动安排、现场搭建、媒体邀请和沟通，以及后续出稿情况的具体跟进。

为了这个活动，整个团队前前后后忙活了大半个月。由于参加活动的嘉宾一直在动态调整，所以海报内容以及现场摆放的易拉宝等物料一直定不下来。楚姗姗要求，活动开始前一天下班前，所有物料必须搞定，让物料制作的供应商连夜制作，确保第二天早上七点前摆放到位，活动九点开始，留出两个小时的弹性时间。

至于媒体邀请、新闻通稿撰写、伴手礼准备，欧阳娜娜都按部就班准备好了，就等现场物料了。为了一早就可以布置好现场，欧阳娜娜让蔚蓝海域在国贸三期旁的快捷酒店开了几间活动用房供工作人员住宿，这样就不用来回折腾了。

第二天早上六点，欧阳娜娜和小伙伴早早就来到了国贸三期的群贤宴会厅门口，等着供应商把物料送过来。这样的活动欧阳娜娜很有经验，门口要摆放两个易拉宝，宴会厅里每个座位都要摆放桌签，以及印刷好的活动议程。伴手礼前一天准备好了，就等印着完整议程的单子送到后，逐一放进伴手礼袋子。顺利的话，全程下来这活儿不到一小时就可以搞定。

可是到了六点半，还没见送货的人来。欧阳娜娜急了，赶忙打物料供应商的电话，第一通电话没人接，第二通电话虽然接了，可电话那头带着一股子的被窝味道，还有起床气："谁啊，这么早打电话？"

"谁？我是欧阳娜娜！这都几点了，物料呢？！"

好家伙，这人还在睡觉呢！欧阳娜娜急得恨不得飞过去把这人揪起来。

"物料？你们不是改成下午办活动了吗？今天下午一点，准时给你们送到！"这供应商大哥还不忘加上一句，"放心！"

放心你个锤子！欧阳娜娜忍不住心里开始骂，都什么时候了，还放心！

"什么时候说改时间的？"欧阳娜娜自己都没意识到，可能是太着急了，说话的声音控制不住地大了起来。

"昨天晚上啊，你们给我打了个电话，说发布会时间改到下午三点了！"那边的人声音充满委屈。

"打电话？谁打的？"欧阳娜娜有些不明所以，赶紧追问。

"不是你们打的吗，号码显示是你的啊？"

"我？我什么时候给你打的电话？"欧阳娜娜一脸蒙。

"我看看啊，你先别挂。"电话那头是一顿捣鼓，然后说，"看到了，是你的座机打的，我存过你的座机号码。"

"我座机？我昨天整个晚上都在国贸，根本不在公司！"欧阳娜娜觉得这事太蹊跷，况且，现在还有谁用座机！

"咱们合作了这么多年，你一进网北公司咱们就有联系，那时你不是经常用座机给我打电话吗？我就存下了。昨晚打电话那人说是你让通知的！"

欧阳娜娜觉得这件事一定有人在搞鬼，但现在不是追究责任的时候，赶快解决问题要紧："所以如果你现在开始送，到这里要多久？"

"物料都印刷好了，现在是六点半，还有半个小时就是早高峰了，国贸那边更堵。我们厂在丰台，不堵车的话一个小时可以到，现在堵车的情况，真是不好讲，尤其是国贸那边，很可能九点左右到。"

"九点左右？！那肯定来不及！"活动九点开始，九点才送到当然来不及，"这样，你现在马上安排人送，我这边再想想办法，如果送到更好，送不到这批物料就当作废了。"

同时，她立刻把情况和楚姗姗做了汇报。楚姗姗先是把她一通骂：你是怎么管理供应商的？这点事情都办不好吗？可骂归骂，问题还是要解决，她让欧阳娜娜抓紧在周围看哪里有文印店，同步去打印。

楚姗姗记得和刘宇飞还在谈恋爱的时候，两人周末特别喜欢逛国贸商城，逛完就去附近的万达影城看电影，然后牵着手在周围闲逛。天气好的时候，她就会穿着心爱的乳白色长裙去逛街，夜幕降临，微风吹拂下，白衣飘飘的身影每次都能让刘宇飞看得入迷，那真是一段美好而难忘的时光。

她记得当时溜达到万达广场后面写字楼的临街店铺时，看到过一家文印店，就在全时便利店旁边，当时还在想为什么这个商圈会有这么大一家文印店，刘宇飞说可能是因为万达广场这边有很多写字楼吧。

对，可以让欧阳娜娜赶紧过去看看，同时在点评网站上查找这家店的电话，给店家打电话。她赶紧和欧阳娜娜打电话说："娜娜，你现在快去坐地铁，只有一站路，大望路站下来走五分钟就到，这个时间点的国贸千万别打车。记得多喊几个人一起帮忙。"

等欧阳娜娜下了地铁一路小跑到打印店门口，发现才七点钟，人家根本没开门。于是她赶紧拨打从点评网站上找到的电话，幸运的是有人接，接电话的人说别着急，店里有人值班。

果然，过了不到五分钟，一个睡眼惺忪的小伙子走过来开门。问清楚事由之后，他说这个需求可以做，虽然品质达不到丰台那家印刷厂的杂志级标准，但商务场合使用说得过去，毕竟门店服务的都是万达广场这一片的企业，人家要求也都不低。只不过加急做的话，费用上要按双倍计算。

欧阳娜娜都快急死了，这个时候哪管费用多少，十倍都行。

八点半左右，这批加急物料被"人肉"背到了会场，调动全部工作人员花了十五分钟布置。九点前，嘉宾陆陆续续来到会场的时候，现场布置完毕，虽然物料品质一般，但总算没有掉链子，应急没啥大问题。当一切准备妥当，再告诉印刷厂老板说不用送的时候，他们的车还堵在东五环上。

为了不让下属垫钱，楚姗姗给欧阳娜娜转了一万元救急。结果整个物料制作算上加急费，才花了四千元，剩下的六千元钱欧阳娜娜很快就转回给了她。而开支出去的这四千元，是从蔚蓝海域的项目里面结算的。当蔚蓝海域把这笔钱报销出来，冯芳菲就把钱给她转了过来。

楚姗姗想不通的是，既然监察部已经调查了蔚蓝海域公司，为什么不把事情的前因后果调查清楚，还是说蔚蓝海域压根儿就没说实情？还有，那天晚上冒充欧阳娜娜的电话到底是谁打的？公司监察部不是更应该去查清楚吗？为什么放着这些事情不查，而对他们工作上的一些并不重要的经济往来这么感兴趣？

楚姗姗之所以心里有这样的抱怨，是因为她要求过调取公司监控，看看那天晚上用欧阳娜娜座机拨打电话的人到底是谁。可公司就是不让查，说公司并没有盗窃等违法行为发生，如果每个人遇到一点事就要来查监控，那公司直接把监控系统公开得了。只有在配合相关部门调查的情况下，监控才可以被调取。所以直到现在，她和欧阳娜娜也不知道打那通电话的人到底是谁。

解释清楚四千元的转账记录后，那位皮肤黝黑、身材消瘦的监察部同事突然又问道："你老家是山西运城吧？"

"对！"

"还记得三年前社交平台上发起的智能产品转发有奖活动吗？"

"不记得，我们每年组织的产品活动太多了！"

"那好，我帮你回忆回忆……"

楚姗姗不知道他们到底想问什么。她在公司工作期间，每年光大型公关活动就会组织数十场，小的类似产品转发有奖活动至少也有几十次，这么多年哪里会记得住其中一个无关紧要的活动呢。

那个身材消瘦的同事继续说："三年前咱们公司刚推出来一款智能学习机，你们在六月一日儿童节那天发起了一个微博转发抽奖的活动……"

楚姗姗好像有点印象，但在记忆里也很模糊，只是不知道这个活动出了什么问题："好像是有这么回事，这个活动怎么了？"

"我们收到举报，这个活动中奖的一共有五人，其中四人的地址都是在山西运城！"

"然后呢？"楚姗姗有点不理解，"四人的地址在山西运城，有什么问题？"

"你说有什么问题？"四十多岁白白胖胖的同事嘴角微微上扬，有点居高临下地说，"你老家是山西运城，五分之四的奖品都发往了山西运城，你还说没问题？"

这事如果属实，确实也很蹊跷。楚姗姗今天也是第一次听说这事，可她好歹也是个总监，这么细节的事情她并不关心，也没人和她汇报，所以她还是没搞明白，这些奖品都是山西运城的网友得了，又能怎么样？和她又有什么关系？

"有什么关系，请问？"她觉得还是直截了当地回复比较好。

"还在装！"身材消瘦的同事略带审问的口气对她说，"我们有理由怀疑，你在活动中弄虚作假，将活动奖品直接发给自己的亲友！"

这简直是莫须有！楚姗姗百口莫辩。只是被这人一吓唬，她倒是想起为什么运城的中奖网友占比这么高了。

"我想起来了！当时因为参与活动的人不多，我就在朋友圈把这个活动转发了一下，请大家关注并帮忙转发。我老家的同学、朋友都生孩子了，他们的生活节奏也不快，可能参与得踊跃一些吧。"楚姗姗在努力地推测，"但是不能因此就说我弄虚作假吧，弄虚作假是完全不参加活动就把奖品发给了指定人。可是我连发给了谁都不知道，无论是从动机，还是从执行来说，都和弄虚作假四个字完全没关系！"

说完，她心里就在猜测，这个举报人一定是个老熟人，三年前根本就没人记起的事情，这个人还能记得如此清晰，实在太阴险。

她还记得，公司之前好像就因为有个实习生在类似活动中弄虚作假，将活动奖品直接发给自己的亲友，后来还责令他退还侵占的奖品。现在这封举报信给她挖的坑，简直就是对那位实习生做法的如法炮制。

而且，回想举报信中提及的问题，从买玛莎拉蒂，到蔚蓝海域要给百分之二十的股权，再到转账截图，以及说她在活动中弄虚作假，桩桩件件都是要把她往职务侵占、以权谋私和受贿的罪名上靠，简直是杀人诛心，要把她往死里整的节奏！

那么，现在的问题是，她的回答，监察部的人会相信吗？

涛哥失联了

"她们在小黑屋里的回答,监察部的人会相信吗?"华莹莹看着吃饱后正在用纸巾擦嘴的涛哥,问了最后一个问题。

"这个问题我确实没法回答,毕竟我没在监察部工作过。"看着焦虑的华莹莹,涛哥试图缓解她的情绪,"但是,你毕竟跟着我工作了将近十年,我可以和你说几句发自肺腑的话。第一,每个人的问题每个人扛,无论是你,是我,还是她们俩;第二,只要不是原则问题,只要没有踩到网北公司的红线,治病救人还是第一选项,毕竟公司培养出一个人才也很不容易;第三,至于你说的信不信,公司有自己的判断标准,监察部的人都是经验丰富的老刑警或老检察官出身,没那么傻,不会简单地听信一面之词。"

"到今天这个份儿上,我多说两句。"此刻涛哥就像一位长者跟晚辈讲述人生经验,"职场就是一个看不见硝烟的战场,永远不要想着去试探人性,一旦你有这个想法,结果往往会特别失望。在没有利益冲突之前,别人对你好是真心的;一旦有了利益冲突,别人想置你于死地也是真心的。"

华莹莹一手托起腮,若有所思地点点头。

"到你我这个级别更是这样。只是之前有我这棵大树遮风挡雨,把你们的利益分配得……我自认还算恰当，所以你们才会被保护得比较好。虽然也有小矛盾，但并非敌我矛盾，总的来说用内部矛盾形容比较恰当。"涛哥摇了摇头，叹了一口气，"还记得两年前的年会活动吗？在古北水镇那次。"

华莹莹当然记得，那天现场气氛特别热烈，整个公关体系好几百号人几乎都来了。快过年了，大家都憧憬着年会上老板们给发大红包，抽大奖。况且古北水镇依山傍水，和浙江的水乡乌镇是同一个文旅团队开发的，所以这里又被叫作"北方乌镇"，是一个休闲游玩的好去处，没有理由不去。当时每个团队都精心准备了年会节目，高级总监们也都准备了拿手曲目，都想给这一年的辛苦画上圆满的句号。

那天，会场最重要的主桌上，包括华莹莹在内的七位现任高级总监，以及转岗到网北公司其他岗位的涛哥老部下，一共十几人，已经坐齐了。现场人声鼎沸，喧闹声此起彼伏，那是互联网黄金时代新贵的狂欢盛宴。

本来年会定在晚上六点半开始，持续三小时，到晚上九点半结束，结束后大家在古北水镇住一晚，第二天各自回家。可这次年会一直到晚上七点半还没开始，现场不满的情绪逐渐蔓延，小道消息也开始流传：涛哥失联了！

是的，这场年会最大的老板是涛哥，可直到晚上七点半，涛哥还没有露面。涛哥的助理跟他家人朋友打听了个遍，没人知道他去了哪里。一个多小时过去了，还是没能联系上。

涛哥助理实在没了主意，连续发了几条信息给涛哥，说时间已经不早了，要不再等十分钟我们就先开始了。他知道涛哥不会回复，但还是要尊重涛哥，万一能看到呢。发完消息，他直接通知年会组委会，七点四十五分准时开始。于是伴随着欢快的音乐，年会主持人宣布开始这次年终狂欢。

两天后，涛哥回到了网北公司办公室，召集年会组委会的人说，古北水镇的年会自己因故缺席，三天之内要重新举办一场年会，地点就不要在郊区了，在市里找个酒店宴会厅，中午或者晚上都可以。

年会组委会的负责人一听，头都大了。北京公司多，年底都扎堆办年会，一般都提前一个月订酒店，好的酒店半年前就被预定了。涛哥说三天内搞定，除了举办场地是个问题，还有各种物料需要重新制作，不可能完成。

可涛哥布置任务从来都不容置疑。打了三四十通电话后，国贸嘉里中心酒店给年会负责人来电，说一家企业刚刚退订后天的宴会厅，你们要不要。当然要！三天之后，包括年会流程、抽奖奖品和程序等重新上演，只不过气氛不如古北水镇时欢快，节目只剩下两三个助兴。不过涛哥整体上满意。

"都说我失联了，你知道当时我去哪儿了吗？"涛哥问华莹莹。

"不知道，都说您突然生病了。"华莹莹记得当时有人说看见涛哥被科技园派出所的人从公司带走了，但更多人说这是谣言，涛哥自己的说法是当天突发心肌梗死，被家人送到医院抢救去了，从此再也没人提起过这事。涛哥今天主动说起来，难道想告诉自己事情真相？难道真的是被警察带走了？

"那两天我在科技园派出所。"华莹莹听到后，不禁打了个冷战，张开的嘴巴半天都合不拢。这太令人不安了，当时流传的那个传闻竟然是真的！

"不要这样看着我，哈哈，事情都已经过去了。"涛哥一脸轻松，并试图安抚惊讶的华莹莹，"所谓高处不胜寒，指的就是这样！"

涛哥左右两个臂肘撑在桌上，双手交叉摆在胸前，心平气和地说："我也是被人举报了！"

华莹莹吓得赶紧拿起桌上的水杯，打算喝口水压压惊，可没想到这口水还没喝下去就被呛了出来。

"别紧张，事情过去两年多了，早就结束了。"涛哥抽出一张纸巾递给华莹莹，让她擦一擦刚刚呛出来喷到桌上的水。

等华莹莹情绪稳定下来后，他继续说："举报的人知道我和公司监察部关系很熟，所以公司内部没办法调查，他们干脆报了警。就和你刚才说的一样，这么多年在公司工作，多少人情往来，真的有人能全部说清楚吗？尤其是政府关系这一块，牵扯的人和事实在太多、太复杂了。"

华莹莹忍不住追问道："然后呢？"

"然后，举报人就主动找到派出所，说举报内容失实，要求撤回举报。派出所哪里肯，国家单位又不是你家开的，说来就来，说走就走。再然后，举报人就找了很多材料，也找了很多关系，证明是举报人自己的问题，举报内容不属实，不能冤枉了好人。所以过了两天我就回来了。"

"好险！"华莹莹感觉后背被冷汗浸湿了，一阵凉意钻进了心里。

涛哥笑了笑："没什么，你要知道，大树生来就是要被日晒雨淋的。"

"那你知道举报人是谁吗？"华莹莹问。

"举报人是谁，重要吗？"涛哥依然很平和。

"不重要的话，你怎么报复呢？"

"你们年轻人就是胜负心重，胜负有那么重要吗？事实是，半年后我就离开了工作十年的岗位，准备接手西红柿在线教育的业务了。"

"所以你的意思，举报人是……"

涛哥见华莹莹要说出"黄西"二字，连忙解释道："没有那个意思，只想告诉你，如果有人想绊倒你，你要有两败俱伤、玉石俱焚的能力，这样就不会有人能轻易伤害到你。既然没人能伤害到你，又何必穷追不舍？那句话怎么说的，对，'大家好才是真的好'，何况人家的目的也达到了。"

华莹莹一脸不解："达到了什么目的？"

涛哥见她还是不开窍，有点着急："我说华总，人家都让警察把我带走了，什么目的还不明显吗？"

其实华莹莹心里明镜儿似的，只是想和涛哥再确认一下是否和自己想的一样。刚来吃饭时涛哥就暗示过她。人家为什么要举报楚姗姗和欧阳娜娜？她俩能得罪谁，又能威胁到谁？涛哥就差直接报华莹莹自己的身份证号了。

楚姗姗和欧阳娜娜被调查，实际上就是冲着自己来的，敲山震虎，让自己老实点儿呗！涛哥也一样，他在公关体系工作将近十年，内外关系盘根错节，不把他敲打一下，他能乖乖听话接手公司要剥离的边缘业务吗？一瓶世界上零售价最昂贵的红酒恐怕远远不够。

"时间不早了，快回去吧，别多想了！"涛哥起身准备结账，发现单已经买了，用手指了指华莹莹，仍然如同长辈一般，"你呀！下次我来请！"

下次？华莹莹心里嘀咕，涛哥这张乌鸦嘴，这种事千万别再有下次了！

屋漏偏逢连夜雨

从"小黑屋"里出来的欧阳娜娜饥肠辘辘。

这一天下来,她一口饭都没吃上,此时的食堂已经闭餐了。好在食堂去年引入了一些连锁餐饮,什么肯德基、真功夫、吉野家、赛百味,让食堂看起来高级了很多,有种在机场候机时吃快餐的感觉。当然,这几家商业餐饮的营业时间是全天候的,不像那些承包出去的档口有开餐闭餐时间。

她快步走进肯德基,点了"香辣鸡腿堡芝芝酪酪脆皮鸡"单人餐。等餐的时候,突然来了个电话,她看也没看,心烦气躁地接了起来:"谁啊?"

"姐,救我!"

原来是弟弟欧阳迪迪,她突然像从梦中惊醒一般:"怎么了?"

欧阳迪迪今年上大三,读高中的时候,他的文化课成绩一般,就加大了艺考学习力度。欧阳娜娜亲自开小灶给弟弟辅导,从学习本身到考试心态,无微不至。最终欧阳迪迪考进了首都艺术学院学习数字媒体艺术,学费是她当年的好几倍,但父母逢人便夸儿子优秀。虽说心里有时也会酸酸的,但谁让他是弟弟呢。弟弟什么都好,也听她话,就是花钱大手大脚,可能是被家里宠坏了。

"姐,他们威胁我说再不还钱,就通知爸妈、我老师和同学,说我欠钱不还！"欧阳迪迪在那边显然哭起来了，声音都是颤抖的，"怎么办？"

"欠钱？你欠了多少钱？都用来干什么了？"本来就头大的欧阳娜娜听到弟弟欠了钱，突然火就上来了，真是屋漏偏逢连夜雨，船迟又遇打头风！

电话那头也没回答，就一直在哭。她心软了下来，这个时候冲弟弟发火也解决不了问题，语气柔和了一些："别着急，慢慢说。"

欧阳迪迪稍微平静了一下情绪，说就是为了买正在用的这部 iPhone 手机，不想和爸妈要钱，也没和她要钱，就自己网贷了八千元钱，说是"两分钟审核，五分钟到账"。申请了八千元，到手才六千五百元，还有一千五百元钱说是手续费，实际上就是传说中的"砍头息"。

他说本来是打算分五期还的，每期还个两千元还勉强可以承受，就从生活费里扣，但是上个月没忍住，买了双阿迪椰子鞋 Yeezy Boost 350v2 灰橙满天星，导致两个月的钱没还上，然后人家就不停地打电话催债，说让他意识到欠债和人品有很大的关系，要让他身败名裂。刚刚又给他打电话，说下午不还的话，就要给通信录里的联系人打电话，还要找上门来。

以前欧阳娜娜经常在媒体上看到关于校园贷的新闻，说早在八九年前，校园贷平台就开始在大学进行地毯式推广，大学生经历少、阅历浅，很容易被诱导超前消费，有时候不知不觉间借贷金额就超出了偿还能力，以至于发生一系列校园悲剧，但没想到这害人的校园贷居然发展到自己家人身上了。

两个月前，她初中物理老师得知儿子网贷欠了一百多万元，当时就心脏病发作，送到医院人就不行了，他儿子也因此自杀了。网贷真是害人不浅！

定了定神，她问欧阳迪迪："你一共欠了多少钱？我先转给你，把钱先给还上，这是第一步；第二步，打电话报警；第三步，你把什么借呗、花呗，只要涉及提前消费的平台统统注销了。有什么需要花钱的地方跟我说，我能不管你吗？听到没有？！"

"听到了，不要跟爸妈说啊！"电话那边的声音似乎放松了不少。也不等弟弟说多少钱，她挂了电话，直接转了一万元过去，让弟弟赶紧去还钱。

紧张地处理完弟弟的事，欧阳娜娜才发现胃已经饿得有点疼了，赶紧到取餐窗口取餐。她也顾不上香辣鸡腿堡已经凉了，狼吞虎咽起来。奇怪，曾经最爱吃的香辣鸡腿堡，今天怎么味同嚼蜡，一点味道都没有！不管了，能填饱肚子就行。

才狼吞虎咽了两口，她突然想到：如果对方真给弟弟通信录里的人打骚扰电话，怎么办？这孩子才大三，人品不能被毁啊！她想起楚姗姗老公刘宇飞是律师，总是听楚姗姗提起，平时聚会的时候也见过，应该可以请教他。

她给刘宇飞打了一个电话，电话却被按掉了。过了五分钟，刘宇飞打了过来，说：刚才正在一个会上，你轻易也不会给我打电话，有什么事吗？

欧阳娜娜把弟弟的事情说了一遍。他听完，说现在校园贷引发的不良事件真的是太多了，不过对你弟弟人品不会有什么影响，顶多就是涉世未深被套路了。只要还了钱，对方一般就不会再来骚扰。如果还要威胁，让你弟弟做好录音，如果给亲朋好友打骚扰电话，或者到学校骚扰、在网上发帖，就可以立刻报警，这是典型的寻衅滋事和非法催债。

听完刘宇飞的话，欧阳娜娜悬着的心放下了一大半。

"对了，正好有件事要问你，我今天一天都没联系上姗姗，你知道她干吗去了吗？"刘宇飞突然问道。

欧阳娜娜这才反应过来，原来自己被带走调查后，楚姗姗也失联了！

"我今天出了一点意外，电话里一时半会儿说不清楚，下次见面和你详谈。姗姗姐的情况我还不清楚，我们最近有几个大项目，尤其两个月后网北公司年度最大的智能生态大会就要开了，这几年的公关传播都是她在主导，可能她在忙这事儿？一会儿我就去找她，找到后，让她给您回个电话。"

"好的，谢谢！"

编了一大堆理由，也不知道刘宇飞信不信。挂电话后，欧阳娜娜更紧张了，显然楚姗姗不可能忙到连刘宇飞电话都不接的，难道姗姗姐也进"小黑屋"了？如果这个猜测是真的，一个部门的领导和核心员工同时消失，说明这轮举报必然是有组织、有预谋的！大家会怎么看她们组，又会怎么看待华莹莹领导的这支团队呢？

办公室里依旧人声鼎沸，有的在讨论工作，有的在聊天，有的在奋笔疾书，还有的戴着耳机和供应商打电话对接工作，说话的激烈程度如同吵架。

看到欧阳娜娜回来了，喧闹的办公室瞬间安静了下来，正在电话中"激战"的同事也不知道什么时候挂了电话。没有人上来问发生了什么，也没有人主动过来关心她，大家心照不宣地埋头在电脑上敲打着什么。

此刻欧阳娜娜似乎是天外来客，大家对她充满好奇，但又不主动接近。她瞥了一眼楚姗姗的办公桌，干干净净，杯子里没有水，笔记本电脑合着，她最爱的爱马仕 Birkin 包也不在桌上。这款 Birkin 包的颜色是大象灰，非常抢手，楚姗姗托朋友在欧洲订了大半年才到货，爱不释手。有楚姗姗的地方就有这款包，反过来也一样，看到这款包就等于看到了楚姗姗本人。

看到空荡荡的工位，欧阳娜娜心里一惊，姗姗姐果然不在。她赶紧走到办公区没人的地方拨打楚姗姗的电话，电话里的音乐声都播完了，还是没人接。于是她赶紧给曲婷发了条信息，问她是否知道姗姗姐去哪儿了。

曲婷说当面说比较好，她找到角落里的欧阳娜娜："姗姗姐一天都没来，信息不回，电话不接，没人知道她去哪儿了。底下都传她也被……"突然曲婷意识到"也"字不合适，又说了一遍，"说她被公司监察部的人带走了。"

"什么时候的事？"

"说是一早就被带走了，这都快一天了。"

姗姗姐果然出事了！她让曲婷回工位，自己赶紧找华莹莹汇报。华莹莹见完涛哥回来忙了一阵，听说欧阳娜娜回了工位，先是一惊，然后就想赶紧找她面谈。华莹莹迫切想知道"小黑屋"里发生了什么，和自己有无关系。两人同时拨打对方电话，手机都显示对方忙。过了一分钟，华莹莹又打过来，欧阳娜娜迫不及待地接起："华总，我回来了！"刚才她还镇定自若，说完"回来"二字，就好似心中有万般委屈的小孩见到家长，快哭出了声。

"别着急，听我说。公司负一层有个小超市，你现在就去买点儿东西，我也下去，咱俩在那儿'偶遇'。"她知道如果欧阳娜娜一回来就往她工位上跑，很快就会有风言风语传出去。

"华总，监察部刘部长一早就来把我带走了，我又没有犯法，他们为什么要查我？他们还说是有封举报信，这举报的人到底是谁啊？这是要害我吗？"见到华莹莹，欧阳娜娜的问题噼里啪啦全倒了出来。

华莹莹当然知道这事本身并不是冲着欧阳娜娜来的，但是她又不好直接点破。现在她最关心的问题是：在"小黑屋"里到底都问了什么问题，举报信里都写了啥，和自己有没有关联，欧阳娜娜有没有问题？唉！还说别人，自己的问题也是排山倒海而来啊！

她买了两瓶饮料，递给欧阳娜娜一瓶，说在下沉广场环形走廊边走边说吧，这样碰到的熟人少，就算见到了，也只是偶遇而已。

"华总，这几年跟着您和姗姗姐，我工作上严谨认真了许多，所以很多坑都没踩到，整体上感觉没什么大问题。"欧阳娜娜先说了结论。

的确，监察部同事问的问题她都能很好地应对，而且举报内容实际上都有据可查，并没有什么隐瞒和害怕的。最让她担心的是，举报很可能是个很熟悉的人干的，不仅熟悉她们日常工作的内容，而且熟悉她们与供应商的关系。身边有小人潜伏，这才是最令人后怕的地方。

"的确，一般来讲，能够写举报信的，往往都是你身边比较信任的人，只有这些人才对你知根知底，知道你们的一些细节。"华莹莹说。

"嗯，举报信里最核心的问题是我和蔚蓝海域的经济往来。他们关注的点很奇怪，先问供应商是不是我引进的，然后追问客户经理给我转账的几笔钱是怎么回事。其实类似的转账还有好几笔，都是因公产生的，可他们没问。但监察部这样调查，好像我在贪污……"欧阳娜娜一口气把几个核心问题说了一下，用力拧开瓶盖喝了口水，那用劲儿的样子好像在发泄不满。

她突然想起监察部还问了关于楚姗姗的事儿："华总，我感觉这次调查，是冲着姗姗姐去的！"

"为什么这么说？"

"关于我的问题，无非那些工作上产生的费用，都有工作记录，比较好解释。可是，他们问的我几个关于姗姗姐的问题，我连听都没听说过。"

华莹莹明白这才是关键，明里冲着楚姗姗，暗里冲着自己，要砍她的左膀右臂！所以调查楚姗姗的具体问题，反而在这个背景下显得没有那么重要。

欧阳娜娜仍不明白："关于姗姗姐问了我两个问题：一是我知不知道她有百分之二十的蔚蓝海域股权，二是我知不知道她买玛莎拉蒂的钱的来路。"

"你怎么说？"

"我当然说不知道啊，我本来就不知道！"

这印证了华莹莹刚才的猜测。举报人能提出这两个问题，很可能有了相关证据。楚姗姗真有问题，自己必然保不住；她没问题，也会口碑受损，自己想保也保不了太长时间。这就意味着无论是否清白，楚姗姗都必然出局。

这一招实在太狠！

两人正聊着，华莹莹手机上弹出一个会议提醒，十五分钟后是CTO（Chief Technology Officer，网络首席技术官）林军的演讲汇报会。她赶紧和欧阳娜娜说："你在这一层转转再上楼。我有个重要的会，现在就要走。"

这个会是华莹莹争取来的。会议主题是林军参加世界互联网AI大会的演讲，提前披露部分网北公司未来技术布局计划，就演讲内容和可以披露的计划给黄西做汇报，而 Dorran 作为主管公关体系的副总裁必然要参会。按照组织架构，华莹莹是不能越级向黄西汇报的，应该直接汇报给 Dorran，Dorran 再向黄西汇报。按理这个会华莹莹是参加不了的，只是由于她在公司这么多年，和林军关系很好，所以在这个关键时刻，林军决定帮她一把，让她在黄西面前"刷"一下存在感。

黄西的办公室在网北大厦二十层，有一部专属电梯，要刷卡进入。第一次来的人往往会迷失，以为穿越进了酒店大堂。因为这部电梯不是一般写字楼的普通电梯，而是酒店那种豪华电梯，里面镜子擦得锃亮，让每一位乘坐的访客都不自觉地对着镜子整理发型，评估自己的着装，然后理一理衣领。

如果不来一趟，很少有人知道，在这么高科技的现代建筑顶层，还有这么一座老北京风格的四合院，黄西的办公地点就在这里。

从四合院外墙向外望去，视野开阔，整个燕山仿佛近在咫尺。四合院靠近阳台的地方有个小型"天文台"，里面有一台 304 口径 APO 双筒望远镜，传说是目前世界上最大的 APO 双筒望远镜。黄西最大的个人爱好是天文，这台望远镜据说花了将近四百万元。下了电梯要经过一个曲形回廊，回廊中间是一个露天花坛，种着名贵花草。花坛对面是一间大书房，内有一面气势磅礴的大书墙，两个半人高的景泰蓝大花瓶矗立两旁，分别插着几根青翠的富贵竹。书墙前面分成了几个单独区域，有几个大沙发组成的会客区，有开着投影的会议区，还有黄西自己读书写字的小书房。

网北员工私底下盛传，黄西把办公区设置在顶层，不仅是享受传统与现代结合的这种设计感，更重要的是他有很大的烟瘾，每天必须一包烟，不抽烟就没有改进产品的灵感。而根据北京市的控烟条例，封闭办公区是不允许抽烟的，只有在顶层这个开放区域，他才可以肆无忌惮地放飞自我。

当 Dorran 走到大书房里的会议区的时候，看到坐在林军旁边的华莹莹，有点吃惊："你怎么在这儿？"

"那个，华总一直在服务我的这条技术线，我这次参加的这个演讲比较重要，演讲内容都是华总在准备的，包括后面的传播计划，整体上她对业务相对熟悉，所以就让她一起过来听听。"林军在华莹莹开口之前，抢过话头，淡定地说。虽然他话说得很客气，但或许是受到他在网北公司资深地位的影响，一种不容侵犯的气场笼罩在会议室里。

林军敢越过 Dorran 把华莹莹带来开会，是因为他和黄西的关系不一般。林军是黄西清华大学时的师弟，那时候他们经常一起踢球。后来黄西去美国普林斯顿大学攻读计算机专业硕士学位，两年后林军也去了美国，在加州大学伯克利分校攻读计算机专业硕士学位。现在不少技术人才到美国读书，一般都会读个热门的人工智能方向的博士学位。但那个年代，在美国能拿到计算机专业硕士学位已经是顶尖人才了，所以黄西毕业后就留在了纽约工作。

黄西回国创立网北公司时邀请了林军。"千禧年"后国内互联网发展突飞猛进，是一片待开发的蓝海，林军果断跟他回国，一头扎进黄西编织的网北梦中。所以林军在网北公司是除了黄西之外无人可以撼动的二号人物。

因此他说华莹莹只是来听听，是给 Dorran 面子的一种说法，真实目的岂止是让华莹莹听听这么简单。会议开始，林军讲到一半时对黄西说："这次活动其实不只是我的个人活动，更是公司战略布局信息的提前释放。当然，最终的战略布局要等您在下半年正式宣布，我这次主要是打个前站。"

林军停了一下，分别看了一眼 Dorran 和华莹莹，继续说："这次演讲以及需要披露的部分技术战略，华莹莹全程做了内容梳理，演讲 PPT 也是华莹莹团队做的，她根据对内容的理解做了一版传播方案，您也了解一下？"

黄西懒得理下面这些小九九。引进高管就是他想要的"鲶鱼效应"，越乱才越容易打破旧格局，建立新秩序，一个以他的意志为意志的新秩序。

看到黄西点了头，华莹莹打开 PPT 开始介绍她的方案。由于准备充分，尤其是她在林军 PPT 里重点写了公司目前取得的成绩是由于黄西富有远见的战略布局而实现的，要围绕这一页大做文章进行传播。当看到这一页 PPT 时，黄西原本不苟言笑的脸上居然不由自主地露出了一丝笑意。

老板满意，华莹莹心里自然也很开心：林军的这个人情她领了！但被胜利冲昏头脑的她完全没有注意到，会议桌对面那人逐渐阴沉下来的脸。

还有哪些没交代

"宇飞哥，姗姗姐我还没有联系上，她今天到了公司，但是后来不知道去哪儿了。您放心，只要在公司就没事，等我联系上让她给您打个电话。"欧阳娜娜给刘宇飞发了一条信息。

"好的，辛苦！不过我还是不放心，下班我过去一趟。"一天没有联系上楚姗姗，刘宇飞心里总觉得不踏实。以前两人总是各忙各的，谁也顾不上谁，到家都说不上两句话，今天突然说楚姗姗失联了，刘宇飞心里七上八下，上班也神思恍惚。原来她还是他心里那个从来不曾忘掉的最重要的人。

可去哪里找姗姗姐？大家都说她被监察部的人带走了，难道她也在"小黑屋"？可自己刚从"小黑屋"出来没多久，难道公司有两间"小黑屋"？

这个问题也没法问别人，问了也不知道。在大多数人心中，公司的"小黑屋"只存在于各种茶余饭后的传闻中，从来没听说有人见过。

反正也没心思工作，干脆就去"小黑屋"门口等着，死马当成活马医。到了门口，她拿两张餐巾纸垫在地上，后背挨着墙角坐了下来。她刚坐好，就收到了男朋友那那发来的信息："我们分手吧！"

虽然早有预感，但没想到来得这么突然。"这个渣男！"欧阳娜娜心里又气又恼。那那对她其实很好，无论是上学时还是来北京工作这几年，都是他在身边陪伴她。或许是进了网北公司后，快节奏的工作让她逐渐忽视了那那的情感需求。楚姗姗是那种二十四小时随时安排工作，没有秒回信息就会抓狂的领导，所以导致她经常心神不宁，睡觉不踏实，连生理期都紊乱了。

有时候她和那那两人在商场吃饭时，楚姗姗突然一个信息过来，说要一个PPT或者要改一篇稿子、改一张图，最快的时候五分钟就要。欧阳娜娜不得不在商场里到处找小米店或华为店，求爷爷告奶奶借一台展示的电脑，登录邮箱下载资料后当场修改，而留下饭桌上那个怅然若失的那那。

那那也对她说过很多次，能不能让蔚蓝海域公司的人帮忙做，她说不行，不是能力不行，是他们做太慢了，而楚姗姗要得太急。楚姗姗经常是在电话里刚布置完，才撂下电话，就发来催促的信息："好了吗？"如果欧阳娜娜不回复，过几分钟楚姗姗就会来信息催促："有了吗？"要是还没做好，楚姗姗的催促信息又来了："还多久？"

"好了吗？有了吗？还多久？"后来，这几句话成为欧阳娜娜和同事们用来开玩笑的开场语，不过这让当时的欧阳娜娜很是焦虑，这种焦虑的情绪也逐渐传递到了那那这里。体制内的那那完全不能理解什么样的工作需要一直在线停不下来。先不说谈婚论嫁，现在就连基本的约会时间都保证不了，电话一响，仿佛全世界都不要了，就开始忙工作，这是为什么？

欧阳娜娜完全没有注意到那那的情绪变化，依然沉浸在一眼望不到头的工作中。直到有一天，她在那那去洗手间的间隙，不小心看到那那没有锁屏的手机上一个陌生女人发来的暧昧表情。这个女人备注为水利局二处，欧阳娜娜知道，这是个体制内的单位。她也知道，她和那那的关系很可能就要结束了，她想挽留，可不知道从哪里做起。谁都没有错，错的或许是各自不同的生活选择，只是没想到，这一天会来得这么突然、这么快。

她又想到楚姗姗和刘宇飞。姗姗姐对下属有这么强的控制欲，对刘宇飞或许也好不到哪里去吧？如果不是他们俩结婚多年，如果不是刘宇飞比楚姗姗还忙，恐怕也过不下去了。不过，看今天宇飞哥着急的样子，两人心里应该都还是有对方的。既然能够互相体谅，还有什么问题是不可以解决的呢？

于是她心里开始羡慕起姗姗姐找到宇飞哥这样的男人，又怀念起那那这么多年对自己的好，伤心地把头埋在膝盖中间哭了起来。

她在外面哭泣，而在她正对面的"小黑屋"里，楚姗姗也在煎熬。监察部的两个人轮番上阵，似乎不挖出她的黑料就誓不罢休。尽管楚姗姗为人高调，可在工作上绝对严谨自信，到目前为止监察部还没有调查到什么确凿证据说她职业上有污点。

监察部这两人看到她一副不卑不亢的样子，联想到了"死猪不怕开水烫"。看来不给她点儿颜色，她是不会老实交代了。

"你一天都没吃饭了吧？再不交代清楚，今天就留在这里过夜，别想吃饭了！"那个白胖的同事威胁道，然后，他转头对瘦同事说："你还没吃吧？得，先休息三十分钟，你先去吃饭，吃完回来换我。"

瘦同事点点头，对楚姗姗说："这三十分钟你自己好好想想，还有哪些没有交代的！"

楚姗姗毕竟是总监，之前听过一些关于"小黑屋"的传说。刘宇飞也曾经告诉她，只有公检法机关才有资格对犯罪嫌疑人进行审讯，而且不得刑讯逼供，不得使用各种强迫手段，所以楚姗姗没有被吓到。而她的不卑不亢，则来自心里没鬼，经得住查。

"能交代的我都交代了！你让我三天不吃饭，也是这样！"楚姗姗非常生气，平时看起来和善的同事，为什么立场一变，就成了这副鬼样子。只是这两人不提吃饭还好，一提吃饭，她这胃就止不住地疼，可能是饿坏了。

刘宇飞有和她一样的毛病，就是日常工作太忙，经常忘了按时按点吃饭。虽然他俩沟通不多，但只要一说话，必然会互相提醒对方按时吃饭，不要饿着，还彼此开玩笑说，我们俩要是有一个病倒了，谁有工夫照顾你啊！

这几年楚姗姗几乎把命都送给了网北公司。尤其是每年十月底举办的智能生态大会，几乎提前一个月就开始不眠不休。从方案制订、预算编制、供应商招标采购、场地预定、亮点提炼、议程设置、传播策划，每个环节她都会盯得非常仔细。即使这样，她也从未想过病倒的事情，因为是网北公司给了她买玛莎拉蒂的能力，也是网北公司帮助她还清了当年买房欠下的三百多万元的贷款，她对公司充满了感恩。

"休息好了吗？继续吧！"不知道什么时候，监察部这两人都已经吃完饭，精神抖擞地准备下半场战斗一般。

楚姗姗又饿又累，但强打起精神回应道："问吧。"

"听说你其实并没有摇到车牌号？"瘦点的人问。

"是的。"

"那你的车牌号从哪儿来的？"

"租的。"

"不对吧？"监察部这两人就跟商量好了似的，都斜着眼瞪着她。

"什么不对？"楚姗姗十分讨厌这个眼神，"您不用这么看着我！"

"还死鸭子嘴硬！我问你，车牌是蔚蓝海域给你的吧？！"

"我要纠正你一下，不是他们给的，是他们帮我租的！"

"你恐怕还不知道，自己租的和蔚蓝海域帮你租的性质可完全不一样！"

"有什么不一样？"

"你自己租的，或者你自己借的，那是你自己的事。可是蔚蓝海域帮你租、帮你借，甚至给你的，你就涉嫌权力寻租或者以权谋私！"胖点儿的监察部同事有点得意，似乎要给她普法，还不忘大声吼了一句，"知道吗？"那个"知"字如同京剧的唱腔一样，在嘴里拖了两秒钟。

楚姗姗的车牌的确是 Selina 帮忙找蔚蓝海域公司的同事租的，那个同事是北京人，运气好摇上了油车的车牌，Selina 就问能不能租出去。这孩子刚毕业还没钱买车，说当然可以出租，能赚零花钱，何乐而不为！

听说楚姗姗有买车的想法后，Selina 就主动和她说，有个公司员工可以出租车牌，关系好，租金比市场价便宜，只需要每月一千元，市场价怎么也得一千五百元以上！实际上，Selina 也是想卖个人情给楚姗姗，当然这个人情楚姗姗也接了，反正和谁租不是租，这个还便宜，为什么不租？可万万没想到，就这么个事居然还被翻了出来，举报人真是没内容可以举报了吗？

哪怕楚姗姗心中有万般委屈，可是通过举报去打击他人的行为她还是干不出来。公关体系鱼龙混杂，本身又是公司里只花钱不赚钱的部门，所以十分敏感。而听到的和看到的违规故事则不计其数，能在这个环境里独善其身，做到出淤泥而不染，的确需要相当强大的定力。

之前，她就听说过有位同事自己注册了一堆自媒体账号，写了一些网北公司的"黑稿"。由于那人本身就在公关体系里工作，非常清楚公司的痛点，所以那批"黑稿"质量很高，让公关部上上下下的领导非常头疼。

看到这种情况，那位同事主动站出来说自己和自媒体账号负责人认识，可以去沟通删除，就从公司申请了一笔费用，走蔚蓝海域的账去"私了"。果然，这批"黑稿"很快就被删除了，而当时并没有人知道这原来是一出自导自演的大戏。

这人在公司办公几乎从来不用公司电脑，一直使用的是自有笔记本，接入的也是自己的手机热点。后来楚姗姗才知道，原来公司电脑加入了网北公司自己的域，接入公司的无线网络后，你在电脑上的一切行为都会被监控。

要不是Selina私底下告诉她，这些事压根儿就没人知道。所以，楚姗姗不明白为什么监察部放着明显有问题的员工不调查，却抓住她这些鸡毛蒜皮的事儿问个没完！但有一点她算是明白了，在职场，高调往往是通往覆灭的前奏，哪怕自己买的是玛莎拉蒂入门款，所谓"木秀于林，风必摧之"。

见实在问不出什么，监察部这两人互相对视了一眼，把今天的对话记录打印了一份，让楚姗姗签字确认。楚姗姗拒绝签字。她的理由很充分，你只是公司内设的调查部门，又没有执法权，有什么权力让我签字画押？况且我们两个部门是平等的，就如同我公共关系部让你监察部签字画押，你签吗？

"行！你不签也行，这里都有录音录像，你甭想否认说过的一切！"瘦点的同事愤愤地说。

"我会对我说的每句话负责！"楚姗姗也毫不退让。

"最后，我要代表网北公司通知你，在你被举报的问题没有完全调查清楚之前，先暂时停职。什么时候恢复，回去等候通知！这是停职通知，需要你签字。当然，你也可以不签，不签同样生效，现场视频都是通知送达的有效证明文件。"白胖同事说话的语气中甚至带有一点儿兴奋，仿佛让员工停职是他完成的 KPI，年度最大的成绩似的。

楚姗姗看了一眼停职通知，这是一份正儿八经的公司文件，签不签的效果都一样，还是主动配合的好。她拿起笔，签下了名字。

"拿起你的手机，可以走了！"显然，这两人对她也很不耐烦了。

楚姗姗走出"小黑屋"的时候，天已经黑了，突然看到门前墙角边坐着一个人，走近一看，原来是欧阳娜娜："娜娜，你怎么在这儿？"

欧阳娜娜如梦初醒，被这一声喊叫吓了一跳。原来她紧张了一天，又坐在墙角伤心地哭了半天，哭累了，也不知道什么时候睡着了。

"娜娜，你在哪儿？快来我工位一趟！"刚刚见到楚姗姗的欧阳娜娜突然接到华莹莹电话。

"姗姗姐，我有好多话要和你说，可是华总现在让我上去一趟……"

"快去吧，我没事！"

"你要不要一起来？"

"我不去了，刚刚通知我，说我被停职了。"楚姗姗平静地说。

欧阳娜娜简直不敢相信："什么，被停职？什么原因？能申诉吗？"

楚姗姗笑了笑："我自己都不相信，但事情已经发生了，就这样吧。你赶紧先去忙！"

欧阳娜娜只能答应，临走前想起刘宇飞："姗姗姐，宇飞哥今天一天没联系上你，特别着急，说今天晚上来接你，你赶紧和他报个平安。我上去了！"

"快去吧！"夜幕降临，网北大厦灯火辉煌。楚姗姗在人来人往的大厦中穿行，步履匆匆，仿佛这里已经和她无关。

"今晚的月亮好大！"看着天上的满月，她想，今天应该是个团圆的日子，她拿起手机拨打刘宇飞的电话，可是直到音乐声结束，也没有人接。

奇怪，娜娜不是说他今天来接我吗？可是，刘宇飞为什么不接电话呢？

"娜娜，这是一个刚毕业的'95后'程序员在工作群的发言，人是智能科技事业部郝总团队的，你看一下。"华莹莹把她的电脑转向欧阳娜娜。

原来，这位"95后"程序员的发言内容是在抨击公司的加班现象，质问领导在安排工作的时候有没有考虑过基层员工的死活。他说，身边同事都对过度加班不满，但是没人敢说。而自己最好的一位高中同学，几个月前不幸脑出血去世，他的人生观价值观受到了巨大冲击，当时就萌生出离职的念头，但考虑到网北公司的"大厂"光环，一直忍到现在。

昨晚他又加班到深夜，今天看到公司在内网表扬信中，居然在赞扬"连续二十多小时加班作业""生病还依然坚守岗位""睡眠舱都满员，白＋黑持续设计开发"这些工作状态，他觉得公司的价值观和企业文化应该被质疑。他还说，在群里说完这些话，明天就会离职。

看完这个"95后"的留言，欧阳娜娜第一反应是在心底默默给这个勇敢的程序员点了个赞，终于有人说了没人敢说的话。她自己也深受加班之苦。因为要二十四小时随时待命，要立刻回复领导信息，楚姗姗甚至把她们的工作群起名叫"随时待命群"。每次看到这个群名，她的心里都会发疯，直喊救命。可是，她加班加得把男朋友都弄丢了，这命还有得救吗？

本来那段留言是发在一个四百人工作大群里的，顶多是公司内部问题，但不知被谁截图后发在了匿名职场社交软件"麦麦"上，这下就如同捅了马蜂窝一样，舆论开始炸裂，很快就上了热搜。

这件事情能发酵，主要是由于截图中的话戳中了当下"打工人"的痛点，因为过度加班、高强度工作在互联网公司具有普遍性。从当年"996是修来的福报"的心灵鸡汤，到后来"996是违法不是奋斗"的官媒定调，不少互联网"大厂"开始对公司内部加班制度进行优化调整，有的宣布取消盛行一时的"大小周"，网北公司甚至搞过晚上熄灯赶人，但只管了很短一段时间。

你不加班他加班，你不升职他升职，就在这种"内卷"的职场氛围中，加班似乎是每个人无法逃避的选择。只不过现在新加入职场的"95后"更注重工作与生活的平衡，他们有着更多选择的机会，也因此有"95后""00后"整顿职场的说法，而网北公司就因此上了话题热搜。

"现在要马上做一个舆情应对方案，你说说该怎么做？"华莹莹说。

此刻欧阳娜娜特别想和华莹莹说一下楚姗姗的情况，告诉她楚姗姗出来了，可面对突如其来的公关危机，话到嘴边又收了回来。思考了一会儿，她说："可否这样？第一，请智能科技事业部负责人郝总在群里和内网上公开回复，先承认部门现在确实存在高强度工作的事实，然后要表现出同理心，理解高强度工作给这名员工带来的心理困扰和健康担忧，认可这位员工敢于直言的行为，感谢团队加班加点地付出，还需要提出改变现状的办法。"

"可以！一会儿你快速拟出一个郝总的回复建议。"看起来，华莹莹对欧阳娜娜的回答很认可，"第二呢？"

"第二，请郝总安排个业务领导，和HR一起与这位员工沟通，看看他是不是有什么诉求或者有什么压力，尽最大努力帮他解决。"看华莹莹点了点头，她继续说，"第三，请蔚蓝海域持续做舆情监测，让网络评论员做好舆情引导。呃，引导的方向我觉得可以有三个。一是，加班是互联网行业的普遍现象，每家公司都有，是中国经济快速发展尤其是互联网行业高速发展带来的结果。二是，是否选择加班，这是每个人的不同选择，有人不加班可能就拿低工资，有人加班可能就会享受高薪，但这个世界上绝对没有又轻松又高薪的工作。三是，每个人都是自由的，如果不能接受加班，可以不加，也可以离职，但'端起碗吃肉，放下筷子骂娘'这就是不道德的。"

说完，欧阳娜娜觉得很难受，她怀疑自己是不是传说中的"两面人"，明明讨厌无休止的加班，为什么还在为过度加班做合理解释，甚至在辩护？

其实，华莹莹又何尝没有这样想过？她这十五年工作期间，曾经两次在深夜加班时突发心绞痛，两次都是第一时间舌下含服随身携带的硝酸甘油，然后拨打120等待救护车。其中一次，抢救到凌晨两点，可第二天一早八点她又准时出现在黄西的会议室，让满屋的高管大吃一惊。

是的，她不能轻易放弃这份工作。华莹莹也曾年轻过，也曾有过青春热血，所以当发现自己绞尽脑汁维护的价值观与公众利益不符时，她内心也曾愤怒过，精神也曾挣扎过，然而想到几百万元的房贷，想想购物车里的商品，想想家里的老人……一切便都释然了。

什么是公关？有人说公关是隐形人，收钱帮人处理烂摊子；也有人说公关只是问题的解决者，只解决问题，不判断对错；还有人说公关就是正面形象塑造＋负面舆情管理，让目标公司或核心人物保持完美就是完美的公关。

他们说的都有道理，"大厂"公关就是一群隐藏在品牌背后的操盘手，挣着打工的钱，操着老板的心，躲在聚光灯后，活在新闻稿里。最不重要的，就是你内心百千万的坚守，一切的聪明才智都需要为公司的利益而奋斗，为公司的价值观而发声。有个脱口秀演员说："你赚的钱根本不是工资，而是精神损失费。"问题是根本没有人会在意你是否有精神损失。

"娜娜，现在就把你刚才说的内容形成一版文字方案，简单一点儿，Word（微软文字处理软件）就行，不用PPT。"

"好的！"

"三十分钟可以吗？"

"三十分钟？我尽量！"欧阳娜娜突然有一种考试交卷的感觉，那是一种倒计时交卷的紧张感。

华莹莹本来想直接和郝冬沟通，但这个事情又涉及公司人力资源和行政管理部门，毕竟质疑公司过度加班，除了业务部门自己的要求，人力资源部门是否有相关加班考核、行政部门是否能提供过度加班的证明等，都需要跨部门协同和联动。所以，这件事理论上还需要和 Dorran 汇报。

华莹莹打算去知会 Dorran。三十分钟后，华莹莹带着方案敲响了 Dorran 办公室的门。门没关，华莹莹推门走了进去，抬头一看，汤达人也在。

"华总，你来得正好，我正要找你！"Dorran 笑着说。

"您说的是'95 后'撑公司的事儿吗？"

"对！我也正在和汤达人讨论这事！"

"我来就是想和您……汇报一下这件事。"对华莹莹来说，她特别不愿意说出"汇报"这两个字，因为这就意味着她承认 Dorran 才是那个真正管理网北公司公关体系的人，而大半年前，这个人可能还是自己。

华莹莹把她和欧阳娜娜准备的方案讲了一下。

Dorran 觉得很不错："这方案谁做的？"

"我们团队的欧阳娜娜。"华莹莹本来不想提娜娜，但说是自己做的又显得很假，网北公司就没见过亲手写方案的总经理，甚至连总监都没有。

Dorran 有点意外，毕竟欧阳娜娜今天进"小黑屋"的事她很清楚，这么快就能调整状态，做出一份还不错的危机公关方案，让她感觉到后生可畏。

"谢谢你，华总！在你来之前，黄老师给我打了个电话，说这件事闹大了，已经不是你们对接的那个智能产品事业部自己的事儿了，需要上升到公司层面来处理。"Dorran 收起之前的笑容，冷静地说。

"所以？"华莹莹大概知道 Dorran 想说什么，还是想听她亲自说出口。

"所以这件事情接下来会交给汤达人代表公司处理。"Dorran 看了一眼汤达人，继续对华莹莹说，"你们这个方案很好，和我刚才与汤达人讨论的内容差不多，我们会按照这个计划去做。放心，你的工作没有白做。"

看到正对着她展现职业微笑的 Dorran，华莹莹心中一万个白眼都翻到天上去了。这是什么意思？不只是把我的工作方案给别人，还顺带敲打我，说我做的不是公司层面的工作？！官大一级压死人，你是VP，你说了算！

"好的，但愿能帮到你们！"华莹莹压抑心中的愤怒，尽量让自己显得很大度，"那没有别的事，我就先撤了？"

"早点回去吧！"Dorran体贴地说，脸上挂着从嘴角挤出的微笑，那是一种不易察觉的胜利的微笑。

走到工位的华莹莹拿起办公桌上的头盔，扔给还在等她的欧阳娜娜，又从办公桌底下拿起一个新头盔，对欧阳娜娜一挥手："走，喝酒去！"

"啊？！方案通过了吗？还执行吗？"欧阳娜娜有点怯怯地问道。

"让你跟我喝酒去，你就去！哪儿来那么多废话？"华莹莹不想解释太多，说话突然间有点冲，这让欧阳娜娜不知所措。

实际上，欧阳娜娜在这里工作了这么多年，但根本不知道华莹莹到底是一个什么样的人。同样不知道的并不只是欧阳娜娜一人，楚姗姗团队成员几乎没有一个人了解华莹莹，尽管每天都在办公室抬头不见低头见。

记得有一次，华莹莹收到一位业务老板的需求，要改一条发布过的新闻稿标题。以往都是她直接安排楚姗姗，楚姗姗再安排下去，等楚姗姗收完作业把完关再提交给华莹莹。那天正好楚姗姗不在办公室，为了效率更快，华莹莹随手就把这事安排给了离她只有两三个工位的欧阳娜娜。这是欧阳娜娜进入网北公司以来第一次接到华莹莹直接安排的工作，当然要不辱使命，她抓紧时间联系媒体修改标题，很快就给了华莹莹一个修改后的文章链接。

当天下午楚姗姗回来后，细心的她发现新闻标题改过，就质问欧阳娜娜为什么要改标题。欧阳娜娜当然实话实说，是华总让改的。

"华总让改的？"听到这话，楚姗姗心中莫名燃起一团怒火，"华总让改标题，为什么不和我汇报？"

欧阳娜娜怯怯地说，这么小的事，随手就干了，没想着还要汇报。让她没想到的是，楚姗姗态度愈加严厉，就这件事持续骂了她一个多小时。批评的核心是：为什么要跨级汇报？有没有把她放在眼里？她说的话是放屁吗？

当时欧阳娜娜极其委屈，这么小的事情至于吗？后来欧阳娜娜晋升到经理之后，才对楚姗姗有了更多理解："大厂"中层太难了。

一般来说，在"大厂"当中层，每天就是看老板怎么说、看汇报怎么说、看下面的人怎么说，然后根据自己的理解整理汇总、考虑好对老板怎么汇报、对下面怎么安排。基本的工作流程是，中层管理者早上到公司看最新汇报的传播项目进展或核心的传播效果数据，提出一些策略性建议，以及对传播效果的新要求，让下属持续跟进项目或优化传播效果，下面的人按要求进行修订。了解完手上的全部项目进展，每天在上级领导的会议上汇报业务进展并听取老板的指示，再跟下属开会，传递会上要领。横向则是要做好跨部门的沟通与协调。公关体系中层和其他业务部门不一样的地方是，事情往往来得很突然，可能是一大早，也可能是半夜，基层员工能偷偷懒，中层接到需求后必须第一时间有所反应，给出策略，所以才会有二十四小时待命的工作要求。

权力的本质是对信息的控制，上下级之间的权力博弈，更像是信息的博弈。"大厂"中层的权力基础，正是来源于上级和下级的信息不对称，因此他们的工作性质，基础的便是上传下达和及时决策。如果连上传下达的功能都没有了，那么这个中层就没有什么存在价值，很可能就会面临被架空的境地。欧阳娜娜后来理解，楚姗姗的焦虑可能正是来源于此。

正是因为楚姗姗这样的焦虑，整个团队没有人和华莹莹主动说过话，和华莹莹的所有汇报都是她收完"作业"后自己单独汇报，不会让下属与华莹莹有直接汇报甚至接触的机会。偶尔华莹莹和这些下属碰个面、打个招呼，这些人也只是礼貌性地点点头，一句多余的话都没有。

所以欧阳娜娜听到华莹莹喊她喝酒才会显得无所适从，不停地在心里嘀咕：是方案没过，还是华总心情不好？可刚才对方案时她心情还挺好的啊？

她心里边嘀咕边跟着华莹莹走到地下三层停放摩托车的地方，远远就看到了华莹莹那辆帅气的座驾。

"上车，坐好！"华莹莹带着欧阳娜娜，骑上摩托车，风驰电掣般消失在黑夜里。此刻两人只有与风赛跑的感觉，似乎一天的烦恼全都消失了。

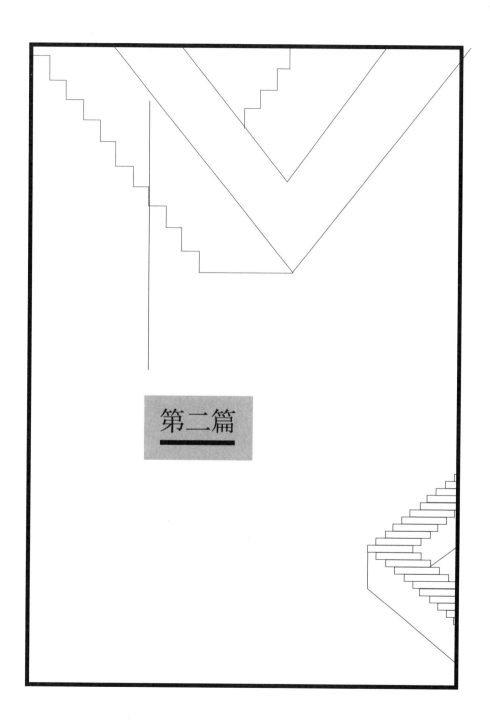

第二篇

进攻才是最好的防守

"天边酒吧"几个招牌大字在北京三里屯的夜色里显得分外明亮。

据说这里有三千多种酒，顾客买完酒就可以随便找个地方坐着喝了。由于出货量大，大部分啤酒的价格甚至比原产地都便宜，有一段时间，三里屯乃至整个北京的年轻人都会来这里坐会儿。

华莹莹和欧阳娜娜刚走进酒吧大门，在吧台喝酒的刘宇飞就看到了。他摇摇身旁的楚姗姗，说那是不是你们领导，叫什么华……华莹莹？

楚姗姗向门口望去，果然，那人可不就是华莹莹吗，旁边还有欧阳娜娜！她兴奋地向门口的两人招手。

到底还是年轻人，眼神好，欧阳娜娜在晃眼的灯光下，一眼就看到了正在招手的楚姗姗，也赶紧招手回应，又指着楚姗姗的位置对华莹莹说："华总，姗姗姐也在呢，在那儿！"

顺着欧阳娜娜手指的方向，华莹莹看到了楚姗姗，以及一旁的刘宇飞。于是她们俩往吧台走了过去。

"你怎么会在这儿啊？"

"你什么时候从'小黑屋'里出来的啊？"华莹莹和楚姗姗异口同声。

"你先说吧，你比较重要。"华莹莹让楚姗姗先说，她迫不及待地想知道今天"小黑屋"里到底发生了什么。

"唉！"楚姗姗叹了口气，把酒杯里的啤酒一饮而尽，对刘宇飞说，"去帮我再拿点儿酒来。给她俩也拿点儿。"

"华总，你说我买了个玛莎拉蒂招谁惹谁了，老娘花自己的钱，还要遭受这无妄之灾！"

华莹莹没想到楚姗姗一上来就说她的车："你的车……怎么了？"

"他们说收到举报信，说我买车费用来源不明，这不是胡说八道吗？"

"对，他们今天也问我知不知道姗姗姐买车的钱从哪儿来的，我说不知道。"欧阳娜娜插了一句话。

"你说得对，你本来也不知道。"

楚姗姗转过头对华莹莹说："关键是那封举报信不知道是哪个缺德的王八蛋写的，全都是东拼西凑，道听途说！"

"举报信都写了啥？"华莹莹问。

欧阳娜娜和取酒回来的刘宇飞屏住呼吸，凑得更近，生怕漏掉一个字。

"主要还是说我和蔚蓝海域之间的经济往来问题。我总结了一下举报信里的核心问题，一是我那辆车的资金来源，二是日常的一些垫付，三是说我持有蔚蓝海域百分之二十的股权。还有一点，倒是和蔚蓝海域没关系，说的是我做公关活动时弄虚作假、以权谋私！"

楚姗姗大笑两声，猛地喝下一口酒，把杯子狠狠地砸在吧台上，虽然杯子没碎，但清脆的敲击声引得酒保赶紧跑了过来，看看发生了什么事。

"我真的快要笑死了，说我弄虚作假、以权谋私，我一个堂堂的网北公司总监，为了那几十块钱的奖品以权谋私？说出来连鬼都不信吧！"

"举报信里提到的这些问题，你都能解释吗？"华莹莹一脸严肃地问。

"当然能！只是有些票据，支付截图这些需要后续整理好后发给监察部。"楚姗姗对调查结果非常自信。

"他们手上应该没有足够的证据证明有问题，包括举报信也没有。"一旁的刘宇飞从他那敏锐的律师视角说，"如果有证据，或者说即使有一点点以权谋私的证据，他们都可以直接报警，而你，现在可能不是在这里喝酒，而是在看守所等着我去见你了。"

"以权谋私的证据？比如？"华莹莹不理解，楚姗姗也懵懂地看着刘宇飞。

"比如，蔚蓝海域给你的大额转账记录，你接受蔚蓝海域百分之十二股权的合同证明，年底的分红记录，你安排人给山西老家人发活动奖品的聊天记录等，只要具备其中一样，警方就可以立案，哪怕你完全是清白的。"刘宇飞似乎在给她们做普法宣传，"但是你们公司没有选择报警，只是想内部解决，说明从定性上来说，起码并没有想把事情搞大。"

刘宇飞的分析，和中午涛哥的说法几乎一模一样，华莹莹不得不对眼前这个身材消瘦、语速缓慢的男人更加敬佩。

"不管怎么样，我都已经被停职了。"楚姗姗悻悻地、有点痛苦地说。

"你被停职？什么时候？HR为什么没跟我说？"华莹莹吃了一惊。下属被停职，最起码HR要通知直属领导，否则会影响日常的工作安排。可楚姗姗被停职，她一点消息都没有收到，突然她有了一种不祥的预感。

"说什么时候恢复工作了吗？"

"没有，说调查结果出来以后再说。"

"你就当带薪休假吧，跟着我干了这么多年，也没怎么休过假，实在太辛苦了！"华莹莹心疼地对楚姗姗说，然后又对刘宇飞说："刘大律师，是我对不住姗姗，让她在工作上受委屈，让她忙得没时间照顾家庭，对不起！"

刘宇飞当然知道，楚姗姗工作这么忙，很大一部分原因是要对上负责，也就是对华莹莹负责。这么拼命地工作，无非想赢得华莹莹的信任。现在公关VP对华莹莹产生了信任危机，最先被拿来开刀和祭旗的，必然是华莹莹最信任的人，但这话不能挑明了说。

"华总，谢谢你这么多年对姗姗的照顾！网北公司对她已经很好了，她买了车，还了房贷，我们已经很知足了。"刘宇飞真诚地说。

"真羡慕你们！"华莹莹怅然若失，把杯子里的酒一饮而尽。

楚姗姗知道华莹莹这么多年为情所困，可能是因为原生家庭不幸福。她从小就看到父母吵架，长大后对男人缺乏信任，谈了一个又一个男朋友，没有一个能够长久走下去的。因此，在华莹莹面前晒幸福是对她最大的伤害，于是她赶紧找补："嗨！你不知道，今天来的时候还差点和他吵起来呢！"

"怎么，惹你生气啦？"果然，华莹莹俏皮地对她笑了。

"比惹我生气还严重！晚上我从'小黑屋'出来后正好碰到了娜娜，她说这人说好晚上来接我，当时我又饿又累，就想着赶紧把我接走吧，在公司多待一分钟都是煎熬。"楚姗姗边说边捏了一下刘宇飞的胳膊，"结果这家伙的电话竟然打不通，你们说气不气人！"

"哈哈哈，然后呢？"果然，楚姗姗这么一说，华莹莹的心情好多了，女人爱八卦的天性很快被激发了出来。

"然后过了三四十分钟吧，这家伙才打电话过来，说在来咱们公司的路上和别人剐蹭了。那个时间正好是下班点嘛，咱们公司那边的路上车又多，所以就剐蹭到了，和人家还发生了争执，好在私了了。"

"娜娜，你也在这儿呢！"突然，一个年轻男子的声音横穿过来。

大家还沉浸在楚姗姗的故事中，瞬间被这声音吸引了过去。只见一个穿搭时尚，剑眉星目的帅小伙箭步走了过来。

"是你呀！"欧阳娜娜有点惊讶。这人就是经常给网北公司拍摄视频的导演顾小威，大家都叫他"小威导演"。只是华莹莹和楚姗姗日常与具体干活儿的供应商接触不多，所以对小威导演并不熟悉。

"我来介绍一下，这位就是蔚蓝海域的御用导演——顾小威导演，之前咱们女生节、母亲节的几个视频，都是他导的。不过，他是一个自由导演，自己有一个工作室。"欧阳娜娜向两位领导介绍道。

"这几个视频非常棒，观看量和点击率都非常高，我还说这位导演非常有才华，可以多合作呢，原来就是你啊！"华莹莹对小威导演不吝赞美之词。

楚姗姗正准备开口附和两句，却被刘宇飞打断了："竟然是你？！"

"哈哈哈，你怎么也在？"顾小威有点不敢相信自己的眼睛。

其他人看到他俩这样，觉得有点不可思议，难道你们俩也……认识？

"嗨！"顾小威先开了口，"我今天来网北公司开会，下班点开车回去，可是在一个拐弯的地方，这大哥眼神不大好，剐蹭到了我的车头……"

"谁眼神不好？要不是你远光灯没关，我能碰你车吗？"刘宇飞急了。

"好在剐得也不严重，事情解决了。你怎么也在这儿？"顾小威问道。

"小威导演，宇飞哥是我领导的先生……"欧阳娜娜又好气又好笑。

"啊……哈哈哈，失敬失敬！"听到是"金主"的老公，顾小威赶紧伸手示好。刘宇飞也伸过手，算是回礼，就当是捐弃前嫌，化干戈为玉帛了。

有顾小威导演这个外人在，华莹莹她们不太好继续聊关于公司的话题。欧阳娜娜只好拉着顾小威说，咱俩去那边单独聊会儿，她们要谈事儿呢。

"正好我也有事要和你说。"两人端着酒走到酒吧的另一张桌子前。

"你弟弟的事儿我听说了，我和他讲，以后有什么事儿可以随时找我。"顾小威拿起手中的酒杯，主动碰了一下欧阳娜娜放在桌上的杯子。

"你怎么知道他的事儿？"欧阳娜娜不解地问。

"他是我学弟啊！"欧阳娜娜才想起顾小威也是首都艺术学院毕业的。

看着欧阳娜娜好像还是不大明白，他继续说："我们工作室最近在招一个导演助理，在学校论坛上发了一个帖子，你弟弟就来报名了，说最近缺钱用，一定会吃苦耐劳地工作。我就奇怪啊，他看起来也不像是缺钱的样子，怎么会这么着急要钱用呢，后来才知道原来是掉进校园贷的坑里了。"

"校园贷害了多少家庭？国家应该赶紧整治！"欧阳娜娜感叹道。

"所以我就提前支出了一个月的工资给他，让他缓一缓。"顾小威故作玄虚地说，"那后来我又是怎么知道他是你弟弟的呢？"

"怎么知道的？"

"我们工作室好多视频不都是给你们网北公司做的吗？所以你弟弟就看到了我们做的这些视频，就说她姐姐在网北公司公关部，问我认不认识。你说我还能不认识你吗，那简直就是亲人好不好？"说完，他自己大笑起来。

欧阳娜娜对顾小威一直都有好感，他年轻、文艺、开朗、帅气，最主要的是有才华，要不是家里有那那，她还真想和小威谈一场文艺属性的恋爱。

想起那那，她怅然若失，眼泪快要止不住了。

看到欧阳娜娜的样子，顾小威有点惊慌失措："我说错什么了吗？"

"没有，是我，我男朋友不要我了，呜呜呜……"说完，欧阳娜娜再也忍不住，一把抱住顾小威号啕大哭。好在酒吧里声音嘈杂，不然看这个架势，别人还以为是顾小威欺负了她。和顾小威一起进酒吧的小伙伴们在不远处看到他俩这样，一个个做起了鬼脸，轻声喊着："在一起！在一起！"

顾小威对欧阳娜娜其实也有好感。他俩经常一起熬夜剪片子，当然欧阳娜娜是作为甲方在旁边指挥顾小威这样剪那样切。

顾小威是拍过网络大电影的导演，虽然知名度不高，但也有上万名"粉丝"，对作品也有与众不同的构思和想法。一般人这样要求那样要求，他早就不干了，可对欧阳娜娜，他像是吃了迷魂药般百依百顺。后来他反思，可能是欧阳娜娜温和的性格以及在沟通中体现的善解人意与善良打动了他。

哭了两分钟，欧阳娜娜才反应过来这样不妥，赶紧擦干眼泪道歉："不好意思，我……刚才失态了……"没等顾小威说话，她赶紧转身回了吧台。

这时华莹莹刚刚对楚姗姗讲完下午"95后"撑公司过度加班的危机事件，以及Dorran把方案交给汤达人的事儿。欧阳娜娜半路过来，听了个结尾，没控制住自己："什么？这个方案让汤总他们做了？"

说完这话，欧阳娜娜才发现自己多言了，因为楚姗姗还没表态，她赶紧拿手捂住了嘴。不过，此时的楚姗姗已经没有了什么被架空的焦虑，毕竟停职比被架空要严重一百倍。相比之下，被架空又算得了什么？

现在的楚姗姗反而希望欧阳娜娜和华莹莹走得更近一点，帮助华莹莹把路走得更远一些，因为这场战斗才刚刚打响！

华莹莹也明白，这场战斗才开始，就让她折损一员大将，未来的斗争恐怕更激烈。而这也是一场并不公平的斗争，对方远比自己想象中要强大。

"华总，来者不善！"楚姗姗很担心，"接下来您准备怎么做？"

"进攻才是最好的防守。"华莹莹若有所思地说。

"Dorran，'95 后'反内卷事件的舆论朝咱们预设的方向发酵了！"

第二天一早，汤达人迫不及待地到 Dorran 办公室"报喜"。确实，经过一晚上沟通，第二天的新闻基本是这样的：《"95 后"反内卷，从"手撕"领导开始》《小伙拒绝加班还撑领导？"95 后"不讨好领导有错吗？》《网北公司"95 后"发怒，这是底层员工的一次成功逆袭》《网北"95 后"怒撑"过度加班"，公司应该怎么激励"Z 世代"员工？》《"95 后"因高强度加班怒撑管理层，加班文化为何屡禁不止？》《网北"95 后"怒撑领导，企业加班文化需要反思》……

这些报道基本都是讨论社会普遍存在的加班现象，角度体现的也是"95后"对加班现象的不满，并没有针对网北这一家公司。当然也没有同行和竞品落井下石，毕竟在加班这个问题上，谁又能比谁好到哪里去？

"这是必然的，也不用太惊喜。过度加班本就被诟病，也不是咱一家的问题，只写网北公司一家显得格局太小。所以就算你不沟通，他们也会往大了写，拿这件事为由头讲述普遍的社会现象。"Dorran 淡淡地对汤达人说，"但是，真正见水平的，是咱们帮智能产品事业部郝总写的那个回复。"

"那个欧阳娜娜写的回复？"汤达人有点不屑。

"对。我早上得到很多反馈，对那个回复的评价很高，大家都认为是因为那个回复扭转了舆情。"Dorran见汤达人似乎有些不满，继续解释，"这个回复的高明就在于没有回避问题，敢于直视问题并提出优化和解决方案，显得非常有诚意。以前咱们的很多回复，一直都在顾左右而言他，就是不说核心问题，结果就会被舆论抨击。这次的这个回复，咱们都要好好学学。

"对了，汤达人，你还要继续盯一件事，让郝总和人力资源部总经理杨晓琳一起找那位'95后'再详细沟通一次，一定要获得他的谅解。然后找马小安，让她安排一家关系好的媒体做个采访，传递的意思是，过度加班是行业现象，公司沟通后已经认识到问题的严重性且正在做出优化安排，公司对他也没有恶意，还希望他继续留在公司工作，而他本人也很乐意。"

"好的！"

"只要大家把这件事持续当成社会现象讨论，咱们的工作就到位了。"Dorran对这件事的处理很有信心，因为一早表扬郝冬内网回复写得好的人，是黄西。

本来她打算把这事烂在肚子里，但转念一想，还是要把黄西的话辗转传到华莹莹耳朵里，便对汤达人说："你知道早上表扬欧阳娜娜文案的人是谁吗？"

汤达人当然不知道。

"是黄老师！"汤达人傻眼了。自己辛辛苦苦干了一晚上，结果老板表扬的是其他组的人，他顿时神色不自觉地有点难看。

"你的脸色怎么这么难看？放心，黄老师不知道方案是欧阳娜娜写的，我说了这个项目是你在负责。"领导不愧是领导，简简单单几句话就把汤达人的心情搞得七上八下，一会儿像是敲打，一会儿又像是重用，到底是哪种？

回到工位，汤达人很不服，就那个破文案有什么好的，还要我们学习？

他的下属都觉得奇怪：老大这是怎么了？什么文案让你生这么大的气？

"还不是郝总昨晚发的那个回复！我看很一般呀，文辞表达尽浮于表面。说了那么多废话，公司这么多年的加班文化有改变吗？真正拿出改变的勇气了吗？"汤达人随手拿起手边的一杯水，已经端起来送到嘴边了，又想起了什么，把杯子重重地砸在桌子上，"就这，还被老板表扬了！"

"老板？哪个老板？"

"Dorran 吗？"

"他们说为啥好了吗？"

下属叽叽喳喳，看似关心他们的老大，实际上是想试探汤达人的口风，看他到底是怎么想的。

"当然是大老板！"汤达人很不屑地说。

"黄老师？！怎么会是他？"下属也惊了。

很快，黄西表扬郝冬发言的事情就传到了华莹莹耳朵里。果然如 Dorran 预料的一样，华莹莹非常生气，生气 Dorran 不公平的分工，生气汤达人抢了她的功劳，生气为什么和黄西汇报的不是自己。她生气地在办公电脑上乱点，可是点开哪一条新闻都没有心思看。突然，手机里出现的一条弹窗让她屏住了呼吸——《怒撑网北管理层的"95 后"回应：公司制度形同虚设》。

她迫不及待点开一看，原来这个"95 后"程序员接受了上海一家科技媒体"琉媒体"的独家专访。

在这篇文章里，"95 后"认可了高管在内部沟通群里的回复，但并不认为网北公司真的会做出改变。他说，公司制度早就有每天工作时长的明文规定，超出是要付两倍加班工资的，但实际情况是周围没有一个同事收到过加班工资。他还说，网北公司对加班有一个不合情理的要求，员工如果有加班需求，要自己在内部系统上提出来，这样才能给付加班工资。可实际工作中没有人会主动在系统上提报加班需求，那这个加班规定不就是摆设吗？

关键的问题还在于，他爆料了一个网北公司常年执行的年度、季度和月度考核的潜规则，那就是公司考核的标准之一是加班时长。

很快，这个惊人的消息就以惊人的速度在互联网上流传开，社交媒体上也有了"加班时长成网北考核标准"的热搜话题，并在一个小时之内迅速登上了热搜话题榜的前十名。毕竟热搜需要的不是流量，而是话题。媒体发酵出来的文章一篇比一篇夸张：《加班时长列入考核指标，网北公司或已触犯劳动法》《变相鼓励加班？网北公司将加班时长列入考核指标违法了吗？》《考核指标是加班时长？网北公司鼓励加班不能触碰法律红线！》……

加班时长的确是网北公司隐而不发的一个考核指标，从来没有明文规定，但却是实打实的潜规则。人力资源部每个月都会拉出一个庞大的表格，里面是全公司每个部门的加班时长排名，这个表格只有高管和总监级别的中层才能看到，而且只有在高管或中层开会时，人力资源部的负责人才会放在PPT里给大家看，并且每次都会强调现场禁止拍照。目的是让各级管理层清楚地看到自己所负责的部门在公司里的奋斗状态，以便"知耻而后勇"。

有一度华莹莹部门的加班时长明显落后。在那两周时间里，她亲自陪着下属一起加班，第二个月的数据才稍微好看了一些。

她还记得有一年年终评奖，自己的年度业绩在公关体系里表现非常好，与涛哥的关系她自认拿捏到位，所有人都认为公关体系年度最佳职场人非她莫属。可当最终结果通过邮件发出来的时候，她才惊讶地发现，得奖的居然是汤达人！她自己也是为了网北公司拼过命的人，是前后两次进过抢救室的人，不谈功劳，苦劳也总是有的吧！尽管年终评奖的通知邮件已经面向全体员工发布了，她还是想和涛哥沟通一下，到底公司是怎么想的，公司到底是什么评价标准。

涛哥心里有数，自然是非常同情她。涛哥说，当时在你和汤达人之间犹豫了很长时间，所以干脆将两个名单都报了上去。人力资源部最终选择了汤达人，为什么？你来看一下这张表，就全明白了。

涛哥示意她看自己的电脑。华莹莹走过去一看，页面上显示的是汤达人密密麻麻的加班记录，三百六十五天，超过三百天都是在公司加班，每天在公司待的时间最短是十二小时，最长是二十四小时，几乎不回家！

"这太恐怖了！"华莹莹当时心里直打哆嗦，"还有比我更拼命的！"

"所以你能理解吗？"涛哥平静地说，"我看到这张表时也非常震惊，难道他不要家庭了吗？他太太不会来闹吗？可是从管理者的角度来说，公司有这么忠诚的员工，有谁会不喜欢呢？不奖励这样的员工，还要奖励谁？"

"那也要以业绩结果说话啊！"华莹莹还是不服。

"你也是总经理，也是一个管理者，业绩和忠诚之间怎么回事，或者说怎么平衡这个关系，应该不用我给你上课吧？"涛哥依然十分平静，也不管旁边又气又惊的华莹莹。

华莹莹当然懂这个道理，业绩是能力问题，忠诚是人品问题。人品有问题的话，能力越大，破坏力越强，对公司长期发展越不利。实际上，这是考验管理者看眼前还是看长远的管理智慧。

如果注重眼前效益，当然鼓励业绩好的员工，能在短期内给公司带来更多利益，创造更大价值，当季财报也会更加好看。但历史经验表明，这么做往往会涸泽而渔，给未来埋下无数隐患，因为大多数人会为了超额完成当季的 KPI 而不择手段，甚至不惜做出伤害用户的事情。

相比之下，管理者更喜欢业绩又好忠诚度又高的员工。可鱼和熊掌不可兼得，哪里有这么好的人就刚好在你公司里？或者说，需要通过什么样的制度才能把这样的人才筛选出来？在这个制度发明出来之前，目前公司对人才的评价体系是性价比最高的，离开了这套系统，就只能凭管理者个人的喜好来决定了，这样的结果会更糟。所以，当话题"加班时长成网北考核标准"在互联网上发酵时，华莹莹觉得这是迟早的事，只是没想到会来得这么快。看到这个话题在热搜榜上越来越靠前，她心里居然生出了一种幸灾乐祸的感觉，可这明明是公司的负面消息！

这个负面话题的发酵速度出乎 Dorran 意料。根据这么多年的工作经验，她认为自己已经把这次危机事件处理得天衣无缝，但没想到这位"95 后"还放出了这么个大招，让她措手不及。她的微信上、内部通信软件上，到处都是找她的人，让她心烦意乱。不是早让汤达人去安排和这人沟通了吗？

啪的一声，烦躁的 Dorran 气得把笔记本电脑狠狠地合上，并对着门口大吼了一声："汤达人人呢？！"

借刀杀人还是
刀下留人

所有人都知道 Dorran 此刻正在气头上。她的一声吼叫，让原本还很喧闹的办公室瞬间鸦雀无声。

汤达人的下属悄悄对他说，老大，Dorran 在找你，情况似乎不太妙。

上午的舆情突变，汤达人也看到了，到现在他还是稀里糊涂，不知道为什么会有这样的变化。早上已经通知杨晓琳和郝冬一起去找那个"95 后"，也不知道去了没有，一个上午都联系不上，内部通信软件不回，微信也不回，打电话也没人接。

思来想去，上午最大的失误就在于没有跟着一起过去。可现在也来不及了，Dorran 已经劈头盖脸地找了过来，一会儿到了她办公室，该怎么回复？

"Dorran，您先别急……"

还没等汤达人把话说完，Dorran 的火气一下又上来了，完全没有了早上他来"报喜"时的从容不迫："我不急，我能不急吗？交代你的事办了吗？事情为什么会办成这样？！"

"我明白我明白，您先消消气，现在生气也不能解决问题不是……"汤达人的语气卑微到地底下了，他想尽力安抚顶头上司的情绪，"和您汇报一下，上午的确按计划安排好了，只是不知道为什么郝总和杨总始终不接电话……"

"去他们办公室找了吗？"Dorran 追着问。

"已经安排人去了，还没消息回来……"

"那你打算怎么办？就这么等着？等着这个话题在热搜榜上一日游？"

"现在最核心的问题在于，那个'95 后'在想什么，到底有什么诉求，为什么要对媒体说这些。"

"了解清楚之后呢？"

"之后，请和咱们关系好的媒体再做一次专访，说他对公司针对严重加班情况采取优化措施的诚意表示很满意，将来还会为公司发展建言献策等，释放他的满意信息来扭转舆论。"

"如果他不同意接受我们安排的采访呢？"

"那就请 HR 和行政同步调取他日常工作的监控，以及上下班打卡记录，看看是否有违规的地方。如果有违规，又不肯配合工作，那么他的离职就不会那么顺利。"汤达人之前处理过不少开除员工的舆情危机，这套方法他十分熟练。根据经验，每个人或多或少都有一些不良记录，就看公司需不需要在必要时拿出来用。一般来说，这招非常管用，毕竟是你违规在先，公司已经很大度了，要是再闹就没有道理了。

"这么赤裸裸地威胁，不怕他录音录像？"Dorran 以前在深圳"大厂"也处理过类似事情，但没有盯到这么细，现在她不得不把方方面面的细节考虑到。

"当然不怕，如果存在违规行为，会有事实证据，录音录像也改变不了这个事实。如果要打官司，法务也有的是时间陪他耗。"汤达人很有信心。

听到这些，Dorran 情绪逐渐缓和了下来，思路也清晰了很多："记得安排几篇正面稿子发出去，先压一压。同时准备一个声明，这个声明戏谑一点儿，不要在网北官微上发，而要发在'网北黑板报'的公众号上。当然，发不发还要再看舆情走向，先准备着吧！"

"好的，Dorran，您放心，我不会让您失望的！"汤达人依然信心十足。

安排好工作，Dorran瘫坐在了椅子上。她想，这会儿要是有个顶流明星宣布离婚该多好，社交媒体的热度一定会炸裂，前十条热搜有八条都会讨论明星这点破事，再也没人关注网北公司加班这件事了。

和Dorran不同，坐在电脑前紧盯热搜的华莹莹，却在祈祷不会发生明星离婚大事，以免分散这起负面事件的关注度。反正这件事已经和她无关，她想看看Dorran到底怎样化解这场危机。

正想着，突然楚姗姗来了一个电话，说有重要的事儿要和她沟通，问她方不方便。华莹莹想着，这会儿能有啥事儿，要不就在电话里说？楚姗姗却说，这事儿很大，电话里说不方便，她正在地铁站附近的"711"便利店里，现在是上班时间，网北公司的人不会来这儿，让华莹莹到这里见面聊。

华莹莹放下手机，在网北大厦门口解锁了一辆共享单车，快速地往地铁口骑，看到那家便利店，蹬着她的那双"恨天高"就走了进去。

这一刻正好被从地铁口出来的汤达人心腹宋晓雨看到了。昨晚宋晓雨就在协助汤达人处理"95后"撑加班这件事的危机，又是写文案，又是安排媒体出稿方向，深夜十二点多才回家，所以汤达人允许她早上晚一点儿来公司。

谁知她刚走出地铁站，就看到华莹莹穿着恨天高，歪歪扭扭地骑着共享单车，直奔"711"便利店而去。她心里一激灵：这是什么着急的事儿，让华总连鞋也没来得及换就急匆匆地赶过来？难道是情人？上班时间和情人在便利店约会，这也太刺激了吧？好奇心让她跟了上去。

刚踏进便利店，华莹莹就看到楚姗姗和一个年轻小伙子坐在一张桌子旁。这里是便利店留给客人的热饭区，这会儿是上班时间，店里也没什么人要热饭吃，桌子都空着。

"什么事儿这么着急，还非要见面说？"华莹莹迫不及待地问。

"知道他是谁吗？"楚姗姗指着身边的小伙子。

华莹莹看了一眼，这人戴着一副黑框眼镜，穿着白色短T恤，感觉就二十来岁，挺精神的一个小伙子。他的发型也很有特点，两边剃短，在头顶扎起一个小辫子，是时下流行的男生发型，又酷又有个性。她想，楚姗姗这是干吗，要给自己介绍对象吗？难道自己处过一个大三的小男友，就认定我吃定这一款？

"你不会是给我介绍对象？他？"和楚姗姗说话，华莹莹向来是直来直去，她指着小伙子直接就问了。

"当然不是，您想哪儿去啦！"楚姗姗哈哈大笑，"您还别说，我手头还正好有一个大帅哥，改天给您介绍一下！"

"哈哈哈，别贫了，快说吧，你旁边这位小帅哥是谁？"

"他是……"楚姗姗想了想，转向小伙子，"还是你自己说吧！"

小伙子看起来很有个性，但说起话来比较腼腆："华总好，我就是那个新闻里的'95后'，我叫小杰。"

"是你？"华莹莹有点不敢相信自己的眼睛，"你怎么会在这儿？你知不知道，今天公司的人一直都在找你！"

"华总，您先别激动，听我说……"楚姗姗看华莹莹激动起来，赶紧安抚一下，"他呀，是我山西老家邻居家的孩子，去年大学毕业，家里条件也不错，父母都是做生意的。我和他妈妈比较熟，他来网北公司工作后，就把他委托给我，让我帮忙照顾。你也知道我平时比较忙，没太顾得上他。昨天他搞出这么大的动静，一晚没睡好，心理压力比较大。他以前来过我工位，知道我工位在哪儿，所以一大早到我工位等着，想找我聊聊，看接下来怎么办，是不是就直接提离职算了。结果听说我被停职，他就不淡定了，就给我打电话……"

"华总，姗姗姐犯了什么错？为什么要停她职？"小伙子接过话，却问了一个华莹莹无法回答的问题。他这是在为楚姗姗喊冤啊！

楚姗姗对小杰说："这是公司的决定，华总也不知道原因，但我自认是无辜的。"然后，她继续对华莹莹说："本来昨天晚上想采访小杰的媒体就特别多，但都被他拒绝了。毕竟他也不想把事情闹大，况且他们郝总不也回复了嘛，那个回复写得挺真诚，就没必要再揪着不放了。可是今天一早听说了我的事之后，他觉得公司太无情了，这样的企业完全没必要给它留面子，所以就通过了'琉媒体'记者的微信好友申请，爆了一些料。"

"所以，你们想问我接下来怎么办吗？"华莹莹问。

"是！昨晚你不是说这个危机项目已经被 Dorran 抢走了吗？所以接下来我们想听听您的意见。"楚姗姗对领导很坦诚，想把处理这件事情的主动权让给华莹莹。

华莹莹明白，楚姗姗这哪里是想听她的意见，这是主动在给她"递刀子"，让她决定是否借刀杀人，还是刀下留人。

"华总，现在我被人举报停职了，看起来是奈何不了 Dorran，但未必我一直都奈何不了她！只要我还在网北公司一天，我就和你一起战斗到底！好歹我还没被开除，咱们就慢慢地算这笔账。"

一向杀伐果断的华莹莹突然沉默了。如果任由负面舆情泛滥，伤害到的不只是 Dorran 和汤达人，更是网北公司的品牌声誉。可是面对眼前这位因她而被莫名停职的大将，这条被砍去的左膀右臂，她心如刀割。

"你要复仇吗？"

华莹莹在心底深深地问自己。

路在你面前，你自己选

"终于联系上这孩子了！汤总，B座一八〇八会议室，二十分钟后见！"人力资源部总经理杨晓琳发来的这个消息，让汤达人既兴奋又气愤。

兴奋是因为只要与小杰对上话，就一定能搞定。十分钟前，他们联动网北公司人力资源部、行政部、IT部门，对这位"95后"所在组进行了最近五天的简单调查，包括调阅后台流量、查阅视频监控、查看上下班打卡情况等。

调查结果当然符合他的预期。这位"95后"所在的研发小组一共二十人，存在"摸鱼"行为的人大约三分之二。总体来看，这些人在视频网站上"摸鱼"的时间最多，其中最夸张的一位员工，四天时间里在"易听云音乐"上听了二十一点五个G的音乐。小杰的"摸鱼"行为不明显，但还是违反了规定，因为他午饭后经常打游戏，常常在十三点十分左右才退出，而公司规定的吃饭和休息时间是十二点至十三点。

让汤达人气愤的是，他认为人力资源部在这件事情当中完全失职，居然能够让负面事件的当事人失联，简直不可思议！现在人力资源部又满脸堆笑地告诉他，说找到了当事人，似乎是来报功的。莫名其妙，这有什么可报的，这事不早就应该做了吗？如果快一点儿沟通上，压根儿不会有早上的热搜事件！这个锅，人力资源部起码应该背上一大半。

当他赶到 B 座一八〇八会议室，小杰、人力资源部总经理杨晓琳、智能产品事业部总经理郝冬都已在会议室等他来开始，毕竟提要求的是他。

"你就是群里发言的那个小杰？"汤达人上来直接就问。

"是！"小杰有些腼腆，但面对三位公司中层，显得不卑不亢。只是汤达人那审问的语气，让他十分反感。

"我想，公司的态度，你们郝总在内部群和内网里回复得很清楚了。他就坐在这儿，要不要再给你讲一遍？"

郝冬听到说可能要他再讲一遍回复，喝了口水，清了清嗓子。他嗓子还没清完，小杰就说："郝总回复得很清楚，不需要再讲了。"

"你还满意吗？"汤达人继续问。

"满意！"

"既然满意，你早上为何要单独接受媒体采访？公司在这方面是有要求的，所有采访必须经过公共关系部批准，你这是违反公司规定，知道吗？"

汤达人看这小子回答得惜字如金，似乎很不服气的样子，想给他来个下马威。收拾别人不行，收拾你，还不是易如反掌？

"抱歉，新人培训的时候没有提到这一点。"

"内网里品牌与市场一栏里面有相关规定，你为什么不看？"

"我为什么要看？没人通知我看！"

一旁的杨晓琳听不下去了，这个话题再继续就要吵起来了，甚至会引到人力资源部对新人培训不足的方向，这口锅她是不愿意背的。于是她尽量放松语气，用那女性特有的魅力温柔地对小杰说："你不用太紧张，我们只是和你简单地沟通，就是想听听你还有哪些具体诉求。"

"我没有什么特别诉求，就是觉得公司过度加班很不合理。既然公司提出了整改意见，那我的诉求就是希望能把整改意见贯彻下去。另外，希望公司能批准我顺利离职。"

果然女性魅力在沟通中具备天然优势，或许也是因为杨晓琳和汤达人的问话态度有着天壤之别，杨晓琳的一句话就让小杰把想法给说了出来。

"当然可以！"杨晓琳依然保持着她的和蔼与温柔，"不过在你离职之前，我们还希望你能配合我们做几件事。"

"您说。"

"还是请汤总说吧。"杨晓琳给汤达人使了使眼色，意思是这孩子吃软不吃硬，注意沟通态度。

"很简单，配合我们接受媒体采访，表达两点意思。第一呢，你对公司具有诚意的回应很满意；第二呢，就说公司以加班时长来进行绩效考核的潜规则是道听途说的，没影儿的事，需要你辟个谣。"汤达人尽量控制自己的情绪，慢慢地把要求提了出来。

"第一点我可以配合。您刚才说采访需要经过公共关系部的同意，以前我不知道这个规定，现在知道了。为了避免不必要的麻烦，我想我会表达满意，但其他的不会多说。"小杰想了想，继续说，"至于第二点，我想还是尊重事实吧，这不也是公司一直强调的实事求是的价值观吗？"

被职场毒打过的老人都知道，所谓公司价值观，更多的时候只是挂在墙上的口号，是用来标榜的，如果真用这一套来指导日常工作，根本就活不到第二集，第一集还没结束就死了。现场的职场老炮儿对此都心知肚明，可又不能明说。

人家现在举着公司价值观大旗，"以子之矛，攻子之盾"，你只能吃哑巴亏。杨晓琳和郝冬对视了一眼，什么都没说，就等着汤达人，看他出招。

汤达人没想到这孩子还挺倔，觉得到了放出撒手锏的时候。他在来之前已经让宋晓雨帮忙把小杰连续五天，每天打游戏打到十三点十分的后台流量数据，以及监控画面打印了出来。

"我想，你最好还是配合我们。"汤达人一边说，一边把准备好的打印材料拿了出来，递给了小杰。

小杰看到材料后，脸色瞬间变了，双手控制不住地颤抖。

杨晓琳和郝冬同时扫了一眼打印材料上的内容，两人刚刚堆满职业微笑的脸上，一时间也僵硬了。人力资源部在开除员工或裁员的过程中，为了不给补偿而逼迫员工主动离职时，常常使用这套手段，但他俩还是觉得，人家小杰毕竟是一个刚刚参加工作的年轻人，把这套手段拿出来用，未免狠心。

沉默了三分钟，小杰抬起头，对汤达人说："您这是在威胁我吗？"

小杰的声音明显有些发抖。他刚从大学毕业没多久，刚刚才来网北公司工作，工作学习生活一直顺风顺水，还从来没有被人威胁过。他不敢相信，在网北这么大的一家公司，处理问题的手段这么下作，居然还要靠威胁恐吓！果然应了那句流行已久的话"解决不了问题，就解决提出问题的人"。

看到脸色苍白、声音颤抖的小杰，汤达人心里不免有些得意，就差笑出了声："不，不，不……这不是威胁，只是想要你配合我们工作而已！"

"要是我不配合呢？"小杰继续用颤抖的声音说。

很显然，如果小杰不配合，汤达人的危机公关计划将会彻底泡汤，任由负面舆情发酵而无能为力，到时候不仅他没法向 Dorran 交代，Dorran 也没法向黄西交代。汤达人心里忿忿地想，这孩子都害怕成这样了，咋还这么倔，真是敬酒不吃吃罚酒！

"你要是不配合的话，我想……你还是希望能够顺利离职的吧？"说完，汤达人不屑地看了一眼杨晓琳。

杨晓琳假装低头看手机，没接他这充满杀意的眼神。汤达人对人力资源部的不满又上了一个新台阶。装什么装，让我冲在前面当坏人？还有郝冬这个废柴，明明他才是业务部门负责人，怎么这事整得好像和他没关系似的！

于是，他特意点了一下杨晓琳和郝冬："对吧，杨总，郝总？"

杨晓琳和郝冬突然被点到名字，仿佛吓了一跳，分别尴尬地咳嗽了一声，不情愿地从嗓子里挤出一个字："嗯！"

"不配合就要被开除吗？"小杰顶着一张煞白的脸，问得很直接。

"我们没有说要开除你，只是路在你面前，你自己选！"汤达人心里依然得意扬扬，认为这次十拿九稳。小样儿，还跟我斗，你还嫩了点儿！

"这位老师，呃……我不知道怎么称呼您。刚开始我是想配合您的工作，我已经答应了您的第一个要求……"小杰紧张的情绪逐渐平复，声音也渐渐恢复正常，"但是第二个要求我肯定不能答应，因为您让我说的不是事实！"

听到这儿，杨晓琳和郝冬突然对小杰有了一种莫名的好感。这年头，能坚持真理的年轻人真的是不多见了，尤其还是在面临这么大威胁的时候。以前途来博真理，有几个年轻人能做到？杨晓琳突然冒出一个念头，就算汤达人申请开除小杰，自己也绝不答应。

小杰继续说："可是您一直在威逼利诱我！您不是说，路在面前，让我自己选吗？现在我想和您说，第一个要求我也不答应了！"

说完，他拿起背包，起身离开。刚走到会议室门口，他好像想起了什么，又走回到汤达人的面前，把手机屏幕给汤达人看了一眼，说："我现在回去就提离职申请，希望今天就能顺利办完手续！不然，今天晚上您就会在各大媒体上看到这张图！"

小杰说完，扭头就走了，剩下汤达人在那里呆若木鸡。

杨晓琳和郝冬看着眼前发生的一切，也都没反应过来，看到汤达人这个样子，又不好上前问，只好默默地收拾东西，准备离开。

过了一会儿，汤达人似乎缓过了劲儿，猛地把手上的资料往会议桌上砸去，边砸边骂："将军将到老子头上来了！"

白花花的打印纸撒了一地。

"怎……怎么了这是？"杨晓琳端着她的职业微笑，想缓和一下气氛。

"没怎么！杨总，你，你今天帮他把离职手续全办了吧！"汤达人怎么能承认自己的失败呢，没好气地回复了杨晓琳，头也不回就走出了会议室。

杨晓琳看汤达人这个模样，摇了摇头，叹了口气，对郝冬说："郝总，地上的这些个人资料都是机密，帮我一起捡起来，去碎纸机碎了吧。"

我要和你
势不两立

看到汤达人回来，宋晓雨和其他下属都很期待，毕竟专访的媒体已经安排好，转发的"大V"也都沟通完毕，就等安排小杰和媒体一对一采访了。

可看到汤达人铁青着脸，就没人敢上前去说话。汤达人谁都没理，把电脑往桌上一扔，径直向 Dorran 办公室走去。

"生气了？" Dorran 看到铁青着脸的汤达人，知道可能没带来什么好消息，"我刚泡了壶清肝明目的枸杞菊花茶，你也尝尝。"说着，她把水壶里刚泡好的菊花茶倒在一次性纸杯里，用镊子往里面夹了一块冰糖，然后把纸杯递给了汤达人。这一上午她的情绪也不好，泡一壶菊花茶想降降火。

"沟通得不顺利，那孩子没答应采访……"汤达人说着，顺手接纸杯，没想到 Dorran 啊的一声，手一抖，把纸杯里的水洒到了汤达人的裤子上。

她想到了坏的结果，但没想到居然这么坏。堂堂一个高级总监，连个"95后"都沟通不下来，想到这里，端着纸杯的 Dorran 猛一下失了神。

"对不起，给你纸巾。"回过神来，Dorran 想对汤达人开口大骂，但事已至此，骂得再狠也不能解决问题，反而会把刚刚归顺的人越推越远。

"所以，你有什么'Plan B'？" Dorran 尽量控制语气，没有责备，想再给汤达人一次机会。

"既然不能通过那个'95后'当事人澄清，咱们只能自己来。"汤达人拿起纸杯喝了一口，"我们用戏谑的漫画方式，表达几点意思：第一，过度加班是存在的，但也是行业普遍的；第二，网北公司整改是认真的，欢迎监督；第三，以加班时长作为业绩考核的潜规则是不存在的，欢迎举报。然后，在'网北黑板报'上发，作为今天热搜的回应。"

说完，如同做错事的小孩求原谅，他试探性地问道："您看可以吗？"

"可以，画风一定是'95后'喜欢的风格，不能严肃，可以自黑。然后让媒体来辟谣，说根本没有这回事。今天下午给我一个舆情汇总，其中包括咱们澄清后舆情向好的走向以及应对亮点。这么大的事情，要给黄老师一个交代。"

"好的！"

"现在可以告诉我为什么没有沟通下来了吗？"安排好工作后，Dorran关心地问。

大多时候，老板听汇报只看结果不看过程，涛哥几乎没问过执行过程难不难，有什么问题需要他支持，总是说做事情要是不难，要你这个高级总监干什么？公司给你开这么高的工资，是让你来解决问题，而不是来提出问题的。因此，看到Dorran还关心他的沟通过程，汤达人突然觉得刚刚喝下去的茶水如同一股暖流在全身流淌。他如同委屈的孩子一样，有满肚子苦水等着倾诉。

"那孩子觉得过度加班这件事让他很伤心，一心想赶紧离职。他还特别轴，认为加班时长作为业绩考核潜规则是事实，他不愿意说谎。"

"说谎？谁让他说谎了？澄清事实就是说谎了？"

"关键是，这的确是这么多年来咱们公司不成文的一条潜规则。"汤达人解释说。

"既然是潜规则，那就不是明面上的，不是明面上的就没有明确的规定，也就是说，根本没有证据证明这个潜规则的存在。既然没有证据，他本身就是撒谎！"Dorran 顿时觉得心中燃起的怒火快要上头了，这个汤达人这么多年的总监白当了，逻辑能力怎么这么差！

"Dorran，他还真有证据！"

当汤达人说出这句话的时候，Dorran 吓了一跳，怎么可能？

"他手上有高管晨会时，人力资源副总裁落叶斌展示各个部门加班时长排名的照片！"汤达人紧锁眉头，终于把他被"95 后"年轻人"将了一军"的原因说了出来，"就是因为这个，他不愿意配合我们。但不知道这么绝密的信息这孩子是从哪里得到的……"

"好吧，看来他有备而来……"Dorran 下意识觉得这事没那么简单，但又猜不出这孩子背后到底是谁，她嘱咐汤达人说，"这件事要绝对保密！"

"知道，我去忙了。"汤达人起身往外走，还不忘把一次性纸杯带了出去，在手上捏变了形，往拐角处的垃圾桶里狠狠地扔了进去。

没有被汤达人威胁到的小杰，给华莹莹发了一条微信："可以顺利离职，谢谢华总！"

但此时的华莹莹已经没有心思再想小杰的事情，她被一条突如其来的视频惊吓住了，所以就简单回复了个"好的"，然后开始认真思考关于视频里发生事件的对策。

"姗姗过来一下！"刚喊出口，华莹莹才意识到楚姗姗已被停职了，周围听到的同事个个面面相觑，唏嘘不已。

她把欧阳娜娜喊了过来，两人找了个安静的会议室。欧阳娜娜看完视频，大惊失色，连忙问报警了吗？

网北公司虽然是一家互联网公司，但这几年为了扩大品牌影响，提升硬件产品销量，所以在不少商场开了线下门店，卖智能产品事业部研发的智能硬件，从智能投影仪到智能台灯，从智能剃须刀到智能穿戴镜，从智能充电宝到智能充电线，覆盖了不少生活领域。

让华莹莹和欧阳娜娜惊讶的视频，就发生在北京一家商场的门店里。当时一位身穿西装，看起来很体面的中年男人到店里面闲逛，一位二十岁出头的售货员小姑娘见到有客人进来，便用一次性纸杯倒了杯水准备送过去，刚递过去的时候，由于水盛得有点满，不小心洒了一点儿到客人的西服上，她连忙说对不起，并找纸巾给客人擦。

万万没想到这个衣冠禽兽对售货员又打又骂。另外两位在店里闲逛的男子劝阻道："行了，算了！"可这位衣冠禽兽并未听劝，看起来怒气未消："你知道我这西服多少钱吗？"话还未说完，他又给了售货员一巴掌。

售货员继续给他道歉，但这人并不满意："对不起就完了？"他又扇了售货员两个耳光。围观的人越来越多，一位年轻人上来拦住了这个衣冠禽兽："行了行了，有事论事，你也不能老打人！"可是，这个人依然用威胁的语气让售货员赔他西服。

欧阳娜娜数了一下，视频里，这人一共扇了售货员四巴掌，整个过程中售货员都没有还手。

"店长报警了。"华莹莹对欧阳娜娜说，"刚刚咱们看的视频是我让店长从店里调出来的监控，但网上已经有网友拍到的视频流传了。我不是所谓的女权主义者，但我看完后真的非常愤怒。这件事实在太恶劣，估计很快就会上热搜，这是咱们对接的智能产品事业部的事情，需要做好公关应对。"

"好的，我回去想想。"

她们正在往工位走的时候，华莹莹突然接到黄西助理苏天鹏的电话："商场店里的打人事件，黄老师让你赶紧处理，给出一个公关对策。"

华莹莹有点蒙，公关 VP 不是 Dorran 吗，黄老师的任务，不应该直接和 Dorran 交代吗？

"你确定黄老师是让我处理吗？"华莹莹赶紧追问了一句，把那个"我"字着重强调了一下。

"是的！"

"为什么会是我，他不应该直接找 Dorran 吗？"

"我也不知道，按照黄老师的意思做就是了。"

别看这些助理在老板面前看起来像是个乖巧的猫儿似的，一旦离开老板，马上就如归山的老虎，威风凛凛，高管都得让他三分，轻易得罪不起。好在华莹莹平时和苏天鹏关系维护得还不错，出去旅游回来，经常给他带小礼物，要不然苏天鹏才不会和她多说，通知到就可以了。

"娜娜，这件事黄老师亲自交给了我来做，你觉得这意味着什么？"

以前这种事情，华莹莹总是和楚姗姗交流，可现在楚姗姗不在公司，和一个年龄更小的欧阳娜娜谈论这么私密的话题，多少还是有点尴尬，或者说，还没有完全建立起信任。而一直阻碍建立这种信任关系的，当然也是楚姗姗本人。

"是Dorran那边忙不过来了吗？"欧阳娜娜小心地试探着问。

"有可能……"华莹莹转过身面对欧阳娜娜，盯着她的眼睛认真地说，"娜娜，以前姗姗不让你们和我交流，其实我都知道，这个做法的确欠妥，不过她也有她的难处，你要理解一下。现在她被暂时停职了，我更需要你们和我一起并肩战斗，我们只有互相信任，才能战胜对手，明白吗？"

这是华莹莹第一次和自己这么沟通，欧阳娜娜似乎有点受宠若惊，这更加点燃了她的斗志。在她心中，只要能为公司创造价值，就一定是正确的事情，而华莹莹就是那个一直在为公司奋斗的人。以前由于有楚姗姗在中间，所以对华莹莹不是特别了解，但现在亲身跟着她做了几次项目后，发现她做人做事都很地道。况且，当年华莹莹两次因长时间加班而进入抢救室，依然不耽误第二天开会的精神，一直鼓舞着她。

"明白，华总，我不会让您失望的！"欧阳娜娜重重地点了点头。

曾经说过不会让Dorran失望的汤达人，此刻还在焦头烂额地处理过度加班事件的烂摊子。

"老大，那个小杰为什么不愿意配合采访？"

"是啊老大，让小杰直接对媒体辟谣，咱们也没这么多事儿了呀！"

"老大，你说这小杰这么针对公司，是不是故意的？"

"你还别说，我真看过类似的小说，说有竞品安排一个间谍潜伏到对手公司，然后窃取机密，或者搞个大事情，把对手公司的品牌声誉搞臭……"

"我看你是小说看多了吧！如果真是间谍，人家早就把商业机密悄悄地偷走了，还用得着这么高调？他又不傻，如果他真是间谍，演这么一出，不是喊着告诉别人真实身份吗？"

"谁知道呢，也许他们这种身份的人，越是高调越安全呢！"

神经紧绷地工作了半天，突然有人开了个头，大家就像开茶话会般你一言我一语地讨论了起来，就当作放松了。刚刚忙得头昏脑涨的宋晓雨，也打算放松一下，加入了进来。

"你们知道我早上在地铁站旁边看到谁了吗？"

"谁啊？快说快说！"

"我看到华总在便利店里相亲呢！"

"不能够！"

"华总怎么可能会在便利店里相亲呢！"

"不骗你！人家以前不是和一个体育生好过吗？今天啊，又在见一个小伙子，还挺酷！"说完，自己咯咯咯地笑了起来。

"真的假的？是小鲜肉吗？长得帅吗？"

"是啊，有照片吗？"

"必须有啊！"原来，宋晓雨经过便利店门口的时候，实在太过好奇，就用手机偷偷拍了一张。大家全都好奇地围了过来。

"够了，你们有完没完？！"汤达人突然一声吼叫，让团队成员都吓了一跳，"你们工作都做完了吗？叽叽喳喳，叽叽喳喳……"

看到大家都围在宋晓雨的手机旁，他气不打一处来："看什么看！"

"没，没什么……"宋晓雨吓得赶紧把手机收了起来。

"快拿给我，我看看你们不好好工作，都在看些什么东西！"

宋晓雨哆哆嗦嗦地把手机递给了汤达人，怯怯地说："都在八卦，说华总今天相亲相了一个小伙子……"

汤达人盯着手机看了半响才回过神，咬牙切齿地说："原来是她！"

"你给我等着，我要和你势不两立！"他在心里暗暗发誓。

老板的耐心是有限的

"黄老师，这么大的事情，建议还是由公司层面来处理。"

Dorran 再一次在通信工具上和黄西沟通，想把商场门店售货员被打一事的处理权拿到自己手上来。但是消息发出后，就像石沉大海一般没有掀起任何涟漪。

其实，这个工作的主导权本来就是她的，毕竟她是新来的 VP，是公关体系第一责任人。但这件事影响太恶劣，不少黄西的老朋友都给他转发了网友拍摄的视频，可他在内部通信工具上就这件事给 Dorran 提的要求，却迟迟没有得到答复。老板的耐心是有限的，他就抓紧让助理苏天鹏通知华莹莹，让她处理并给出应对策略。Dorran 并不是不回复老板，而是当时她正在和汤达人商量如何解决过度加班危机事件，一心没能二用，没能第一时间看到老板留言并及时回复，导致老板失去了耐心。

这件事让 Dorran 心里很是不安。今天有了第一次，以后还会有第二次、第三次，这样下去，我这个 VP 还怎么当？没想到失去了心腹楚姗姗，你华莹莹还敢如此嚣张，我倒想看看，你能嚣张到什么时候？

可华莹莹哪里知道黄西会直接联系她，让她来负责商场打人事件。但是为了表示对 Dorran 的尊重，她思来想去，决定主动找 Dorran 说明一下情况。

作为公关 VP，坐在独立办公室里的 Dorran 表现得很大度："咱们都是一个大团队的，在面对公司重大事件上，就不要分彼此了，你负责我负责都一样，不都是为了公司利益吗？况且我这边确实也忙不开，就辛苦你了！"

华莹莹知道这些都是场面话，重要的是自己同步消息的姿态到位就可以了，毕竟 Dorran 是领导，不要让领导成为最后一个知道真相的人。可没想到，Dorran 突然提了个让她十分意外的要求。

"华总，你知道我事情比较多，确实忙不过来，要不然黄老师也不会把商场打人事件直接交给你。"很显然，Dorran 是在给自己没能负责这件事找理由，她接着说，"所以，你们的欧阳娜娜可以借调给我一段时间吗？"

还没等华莹莹回答，Dorran 抢过话头继续说："如果可以，我现在就去通知人力资源部。"

华莹莹心想，Dorran 也太心狠手辣了，耍完阴谋让楚姗姗停职，现在又想把欧阳娜娜从她身边弄走。就算跟你不是一条心，也不能这么欺负人吧！

"Dorran，我挺想为您分忧的，这不您也知道，楚姗姗刚被停职，欧阳娜娜是我们团队里为数不多既懂业务又懂传播的人了，少了她，这工作确实也没办法开展。呃，要不这样，我安排一个资深公关专家过来，他对业务理解不一定有那么深，但是传播的基本套路都还比较熟，您看怎么样？"

"噢，别误会，只是上次给郝总写内部回复的时候，听你提起过欧阳娜娜，我就记住她了。其他人嘛，我也没怎么听说。既然华总舍不得，那就再说吧。不过还是要谢谢你！"

Dorran 把"舍不得"这三个字故意拖得很长，就像是提醒华莹莹，你拒绝了我，意味着你得罪了我。说完，她紧闭双唇，做了个意味深长的微笑。

这笑容让华莹莹心里不由得一紧，不知道这心狠手辣之人又在憋什么坏主意。来不及细想，回去抓紧干活儿吧。

坐在电脑前，她扳着手指粗略一算，手上的大事还真不少。眼下的商场打人事件，下个月 CTO 林军参加世界互联网 AI 大会的传播方案，还有两个月后网北最重要的大会"智能生态大会"的筹备，想想都头大。

更让人头大的是，舆情监测团队刚刚反馈，话题"网北售货员商场被打"在热搜榜上的排名越来越靠前，这也意味着留给她们出公关策略的时间不多了。

华莹莹给郝冬打了个电话，确认了基本事实。从郝冬转述当事员工的陈述看，情况和她在视频中看到的基本一致。据此她认为，这次打人事件中，网北公司是受害方，只要回应得当，抓住公众对弱势群体的普遍同情，应该可以把网北公司在加班事件中的负面形象挽回一些。

欧阳娜娜很快出了一版方案。她对华莹莹说，这个方案突破了以往的常规套路，需要黄老师个人微信朋友圈的配合。

"让黄老师配合你做传播？"华莹莹很惊讶，以前从来没做过这么大胆的方案。过往的套路往往是先通过公司官方或者非官方渠道发布声明，或者辟谣信息，然后请媒体或者"意见领袖"进行报道、点评、转发，带动舆论节奏按照设定的方向走，之后将有利舆情和传播效果进行整理，最后给老板汇报。

所以对于动用老板个人朋友圈的大胆方案，华莹莹也是第一次听到，她很欣赏欧阳娜娜富有突破性的创意，可这样做的风险实在太大。何况现在自己正处在特殊时期，万一最终的传播效果不如人意，自己在黄老师那里的印象一落千丈不说，一旦黄老师自己的公众形象受损，那可真就是万劫不复。但是，万一这的确是个好创意呢……她决定先看看方案。

在这版公关策略中，欧阳娜娜将事件处理分成四步。

第一步，通过官方账号先在社交媒体上转发网友发布的视频，告诉大家我们已经关注到这件事，还要具备同理心地说，现在社会生活压力大，每个人都要互相理解，我们会照顾好那位售货员。其实第一个转发不需要有实质性的内容，最主要是要把企业很关注的态度理性地表达出来。

第二步，企业是理性的，但人是有情绪的。让黄老师当天晚上通过朋友圈表达强烈的个人情感，传递要对这件事追究到底的决心，对外体现责任，对内稳定军心。

第三步，把黄老师的朋友圈截图，同步到媒体沟通群和社交媒体上，进行情绪的二次发酵。

第四步，再次回归理性。公司通过官方账号正面表态，一是谴责施暴者，二是慰问受伤员工，三是呼吁社会对服务行业从业人员的理解与关心。

看完欧阳娜娜这版策略，华莹莹心里的石头落地了，这事十有八九黄老师会同意。但是，万一不同意呢？还得做一个不动用黄老师的备选方案吧。

"这好办，黄老师要是不同意，那就稳妥一点，第二步和第三步不用就可以，直接操作第一步和第四步，只是比较常规而已。"虽然这么说，欧阳娜娜心里还是希望黄老师能接受自己的策略，因为她相信这个策略一定可以成功。

华莹莹和苏天鹏沟通，说黄老师要的关于员工被打事件处理的公关策略已经准备好，什么时候可以汇报？苏天鹏说，黄老师正在开会，一会儿他去问问。

此刻和黄西开会的，不是别人，正是 Dorran。显然，黄西已经对过度加班事件不感兴趣了，拿起手机把玩个不停。Dorran 还在不停地汇报，说安排的正面稿件已经起到了很好的效果，经过沟通，有多少家媒体没有参与负面报道，有多少家媒体是按照他们给的方向出的报道，现在话题已经从热搜榜"前十"掉到"前二十"之外了……

黄西终于把视线从手机上移开了，看了一眼 Dorran 说："好了，这些细节不用再和我汇报。所谓加班时长是评定绩效的潜规则，媒体本身也无凭无据，凭一个采访就能定性吗？对付这种报道太简单了，直接给媒体发律师函，再公开声明说不存在这回事，告诉大家已经给造谣媒体发过律师函就可以了。还要我教你做公关？"

Dorran 感觉"龙颜"似乎要大怒，赶紧附和着点了点头，说她这就去办，慌里慌张地从二十层出来。

刚下电梯，何常成的电话就打了进来。这会儿她正烦着，就把电话按掉了。过了一分钟，又打了过来，她没好气地接了起来，说什么事儿啊，这么着急？

何常成也不管她什么态度，急切地说："你看我什么时候在你上班期间打过电话？这会儿打，就是有个急事！"

"什么事你快说，我这儿忙着呢！"

"我们公司有个合伙人，叫王老六，你记得吧？"

"以前听你提起过，说这人在公司的股份不多，但脾气挺大，动不动就说要开人，有一次看前台不顺眼，找了个碴儿，就把人家开除了。这个事儿我印象挺深刻，就是没见过他。"

"对，就是他。现在他惹了一个大麻烦，只有你能救他！"

"我？救他？"Dorran不明白何常成在说什么。

"今天上热搜的一条新闻，网北公司售货员商场被打，打人的那个人就是王老六！"

"不会吧？！怎么会是他！"

"没有什么会不会的，就是他！他知道你在网北公司当VP，刚刚过来求我，都快跪到地上了，说只要网北公司同意调解，怎么都可以！"

"可是，可是这件事的公关处理不在我这里……"

Dorran话还没说完，就被何常成打断了："在不在你都是VP，你一定可以办成的！不要让我在合伙人面前丢了面子！再说，一旦他被'网暴'，我这公司还做不做了？我还有事，先不说了，拜拜！"

何常成说完就把电话挂了，剩下大脑一片空白的Dorran。

前几年在深圳工作时，Dorran与何常成是聚少离多。后来她为了女儿，为了和何常成有更多的相聚时间，毅然决然来到了北京。她以为，只要两人经常在一起，何常成就会回归家庭，在北京享受幸福的三口之家生活。

但是她错了。她来北京之后，何常成前几个月还能准时准点回家，后来却越来越晚，理由总是应酬多、工作忙，还动不动就说，你又没创过业，没签过一笔单，没拿过一笔投资，你知道那得喝多少酒才能换来？要不，我们互换一下？

　　每次聊到这个，Dorran 就不搭理他。她告诉自己，至少老公还回家，至少他心里还有老婆孩子，知足吧，起码还有一个完整的家。何况自己认识何常成又不是一天两天了，哪能一下就会改变，或许等到公司大了以后，有了职业经理人帮助打理公司，他就会改变吧，Dorran 经常这样安慰自己。

　　可眼下这事怎么办？刚刚她还给华莹莹提了个过分要求，要把欧阳娜娜借调过来，现在华莹莹心里还不知道有多痛恨自己呢。现在要请人帮忙，这下可怎么开口？思来想去，没有其他办法，她只能硬着头皮去找华莹莹。

　　"华总……"

　　正在工位上等苏天鹏消息的华莹莹，突然被一声喊叫吓了一跳，见到是Dorran，她站了起来："您……怎么屈尊来我工位？"

　　"在忙吗？到水房那边没人的地方，和你说个事儿，方便吗？"

　　华莹莹没有单独空间的办公室，要讨论私密的话题就需要找没人的地方。本来 Dorran 可以让华莹莹到自己办公室的，但这态度有点居高临下，不太像是求人的感觉，所以干脆主动上门到华莹莹工位。

　　两人走到一处安静的地方，Dorran 直接说："其实也没有特别的事儿，就是想问问咱们售货员被打事件，有什么好的策略没有？"

　　华莹莹隐隐感觉 Dorran 不只是问策略那么简单。如果只是问策略，完全就可以在工位上问，为什么还要单独把她拉到这里来？

　　"我们还在讨论中，您有什么好的建议吗？"华莹莹觉得，还是暂时不要把想法说出来，先看看 Dorran 的葫芦里到底卖的什么药。

　　"好的建议谈不上，但是我想，其实解决问题的最好办法就是和解。对方认个错，咱们就枪口抬高一寸，对外表示事情已经解决，感谢大家的关心，你觉得呢？"

　　"可是，且不说那人反复殴打咱们的售货员，行为实在恶劣，现在舆情已经沸腾成这样，我们轻松一句'事情已经解决'，您觉得说得过去吗？"

　　"得饶人处且饶人嘛，再说把事情搞大了，对谁都不好，你说是吧？"

对谁都不好？如果事情搞大，只会对对方不好，咱们可是会赢得同情的啊！这么明显的道理，Dorran不可能不懂。所以，Dorran能这么明显说出帮对方开脱的话，只有一种可能性。华莹莹也不愿多猜测，直接就把可能性问了出来："Dorran，我问句不该问的话，您认识打人的这位先生吗？"

"呃……不，不认识。"Dorran仿佛被猜中了心思一样，突然语无伦次起来，但很快又镇定了下来，"我只是从维护公司形象的角度提一些建议，供你参考。如果有不对的地方，你就当……就当是空气好了！"

Dorran当然不能对华莹莹说出实情，她怎么能让把柄握在别人手里！

华莹莹回到工位后，接到苏天鹏的消息，说黄老师今天很忙，让把方案先发给他看一下。于是她把方案认真梳理了一遍，在点击发送之前，又仔仔细细看了好几遍，修改了几个错别字，才放心地点击发送键。

刚点完发送，Dorran突然发来了一张照片。没过五秒钟，还没等华莹莹反应过来就撤回了，并附了一句话："我还是建议双方和解！"

和刚刚见面时平等地讨论沟通不同，这次Dorran的语气不容置疑，态度仿佛来了个一百八十度的大转弯。

华莹莹气得满脸通红，这是什么意思？威胁吗？她顺手拿起手上的蓝牙鼠标往桌上狠狠一砸，两节电池和鼠标盖就像被五马分尸一样，瞬间散落在桌子上的各个角落。

周围同事听到动静，脑袋都循着声音转了过来，她这才意识到反应过度了，赶紧用笔记本电脑上的触摸板将发给黄西的方案撤了回来，重新发了一句留言：

"黄老师，我还是建议和您当面汇报！"

Dorran 正端着一杯百合花茶，站在她独立办公室的窗户前往外看风景，虽然外面都是密密麻麻的写字楼窗户，但此时她的心情非常美丽。

汤达人给她发来的照片上面，是华莹莹、楚姗姗和小杰在"711"便利店见面，而当时公司怎么找小杰都找不到。这可是华莹莹隐藏负面事件当事人，阻碍公司与其沟通，并最终对公司品牌形象造成负面影响的直接证据。刚看到照片时，她就在心里恨恨地想，这华莹莹简直罪无可恕，就是因为华莹莹的暗中支持和鼓动，这"95 后"才不配合公司，让她的工作陷入被动。

"一定要让她付出代价！"但转念一想，她又忍不住有些窃喜。现在倒是可以利用这张照片，帮她办一件事，让华莹莹在公关方案中对售货员被打事件中的当事人，何常成的合伙人王老六，在舆论上高高举起，轻轻放下。她认为这张照片的威力，大到足够可以改变华莹莹的公关方案。

于是她放下水杯，通过内部沟通软件把这张照片发给了华莹莹，等看到"已读"的反馈后，立刻撤了回来。然后她给何常成发了一条信息，说这事大概率可以办成，今晚记得早点回家。何常成当然也非常高兴，这事要是办成，他不仅在合伙人面前赢了面子，给了王老六一个天大的人情，而且在公司说话的分量会更重，从此王老六更会唯他马首是瞻。

"这不只是何常成一个人的事，更是我们家的事。"Dorran 想。

同样是看风景，从 Dorran 独立办公室看到的，与从黄西二十层办公室看到的，是两个完全不同的世界。

从黄西办公室走出来，看着眼前建在二十层上漂亮的空中花园，和不远处层峦叠嶂的西山，华莹莹长长舒了一口气。陪她一起来开会的欧阳娜娜说，真是没想到，黄老师会是这样的态度。

"我也没想到。娜娜，你看这二十层的景色多好！"华莹莹指着远处的西山，感慨地说，"怪不得古人说'欲穷千里目，更上一层楼'！可是就算风景再美，空中花园再漂亮，也都与咱们无关，毕竟不是一个世界的人！"

公司官方社交账号平时都是汤达人团队在负责运营，欧阳娜娜需要把文案发给汤达人团队负责账号运营的宋晓雨。宋晓雨拿到欧阳娜娜的文案，第一时间发给了汤达人："老大，你看我们就这么发吗？"汤达人一看，这文案也没什么特别的，不就是转发一下网友发的视频，然后附上这段话吗？

> 我们在各个商场门店的售货员，都是二十多岁的年轻人，他们在一线工作非常辛苦。现在社会生活压力普遍较大，希望发生特殊情况时，大家能够互相理解和体谅。我们也会照顾好这位售货员，请各位放心！

他随手转发给了 Dorran，还说，看华莹莹这文案，也没什么过人之处嘛！这么稀松平常的文字，不知道黄老师怎么就把这项目交给她了！

Dorran 一看，嘴角也露出了不易察觉的微笑，华莹莹关键时刻还是很听话的！这一回合的胜利，让 Dorran 一扫被黄老师批评后的不悦。按黄老师要求发了律师函，汇报后黄老师也没说什么，总体来说，涉险过关。

她对汤达人说：平常之处显真章，这个回应不错，发吧！

汤达人丈二和尚摸不着头脑，心想：这么个回应，Dorran 居然还说好？她什么时候开始偏袒华莹莹了？不过，既然领导说发，那就发吧！

果然，这个回应发出去后，没有引起舆论太大的关注。

Dorran 感觉事情成功了大半，准备关电脑，下班。突然她想起了一件事，拿起电话打给了汤达人："我来公司都有大半年了，还没和大家一起团建过。这样吧，两周之后召开公关体系半年总结会，你选个地点，给几个方案，开完会大家一起放松放松，增强团队凝聚力。"

Dorran 安排完这些，看时间还早，决定代替阿姨去接孩子放学。在北京大半年，何梓萱第一次见到妈妈来接她放学，以往阴郁的小脸上一下子笑得特别灿烂，远远地就向 Dorran 飞奔过来，嘴里一直在喊着"妈妈，妈妈"。

Dorran 心一酸，感觉愧对女儿，眼泪止不住地在眼眶里打转。要不是刚来网北公司还没立稳脚跟，真应该多陪陪孩子，多来接孩子放学。

她已经和何常成说好早点下班，所以回家路上顺便去超市采购晚饭的食材，回去做何常成爱吃的菜。她不但要做个好妈妈，还要做个好妻子。

和女儿逛超市的机会并不多，女儿一直拉着她的手放不下来，就那么一直摇啊摇，女儿想买什么，她基本都买了。走到生鲜区，她知道何常成爱吃新鲜的鲈鱼，特地买了一条三斤的大鲈鱼回家清蒸。

到家后，看时间还早，就把女儿交给阿姨，她要亲自下厨，这也是她来北京之后第一次下厨房。忙活了半天，做的都是何常成平时爱吃的家常菜，什么清蒸鲈鱼、糖醋排骨、芹菜香干炒肉、醋熘白菜，还用剩下的排骨炖了一个冬瓜玉米排骨汤。Dorran 特意开了一瓶红酒，早早地就把酒给醒上了。

女儿上桌后馋得立刻想吃。Dorran 耐心地说，再等等，等爸爸回来一起吃。女儿乖乖地说好吧，嗅了嗅鼻子，说妈妈你身上有股什么味儿，她才意识到自己刚才做饭，身上沾上了呛鼻的油烟味儿。

干脆冲个澡吧。等她冲完澡，吹干头发，何常成还没回来。看到女儿趴在饭桌上快睡着了，就有点可怜她，说你饿了，先吃吧，爸爸一会儿就回来了。女儿听到可以吃饭的许可后，马上拿起了筷子准备去夹排骨。

这时门那边有了动静，何常成回来了，女儿快速跑过去求抱抱。何常成边抱女儿边脱鞋，对 Dorran 说：公司实在太忙了，我赶紧找了个机会往家赶，结果咱们这一片正赶上"大厂"下班点，堵了半天，回来就晚了。

Dorran 知道"大厂"员工下班都从科技园往外面走，出科技园的路上一定是拥堵不堪，但自己家在科技园附近，这个点往科技园里面进的车并不多，老何撒谎撒得都不动脑子了。算了，不重要，回家就好。

"孩子等你等得都快睡着了，快去洗手，我去把菜热一下。"看起来何常成晚回家，并没有影响到 Dorran 的心情。

好不容易一家人到齐，准备开饭。何常成端起高脚杯，堆着中年人的沧桑笑意，对 Dorran 说："老婆，今天辛苦你了！让我在王老六还有那些合伙人面前挣足了面子，这种事情都能搞定，我太太还有什么是不可以的！"

"那有什么！你太太我可是个宝藏女人呢！"Dorran 嘬起嘴卖了个萌，边说边端起高脚杯，和何常成的杯子碰了一下。

碰杯声仿佛是庆祝胜利的背景音乐，悦耳动听，两人一饮而尽。在 Dorran 印象中，和何常成一起过这样平平常常的日子，还是两三年前何常成没创业的时候。在暖色的灯光下，一家人边吃饭，边看电视，其乐融融。

一直这样该多好，Dorran 痴痴地想。突然，何常成的手机响了，一看来电的是王老六，他笑着对 Dorran 说：这个老六，一定是打电话给你致谢来了！

"老何，这是怎么回事？"电话那头，王老六急冲冲地说。

"什么怎么回事？"何常成不知道发生了什么。

"我给你发了截图，你看一下！"

何常成打开微信，看到王老六发来的截图，脸色瞬间沉了下来，顺手将筷子狠狠地砸在桌子上。女儿本来就不能遭受惊吓，他的这个动作让女儿面色苍白，脸一垮，哇的一声哭了出来。

Dorran 一把搂住女儿，边安抚边问："出什么事了？"

何常成看到女儿的样子，也意识到自己刚才情绪过于激动，和女儿说了声"对不起"，然后喊阿姨过来，把女儿带到房间去安抚。

女儿走后，他把手机递给 Dorran："你自己看！"

Dorran 站起来拿过手机看了一眼，只觉得两腿一软，跌坐在了椅子上。

　　"华总，我请十个'意见领袖'发朋友圈了，也同步发在了十五个媒体社群里。两篇定调的稿子也请媒体老师在发，您看还需要补充什么吗？"

　　晚上九点，欧阳娜娜还没下班，正抓紧处理黄西朋友圈截图的二次传播。

　　黄西的给力程度远远超出了华莹莹和欧阳娜娜的想象，原本他们给老板拟的文案是："这件事，我们高度重视，一定要给一线员工有个满意的交代！"然而，黄西改动后发出来的文案带着他鲜明的个人特点："我们绝不同意对方的调解诉求，这件事不追究到底，我不配做网北公司创始人！"

　　黄西的微信账号，只有华莹莹级别以上的人才添加过好友。黄西的朋友圈发出后，华莹莹激动得不知道说什么，不仅因为这种让人血脉偾张的个性化表达特别受媒体欢迎，更因为老板说出了很多网北员工的心声。

　　在这次事件中，网北员工都憋着一股气，都觉得那位售货员同事实在太委屈了。现在黄老师居然亲自站出来，给她伸张正义，很多人纷纷给黄老师"护犊子"的责任和担当点赞，由此引发了公司内外强烈的共鸣。

　　欧阳娜娜看到华莹莹发来的黄西朋友圈截图时，也被黄老师强烈的"护犊子"情绪感动，一个劲儿地说黄老师太棒了，仿佛给她主持了公道似的。

和她们预料的一样，黄西朋友圈截图通过"意见领袖"和社群扩散后，舆论沸腾，媒体一片叫好——《网北售货员被打，黄西怒了：不追究到底不配做网北创始人》《网北售货员被打，黄西回应：不追究到底不配做创始人！》《网北售货员被连扇巴掌，老总霸气撑腰：不追究到底不配做老总！》《网北老板有多"护犊子"？员工被打他发文：不追究到底不配做老总！》……

　　舆情越叫好，Dorran 和何常成的心情越糟糕。

　　"你不是说能搞定吗？"为了不再吓到女儿，何常成压低声音怒吼道。

　　"是的！是能搞定的，但我也不知道为什么会这样！"Dorran 嗫嚅着，埋着头，双手深深地插进两边的头发里。

　　突然她两眼放光，好像想起了什么："一定是她！一定是她搞的鬼！"

　　"你不是公司 VP 吗？连这点儿小事都办不成？"何常成继续发泄心中的不满，"你让王老六那些人怎么看我？你让我在公司里怎么做人？"

　　"对不起老何，明天我再去问问怎么回事，看看还能不能弥补！"

　　"你拿什么弥补？公司指不定有多少人在背后嘲笑我、看我笑话！"

　　"这件事确实不是我负责的，但我尽力了！你要相信我！"Dorran 继续恳求何常成的理解。

　　她感到空前的疲惫，一种无力感浸染了全身。自己好歹也是头部"大厂"的高管，管理着上百号的人，为了上百万元年薪，她已经很累很累了，还要千方百计维护一个完整的家。即便这样，她还是得不到何常成的理解和支持。想到这里，一向要强的 Dorran 委屈得流下了眼泪。只有她自己知道，一个女人在工作中强势，很可能是因为她没有得到足够的保护和爱，仿佛只有在与世界对峙的过程中，她才有足够的力量给予自己安全感。

　　看她这样，何常成的心也软了下来："算了算了，把饭吃完再说吧！"可谁都没有心思继续吃饭，眼看着满桌饭菜孤零零地逐渐变凉。

　　随着肚子咕噜咕噜叫了几声，欧阳娜娜才发现自己居然忙得忘记吃饭了，肚子已经饿得发出了抗议声。她赶紧把今晚的传播数据、舆情分析、朋友圈转发截图等汇总好，发给了华莹莹，然后才从工位上站了起来，揉了揉眼睛，伸了个懒腰，发现周围已经没人了，于是拿起包往楼下走，准备找个地方吃饭去。

"娜娜，你也刚下班？"一个熟悉的声音从背后传了过来，她回过头一看，原来是顾小威。

"是啊，刚忙完，饿死了，想找个地儿吃东西去。"

"正好我也没吃饭，咱们一起去簋街吃小龙虾？"顾小威发出了邀请。

"小龙虾？好久没去簋街了，说得我都馋了，走！"欧阳娜娜很兴奋，小龙虾是她的最爱，簋街小龙虾更是她心目中的NO.1，只是最近一直很忙，没工夫去。当然还有一个原因，那那离开她后，她就再没心情去簋街了。

簋街还是那个热闹繁华的簋街，不同的是来簋街吃饭的人。这个隐藏在繁华都市里的烟火气，每晚都会用那舌尖上的味蕾，熨帖着一颗颗在都市丛林中拼搏的疲惫的心。

"你今天为啥也这么晚？"欧阳娜娜戴着手套，一边剥虾，一边问道。

"你不知道吗？我们在为两个月后智能生态大会做视频脚本策划……"顾小威漫不经心地说着，还嗍了一口手上小龙虾的汁，"哈，真香！"

"智能生态大会的策划？什么时候的事？以前不都是我们部门做吗？"欧阳娜娜被突如其来的消息吓了一跳，手上刚剥好的虾尾掉在了桌上。

"呀，别浪费了这好虾！"顾小威笑着，把欧阳娜娜掉在桌上的虾尾放进盘子里，蘸了蘸汤汁，送进了嘴里。

"别光顾着吃，你快说呀！"

看欧阳娜娜急了，顾小威想逗逗她："那你求我呀！"

"大哥大哥，我求你了，还不行吗？"欧阳娜娜用没有碰过龙虾汁的手脖子撑住脑袋，用崇拜英雄的眼色"哀求"他。

"那你给我剥两个虾！"

"剥虾还不容易！"说着，欧阳娜娜瞬间就剥了两个大虾尾放在顾小威面前，还不忘把虾线抽了。

看把欧阳娜娜逗得也差不多了，顾小威低下头，小声地说："我这可是把你当亲妹子才说的，可千万别告诉别人啊！"

欧阳娜娜点了点头："肯定不会！"

"听说，这次智能生态大会要'比武招亲'呢！"

为了说话不让别人听到，顾小威的脑袋都快和欧阳娜娜贴在一起了。

"什么叫'比武招亲'？你说明白些嘛！"欧阳娜娜又急又恼。

"这个项目可能会内部竞争，不再只是你们部门的既定项目啦！"

"内部竞争？"

"说白了，就是看哪个部门方案好，就让哪个部门做。汤总说，这叫'赛马机制'，说你们公关体系也要优胜劣汰。"

"那我怎么没听说，你这个外人怎么先知道了？"

"所以让你谁都别说呢！我今天来，就是汤总那边请我过来，给他们提前做新媒体视频创意策划的，他那边未雨绸缪，想早做准备。"

"可这也还没招标，谁知道最后是哪个供应商中标。现在找你们来，万一最后中标的不是你们，怎么办？"

"谁让你们都是甲方呢！我们又不白策划，策划费他们会从其他项目里走，这个你就不用多虑啦，小机灵鬼！"说着，顾小威还给她做了个鬼脸。

或许是她刚从公司"小黑屋"里出来没多久，对这种打擦边球的结算行为还心有余悸："反正，我建议你们还是谨慎一些为好。"

"要是你们请我来做策划，我就从他们那边撤出来，反正给谁做不是做！"不知道为什么，顾小威和欧阳娜娜在一起的时候，话就会变得特别密，脑洞也会变大，创意也更丰富，这种感觉他很少在其他人身上体会到。

"我们还不知道这个消息，回头我问问华总，但这个阶段还不会用到'外脑'。"欧阳娜娜不是不想用"外脑"，是这笔策划费她没想好怎么处理。她心里很清楚，打擦边球给供应商结算费用问题不大，无非把 A 项目超标的钱塞到没花完钱的 B 项目里，或者把没有立项但必须做的临时工作费用往 B 项目里塞，这是常规操作，不只是公关体系，全公司都是这么做的。

但她还是很犹豫，可能就是因为进过"小黑屋"，"一朝被蛇咬，十年怕井绳"，宁可自己想策划案，也不敢先动用供应商。

"无所谓啊，反正都是在给你们公司干活儿。但是你可别想从我这儿得到竞争对手的创意哦！"顾小威开玩笑地说。

"放心，我可没那兴趣！"说完，欧阳娜娜用力咬了一口龙虾壳，溅出的汤汁让两人上身都下意识地往后靠了一下。

这往后靠一下不打紧，欧阳娜娜直接撞上背后的一个中年男人。那人被撞后，自然地转过身来，刚准备"口吐芬芳"，却突然改口，和欧阳娜娜异口同声道："是你？！"

"真哥，怎么会是你？！你……你们俩认识？"看着两人异口同声，顾小威有种莫名其妙的喜感。

"好嘛！真是不打不相识！"这个被顾小威叫作真哥的人，完全没有理会他，直接对欧阳娜娜喊了起来，当然语气并不凶狠，而是充满了中年男人对小姑娘的那种既威严又宠溺的矛盾感。

"没想到你这人看起来文质彬彬的，居然这么记仇！"欧阳娜娜一眼就认出这人手上戴的这串紫檀佛珠，连忙给自己辩护，"上次在美国买花旗参，那也是我先付的钱，又没有抢你的货！"

"谁说你抢我货了，但没有那批礼品，的确让我很麻烦！"

"哈，那能怪谁？"

"怪我自己好不好？可是今天，怪谁？是不是……要和我道个歉？"

"今天的确是我撞了你，是我不对！"

真哥觉得这姑娘挺有意思，很有个性，内心很善良。他打算再和她开个玩笑："不如这样，为了显示道歉的诚意，我们这一桌的账你给结了？"

"真哥，你还来真的啊？哈哈哈！"和真哥一桌的刘宇飞站了起来。

"宇飞哥，你也在啊？你怎么会和这么……霸道无理的人在一起吃饭？"刘宇飞的出现，让欧阳娜娜感觉很激动，如同见到了救星。刚刚还在和这人斗智斗勇，都没注意桌子对面坐着的原来是刘宇飞。

"娜娜别激动，我来介绍！别真，我们叫他真哥，著名投资人，投了好几家科技公司和媒体机构，还在'琉媒体'挂了一个总编辑的抬头。"刘宇飞笑着介绍，"真哥，娜娜是我太太在网北公司的得力干将，非常能干！"

"那你呢？你怎么会在这儿？"欧阳娜娜问刘宇飞。

"哦，对，还没介绍我！我是真哥投资机构的法律顾问，今晚正好有事要商量，谁能想到还能在这儿碰到你。"说完，刘宇飞宇看到一旁的顾小威，开玩笑地说："怎么，这么快就和帅哥导演好上了？"

顾小威上次在天边酒吧见过刘宇飞，所以并不陌生，可是听到这句话，白皙的脸庞居然还泛红了。

"宇飞哥，不要乱讲啊，我们……我们也是来谈事儿的！我就住在东直门附近，谈完事就回去，不然这么晚也不会来这儿……"欧阳娜娜见顾小威居然不说话，赶忙出来辟谣。

"大家这么有缘分，要不要坐一块儿吃？"别真向他们发出了邀请。

"真哥，谢谢你，下次吧，这次你们谈你们的事儿，我们谈我们的事儿！"欧阳娜娜婉拒了真哥的邀请，还卖萌说了一句，"好不？"

"也罢，有缘千里来相会！"别真倒不勉强，转身又和刘宇飞喝酒去了。

欧阳娜娜回过头来，盯着顾小威："你怎么认识这个真哥？"

"嗨！他是我工作室的投资人，我能不认识吗？当年我刚毕业，求爷爷告奶奶拉投资，最后只有他肯投，不多，但也没让他亏本，现在每年都给他分红呢！"顾小威用手捂着嘴，神秘兮兮地对她说，"听说他还是个'钻石王老五'，喜欢他的姑娘从这儿排队都排到西单了，可就是没他看得上的。"

欧阳娜娜认真地剥着龙虾，心想这跟我有什么关系。

"那个，你要不要去排个队试试？"

"吃你的龙虾吧，这么辣的小龙虾都堵不上你的嘴！"欧阳娜娜又好气又好笑，顺手把手上剥好的一个龙虾尾扔在顾小威的盘子里。

此刻，她心中真正牵挂的是智能生态大会是否真的要"比武招亲"。如果是真的，汤达人显然没有权力决定这件事，背后主导者必然是Dorran。

那么，Dorran的这步猛棋，华总知道吗？

"Dorran 早上好！"第二天一大早，汤达人就收到了欧阳娜娜发过来的声明，可他已经把握不好 Dorran 对华莹莹团队水平的判断，只好试探着问她，"刚刚娜娜又发过来一段文案，说是公司的正式声明，让公司官微发布。我发给您了，您看一下？"

昨晚老板黄西的朋友圈表态，让包括汤达人在内的员工都很兴奋，大家觉得老板果然是个有血性的汉子，关键时刻肯站出来帮基层员工说话，还说要跟就一定要跟这样的老板。在这种情绪的带动下，前几天热议的过度加班话题被很多人抛诸脑后了，起码在公司内部已经没人提起。

昨天深夜，黄西发出朋友圈几个小时后，警方发布了通报，说针对网上传播的"网北售货员商场被打"一事，属地派出所已接到报警，目前正在调查处理中。有了警方通报的加持，大家对黄西的好感度进一步增加，也就更加没人关注那件汤达人负责的过度加班事件了，汤达人心中居然有点窃喜。

可他并不知道，在"网北售货员商场被打"这件事上，Dorran 为了帮助何常成，自以为和华莹莹已经达成交易，所以昨天才对华莹莹团队的文案态度十分暧昧。摸不透领导心思的汤达人，今天说话就显得格外小心。

一晚上没睡好的 Dorran 顶着一双黑眼圈疲惫地坐在电脑跟前，连泡茶的心情都没有了，只是让秘书找了个茶包，泡了一杯茉莉花茶。

　　她在复盘，是不是华莹莹没有看到她的留言，但通信软件上的"已读"足以证明她看到了。难道是黄老师没同意？不可能，如果黄老师不同意，华莹莹起码会和她说一声，但这样不声不响就来了一手阴的，算怎么回事？

　　她正想着，看到汤达人发来了一则声明。这则正式声明言辞激烈，态度强烈，清楚地写明，网北公司对员工被打事件非常震惊，在光天化日之下居然能发生这么严重的殴打事件，简直不可思议。目前公司已经报警，给受伤员工进行伤情鉴定，并且声明几点原则：绝不原谅，绝不同意调解；对员工合法权益维权到底；谁的工作都不容易，希望大家互相理解和尊重。

　　如果不是因为打人者是何常成的合伙人，Dorran 也认为这是一则非常好的声明，对外强硬表明态度，对内宣布责任和担当。无论从哪个角度看，这则声明都会让网北公司看起来是一家值得尊敬的、深得员工信任的企业。

　　可惜这样一来，破坏的将会是何常成创业公司的形象，以及何常成本人在公司的威望。不过还好，现在网上还没人扒出王老六的真实身份，可一旦身份暴露，何常成公司的公关就要开始忙活了。有人说创业公司不需要公关，那恐怕是因为还没遇到过突发事件罢了。

　　Dorran 让汤达人晚一点儿再发。她的本意是，能帮何常成拖多久就拖多久，所以她的回复没有给出一个具体时间点。这可让汤达人犯了难，因为就十来分钟工夫，欧阳娜娜已催过两次。

　　她给何常成发了一条语音，说一会儿公司会发一条严正声明，这个声明对王老六会非常不利，最好让他先离开公司避上一阵，让公司的公关同步做好他被"网暴"后的危机预案，尽量撇清他和公司的关系，保护企业形象。

　　Dorran 没有选择打电话，是不想和何常成在电话里吵起来。语音还能让她保持理性思考，思考网北公司，思考何常成的创业公司，更重要的是思考这件事如何就走到了无法挽回的地步。既然无法挽回，那么就发了吧，早发晚发差别也不大，反正也通知过何常成，他们做好公关应对就好。

"王老六今天一大早就被传唤到派出所，我让他们安排公关应对，但愿用不上。"何常成也发来了一段语音。两人心照不宣，不想在电话中有情绪化的表达。

这起事件已经成为社会热议话题，本身自带流量，当网北公司这则声明发出后，都不用和媒体打招呼，数十家媒体迅速发出了一篇篇追热点的稿子：《网北公司回应员工被扇耳光：不同意调解》《员工被扇耳光 网北公司霸气回应：绝不原谅》《员工被扇耳光引热议 网北公司发声：势必追回尊严》《网北员工被打最新进展 公司发声：对合法权益维权到底》……

过了一会儿，公安部门也通过社交媒体发布了这起热点事件的处理结果：打人者因寻衅滋事已被依法处以行政拘留十日的处罚。媒体沸腾了，终于等来正义的消息——《网北员工被打事件后续：打人者已被警方拘留》《打人中年男子被行拘十天 网北创始人：绝不谅解》《网北公司员工被打事件进展 打人者致歉将被拘十天》《北京警方通报网北员工被打：嫌疑人被行拘十日》《网北员工被打最新消息：殴打者被处行政拘留十日》……

Dorran不断地在手机上划着弹窗消息。这事太热了，各个新闻客户端都做了专题，还以图表形式拉出了事件时间轴，做了客户端推送。作为业内资深从业者，这些媒体反应都在她意料之中，直到她看到一个媒体客户端推送的新闻标题——《暴打网北员工男子系创业公司高管，称对不起》。

她揉了揉眼睛，没看错，这篇文章点出了王老六的创业公司高管身份。她赶紧点进去，找了半天，终于放下心来，因为文章中没有直接点出是哪家创业公司，看来文章作者有些良心。可文章后面的网友评论，一个劲儿地要求扒出打人者单位，这让Dorran很是担心，赶紧把文章转发给了何常成。

微信那头的何常成又愤怒又紧张。本来创业就不易，这个王老六还来了这么一出，自己太太身为网北公司VP，却在这件事上一点儿忙都没能帮上，其官方声明还语气强硬、不肯罢休，他如何向合伙人们交代，如何向员工交代，他这个老板还怎么当？

何常成越愤怒，Dorran对华莹莹的不满就越深。一个声音在内心深处反复回响：既然你对我不仁，休怪我对你不义！

她把汤达人叫过来："上次让你安排的半年总结和团建进展如何？"

"正要找您汇报呢，您就把我叫来了。"汤达人一脸虔诚，"我是这样计划的，您看行不行？这次半年总结呢，分为两天，周五上午出发，晚上在那里住一晚，周六下午回来。地点我们选了两个地方，一个是北边的雁栖湖，一个是南边的野三坡。"

汤达人说着，打开了 PPT，介绍精心准备的两个不同地点的方案。

"第一个是雁栖湖方案。中午在民宿吃饭，下午开会在国际会展中心的会议厅，我打听过可以包一下午。结束得早可以在雁栖湖上划船，结束得晚就直接在民宿大厅喝酒吃饭唱 K 抽奖。第二天上午去青龙峡爬山、蹦极。

"第二个是野三坡方案。中午到酒店后，在酒店餐厅吃饭，下午去玩野三坡漂流项目，晚上在室外组织篝火晚宴，那边有一个室外演出，可以边吃边看。第二天上午在酒店的大会议厅开会，中午解散。"

"两个方案的行程是一样的，不同的地方是团建活动时间，一个是在下午，一个是在上午。虽说现在还是夏天，但毕竟已经立秋了，漂流建议还是下午比较合适，上午水比较凉。"汤达人很是得意于他的策划，PPT 里的图片也非常漂亮，让人有一种"说走就走"的欲望。

Dorran 边听边点头，思考了一下说："费用呢？"

"费用问题在这一页，我们仔细核算过了，两个方案的价格差不多。"

"你比较倾向哪一个？"

"我觉得两个都可以。要说个人偏好的话，我个人更喜欢漂流，每年夏天我和朋友都要过去漂一下，很爽快！"

"那你觉得华总喜欢哪个方案？"

"她喜欢哪个说不好，但不喜欢哪个是肯定的。"

"哦？她不喜欢哪个？"

"当然是蹦极了！"

"为什么？"

"对了，您可能来得晚还不知道。当年她有个轰动一时的新闻，有两次加班加到医院抢救室去了，可第二天一早准时出现在会议室！"

"这跟不喜欢蹦极有什么关系？"

"心脏不好啊！听说她从来不玩那些失重类的游戏，什么太阳神车、天地双雄，尤其是过山车。"

"欧阳娜娜呢？"

"她倒不是很清楚，不过听他们部门的人提过，说她不爱唱歌，唱起来就跟公鸭嗓子似的，哈哈，笑死了……"

Dorran 被汤达人逗笑了，然后若有所思地点了点头："PPT 发我一份，我再想想，晚点儿给你答复。"

汤达人从 Dorran 办公室出来后，看到华莹莹部门那边人声鼎沸。原来他们在讨论员工被打事件中，公司声明和警方通报发出去后，引发大量的媒体跟踪报道和如潮好评。的确，这起事件处理得确实精彩，已经有好几家行业媒体对这一次的公关打法进行了复盘，其中不吝赞美之词。尽管有那么多篇夸赞的文章，但大家普遍觉得，只有下面这段话才算夸到了点子上：

> 网北公司的公关水平之高不仅在策略、节奏，更在文采、个人魅力。当然，最最重要的是，肯为员工这样出头的企业，一定是出于本心的，以上一切的所谓公关打法和技巧，不过是顺水推舟而已。

经过这一仗，华莹莹部门的士气明显提高了不少。

几家欢喜几家愁。Dorran 听着门外的喧闹，心中烦闷，不自觉地走到门边，啪的一声把门狠狠地关上了。打开汤达人发给她的 PPT，盯着漂流、篝火晚会、蹦极、KTV 的精美画面反复看着，每个项目看起来都是那么诱人，每个项目她都很想参加。只是有的人喜欢东，有的人喜欢西，众口难调。

忽然，她阴沉着的脸微微一颤，暗自笑了一声，似乎有了一个新的想法。不过，在这个想法实施之前，她还需要做一件事。

你做得越好，她越不高兴

黄西今天特别忙，助理苏天鹏说，留给 Dorran 的时间最多只有二十分钟。

"偷偷告诉你，老板今天心情不错，因为你们把员工被打事件的公关做得太漂亮了，老板好几个朋友都和他说这事处理得好！"

苏天鹏就像出卖情报一样向 Dorran 示好。他哪里知道，这件事虽说都是集团公关部做的，取得的成绩理论上都可以归到 Dorran 名下，但 Dorran 很清楚，黄西更明白，主导这件事的人并不是她。

不管怎样，苏天鹏能这么说，说明还是想和自己走近一些的，这没什么不好。Dorran 谢过他后心想，二十分钟说清楚一件事，那还不容易？

可是她只说了两分钟，黄西就表现出了不耐烦，一直在划手机。见 Dorran 停下来了，黄西却示意她："你继续说，我听着呢。"

"这是故意泄露公司秘密的行为，将会给公司造成巨大的舆论危机，我个人认为已经踩到了公司红线！" Dorran 也不管黄西看不看，一直用手机展示一张照片，那是华莹莹和程序员小杰，还有楚姗姗在一起的画面，并试图将小杰拥有那张高管晨会上展示各部门加班时长照片的责任推给华莹莹，给出一个踩踏公司红线的严厉定调。

黄西听到这儿，终于抬起了头："那张晨会照片你看到了吗？"

"没有……"Dorran有点慌，她的确没有看到高管晨会照片，这一切都是汤达人口头对她讲的。

"没有看到照片，怎么证实你说的就是事实？"黄西抽了一口烟，吐出了两个漂亮的烟圈，"就算我信任你，但我拿什么信任你？"

"有她们在一起讨论的照片！就是手机上这张……"

"这能说明什么？她们在密谋？搞事？能说明他们在一起过，但不能说明他们在讨论什么！"黄西语气骤然变得严肃，"有空啊，你可以去请教请教监察部的刘部长，看看这种事情需要掌握到什么程度才算是合理质疑！"

Dorran目瞪口呆。原以为可以用来威胁华莹莹的利器，没想到被黄西三言两语驳了回来，还顺带训斥了自己一顿。

"华莹莹毕竟是你的手下……"黄西发现自己刚才语气似乎过于严厉，看起来像是快把Dorran吓住了，于是语气稍微平静了下来，"不过以后有什么情况，还可以和我说。"

作为上万员工的管理者，黄西对下属打小报告的行为早就习以为常。不过这么多年的管理经验告诉他，在他眼里，只有报告，不存在小报告。小报告并不是他这样的管理者定义的，而是下级自己定义的，是下属给下属眼中损人利己的同事定义的。

坐到他这样超级大BOSS的位置，就如同孤家寡人，想真正了解团队情况极为困难。如果说月报、周报以及例会是摆在台面上的正史，那么小报告就是野史，只有把这两者结合起来，才是接近真相的历史。历史上的皇帝总有许多耳目，就连大臣在家唱什么歌、跳什么舞、吃什么饭都有人向皇帝报告。在大臣眼中，这些人就是打小报告，而在皇帝眼中，他们做的只是尽忠职守的工作报告。

因此，所谓打小报告，不只是管理者了解团队真实情况的耳目，更是管理的延伸，是制约其他人不轨行为的一种特殊威慑。

虽说今天告状没有成功，但Dorran得到黄西的"点拨"后，心情竟好了大半。是啊，华莹莹毕竟是我下属，我怎么就那么沉不住气？

黄西对 Dorran 告状的内容之所以态度冷淡，是因为他已经提前知道了这件事。在此之前，华莹莹请求当面和黄西汇报员工被打事件的公关策略时，就主动坦白了她在"95 后"程序员撑公司事件中的角色。

不过作为职场老人，华莹莹深知真话不全说、假话全不说的道理。她只强调了和小杰见面是为了让他配合公司，但小杰后来不配合，全都是因为汤达人咄咄逼人。至于小杰掌握的那张高管晨会照片，她从来没有提起，她也不能提起，因为这个世界上不存在可以证明是她泄露照片的证据。

忙活了一天，华莹莹喊欧阳娜娜一起吃饭再回家。两人吃腻了食堂，就到公司对面写字楼下的粤港茶餐厅吃饭。

这家茶餐厅古朴典雅，放眼望去全都是雅座，每个餐桌还会用镂空的精致木版画隔开。

两人刚落座，还没开始点菜，就被隔壁一群叽叽喳喳的声音吸引了。

"你们听说了吗？ Dorran 今天去黄老师那里告了华莹莹一状！"

"真的假的，然后呢？"

"然后就被骂回来了啊！"

"不会吧，Dorran 是华总领导，犯得着吗？"

"还不是因为华总把打人事件处理得太好，惹得 Dorran 忌妒了呗！"

"我看不是，你们还不知道根本原因吧！"

"根本原因？你倒是说说，别吊人胃口！"

"嘘！我说了，你们可别惊讶，也别对别人说！"

"知道知道，快说快说！"

"听说那个打人的衣冠禽兽是 Dorran 老公公司的高管，联合创始人！"

"真的假的？！"

"当然是真的，网上已经有人扒出来了！不信你看！"

华莹莹和欧阳娜娜听得目瞪口呆，感觉那边可能有人拿起手机给小伙伴看些什么。站在一旁的服务员，见两人神色凝重，赶紧问了一句："您二位……身体没事吧？要点点儿什么吗？"

两人这才反应过来，赶紧点了个蜜汁叉烧、鲜虾云吞、烧味拼盘，以及他们家招牌的冰镇菠萝油，点完后示意服务员赶紧去准备。

隔壁的八卦完全没有停下来的意思。

"难怪黄老师这一次把项目交给了华总呢，原来是怕 Dorran 以权谋私！说起来，还得是老板会用人！"

"不是 Dorran 主导的项目？她不是新来的公关老大吗？这样一来，她以后怎么开展工作？"

"你倒是'看戏掉眼泪，替古人担忧'，人家上百万元年薪，分你一毛钱了吗？"

"哎，要我说啊，哪个部门不一样？天下乌鸦一般黑！你看我们技术部，不也一样！"

见隔壁开始八卦别的部门，华莹莹和欧阳娜娜相视一笑，低头吃饭。忽然，欧阳娜娜似乎想起了什么，在网上一通查找后，把手机递给了华莹莹。

华莹莹看了一眼，倒吸了一口凉气。原来隔壁桌说的八卦是真的，网上已经有人把打人者扒了出来，果然是 Dorran 老公创业公司的高管、联合创始人，这家公司下午已经发出了一个声明，表示这是王老六的个人行为，与公司无关，公司一切经营活动正常。

"华总，有时我也在想，是不是你做得越好，Dorran 就会越不高兴？"

听完八卦，欧阳娜娜开始担心 Dorran 的情绪，与其说担心 Dorran 的情绪，倒不如说是关心华莹莹，担心 Dorran 的坏情绪会给华莹莹带来麻烦。

"高不高兴是她的事，我又不能左右她，咱们做好自己的事情就好，不用想太多。"华莹莹夹起一块叉烧，边吃边说。

"可是这次打人的渣男毕竟是她老公创业公司的合伙人，咱们声明中措辞那么严厉，Dorran 真的没意见吗？咱们会不会把她得罪了？她毕竟还是咱们的老板呢！"欧阳娜娜还在追问。

华莹莹放下筷子，盯着欧阳娜娜的双眼，认真地说："娜娜，你也在网北公司工作过几年，也见证和经历过很多人事调整与变动，上上下下，来来去去，这都是职场常态。有时候工作不只是低头干活，也要抬头看路，可看不清路也是常态。但是不管怎么调整，不管变动得有多频繁，有一点你一定要记住，网北公司有且只有一个老板，那就是黄老师！"

欧阳娜娜似乎听明白了什么，又似乎什么都没明白。她知道的是，黄老师对这次的工作非常满意，按照华莹莹的说法，老板认可，业界点赞，工作就算十分到位了。而且，做事情不可能让所有人都满意，至于 Dorran 如何想，那就随她去吧。

当然，欧阳娜娜可以不管 Dorran 的想法，但是华莹莹不能，虽然口头上说"高不高兴是她的事"，可实际上华莹莹自己不得不随时提防 Dorran。要不是提前找黄西坦白过小杰的事，就算工作做得再漂亮，但被 Dorran 背后告一状，估计也不免会摔上一跤。

"你知道咱们这次为什么在业务上把 Dorran 比下去了吗？"虽然已经很累，但华莹莹还想复盘一下今天的工作。

"为什么？"

"你听说过弱传播理论吧？"

"听过！您是说咱们这次的传播，其实是契合了弱传播理论，对吗？"

"对！ Dorran 对'95 后'撑公司事件的应对失误，也正是没有用好弱传播理论。这个理论的核心是，现实世界与舆论世界互为镜像，但强弱关系完全相反，这个强弱反转的关键词就是——同情！"

华莹莹喝了一口水，继续说："现实世界的强者，在舆论世界里很可能就是弱者，因为你强，舆论不会同情你；而现实世界的弱者，能够在舆论世界里获得更多同情，从而成为舆论的强者。网上流行的那个'弱小可怜又无助'的表情包，为什么大家喜欢用，就是因为用的人想体现自己很弱，而弱势一方往往能够激发出他人的保护欲！在现实生活中因为能力有限保护不了人，可是在舆论上说两句话，就可以保护他人，这就能轻易满足网友保护别人的需求，从而获得心理上的满足。这也是我们的员工被打后能获得更多舆论支持的原因，被打的人是弱势群体啊，自然会得到舆论的关心和帮助。"

"嗯，这也就是 Dorran 处理这次事件没有考虑周全的地方吧？相对于网北公司这个现实世界的强者，'95后'程序员显然弱势多了，舆论世界自然会更同情他。这个时候公司要是还摆出一副高高在上的姿态，当然会引起舆论的反噬。华总，我说得对吗？"

"哈哈哈，对！你的业务能力直追你姗姗姐了啊！等她回来，我要好好夸夸你！"华莹莹笑着说。

"对了，华总，有件事不知道你有没有听说……"欧阳娜娜突然想起来，有件重要的事情还没告诉华莹莹。

"什么事？"

"就是每年举办的智能生态大会，往年不都是咱们部门主办吗？可是听说今年不一定了，说是要全公关体系的所有部门一起'比武招亲'，说什么要搞一次'赛马'，看哪个部门的方案好，就给哪个部门做。"

"连你都听说了，说明这事基本确认了。不过没关系，咱们部门还是有优势的。一来这么多年都是咱们做，活动和传播上经验更丰富；二来呢，对业务也熟，能快速掌握业务老板们要的点；三来是有你们，你们年轻人有创意，有活力，我很放心。所以，咱们既懂业务，又懂老板，还懂传播，关键还能创新，我是很有信心的！"

听完华莹莹的分析，欧阳娜娜悬着的心放下了一半。但毕竟是年度最重要的活动，如果真的不在自己部门，那将会特别丢人。自己倒无所谓，可华莹莹的面子往哪儿放？

两人边吃边聊，很快便吃完了。结完账正要走出门的时候，迎面走来两个熟悉的面孔。

"真哥，宇飞哥，你们怎么来这儿吃饭了？"欧阳娜娜先打起招呼。

"怎么，只许你们来，不许我们来啊？网北员工是这样的待客之道吗？"别真开玩笑地说。

"怎么会！哦，对，介绍一下，这位是我们总经理，华莹莹华总。"欧阳娜娜挽着华莹莹的手臂，给别真介绍道。

"华总您好，久仰大名，幸会幸会。听说这两天网北员工被打事件的公关策划，就是您亲自操刀的？业界好评如潮呀！"别真果然成熟老到，很容易就可以和陌生人建立起联系。

"别总过誉，就是日常工作而已！对您我可是如雷贯耳，听说投资界大佬听到您的名字，都得礼让三分！"华莹莹也不示弱，商业互吹本就是职场必备技能，她看看刘宇飞，问道："您和宇飞今天怎么来网北了？"

刘宇飞顺势接过话茬儿："我们今天来，是和你们黄老师谈点儿事，刚结束。这不肚子饿了吗，就想着来吃点儿东西。"

"这黄老师也太抠门了吧，谈事谈到现在也不请你们吃个饭！我们刚吃完，下次再请两位吃饭，今天就失陪了。"华莹莹开了个玩笑，准备回家。

刚说准备走，别真赶紧追了一句："娜娜……那个，上次听说你住在东直门附近，刚好和我顺路，要不一会儿搭我车走？"

欧阳娜娜突然脸色一红，连忙答道："不用不用，这么晚了，公司打车可以报销的，谢谢真哥！"说着，她拉起华莹莹的胳膊就往外走。

"看来这人对你挺有好感啊！"华莹莹对欧阳娜娜开玩笑。

"什么啊，你看他多大，我多大？他就是一个大哥而已。"欧阳娜娜慌忙给自己辩解。

只有欧阳娜娜自己知道，自从和那那分手后，她心里总有一种空落落的感觉。可现在工作这么忙，也没时间谈恋爱，还是用工作麻醉自己吧！

"认真搞事业的女人最美！"她这么对自己说。

"娜娜，娜娜，等等……"

欧阳娜娜和华莹莹分开后，正往公司门口走。公司规定，加班打车的定位只能在公司附近一百米内，超过了定位范围，就需要自费。听到有人喊，欧阳娜娜一回头，看到刘宇飞和别真两个大男人在后面追得气喘吁吁。

"你终于听到了！"刘宇飞喘着气，指着别真对欧阳娜娜说，"这家伙坐下来看了菜单后说没什么想吃的，改天再吃，还说既然不吃了，还不如开车送你回家！说完就喊我一起出门追你，这不，你都走了一阵，我俩差点没追上。"

别真弯着腰，两手撑在双膝上，气喘吁吁地说："没想到你走得这么快！我的车就停在路边，一会儿坐我的车走吧。"

看着两个大口喘气的中年男人，欧阳娜娜笑得前仰后合："你们，你们这是在干吗啊，给我打个电话不就行了吗？"

"你看看你手机有没有电话……"刘宇飞忍不住笑了。

"刚才只顾着和华总说话了，没看手机，我看看。"欧阳娜娜说着，拿起手机一看，还真是有三个未接来电，都是刘宇飞打的。

"好了，你们走吧，姗姗还在家等我呢。听说我没吃饭，给我点了个外卖。走了啊！"刘宇飞边说边往自己停在路边的车子那里走。

"走吧，娜大小姐，本司机难得送一回人。"别真呼吸终于平缓了下来，"我的车就在那儿。"

欧阳娜娜想着，这个别真为了送自己这么用心，那也别让人太为难，于是就和他说："走就走，谁怕谁！"

"说得好像我是老虎一样！放心，我不吃人！"别真说着，打开了他那辆银灰色的阿斯顿·马丁DBX副驾车门，"请进吧，娜大小姐。"

别真车开得很稳，收音机里播放的是中国国际广播电台劲曲调频，又叫Hit FM，这个频道全天二十四小时播放英语流行音乐。

"您都听英文歌啊？没想到您还挺潮！"欧阳娜娜感觉车里有点尴尬，不说话似乎有点不合适，就随便找了个话题。

"还行，防止开车的时候犯困。"

"他们都说您是'钻石王老五'，您……为啥不找对象结婚呢？像您这个岁数，不早就应该结婚生子了吗？"

"哈哈哈，这个世界上哪里有应该不应该的，为什么要被那些世俗的定义绑架呢！"别真说着，还转头看了一眼欧阳娜娜，"你知道我最喜欢哪一部文艺电影吗？"

"不知道。"

"是顾长卫导演的《立春》。"

"没想到，您这么个大资本家，还喜欢看这么小众的文艺电影。"

"萝卜青菜，各有所爱吧。《立春》里面有句台词，我印象特别深刻，叫作'宁吃仙桃一口，不要烂杏一筐'。我感觉我快像王彩玲一样，在择偶问题上魔怔了，遇不到喜欢的人，宁可不结婚，也不将就。当然你可能年轻还不懂，因为谈一场错误的恋爱就像尿床，暖一时，凉一被（辈）子。"

"哈哈哈，看您说的，这恋爱结婚哪有您说得那么吓人啊！再说了，您那哪叫魔怔，您那是眼光高、标准严，谁跟了您，准得痛苦死。"

"看你说的，好像我是个魔鬼一样。"

"难道不是吗？"

"哈哈哈，是是是，不过，肯定是个宠妻狂魔！其实，很多朋友劝我找个胸大无脑的女孩儿，因为他们都是这么做的，你知道为什么吗？"

"因为胸大？"

"不，因为简单。这些人喜欢锦衣玉食的生活，用奢侈品填满自己，哪一天没有感情了，两人的关系还可以靠其他东西来维系，你能做到吗？估计不行，可是她们可以。只要 LV 店、GUCCI 店一直开着，两人的关系就可以一直维系，不会说离婚就离婚，我那些朋友有足够的资源去满足她们的要求，所以关系就会很稳定，从这个角度看，他们的选择是对的，他们也建议我这么做。"

"听您这么一说，还真有一定道理。那您，为什么不去找一个……胸大无脑的？"

"因为'臣妾做不到'，哈哈哈！"别真开了个玩笑，自己都先笑了。

这时，欧阳娜娜手机响了，拿起一看，原来是她老妈打来的视频电话。她这才想起来，最近忙到好几个星期没和老妈视频电话了，以前一个星期至少打一次的。或许还有一个原因，就是和那那分手的事情一直拖着，不想和老妈讲，怕老人家担心。但不知今天这是怎么了，老妈早不打电话，晚不打电话，偏偏她在别真车里的时候打了过来。不接的话，这老人家肯定会很担心。思来想去，还是接了吧。

看到欧阳娜娜接起电话，别真把收音机的音量调到最小，以免打扰她。

"娜娜，吃饭了没有啊？"这是老妈每次的开场白。

"您看这都几点了，早吃啦！"

"吃了就好，在外面千万别把自己饿着啊！"

"知道啦，妈！"跟老妈说话，欧阳娜娜不由自主地撒起娇来。

"你和那那怎么样啦？我和你老爸都盼着你俩早点结婚，我们好去北京带娃呢！"每次说到结婚的事，这老爸老妈都很兴奋。

欧阳娜娜老爸一听，赶紧抢过手机："我们哪，是去给你们减轻负担呢，还不抓点儿紧！"

"你们现在有初步计划了吗？"老妈一把又把手机抢了过去。

"妈，您能不能不要一打电话就提这事儿啊？！"欧阳娜娜有点不耐烦，"你们有这工夫，去催着迪迪找女朋友啊！"

"他找女朋友啦？你见过吗？什么时候的事儿啊？我们怎么不知道？"老妈一听说弟弟找女朋友，马上就像炮仗被点燃了一样，问题噼里啪啦一个接一个蹦了出来。

别真在旁边听着，偷偷笑了起来，果然天底下的父母都是一个样子，他自己父母也会催，只不过知道他是一个有主见的人，所以相对收敛。

"妈，我就是听说而已，别那么认真好不好？"

"这么大的事，我们能不认真嘛！"欧阳娜娜老妈说得特别严肃，她推了推老花眼镜，"娜娜，你现在在哪儿？我看灯光那么暗，不在家里吧？"

欧阳娜娜有点尴尬，看了别真一眼，心想，这怎么说呢，说朋友的车，老妈一定问个没完。哪个朋友，靠谱吗，这么晚坐人家车方便吗？如果不说朋友的车，那怎么说呢？

忽然，她灵机一动："妈，我刚下班，打了个专车，您看这车多好，司机很安全，放心吧！"欧阳娜娜边说还边把摄像头正面转向了别真，"妈，您看这司机是不是看着很靠谱，没事儿的！"

别真听欧阳娜娜说自己是专车司机，急得要说什么，但顾及欧阳娜娜正在进行视频通话，感觉像是打哑语一样，他嘴在蠕动，始终没有发出声音。

"娜娜，你和那那要好好处啊，要互相包容、互相体谅，遇到事情多站在对方的角度想一想，听到了吗？"

"妈，您说多少遍了，我耳朵都生茧子了。我今天太累了，先不说了。"

"你这孩子……"

欧阳娜娜老妈还想再多说两句，她却迫不及待地挂了电话。这些家长里短的话题，在别真眼里，指不定是多幼稚的事情呢，没想到别真却说他十分羡慕这种状态。

"特别羡慕你和父母的这种感觉，有啥说啥，随便说。我就不行咯，从小教育就特别严格，食不言寝不语，和爸妈也都是很严肃地沟通。一方面呢，这让我很自律，自我要求很高，但另一方面，总感觉家里缺少一些所谓的人间烟火气。"

别真感慨地说："你知道吗？就是你和父母那种又吵又不吵的感觉，随心所欲地表达，我就做不到，所以就很羡慕。"

"那句话怎么说的来着，'得不到的永远在骚动'！我看您啊，是身在福中不知福！"

"身在福中不知福的是你吧！刚刚你说什么来着？说打了个专车，你见过这么帅气的专车司机吗？"别真开玩笑地对欧阳娜娜说，"对了，那那是你男朋友吗？为什么说到他的事儿就挂了电话？"

"没什么，就是不想谈这个话题。我现在就想用工作麻醉自己，尽量不想这些事儿。"欧阳娜娜叹了口气，"感情这东西，就是个玄学。你这么文艺，知道那部话剧《恋爱的犀牛》吧？"

"当然知道，我还会背那段经典台词。"别真酝酿了一下，咳嗽了一声，开始背道，"黄昏是我一天中视力最差的时候，一眼望去，满街都是美女，高楼和街道也变化了通常的形状，像在电影里。你就站在楼梯的拐角，带着某种清香的味道，有点湿乎乎的，奇怪的气息，擦身而过的时候才知道你在哭，事情就在那时候发生了……"

"马路一厢情愿地爱明明，明明却不爱他。您知道马路问题在哪儿吗？"

"在哪儿？"别真问道。

"他虽然很用力、很认真地爱，但是，他不懂爱。"欧阳娜娜语气有点忧伤，枕在椅背上的头转向窗外，"我感觉，我也不懂爱。"

看着此刻的欧阳娜娜，别真的怜爱之心开始泛滥，甚至有点上头，他的手开始不安分起来，特别想用右手牵上欧阳娜娜的左手安慰一下，可总感觉时机不对，因为并不知道欧阳娜娜是什么态度。

立秋之后的夜晚，天气渐渐变凉。车窗里猛地吹进一股凉风，让他冷静了下来。

"我家小区就在前面，我自己进小区吧，很安全，谢谢您，别总！"

"别客气，再见！"

一句"别总"，让别真感觉似乎和欧阳娜娜之间增加了一点距离感，之前不还称呼他为"真哥"的吗，怎么经过这一晚，反而生分了起来？这让他有点惴惴不安。这么多年，还从来没有哪个女孩儿让他有过这种叫作"怦然心动"的感觉，从来没有，他感觉自己似乎被这个女孩儿深深地吸引了。

欧阳娜娜也是恍恍惚惚，还沉浸在《恋爱的犀牛》的伤感回忆里。等她走到楼下时，突然手机发出叮的新邮件提示声，她打开一看，原来是Dorran发的全公关体系邮件，通知下周召开半年总结会并进行大体系团建活动。她刚想退出邮件，突然一行字让她瞬间清醒了过来：

> 半年总结会上，将会有重大事项宣布，请各位同事，尤其是各部门负责人务必参加。

最美女公关

秋高气爽，雁栖湖畔，网北公司公关体系半年总结会正在进行。

按理说，这会早在六月或七月就应该举办，但是 Dorran 一直没有想好如何进行上半年工作总结，尤其是立春节气营销的那把火烧得并不是很旺，反而陷入了抄袭的舆论旋涡中，所以她想等大家把这事彻底忘了，再进行半年总结、安排下半年工作会更合适些。

当然，还有一个重要原因，就是华莹莹团队的变动有点大。有两人相继进入"小黑屋"接受调查，其中一人还被停职，这很难说 Dorran 领导下的公关体系是和谐的，是成功的，是能够拧成一股绳往前冲的。

当这些舆论逐渐平息，大家心情逐渐稳定之后，才可以心平气和地开这么一场团结的大会、胜利的大会。

"各位同学，今天公关体系半年总结会，主要目的是简要回顾咱们上半年公关工作，对标竞品公司公关策略，查漏补缺，找出工作中的问题和不足，进一步统一思想，振作精神，明确下半年工作目标。

"刚才，咱们每个部门负责人都对上半年工作进行了总结。总的来讲，大家都克服了人手少、任务重的困难，打赢了不少漂亮的公关战役，这些都体现在具体的量化指标中。比如，咱们的传播效果是通过实际业务转化率说话的，传播策略是通过品牌美誉度、搜索指数、媒体指数等量化指标说话，这些量化数据都非常具有说服力。可以说，大家的工作热情让我非常感动。

"当然，上半年，我们也在探索中出现了一些曲折，这是不可避免的。大家要知道，我们是国内互联网第一梯队，做的每项公关工作都是创造性的，是跑在这个时代最前沿的，是无数双眼睛盯着的对标对象，是别人学习的榜样，所以轻易不能够模仿别人、效仿别人，而创新又是件极其困难的事情。所以，咱们前进道路上遇到的短暂挫折，是咱们成长的代价，更是咱们的宝贵财富。

"我们应该感谢网北公司，只有在这么大的公司，有这么充足的预算，才能让我们有机会试错，让我们能有机会通过自己的创意，把想法传递给成千上万的人。让我们为自己的努力、坚持和迎难而上点赞！"

Dorran 的一席话，让雁栖湖国际会展中心会议室里的上百人瞬间掌声雷动。华莹莹也情不自禁地鼓起掌来。她想，Dorran 这一番话的确有水平，是 VP 应该有的格局。要不是她空降过来，把自己视为最大的威胁，或许两人应该可以成为彼此互相欣赏的朋友吧。

"接下来给大家颁发半年奖项，请念到名字的同事上台来领奖！"

这是以往的惯例，每半年就发一个小小的奖牌，鼓励在这半年工作出色的同事，当然这也只是名誉上的奖励，并没有实际上的奖金。

获奖名称也比较有趣，什么"最帅男公关""最美女公关""最佳公关新人""最大脑洞市场人""最无厘头创意家"等，所以大家也就是图个乐。欧阳娜娜因为在处理"网北员工被打事件"中的突出表现，被授予了一个"最美女公关"的奖励。

十几个奖牌发完，Dorran 拿起话筒，清了清嗓子，继续说："之前在邮件里和大家预告过，说有大事要宣布，接下来就和大家说一下这件事。"

听到 Dorran 说要宣布大事，刚才还沸腾的会议厅，刹那间安静了下来。

"以往呢，我都是强调大家要各司其职，把自己的事情做好、做漂亮。

咱们公司最重要的业务部门之一是智能产品事业部，所以公司每年都会举办的年度大会——智能生态大会，都是由对接的智能产品公关部负责。"

Dorran 说到这里，停了一下，眼神扫了一眼坐在第一排的华莹莹。

华莹莹心里一怔：难道是要宣布"比武招亲"了吗？

欧阳娜娜看到 Dorran 的眼神往华莹莹方向看，心里也有了同样的预感。她周围的同事已经开始窃窃私语。

"Dorran 这话是什么意思？"

"每年都是智能产品公关部负责，Dorran 的意思是，这次不是了呗？"

"不可能！这么多年都是他们部门在负责，不能说换就换吧！"

"Dorran 刚来，这火还不得烧几把？一直让华总烧，那哪儿行？"

"嘘！先听听 Dorran 怎么说！"

叽叽喳喳的聊天，终于被一个同事制止了，大家再次支起了耳朵。

"我以一个外部人的视角来说，华总他们做得很棒，每年都有不同的亮点和特色，在业界也有比较高的评价，是非常值得肯定的。不过呢，我想，今年是不是可以稍微有一些变化，看看还能不能玩出什么与众不同的新花样。所以，思来想去，我决定这一届的智能生态大会，将采取'比武招亲'的方式进行，来一次'赛马'，每个部门都可以提交方案参与进来，最后我们将邀请公司高管以及业界专家进行最终评选，得分最高的将承办本届大会。

"当然，大家也可以借助'外脑'，通过外面公司的协助进行创意和策划，最终的费用结算同步我，我可以特批走部门的策划费用，只要你能提出与众不同的玩法，我是鼓励你们借助外力的，也鼓励你们之间进行良性的竞争。

"不过在此之前，还要和大家同步这次大会的一些基本信息，比如将会发布什么，可能会有哪些亮点，等等。下面请汤达人给大家介绍。"

"大家好！在今天这场会之前，Dorran 和智能产品事业部总经理郝冬郝总开过一次会，对了一下大致内容，我简单向大家介绍一下。"

会场的人面面相觑，这本是华总对接的业务，怎么会让汤达人介绍呢？

华莹莹突然胸中一阵疼痛，她想可能是被气的。郝冬是她对口服务的业务老板，无论如何，与郝冬沟通，都应该和她事先打个招呼。可是 Dorran 越过她单独与郝冬联系，还带上汤达人，这不是明着抢她手上的业务吗？为了夺权，都不讲"武德"了？

"基本情况有三点：第一，黄老师会参加这场大会，讲述人工智能对未来零售、社交、文娱、生活、交通等方面的观点和看法；第二，郝总会宣布他们的新品——升级版家用智能穿戴镜和车载版智能穿戴镜；第三，AI 上下游生态合作伙伴会参会。其他的流程，请各位自己去发挥。"

"谢谢汤总！"Dorran 接过话筒，"现在距离会议召开只有两个月左右，我们'比武招亲'的时间定在两周之后，确定下来就到了执行环节，时间很紧张，大家抓紧吧！"

到了此时，几乎所有人都已看出，把华莹莹承办多年的活动摘出来让大家竞争，美其名曰"赛马"，还让汤达人宣布与郝冬的沟通结果，这不就是 Dorran 在夺权，要故意削弱华莹莹的权力吗？而且在半年总结会上宣布，不就等于是明抢吗？

面对瞬息万变的职场环境，其他部门的负责人需要考虑的是，是否真的要去竞争，是代表 Dorran 像饿狼一样扑上去撕咬争抢，还是代表华莹莹维持旧有秩序的平衡与盟友关系？现在谁都不知道，或许只有在两周之后的"比武招亲"大会上才能见分晓。

Dorran 宣布完这件大事，现场一片沉默，各有各的心思，各有各的打算。

会议主持人见状，准备结束今天的总结会，并宣布后续的活动安排。

"谢谢 Dorran，也谢谢各位小伙伴！今天我们公关体系半年总结会到这里就告一段落。现在时间还早，有想划船的小伙伴可以到我这里来报名，咱们一起到雁栖湖上划船。划船的最晚时间是十七点，大家抓紧，天晚了在湖面上不安全。结束后，大家到民宿大厅准备吃饭喝酒 K 歌吧！"

会议厅里到处都是大家起身后挪动椅子的碰撞声音，却没有人说话交流。一股奇怪的情绪在大家心中蔓延，以至于没有人在这时还有心思去划船。有几个刚入职的年轻人准备跑去报名，看到没人往主持人方向走，便也悻悻地离开会场，剩下主持人一个人尴尬地站在那里。

部门老员工都明白，这种情绪，是一种叫作"唇亡齿寒""兔死狐悲"的忧伤。今天对华莹莹如此不讲"武德"，明天对自己呢？谁又能逃得过这职场周期律？

汤达人见没人报名，赶快让宋晓雨去找主持人报名，不要让活动太过冷场。于是，汤达人团队的几十人，作为公关体系的代表，三三两两地准备到雁栖湖上去泛舟，他们感觉跟着汤达人是跟对了。

作为 Dorran 的新晋红人，汤达人掌握着越来越多的资源，这意味着他们部门的工作越来越重要，晋升机会越来越多，工资池和奖金池也会跟着水涨船高。

晚上吃饭喝酒 K 歌，也是汤达人部门的小伙伴最为活跃，推杯换盏，你来我往，好不热闹。公关体系的大姑娘小伙子很多都是文艺高手，唱歌跳舞样样在行，虽说心情一般，但这种场面活儿还是应付得很漂亮的。

忽然，主持人拍了拍话筒，发出噗噗的声音，随后说："大家静一静，静一静哈！"刚刚还嘈杂的大厅，慢慢安静了下来。

"我们都知道，前两天'网北员工被打事件'，是智能产品公关部欧阳娜娜具体执行的，好评如潮，她也是我们今天的'最美女公关'，我们给她鼓个掌好不好！"

大厅里掌声雷动，只有欧阳娜娜有点蒙，不知所措地看着华莹莹。华莹莹使了个眼神，让她少安毋躁，看看主持人接下来到底要说什么。

"听说，她不仅业务好，唱歌也好听，那就让我们今天的'最美女公关'给我们唱首歌，好不好？"

"好！"汤达人第一个热情回应。

他们团队的小伙伴也开始起哄："来一个，来一个！"

熟悉欧阳娜娜的同事都知道，她虽然是高考艺术生，但不喜欢唱歌也唱得不好听，当年考试才艺展示部分是朗诵了一段毕飞宇的小说《青衣》片段过关的。

之所以选择《青衣》，是因为它讲述了京剧演员筱燕秋的戏梦人生，她极度热爱自己的事业，甚至到了人戏难分的地步。欧阳娜娜觉得筱燕秋和《霸王别姬》里的程蝶衣非常相像，他们都是为戏而生，都成功用生命演绎了一出精彩的悲剧，如飞蛾扑火一般。而自己又何尝不是那个无足轻重的小小飞蛾呢！

正当她尴尬地想是站起来还是不站起来的时候，手机上华莹莹发来了一条信息："没事，随便哼个什么，只要你自己不尴尬，尴尬的就是他们。"

惴惴不安的欧阳娜娜站了起来，说要不唱个孙燕姿的《遇见》吧。这是一首老歌，她经常听，哼过很多遍，但从来没有唱过，既然有人故意让自己出丑，那就索性豁出去了。

> 我遇见谁 会有怎样的对白
> 我等的人 他在多远的未来
> 我听见风 来自地铁和人海
> 我排着队 拿着爱的号码牌

欧阳娜娜唱着唱着，想起了刚分手的那那，想起一起吃小龙虾的顾小威，想起送她回家的别真，感觉自己才是那个拿着爱的号码牌却无所适从的无助的可怜人。于是她越唱越难受，越唱越想哭。

唱完了，她还沉浸在自己的故事里无法自拔，周围却爆发出一阵掌声。

原来，唱歌最重要的并不是技巧，而是真情实感的表达。这是晚上活动结束后，华莹莹告诉她大家给她鼓掌的原因。

然而，华莹莹还不知道，她自己马上也要面临一个无比尴尬的场面。

第二天一早，Dorran 带着大部队，浩浩荡荡地往青龙峡风景区出发。

青龙峡离雁栖湖很近，只有不到十公里，车程在二十分钟左右，是集青山、绿水、古长城于一体的自然风景区。北部是高峡出平湖，游客可以乘龙舟、画舫或快艇沿蜿蜒的水路欣赏两岸风光。东岸设有蹦极跳、攀岩、速降等健身娱乐项目。

在山脚下，Dorran 举着扩音喇叭说：“今天带大家到青龙峡团建，目的是调动各位同事的积极性，激发每位小伙伴对网北公司以及整个公关体系的归属感和认同感，培育团队精神，以及勇于挑战自我的拼搏精神。所以我们给每一位小伙伴都购买了蹦极门票，让大家都能够挑战极限，放飞自我，成为网北公司真正的公关人！

“另外，我们还给每位小伙伴购买了人身意外险，保障各位安全，希望每个人都要参与，除非发生地震、洪水这些不可抗力，否则不可以请假哦！不然，就不是一个合格的网北人，更不是一个合格的公关团队的人！”

华莹莹听到每个人都要参加蹦极，而且不允许请假，脸都要绿了。几乎全公关体系的人都知道她心脏不好，Dorran 难道不知道吗？

"Dorran！"突然，一个响亮的声音从人群中响了起来，原来是欧阳娜娜，"华总心脏不好，她不能参加这个活动！"

"哦？原来是娜娜，你还挺关心你们家领导！"Dorran抬起头，看了一眼欧阳娜娜，略带轻蔑地说，"能不能参加，也不是你说了算吧？你们家领导都还没请假，你倒是皇帝不急太监急……"

她话音刚落，人群中爆发出一阵哄笑。

欧阳娜娜一脸尴尬，这句话很难被理解成是一句友好的表达，更像是嘲讽，或者说是讥笑。

此刻她也顾不了那么许多，她想，就算华莹莹不是她的领导，她也要站出来。这样明目张胆地欺负人，实在太过分！于是她大声地说："让心脏病人去蹦极是会死人的，Dorran您知道吗？"

"你的意思是，华莹莹是心脏病人？她的病历在哪里？"

"她因为心脏问题在医院被抢救过两次，这种情况是真的不能蹦极！"欧阳娜娜依然据理力争。

"是因为蹦极被抢救的吗？"显然，Dorran对欧阳娜娜的说辞很不以为然。华莹莹进过两次抢救室，她当然知道，要不然就不会唱今天这出戏了。她也并非不知道心脏有问题的人蹦极会有危险。她的目的其实很简单，就是要让华莹莹亲自站出来"求"她。

"既然不是因为蹦极被抢救的，又拿不出病历，我们还买过保险，那也没什么理由可推托的了！"Dorran再次举起扩音喇叭，"同事们，你们记住，今天谁不去蹦极，谁就是在破坏我们公关体系的团结！走吧，大家嗨起来吧！"

这是赤裸裸的道德绑架！

汤达人团队的小伙伴率先喧哗了起来，兴冲冲地准备排队去蹦极。其他人大多听说过华莹莹加班时心脏不好而进抢救室的事情，所以在听到Dorran用道德绑架华莹莹时，都默默地替她捏了一把汗。

"Dorran！"果然，华莹莹站了出来，走到Dorran旁边，"我的确心脏不太舒服，所以……"

本来华莹莹想把 Dorran 骂个狗血喷头，但逞一时口舌之快后又如何呢？让站着的上百号人看笑话吗？骂人的话到了嘴边，生生又憋了回去。

"所以，我想向您请假，这个活动我真的没法参加。哪怕顶着团队最大破坏者的骂名，我也不能拿我的生命开玩笑！"

"那好，看你态度还可以，这次可以不用参加！"此刻的 Dorran，是一种高高在上的胜利者的姿态，她要让所有人都知道，只有她才是网北公司公关体系唯一的老大，真正的一号位，连那个最大的竞争者也只能臣服。

"虽然你可以不用参加，但是属于你的那一跳，还需要有人顶上。"Dorran 依旧保持她的威严。

"Dorran，华总的那一跳，我来！"欧阳娜娜高声地说。

华莹莹感激地看了一眼欧阳娜娜，她们的眼神还没交流完，就听到 Dorran 阴阳怪气的回答："好一个忠心的下属！可以！"

这出戏终于告一段落。华莹莹和欧阳娜娜舒了一口气，有一种主仆逃离魔爪的感觉。

现场还有七八个人用感激的眼神望向华莹莹，因为他们恐高，不敢蹦极。开始的时候，他们也被 Dorran 那番话吓住了，但华莹莹就如救世主一样，让他们得以有正当理由请假，避免了一次心跳加速甚至失速的游戏。

Dorran 又何尝不知道不是所有人都适合蹦极游戏，她也没有真的想让所有人必须蹦极。但是，所谓"知己知彼，百战不殆"，只有抓住对方弱点，才能展开有针对性的进攻，而对方弱点又暴露得那么彻底。她也明白，赢了战场，输了人心，并不算真正的赢。然而，又有谁说输了人心就一定不会胜利呢？当年武后称帝，全天下都反对，最后不还是做了十五年的女皇帝！所谓事在人为，莫过于此。

欧阳娜娜在山上蹦极，华莹莹在山脚下等她时，手机响了起来。拿起来一看是楚姗姗的，刚按了接听键，电话那头就炸了："华总，刚听说了你的事，气得我直发抖。中午你们不要坐大巴走，我和宇飞去接你们，顺便找个那边的农家乐，吃个铁锅炖鱼放松一下，真是太气人了！"

"哈哈哈，不要这么大惊小怪。你呀，心思不要用在这些地方。来玩一趟可以，就当是放松吧！"

为了不再张扬，这次楚姗姗没有开她的玛莎拉蒂，而是让刘宇飞开着家里的老迈腾来的。华莹莹特意嘱咐楚姗姗不要下车，把车停在景区的停车场，在车里等着就好。

既然中午没有午餐安排，团建的小伙伴三三两两坐大巴回公司作鸟兽散了，现场也没剩几个人。

欧阳娜娜下山后，华莹莹和她走到停车场，找到刘宇飞的那辆黑色老迈腾。看到两人正在刷短视频，华莹莹敲了敲窗户，楚姗姗赶紧把车门打开。

"华总，想死我了！"楚姗姗在车上有点撒娇似的地对华莹莹说。

"这段时间委屈你了！"

"我委屈点儿没什么，你今天受了这么大的委屈，那才真是……"

"好了，一会儿吃饭说吧，好饿！"华莹莹及时打断了楚姗姗，她知道要是这话题开了个头，就会没完没了。

欧阳娜娜在点评网站上找了个附近评分最高的农家乐，他们下车后，觉得这里环境还不错。更让他们期待的是，把四斤大鱼下到铁锅里，再贴上四个玉米饼，统统煮熟后掀开锅盖的那一刻。

二十分钟后，整个屋子已经香气扑鼻。楚姗姗迫不及待地掀开锅盖，几个人狼吞虎咽。这一刻，什么委屈，什么不公，什么斗争，统统都滚一边去吧，现在老娘就要撑死在这舌尖上的铁锅炖里。

刘宇飞看她们已经不顾吃相，笑得呛了一口水："你们慢点儿吃，没人和你们抢，不够的话，一会儿再来一锅。"

"你不懂！我们是在通过吃短暂逃避一下现实而已。"楚姗姗一边说，一边嘴里还停不下来，"不要拦着我们！"

华莹莹和欧阳娜娜也顾不上搭话。她俩确实太饿了，上午的斗智斗勇简直让人身心俱疲，似乎消耗了很多能量。

吃饱了，楚姗姗把筷子猛地往桌子上一拍，啪的一声，把其他三人吓了一跳。

"华总，咱们不能总是这样，人为刀俎，我为鱼肉，咱们已经牺牲太多了，我被停职，你被当众……"一激动，楚姗姗差点就把"羞辱"两个字脱口而出，幸好忍住了。

"唉，上周我问过监察部刘部长你大概什么时候能够复职，她的回答是等调查结果出来再看。"华莹莹轻轻叹了口气，"下周我再去盯一下，总这么拖着你，也不是办法。"

"我其实不重要。你知道的，经过'小黑屋'这么一通操作，就算是复职了，估计能和你一起战斗的日子也不会太长，毕竟众口铄金！"楚姗姗感慨地说，"不过我倒也听说，说举报我和娜娜的人是汤达人，我怎么都不敢相信，汤达人以前和你关系多好啊，怎么可能会是他呢？"

"事到如今，你们接受过调查已是既定事实，举报人是谁已经不重要了。不管未来怎么样，我希望你们和我一样，还是要坚守做人的底线。"

"华总，都这个时候了，你还说坚守做人的底线，人家什么时候有过底线？有底线，媒体沟通会怎么会有陌生人通知临时改时间，我怎么会被停职，娜娜怎么会进'小黑屋'，怎么会要蹦极两次，你又怎么会被人向黄老师告黑状？"

楚姗姗这一连串回答，让华莹莹无言以对。是啊，这一桩桩一件件，哪个不是无底线的操作，哪个不是想置她于死地的手段？

她沉默了。

"华总，我从蔚蓝海域那里搞到几张截图，希望能帮助到你。"

"什么截图？"

"汤达人有个心腹叫宋晓雨，这个人很不寻常，常常以私了的方式铲除自媒体负面消息。"

"这很正常啊！有了负面，当然最好通过私了的方式去沟通，如果对方能删稿，不是更好吗？"

"问题就出在这里！她沟通的那些自媒体账号，大多是她自己注册的，所谓黑稿也是她自己写的。换句话说，她是在监守自盗，自己公关自己！"

"姗姗，这个不能随便揣测，要有证据！"

"放心，那些自媒体账号我都查过，历史上几乎没有文章，唯一的文章就是网北公司的负面消息。负面消息删除后，这个账号随后就会被注销。而且，她曝光的那些负面内容，往往都是咱们内部知道的痛点，她就抓着这些痛点狠狠打，让公司不得不想办法去删除稿件。"

"证据呢？"

"每次的公关费用，都是她向蔚蓝海域的小伙伴直接要，说是私了，所以就不走对公账户。这让蔚蓝海域的小伙伴深感不安，怕以后说不清楚，就留了个心眼儿，把每个账号都截了个图。结果惊讶地发现，每个账号留的联系方式都是同一个，真是百密一疏，这就是证据。"

"怪不得听很多人说，汤达人组有个人不喜欢用公司电脑办公，说公司电脑太慢，要用自己的电脑，而且说这人从不连公司内网，一直都用自己的手机热点上网。难道说的这人就是宋晓雨？"欧阳娜娜突然像明白了什么似的。

"对，说的就是她！"楚姗姗肯定了欧阳娜娜的推测，转过头继续对华莹莹说："还有，上次把咱们和小杰在便利店沟通的照片发给汤达人的，也是这个宋晓雨！"

"是她？"华莹莹有点不敢相信自己的耳朵。

"对，就是她！华总，我知道你不喜欢用这种很恶俗的方式去争去抢，更喜欢通过好业绩去得到老板认可和同事信赖，可事到如今，是不是可以改变一下策略了？"

华莹莹陷入长久的沉默中。

两周后要 PK 智能生态大会方案，一周后世界互联网 AI 大会就要举办，CTO 林军有一场非常重要的演讲，华莹莹和欧阳娜娜真是忙到快要飞起来。

既然大家都在用供应商协助制作智能生态大会方案，华莹莹也不例外，有人帮衬着，总比自己挖空脑袋强。蔚蓝海域原有的对接团队，正在帮助她完善和美化林军的演讲 PPT，暂时还没空抽出身来做别的项目，于是她让 Selina 帮她召集一个能力强的团队，看看能不能在大会的策划思路上有一些突破。

CTO 林军是华莹莹重点维护的高管。无论是在哪家公司，只要是在职场，关键时刻有人帮你说句话，比你自己努力一百倍还要管用。对华莹莹来说，林军就是那个关键先生，这不仅是十几年培养出来的感情，更是这么多年互相成就的信任和结果。所以凡是涉及林军的事，华莹莹都极为上心。尤其是这次演讲，每页 PPT，她都亲自盯着修改，生怕出一点点错误。

几乎每个执行过物料制作的人都深有体会，就算领导已经定下最终版本，依然会提出或多或少的修改意见。所以执行人在最终版的后面，往往还会有无数个修订版本，例如"最终版第一版""最终版第二版""最终版绝不修改版""最终版绝不修改版第二版",等等。

林军本人很重视这次演讲,所以在华莹莹给他汇报的基础上反复提了很多修改意见,华莹莹结合自己的判断,让欧阳娜娜集中修改,欧阳娜娜有空的时候自己会上手修改,没空的话,会让蔚蓝海域的小伙伴一起协助修订。

其实,在公关体系团建活动之前,林军演讲的 PPT 核心内容就已经定下来了,剩下的更多是美化工作。但是越临近大会,林军的修改意见就提得越频繁,欧阳娜娜和蔚蓝海域的小伙伴也就越紧张。

一转眼,第二天大会就要开了,可林军的 PPT 终稿还是定不下来。世界互联网 AI 大会组委会要求演讲嘉宾提交 PPT 的截止时间是大会开始前一天的十七点前。此前,组委会工作人员已经催过欧阳娜娜好几次,说网北公司是所有公司里最后一个提交的,还说这么大的公司办事效率怎么这么低!

欧阳娜娜被催急了,于是她每被催一次,就会给一个当前的最终版本,到最后的截止时间,已经给了五个版本。她惴惴不安,默默祈祷林军不要再提修改意见了。

果然,就在下午五点左右,林军说,OK 了,不改了。

欧阳娜娜心里一块石头终于落了地,准备等会儿就下班回家,晚上早点休息,第二天一早还要赶到会场做林军演讲的传播呢。下班之前,再次和蔚蓝海域对接的客户经理冯芳菲确认了现场摄影师和速记员情况。

其实在会议传播中,老板们在现场讲得如何并不十分重要,重要的是会后的二次传播。所以,欧阳娜娜早就把林军演讲的新闻稿准备好,就等演讲一结束,插入摄影师拍摄的演讲照片,再对照速记员整理的速记,看看林军是否有现场发挥的部分,在新闻稿里修订后,就可以同步给媒体进行发布。

当然,大会组委会一般都会安排自己的摄影师,实时把照片上传到云盘中,供各家参会企业下载使用。不过这些照片拍得比较大众,自己请的摄影师,才会对自家领导上心,找最好的角度拍最好看的人物演讲照片。当然,现在一个摄影师已经不够了,还需要准备一个摄影师拍摄领导演讲视频,然后从中找出老板演讲金句,剪辑成适合朋友圈转发的小视频。

这些工作再次确认后，欧阳娜娜放下心来。至于智能生态大会的创意策划，明天办完林军演讲传播之后再说！

晚上十一点多，欧阳娜娜一边吃着葡萄，一边放着她最爱的美国女歌手 Taylor Swift 的专辑放松，还一边在电脑前查看关于这一届世界互联网 AI 大会的亮点，看看有什么可以借势的地方，好让自己写的新闻稿看起来更生动一些。

忽然手机响了，她拿起一看，是华莹莹的。

"娜娜，林总的 PPT 还要改！"

"啊？！"欧阳娜娜手里拿着的一颗葡萄惊慌中掉在了地上。

"你那儿怎么啦？"

"没……没什么，就是掉了一个水果。"欧阳娜娜定了定神，"华总，还需要怎么改？"

"你先别激动，我刚听到消息也是比较……不过我已经根据林总需求改好，发你邮箱了。你现在要做的，就是联系上组委会，务必明天一早替换掉之前的 PPT。"

"好的！"

收到任务后，欧阳娜娜赶紧给组委会联络人打电话。开着免提的同时，给组委会邮箱发了封新邮件，把最新版 PPT 发了过去，准备做个双重保险。可当邮件发完，电话那头还没人接听。

于是她给 Selina 打电话，也无人接听；给蔚蓝海域的对接人冯芳菲打电话，还是没人接。她焦虑地划拉着手机通信录名单，看到 Selina 搭档史文钊的名字，赶紧拨了过去，等到电话音乐播放完，也还是没人接。她想要不然自己明天凌晨起来，早点赶到会场把 PPT 拷贝过去吧，虽说可以让供应商帮忙，但这本来就是自己负责的事情，自己去也是应该的。

正想着，史文钊的电话回拨了过来。欧阳娜娜说想找人一起帮忙联系组委会，如果联系不上，明天就到现场去沟通组委会的人，把 PPT 替换上。史文钊听后满口答应没问题，甲方爸爸提的这个需求不算过分。

虽然史文钊答应没问题，以往和蔚蓝海域的合作也都没出过差错，但欧阳娜娜还是觉得自己应该跑一趟，确保万无一失。

当早上七点多，欧阳娜娜赶到大会举办地国家会议中心时，正好碰到蔚蓝海域的叶露。这个叶露是日常对接汤达人组的客户经理。欧阳娜娜有点纳闷儿，这个点叶露怎么会在这儿？

叶露告诉她昨晚史总交代让她晚上不要睡觉，一直在会场门口等着开门，第一时间找到控制台替换 PPT。这不刚刚替换好，准备找个地方眯一会儿。

"你确定替换好了吗？"

"放心吧娜姐，我在控制台还让导演翻看了一遍，没问题的！"叶露打着哈欠说，"我先走了啊，有事给我打电话，实在太困了。"

欧阳娜娜放下心来，心想这史文钊还挺靠谱，让小伙伴半夜就在这儿守着，也是够上心的。

她想，如果是网北公司自己举办大会，在正式开始之前，老板们往往要在前一天晚上进行演讲彩排，会场上方会吊着几块面朝舞台的大屏幕，上面分别会展示演讲 PPT 和演讲的字幕，相当于一个提词器。

换句话说，为了保证现场演讲效果，在自己主场的活动中，老板们是在念提词器上已经写好的文字，他们彩排的，是要让念词，变成演讲的样子。

这个时候的老板与其说是演讲人，不如说是公司的工具人，或者说是演员。当然，做一个演讲工具人也没那么容易，提词器一般都吊在会场上方，所以看提词器的时候，眼神往往要往上瞟，这就很不自然。

所以，真正的大佬，只是把提词器，作为提示自己该讲什么的引子，真正的内容，还需要靠自己现场发挥。如果一直照着提词器念，不仅呆板，而且显得笨拙。不过照着提词器念也有一个好处，就是整个过程会很顺利，按照既定的脚本来，没有亮点，但也没有差错。

一般来说，社会机构举办这种演讲活动，不会给演讲嘉宾安排彩排环节，只会在会前看看 PPT 大小格式播放是否无误，所有演讲内容都依赖于嘉宾现场发挥，挑战不小。不过林军是经历过无数大场面的人，况且欧阳娜娜也不是第一次陪同林军出席外部演讲活动，她对林军的表现非常有信心。

欧阳娜娜扫了一眼会场，稀稀拉拉只有几个人进来。她在后边找了一个带电源插座的位置坐了下来，防止现场干活的时候电脑没电。还顺便占了几个座位，给华莹莹，以及蔚蓝海域干活的小伙伴和速记员留着。

世界人工智能 AI 大会是一场业界盛会，来了很多知名嘉宾，还邀请了上百位媒体记者和十几位网红现场直播，现场气氛十分热烈，整个国家会议中心座无虚席。

开场演讲是一位世界知名人工智能专家，他从 AI 讲到元宇宙、数字孪生、区块链、虚拟现实，再到量子计算、高性能计算、大模型技术，等等，一系列新技术、新概念，让现场观众眼花缭乱、应接不暇，却又觉得收获匪浅。这是一次接触世界科技前沿的机会，所以观众们热情高涨，直播平台上的互动评论高达几百万人次。

华莹莹和欧阳娜娜都很兴奋，打算借助这个机会把林军好好包装一下，加深他作为科技行业技术领军人物的大众印象，并以此持续强化网北公司作为互联网第一梯队的地位。

三人演讲后，轮到林军。他今天穿了一身簇新的深蓝色西装，系了一根同色系的深蓝色领带，头发罕见地打了发蜡，整体看上去非常英俊干练。

尽管华莹莹在林军的演讲稿中埋了一些金句，但她还是期待林军演讲时能超常发挥，这样她们准备的新闻稿和朋友圈小视频才会更有传播力。

一切如预期的那样，林军按照演讲稿的内容，激情四射地分享他对人工智能、大模型技术、智能社会的观点，以及网北公司正在做的和即将做的突破性技术进展。

摄影师忙着拍照、拍视频，速记员快速地记录下林军的分享，华莹莹认真地听着演讲，随时记着林军即兴发挥的部分，欧阳娜娜则不停地在新闻稿上修改，这个活没让蔚蓝海域的同事做，她觉得自己上手反而更快一些。

每个人都根据自己的分工，有条不紊地忙碌着。

忽然，观众席中出现此起彼伏的"啊"的声音，没有突然爆发，而是延绵在会场里。

欧阳娜娜感觉奇怪，连忙从笔记本电脑前抬起头来，想看看是怎么回事。刚抬起头，发现周围的人都在拿着手机朝舞台上拍，她心里还很不屑，这有什么好拍的，是这一页太精彩了吗？她再一观察，发现情况不对，因为几乎所有的人都在拍！

顺着手机拍摄的方向望去，她看到林军站在舞台上停了下来，显然他似乎也发现了现场观众的异样，可是没能发现有什么值得惊讶的地方。

"PPT有错字！"正在盯着手机直播看的华莹莹，突然对欧阳娜娜喊道，"评论都在说这事！"

因为直播有延时，所以刚才现场的异常，手机里这时候才直播了出来。欧阳娜娜不敢相信，赶紧把头伸向华莹莹的手机上，飞速刷过的弹幕评论提示所有人，屏幕上出现了两处错误：一是错别字，二是语序出错。

这太致命了！

欧阳娜娜赶紧抬起头，发现PPT已经切换到下一页。显然林军在短暂的骚乱中，也发现了这个问题。

此刻的现场，已经不再安静。

"天哪，这么重要的场合，PPT居然出现错别字？"

"这么大的公司，怎么会出现这种低级错误？"

"网北公司也不是第一次出现演讲PPT失误了，常规操作！"

"这是我认识的网北公司吗？这么不严谨吗？"

"网北公司又有人要倒霉了！"

显然，现场气氛影响了林军。他看起来从容不迫，继续按演讲稿演讲，可语速越来越快，甚至有三页PPT跳过不讲，直接讲到了最后一页。

欧阳娜娜满脸涨得通红，对华莹莹解释说，整个流程都是确认过的。

而华莹莹此刻也不知道是要责怪欧阳娜娜，还是要自责，呆呆地坐在会场，直到一条信息唤醒了她："怎么回事？给我一个解释！"

好事不出门，坏事传千里。

网北公司 CTO 林军演讲 PPT 出错的事情，引爆了舆论场。不只是现场几千名观众和上百家媒体看到，线上看直播的几十万观众看得更清晰。

每个人的手机上，都被各大新闻客户端推送的新闻轰炸了：《网北 CTO 林军演讲出闹剧，一页 PPT 出现多处错误！》《网北 CTO 演讲 PPT 出现两处错误，故意还是忽略掉了？》《网北 CTO 林军火了！演讲 PPT 一页两处错误，尴尬！》《网北 CTO 林军糗大了，一张 PPT 多处错误！》《网北 CTO 演讲 PPT 惊现错别字，朋友圈为此刷屏》……

在职场摸爬滚打十多年的华莹莹这一次真的慌了。人还没出会场，铺天盖地的负面新闻就扑面而来，让她恐慌到无所适从。

这种恐慌感来自两个方面。一是失去林军的信任。造成这么大的负面影响，林军对自己不只是失望，更是信任感崩塌，这棵大树或许再也不能庇护她。二是前不久通过对员工被打事件处理得当而建立的黄老师对自己的认可，恐怕这次也会透支，Dorran 极可能落井下石，以后自己的生存会更艰难。

"对不起，华总，我不是故意的！"欧阳娜娜控制不住自己哭了出来，她知道这件事会给华莹莹带来的严重后果和致命打击。

华莹莹当然知道，这事绝不可能是欧阳娜娜故意的，但的的确确又是欧阳娜娜经手操办的，当中一定有哪个环节出了问题。可现在也不是追究问题的时候，还是先想想怎么把火灭了。

此时，正坐在办公室看直播的 Dorran，也第一时间发现了 PPT 里的问题。有那么一瞬间，她紧张了一下，担心这个负面事件给网北公司品牌造成伤害，但一想到这件事一直是华莹莹在跟进，她心中反而有种幸灾乐祸的快感，这种快感随着新闻客户端对相关报道的不停推送而越发强烈。

她站起来伸了一个懒腰，将烧水壶放在办公室的饮水机下面灌满水，准备烧一壶开水，泡一杯清茶，平复一下略微"激动"的心情。

她不喜欢用饮水机烧开的水泡茶，总觉得饮水机烧的水没有烧开，泡出的茶的口味总是差了那么一点点，而烧水壶烧出的开水就能完全把茶叶泡开，茶的清香甘醇才能真正飘溢出来。

她轻轻按了一下烧水壶的按键，回到办公桌前继续浏览新闻。就在这时，一个电话打了进来。Dorran 拿起来一看，居然是"万科公园五号"！

刚才的突发事件没让她紧张，可"万科公园五号"的电话让她的心揪了起来。当她还在深圳的时候，这个号码曾经发来一条短信，是通知她何常成出轨，从此她就把这个号码存了下来。时隔这么久，今天这个电话怎么又打来了，难道何常成又出轨了？

她在纠结这个电话接还是不接。同时，她脑海中飞快地闪过无数画面：是因为上次没帮上王老六，何常成怪罪自己，所以接受了其他女人，还是自己真的没有吸引力了，所以何常成再次选择出轨，抑或何常成遇到了真爱，要把自己抛弃？可是为了他，为了女儿，自己选择平级跳槽到北京，宁可自己受委屈，也要维持一个完整的家，就因为自己的这些想法，当发现何常成在外面有不轨行为的时候，并没有当面戳穿他，反而给他留足了面子。

今年年初，她拿到年度体检报告单，看到 HPV 指标首次出现两个阳性，第一反应是不可能，自己从没被 HPV 感染过，怎么可能会有阳性呢？

仔细查看，体检报告单上明确标注了两个病毒型号 11 和 42 都是阳性。她吓傻了，哆嗦着双手，赶紧拿起手机搜索。可是太紧张了，手机密码连续输入三次都没能成功。虽然她查到资料上说 11 和 42 这两个病毒型号都是常见的低危型号，但被 HPV 感染，终归让一个从未接触过这种病的人非常恐慌，尽管她看到网上说超过百分之八十的女性一生中至少会感染一次 HPV。

更让她困惑的是，她对自己什么时候感染的一无所知。于是她在网上大量查阅相关信息，直到在社交网站看到一名妇科科普博主说："HPV 是不会凭空出现的。疾病传播跟是否发过誓，是否是天地良心也无关。"

"难道是他？"在 Dorran 眼里，何常成虽然有过不检点的行为，但绝不可能把疾病带到家里来！所以，有没有可能是自己用了不洁的妇科产品？

她又看到另一个科普博主晒出一位读者的匿名来信，题目叫作"妈妈感染了高危 HPV"。读者的妈妈是一位坚强的县城女性，感染了高危型 HPV16、HPV18 之后，依然不会怪罪到常年出轨的丈夫身上，还反过来劝女儿："这也是我免疫力不好，算了算了，不一定是你爸，我不能这么说他。"

还有一个脱口秀演员说："HPV 是藏在男性身体里的幽灵，却只会在女性身体里爆炸。"

这个时候，Dorran 无论如何也伪装不出坚强的样子，不争气的眼泪就那么静悄悄地流淌了下来。好在医生告诉她，她感染的低危型号没有太大伤害，也不需要特殊治疗，只需要加强锻炼，保证营养，通常一到两年就会通过自身的免疫抵抗力自行清除感染。

身体的伤害还未痊愈，然而，现在……Dorran 不想再次面对何常成的背叛，她颤抖着拿起手机，强忍着眼泪，把这通电话按掉了。

刚刚的幸灾乐祸，突然被沉重的心情替代。

还没等她伤感两分钟，"万科公园五号"的电话又打了过来。她毫不犹豫地再次按掉，这一次她想当一回鸵鸟。然而，鸵鸟似乎并没有那么好当，执着的"万科公园五号"电话又响了。

"你又来告诉我何常成出轨的事情吗？请你不要再通知我了，好吗？"Dorran 非常气愤地对着电话那头说。

"Dorran，我是林军！"空气突然凝固了，周遭一切似乎都静止了下来。

嗒，水烧开了，烧水壶自动断了开关，发出一声清脆的响声。

这一声让 Dorran 吓了一跳，她如梦初醒："林总，怎么会是你？"

电话那头沉默了五秒钟。林军万万没有想到接电话的 Dorran 居然是自己太太出轨对象的爱人。此时此刻，他才意识到，自己和 Dorran 竟然成了承受婚姻困境的一对难兄难弟，所谓"同是天涯沦落人，相逢何必曾相识"。

"Dorran，关于何常成，现在没空和你解释太多。"林军语气比较急促，"现在比较着急的是，想请你帮个忙。"

"林总有什么吩咐？"Dorran 知道，林军的业务和个人公关事宜，一直都是华莹莹在负责，她从未插过手，林军也没给过她插手的机会。所以这是他们的第一次通话，也是林军第一次请求 Dorran 帮忙。作为公司二号人物提出的需求，Dorran 根本没有拒绝的理由。

"今天的情况你也看到了，现在全网都在传播那一页出错的 PPT，不仅是对我个人，更是对网北公司形象的伤害。"林军停顿了一下，想了想，继续说，"你毕竟是公司 VP，想请你调动一切能调动的资源，抓紧平息这次负面舆情。"

"好的林总，我尽力！"Dorran 答应得十分干脆。她明白，这是一次对二号人物递"投名状"的机会。

可是，此时的她，还是没有办法把林军和"万科公园五号"联系起来。

"万科公园五号"，这个曾经陌生的存在，居然每天和自己在同一栋楼里上班？太不可思议了！林军和他太太现在怎么样了？他家庭还好吗？还有没有更多关于何常成的消息？

Dorran 感觉头快要炸了！现在她已经不想喝茶了，于是让秘书去对面写字楼的星巴克买杯冰美式，同时让秘书把汤达人叫到办公室。

见到汤达人，她勉强打起精神："你听说林总 PPT 事件了吗？"

"这事恐怕全网都知道了，世界互联网 AI 大会，这是多么重量级的会议。这事一出，那么多新闻客户端都在推送，不知道的也都知道了。"

"这事要丢给你，你会怎么处理？"

"这事……这事不是华总她们在负责吗？"

"先不要管谁负责。如果这事是你负责，你怎么办？"

"我先说个题外话啊，其实网北公司高管在演讲的时候，因为 PPT 问题被舆论关注，已经不是第一次了。"

"哦？"

"上次领导级别没那么高，参加的活动也没有今天这么'高大上'，所以舆论有关注，但是没有太发酵。您看，您都没有关注到。"

"当时是怎么处理的？"

"当时参加演讲的人是一个高级经理，因为 PPT 配色太刺眼，还有不少美女照片，被现场观众直喊低俗，要求他下台。他的 PPT 在审美上的确是有点问题，况且其他人都是正装演讲，他很随性，穿了一条短裤就上台了，所以舆论揪着不放。后来，迫于舆论压力，他在公司内网发了一个致歉信，大意是因为自己不严谨导致公司名誉受损，而给公司和所有网北员工道歉。好在他的 PPT 没有什么原则问题，所以公司最后只是在内网宣布给他撤职，调离原有岗位，算是给了舆论一个交代吧。"

"林总的事，和上次的这位高级经理，显然不是一个量级，需要动用的资源会更多。我们现在介入处理，你觉得需要怎么做？"

"不是……Dorran……冒昧我再多一句嘴啊，这事和咱们有关系吗？林总以前不是一直和华……"

"你说的我知道！现在我们要介入进来处理了，说说你的想法吧！"Dorran 认真地看着汤达人，想听听有什么建议。

汤达人正要开口，看到桌上 Dorran 的手机响了，上面来电显示是华莹莹，于是指着手机说：

"Dorran，有电话！"

这件事是偶然的吗

PPT 错字事件后，华莹莹无比焦虑。原本准备好的新闻稿肯定不能发了，现在网络上铺天盖地都是 PPT 出错的新闻，没人会去关注到底演讲了什么内容。

媒体是要流量和吸睛的，网民是来猎奇和狂欢的，没人在意真正的核心内容，这就是当下互联网舆论场的现状。所谓"狗咬人不是新闻，人咬狗才是新闻"，古今中外，概莫如是。

"华总，查出来了！出错的这一版 PPT 是我们的第五版，是当时组委会要求提交一个版本用来给他们导演现场测试的，没想到最后居然用的测试版。"欧阳娜娜对比了数十个版本的 PPT 后，终于比对出内容错误的版本，"而且我第一时间给蔚蓝海域的叶露打了电话，她确认给的就是最终版，导演组那里是有最终版本的。"

"知道了，但现在大错已酿成，我们要想想怎么把负面影响降到最低！"华莹莹知道版本出错后，已没有任何情绪上的波澜。

"现在这事已经远远超出我们能干预的范围，关注的媒体实在太多，请供应商沟通也都沟通不过来了，而且跟进的自媒体大多数都没有联系方式。"欧阳娜娜怯怯地对华莹莹说，"目前看来，先不要再和媒体做无效沟通了，只能通过官方发通报的方式解决。"

华莹莹看着怯怯的欧阳娜娜，无力地说："是的，这件事已经大到必须公司出面了。这样吧，你把 PPT 的最终版本发我，同时拟一个官方发布的声明。我一会儿……我一会儿给 Dorran 打电话，请她出面吧。"

欧阳娜娜非常愧疚和自责。如果不是她，事情怎么会搞成现在这样，华莹莹怎么会如此被动？让华莹莹求 Dorran，是一件比登天还难的事。现在，因为自己的失误，华莹莹要给自己善后。这个责任她如何担当得起！

"按理大会播放的版本不可能搞错，但最后播放错误的原因到底是什么，我一定要查出来，看看到底是谁在陷害我们！"欧阳娜娜暗自发誓。

不过她也明白现在不是解释的时候。一切语言都是苍白的，解释就等于掩饰。只有等到真相大白那天，才是真正洗刷"罪名"的时候。现在要做的，就是忍辱负重，给今天的失误提供一个合理说明，处理好负面舆情。

对华莹莹来说，无论真相是什么，现在首先要给林军一个解释，起码是一个说法。这个措辞，在她接到林军发来的微信消息后，就开始酝酿。

"林总，很抱歉这件事给您造成了不良影响，责任全部在我。我会尽快查明事件原因，给您，也给我自己一个交代。现在我们会尽最大努力，降低此事对您以及对公司造成的影响。再次致歉！"

仔细检查后，华莹莹把编好的信息发给林军。她想，不管林军是怎样的态度，工作还是要做，只是这么多年的信任一定荡然无存了，十分可惜。

欧阳娜娜发来拟好的文案和林军演讲的最终 PPT："在今天的世界互联网 AI 大会上，由于与组委会和大会导演组沟通流程的失误，导致将测试现场是否可以流畅播放的 PPT 版本当成网北公司 CTO 演讲的 PPT 版本播放。感谢大家的监督与厚爱，下面是最终的 PPT 版本，大家可以下载参考。"

华莹莹看过后，在末尾添了一句话，如同画龙点睛，将错误转化为委屈："尽管我们已经尽了最大努力，但仍然不确定里面还有没有错别字，谁能来帮帮我们，在线等，急。"

"娜娜，现在马上联系大会组委会，请他们的官微同步发布一则公告。毕竟出了这么一件事，很难说清楚到底是我们的问题，还是组委会和导演组的问题。"改完欧阳娜娜写的文案，华莹莹突然意识到，在最终调查结果没有出来之前，这件事情双方都有责任。

"好的。"欧阳娜娜这时也才意识到这件事大会组委会也应同时担责。

安排好这些工作，华莹莹觉得，是时候和 Dorran 电话汇报一下目前的进展和策略了。

在汤达人的提醒下，Dorran 看到了手机上的来电，于是按下了免提键。

"Dorran，今天在世界互联网 AI 大会上出现的失误主要是我的问题，我先请罪。"Dorran 和汤达人对视一眼，达成心理共识：这还是那个自以为是，连打公关胜仗的华莹莹吗？还是那个觊觎 VP 位置的华莹莹吗？

华莹莹态度非常诚恳，听电话那头没反应，继续说："我说一下事情的真实情况。我们给的是最终版本，最终播放出来的是我们提供给组委会和导演组用来测试是否可以正常播放的测试版。至于为什么会出现这个情况，在没查清之前，我倾向认为是沟通存在问题。我想尽最大努力把负面舆情降到最低，目前的策略是想以公司名义发一个公告，坦然承认错误，请大家一起监督，化错误为委屈。委屈就是示弱，按照弱传播原理的说法，现实世界的强者应该是舆论世界的弱者，所以我们要通过示弱赢得舆论好感与同情。"

汤达人看了 Dorran 一眼，Dorran 面无表情，没有肯定，也没有否定。

"文案和最终版本的 PPT 我发您了，您看合不合适？"电话那头还是没反应，华莹莹不知道什么情况，只好一直说下去。

Dorran 没有立刻回话，因为她是在想怎么说，是批评、责骂一顿，还是……

心理学上说，如果还可以对别人生气、责怪、批评，那你一定对这个人还抱有希望，还希望对方能投入你的怀抱，加入你的阵营。如果你对这人彻底失望，你做的恐怕会是一言不发。

是的，Dorran 对华莹莹自然不会抱有希望。所以当真正面对华莹莹犯错时，她才发现自己连批评华莹莹的欲望都没有，甚至不想和这个人讨论方案。

"知道了，我看看再说。"Dorran 最终冷冷地答话，然后挂掉了电话。

"汤达人，你看这个文案怎么样？"Dorran 把刚刚华莹莹发来的文案转给了汤达人，顺手喝了一口刚刚送来的冰美式。

"挺好的，我看可以直接用。您刚才问我建议，我也是这么考虑的。"

汤达人刚回答完，就看到 Dorran 一只手拿着手机，另一只手突然把冰美式狠狠地砸在办公桌上，他想问又不敢问。

直到 Dorran 把手机送到他眼前："你自己看！"

汤达人接过手机一看，是连续两条新闻客户端的推送——《网北公司演讲 PPT 再出错，惨遭找猫网 CEO 嘲讽》《找猫网 CEO：网北公司战略没问题，中文不过关！》。

"这个流量也要蹭，找猫网也太不要脸了！"Dorran 气愤地说，"简直就是吃人血馒头！"

汤达人也吃了一惊，虽然平时网北公司和找猫网有一些业务竞争关系，但远远没到深仇大恨的地步，他们 CEO 为什么这个时候跳出来落井下石，还在朋友圈广而告之，生怕事情闹得不够大？

Dorran 转了一圈，冷静下来："他们是以小博大！毕竟是中小公司，博取眼球可不就得对标头部大公司吗？只是这种方式太下作了！谁家没个落难的时候？将来有一天找猫网遇到困难，别的公司给它落井下石，他们就会知道了！"

"或许那时候他们还求之不得吧？现在很多小公司的公关操作根本没底线，自己炒作博取眼球，然后再来一个反转，好像多高明似的。看似炒出了热度，却毁了口碑，真是得不偿失。"汤达人也跟着分析，"但是我们也不要着了他们的道。他们耍流氓打了你一拳，你还一拳回去，他会更兴奋，这样来回打好几轮，最后受伤的是你，他反而博得了眼球和知名度。"

"所以你的意思是？"

"我的意思是不用理他，越搭理，他越高兴。但也不能算了，所以需要和我们关系好的媒体记者或 KOL 沟通，听听他们的观点，然后以他们的个人名义写文章，或者发朋友圈，从第三方视角谴责这种落井下石的行为。"

"可以，快去安排吧。官方社交媒体的声明尽快发出来，再沟通两个关系好的写手，出几篇定调文章，引导下舆情方向。对了，如果有媒体就此事采访，一律回应，以社交媒体发布的公告为准。"

"好的。"

汤达人正准备起身离去，忽然又被叫住了："等等！"

满脸狐疑的汤达人又坐了下来。

Dorran 突然脸色一变，紧盯着汤达人的双眼，仿佛要把他整个人看透了似的，然后严肃地说："最后我想问你个问题。"

"您说。"

"你认为今天这件事是偶然事件吗？"

"应该是吧？"

"应该是？"

"肯……肯定是！"这几句话让办公室的气氛一下子变得严肃起来，汤达人感觉自己的鸡皮疙瘩都起来了：难道 Dorran 又知道了什么？

"哈哈哈，开个玩笑，别紧张！"刚刚还满脸严肃的 Dorran，忽然又如雨过天晴般绽放出职业微笑，"没事儿了，忙去吧！"

汤达人悬着的心终于放下。

他刚走出 Dorran 办公室大门，华莹莹的电话就打了过来。

"华总，什么指示？"

"汤总，就不要调侃我了！你刚才是不是和 Dorran 在一起呢？不要误会，我不是来打听策略，而是说，如果发公告说明，就需要稍微等一下。我们正在与大会组委会沟通，事情发生了，他们也有澄清的义务。如果他们答应发公告，愿意共同承担责任，我第一时间告诉你，咱们到时候再发布。"

"如果不答应呢？"

"不答应的话，咱们公告里还需要加上一句话，就说我们认为是沟通出了问题，但是大会组委会目前还不认可。"

"好的，随时等华总消息！"

江湖救急

"这是我和你最后一次沟通，如果下午三点前还不答应，我们将会在公告里写清楚，大会组委会拒绝沟通，对可能的原因予以否认！"欧阳娜娜气呼呼地挂了电话。

"他们还是不答应？"华莹莹问。

"对，说他们需要再请示领导，还说他们对我们的情况非常理解，也非常同情，但是大会是政府背景举办的，所以内部沟通流程比较长。"欧阳娜娜依然着急，但又无可奈何，"对了华总，是不是可以找政府关系部呀！您和他们高级总监戴京戴总关系挺好的不是？"

"关系是挺好的，遇到事情也肯帮忙。不过政府关系部也是归 Dorran管，我先问问他。"华莹莹拿起手机就给戴京打电话，可是没人接。过了五分钟再次拨打，还是没有人接。

"华总，我让曲婷到戴总工位上看一眼吧，可能戴总没有注意到手机，让她提示一下戴总。"欧阳娜娜和华莹莹此刻还在会场外的休息区，眼看着没人接电话，心里也非常着急。

她赶紧拨通了在公司的曲婷的电话，曲婷说你先别挂电话，戴总工位离她不远，走过去看一眼就能回复了。

过了一小会儿，电话那头悄悄地说："娜娜姐，戴总在工位呢！"

欧阳娜娜转过头对华莹莹说："戴总在呢，您要不要再打一下试试？"说完，她对电话那头说："婷婷，你先别挂，我让华总给戴总打电话，看看他的反应，他要是没看到手机，你就过去提醒他一下。"

曲婷看到戴京听到电话响起，拿起来看了眼来电显示，又默默放到一边。

"娜娜姐，这种情况，需要我去和戴总说一下吗？"

"不要说，你回工位吧。"

挂了电话，欧阳娜娜对华莹莹说："看来，戴总是故意不接电话！"

"应该能料到，算了！"

戴京也是网北公司的老员工。十年前，为了更高收入，他放弃体制内混到正处的岗位入职网北，做政府关系的相关工作。华莹莹对接的是整个网北公司业务体量最大的智能部门，所以这十年间戴京和华莹莹合作过无数大型项目，如政府和业务的战略合作签约、政府给网北智能业务站台当嘉宾、政府奖项的获取等，都是华莹莹协助戴京一起做的传播。只有声量传得越高，政府关系的成绩也才越大。

尤其三年前，戴京和长三角一个城市对接，搞了一个网北公司和这个城市的智能城市战略合作协议，业务主体就是华莹莹当时对接的智能业务部。为了把这个城市的智能项目打造成长三角乃至全国的数字化建设标杆，华莹莹找了很多媒体资源。除了当地的报纸电视台，还通过个人关系沟通了一位中央媒体记者。巧的是，这家央媒正在做数字化建设的相关选题，这正符合当下国家倡导建设数字化政府的大方向，所以两者一拍即合。

这个智能城市案例，就作为数字化建设的报道内容，在这家央媒头条刊发了。这一刊发不要紧，戴京开始频繁收到当地政府领导对他的"抱怨"，说自从央媒报道以后，全国各地来学习的组织和团体络绎不绝，每天不用干别的，整天就搞接待了。

戴京当然知道当地领导是在开玩笑，全国各地的人来学习取经，还不是因为项目搞得好，成为全国标杆了吗？况且，当地领导反馈说，省里现在已经计划把他们市列为全省数字化建设的重点标杆项目进行推进。

后来，这个项目推进到一半的时候，主持这个项目的主要市领导就因为政绩出众、口碑颇佳，上调到省发改委当了一把手。到现在这位领导对戴京还是非常感激，私底下一直在说，没有戴总的支持，就没有他的今天。当然，从此戴京在这个省的政府关系和业务合作顺风顺水，两人算是相互成就了彼此。

戴京当然也明白，他业务上能做得这么风生水起，自然离不开华莹莹的支持和配合。华莹莹也因为有了诸多大项目的成功传播案例，职位一直稳步上升。所以在网北公司内部，他们这么多年一直就这样相互成就。如果不出意外，似乎两人就会永远这样合作下去，直到 Dorran 空降而来。

Dorran 来了之后，戴京和华莹莹的关系似乎变得微妙起来。路上偶遇的时候，戴京总是躲着华莹莹走，实在躲不过去而又迎面碰到了，也只是轻轻点点头，职业微笑一下匆匆离开。这个微妙的变化，时间越久就越发明显。

戴京在体制内工作过多年，对政治风向极为敏感，只是这次他似乎敏感过了头，华莹莹打的电话他故意不接，划清界限的态度表现得太明显了。

华莹莹此刻非常清楚，她目前需要搞定的是组委会，戴京不帮忙，还能找谁呢？而大会组委会的工作人员现在也不接欧阳娜娜的电话了，她只能给对接的工作人员微信留言，说如果电话沟通下午三点前没有回复，网北公司就准备单方面宣布，事件起源于双方沟通中出现的问题，一切舆论后果，大会组委会要承担责任。

她这么做，是想做事留痕，保留聊天记录。如果没有这个记录，大会组委会到时候反咬一口说没有沟通过，那可真的是百口莫辩。

欧阳娜娜把和组委会工作人员的聊天记录截了个屏，保存下来，然后刷朋友圈，看看有没有能帮到忙的熟人在会场。

她刷到十几屏的时候，忽然眼前一亮，大声喊着："华总，有救了！"

"怎么了？"

欧阳娜娜赶紧把手机拿给华莹莹。华莹莹接过手机一看，原来是别真在朋友圈晒了一张照片，是他和一个政府官员模样的人在大会现场的合影。文字说的是，他在会场遇见一个老朋友韩鹏，本来这人是在互联网主管部委里当副司长的，没想到今天的抬头居然是大会组委会秘书长，两人在会场碰到，实在是太巧了！

欧阳娜娜赶紧给别真发了条微信："别总，方便吗？江湖救急！"

等不及别真回复，她想还是打电话更快，可是又没有别真的电话号码，只能拨打微信语音电话。她刚拨出，那边就接了："娜总好啊，我正在回复呢，你电话就进来了，什么事儿？"

"别总，哦不……真哥，有个天大的事想请你帮忙！"

"是PPT出错事件吗？我能帮什么？"

"你信号不太好，我长话短说！"欧阳娜娜就把网北公司要拟公告，但和组委会那边沟通不畅的事情说了一下。现在舆情发酵得太厉害，需要赶紧发公告平息舆论，所以迫切地想请大会组委会秘书长出面协调。

"这个事，我个人凭常识认为，在这种场合，你们不可能给出一个错误的版本。所以在最终调查结果出来之前，并不能确认到底是哪一方的责任，让其中一方背锅是不恰当的。当然，我不方便直接干涉，我一会儿把这个情况和韩司长说一下，看看他怎么判断吧！"

别真能有这样的表态，让欧阳娜娜感到一股暖流在心里流淌。虽然还不知道韩司长是什么态度，但是起码有希望总比没有强。不过任何事情都要做好最坏的打算，万一韩司长认为就是网北公司的责任，怎么办？

"华总，我们需要准备个'Plan B'，万一那个韩司长不同意，我们怎么办？"欧阳娜娜焦虑地对华莹莹说，"要不然，还是按照原计划发？"

"这个问题我想过，其实他们发不发问题不是很大，我们自己澄清就可以。这么大的会出现这么严重的问题，他们不可能一点问题都没有。说要加上撇清责任的文字，那只是吓唬他们的。"华莹莹比较淡定，"我们再等一会儿韩司长的回复吧，如果还是不行，就按原计划发布；如果韩司长同意共同发声，那再好不过。我相信，这个级别的官员，明辨是非的基本能力还是有的。"

可汤达人等不了了，因为 Dorran 一直在催，说为什么公告还没有发出。Dorran 有她的心思，既然答应了林军，那就需要第一时间给出策略，发公告是第一步。如果效果好，或许是最后一步；如果效果不好，那依然可以把锅甩给华莹莹。

只是工作安排有一会儿了，还不见汤达人的动静，她开始着急。

"华总，Dorran 一直在'夺命连环 call'，你那边什么时候好？我已经快撑不住！"汤达人在电话里焦虑地催着华莹莹。

"汤总，少安毋躁，再帮忙拖一拖时间可以吗？我们已经联络上大会组委会秘书处了，应该很快就会有结论。"

"顶多再给你十分钟，超过十分钟我们就发布！"汤达人语气严肃起来。他现在不是华莹莹这边的人了，帮这个忙也只是照顾老面子，"华总，请理解一下，不只是 Dorran 等不了，铺天盖地的舆情也等不了！"

"汤总，我知道，可我们……"华莹莹话没说完，汤达人就挂了电话。

"华总，这个汤总，怎么能这样？"在一旁的欧阳娜娜看不下去了。

"算了，这次是我们求他！"

"求他，他也不应该是这个态度啊！"

"那他应该什么态度？呵呵，他上次没把你送进派出所，算是良心发现！你说，他已经这么坏了，还能坏到哪里去？"

"哼！没听说过风水轮流转嘛，我就不信以后他没有求咱们的时候！"

说话间，来了一个"010"开头的电话。这几年，不知道什么原因，很多诈骗电话、催债、卖保险、卖理财的来电都是"010"或"400"开头，搞得很多人都不敢接这样的电话。欧阳娜娜也是，每次看到"010"开头的电话都会按掉，这次也不例外。

可这通电话非常执着，还是继续打。本来就很烦躁的欧阳娜娜拿起电话就是一顿训斥："我没有欠债，不买理财，不买保险，不要再骚扰我了好吗？"说完，她就按掉了电话。

她刚按掉这个电话，来了一个陌生手机号码的电话："请问是网北公司的欧阳总吗？"

"您好，您是？"

"我是世界互联网 AI 大会组委会的，我叫曹声，叫我小曹就可以。"

"您好，您有什么事儿？"

"是这样，刚才用座机给您打了两个电话，都是忙音，最后一个电话好像打通了，但串音了，我就用手机给您打。不过不重要，能联系上您就好！"欧阳娜娜感觉自己好傻，都没问清楚对方是谁，就一个劲儿地给撑了过去，简直是犯了教条主义错误。

"实在抱歉，刚才的电话原来是你们的！"

"没关系！给您打电话是想和您说，我们大会组委会对这次 PPT 事件也很重视，对造成这么大的舆情也十分关注。在事实真相没有调查清楚之前，这件事我们双方都是有责任的。刚刚领导让我和您说一下，今天晚些时候我们会发布一则公告，宣布是双方工作人员沟通失误造成了这一问题……"

"太好了，谢谢你们理解！"

"不过在此之前，我们领导要看一下你们的公告内容，在我们没有认可之前，建议你们先不要发。"

"我们的公告，还……还要你们确认吗？"

"也可以不给我们看，但是这样我们不能保证双方口径一致，所以晚上的公告就不一定能发得出。"

"明白！我马上发您，希望您那边以最快速度确认！十分钟可以吗？"

"不敢保证，我争取！"

欧阳娜娜终于缓解了部分焦虑情绪，等了半天终于有了消息，可这心里还是有点打鼓：十分钟后能确认回来吗？自己准备的文案，大会组委会能认可吗？要是不能确认回来，汤达人那边发出去了怎么办？

一连串的问题让原本可以静下心来的欧阳娜娜又陷入焦虑的等待之中。

"华总！咱们官方发出来了！"欧阳娜娜惊呼一声，语气中更多的是气愤，"这个'方便面'，真的是……垃圾面！"

"发出就发出吧，我感觉问题不大。但是不等实际情况就发，的确过分！"华莹莹也开始有点生气，因为汤达人这么做非常不职业。

"这样，你给汤达人发条微信，就说我们还在与大会组委会沟通口径，还没有完全定下来，现在这样贸然发出去，可能会有风险。娜娜，如果最后出问题，老板追究下来，就靠你这条免责微信保命了。"

"好的。就算关系再不好，那也不能牺牲公司利益吧！"欧阳娜娜边说边给汤达人编辑微信。

微信刚发出，那个被欧阳娜娜按掉三次的"010"开头的电话又打来了。这一次，欧阳娜娜没有丝毫犹豫，拿起来就接通了。

"您好，是欧阳总吗？"

"对，是我！"

"您好，我是小曹。刚刚和领导汇报过，文案没问题，你们可以发。不过现在大会还在进行，我们会在今天晚上发布，提前和您说一声。"

"好的，谢谢！"

挂了电话，欧阳娜娜兴奋地对华莹莹说："终于搞定了！咱们的文案没问题，组委会今晚也会发公告，口径和咱们保持一致。"

"太不容易了！我赶紧和Dorran、汤达人说一声。"华莹莹也很高兴，毕竟这意味着今天大会PPT出错的责任，目前暂时由双方共同承担，而不只是她团队的工作失误。

"组委会现在才同意？你们早干吗去啦？"显然Dorran对华莹莹现在才来汇报组委会的沟通结果很不满，"我们的公告都已经发出去了，万一组委会不答应呢！你让网北公司的脸往哪儿搁！"

被Dorran这么一说，华莹莹心中的怒火噌的一下蹿了上来，一个不在前线打仗却指手画脚的人，有资格这么说吗？知道前线打仗多不容易吗？我千叮咛万嘱咐让汤达人在组委会回复之前不要发，可人家还是发了，这也要怪我吗？

心中有万般委屈，可华莹莹还是强忍了下来，她明白，Dorran这是对人不对事，多说无益。

"您说得对！具体中间过程我不想多做解释，汤总他非常清楚。我只能说，现在的沟通结果，是目前能够争取到的最优解！"说完，华莹莹就挂了电话，也不管电话那头会怎么想。

随后手机就开始噼里啪啦响了起来，原来是各家新闻客户端开始推送网北公司发公告回应的新闻——《林军演讲PPT出现错误 网北公司紧急回应：工作人员沟通失误》《网北公司解释林军演讲PPT出错事件：工作人员播放了测试版》《网北公司解释PPT出错事件：系工作人员失误》《网北CTO林军演讲一页PPT错两处 回应：非最终正式版》……

"等到晚上大会组委会发布公告，这事儿就暂时告一段落了。"华莹莹舒了一口气后，对欧阳娜娜说，"忙了一天，你先回去吧。今天出了这么大的事，我还需要给黄老师写个正式的说明邮件。"

"现在还不能回去！趁大会还没有结束，工作人员都还在，我赶紧去查一下监控，看看到底是怎么回事！"

"对了，你是不是还需要感谢一下那个别总？大会组委会能有这么快的反应，应该是他帮的忙。"

"啊，是的，我都忙晕了！是要谢谢人家！走了啊！"

欧阳娜娜走后，华莹莹开始琢磨怎么给黄西写这封邮件。给老板写邮件最忌讳的是甩锅，没有老板喜欢一个推卸责任和没有担当的下属，出了问题一定要有人承担责任，如果大家都甩锅，那么这一群人都会不被信任。

所以，她打算一开始先坦率承认团队失误，而且这个失误和大会组委会密不可分，晚些时候大会组委会会发布公告，宣布错误是两个团队工作交接过程中出现问题导致的。然后讲一下针对舆情是如何应对的，采取了哪些补救措施。在公告发布之后，舆情产生了什么变化。最后需要强调，尽快调查清楚事件真相。也许这件事永远没有真相，可是不能因为查不到真相，就放弃调查，该表的态还是要表的。

邮件写完，她需要思考这封邮件还要抄送给谁。在"大厂"工作，邮件发送给谁，抄送给谁，已经脱离业务本身范畴，而成为一项非常重要的政治功课。尤其是邮件发送名单顺序，更是考验着邮件发送人的政治敏感度，一旦排名顺序有误，用通俗的话来讲，很有可能"死都不知道怎么死的"。

这封邮件同时还需要让 CTO 林军知道，知道她正在向大老板请罪，当然也需要让直属领导 Dorran 知道……

想到这里，华莹莹突然意识到，自己直属领导是 Dorran，这封请罪邮件最应该发送的对象是 Dorran，而不是黄西。顿时，她惊出了一身冷汗，工作这么多年，还是差点犯了原则性的政治错误！这封邮件可以发送给 Dorran，抄送给黄西，但绝不能相反。

给黄西写邮件和给 Dorran 写邮件的语气，是大不相同的。对前者的措辞更需要谦卑谨慎小心，对后者则是客观描述事实，态度上尊重即可，于是她赶紧修改邮件中的相关表述。

而抄送名单除了黄西，CTO 林军、汤达人、欧阳娜娜这些人是一定要同步知晓的，其他人就没必要知道了。

发送之前，华莹莹把邮件仔细读了两遍，确认无误后发了出去。这时，她才感觉有点腰酸背痛，紧张了一天，连口水都没喝。于是她站起来，伸了个懒腰，打算回家先歇会儿。

欧阳娜娜那边，因为有大会组委会的配合，调查起来还算顺利。在负责大会安保的监控室里，她查看了当时会场内外的主要视频，没有发现异常的地方。

会场太大，从监控画面里看着忙碌的芸芸众生，如同开启了上帝视角，虽然画面看不太清，但也能感觉到每个人如蝼蚁般匆匆忙忙。

监控视频里，叶露在会场门口的休息沙发上躺了一宿。等她醒来的时候，会场里稀稀拉拉地来了一些导演组的人，他们走到会场一旁的控制台，看起来像是要做最后一次调试。

周围有一些摄像师，在对着会场各个角度乱拍，好像是在寻找最佳拍摄角度。还有的摄影师看起来似乎已经开始工作，在拍摄会场的空镜。一切都是大会正式开始前的准备工作，杂乱而又忙碌，平淡而又无奇。

只见叶露走到控制台，给工作人员递了一个东西。监控里看不清是什么，不过感觉应该是拷贝 PPT 的 U 盘。这时，会场大屏上显示出了几页，应该是工作人员在测试 PPT 的播放。欧阳娜娜仔细看了看，又和手里的 PPT 仔细对照了一遍，确认此时工作人员播放的版本就是最终的正式版。也就是说，到目前为止，PPT 的沟通和交接流程是没有问题的。

这时会场的大屏突然熄灭，应该是测试完成，那个工作人员走到一旁拿了个吃的。叶露则在操作台上操作着什么，好像是在做拔 U 盘的工作。为了保护数据安全，现在的 U 盘不能从电脑上直接拔掉，需要先在电脑右下角点击"安全退出"才可以。然后叶露好像把 U 盘拔出来后，走出了会场。在会场门口，遇到了匆匆赶来的欧阳娜娜。

这一切看上去都没有什么问题。

欧阳娜娜耐着性子，一直盯着监控里的导演组控制台看，直到林军开始上台演讲，直到 PPT 出现错字，直到会场开始骚动，画面里没有出现任何值得怀疑的异常。

她把监控视频拷贝了下来，放到电脑上反复研究。可是看了两遍，还是没有什么发现，一种无助而又烦躁的感觉开始笼罩在她心头。

她看了看时间，这会儿大会也快结束了，一会儿可以直接问下导演，上午播放 PPT 的时候有没有什么发现。

人们陆续走出会场，欧阳娜娜则飞一般冲到演讲台右手边的控制台。幸好总导演还在，控制台还没关机。她问总导演能否看看上午播放的 PPT 列表。

总导演说，自从上午出事，为了避免下午再次出现类似事故，他们检查无误后就把上午的播放列表全部删了。但导演肯定地说，他播放的就是列表里的，这一点可以肯定，理论上是没有任何问题的。至于为什么会出现播放版本问题，他也非常疑惑，希望欧阳娜娜尽快调查出一个结果，还他们团队一个清白。

还导演团队一个清白？谁又来还我的清白？欧阳娜娜听后觉得很可笑，笑过之后又更加焦虑。这起事件到目前为止就是一个罗生门，调查中的每个人都说自己没问题，每个人都在请求别人给出真相。可到底真相是什么，什么才是真相呢？

"能陪我去'天边酒吧'喝一杯吗？"欧阳娜娜此时的心情实在烦躁得无法平静，她想借助酒精，看能不能放松一下自己，又或者是她潜意识里想找个人倾诉。于是她拿起手机给顾小威发了一条信息。

"没问题，不过要等我把手头的事儿忙完，一会儿酒吧见！"顾小威很快给了回复。

夜晚的三里屯，依旧灯红酒绿，隐藏着这座城市白天看不见的欲望与荷尔蒙，仿佛一切都可以融化在这性感、疯狂、潮流的茫茫夜色中。

欧阳娜娜在"天边酒吧"取了一瓶看不懂品牌的黑啤，给顾小威拿了瓶白啤，找了个角落坐了下来，边等他，边刷手机。

忽然，社交媒体客户端推送了一条弹窗：

世界互联网 AI 大会组委会发布公告，回应网北公司 PPT 出错事件，详情 >>

"现在的客户端，总是喜欢用这样的方式吸引点击。"欧阳娜娜心里有点不屑，但手指却点了进去。

果然是世界互联网 AI 大会官微刚刚发布的公告：

公告

非常感谢社会各界关注今年世界互联网 AI 大会！

今天上午大会出现的 PPT 事件，是由于大会组委会导演组和网北公司工作人员在 PPT 交接过程中出现了失误，导致最终播放时没有使用正确版本。我们今后将引以为戒，杜绝类似事件再次发生！我们也将会以更加专业的精神，为大家呈现出精彩绝伦的大会。本届大会还有两天议程，欢迎大家订阅官网，及时了解会议进展。

世界互联网 AI 大会组委会

9 月 15 日

果然是互联网时代，世界互联网 AI 大会组委会的公告前脚刚发布，后脚各家新闻客户端的推送就都到了——《世界互联网 AI 大会组委会回应网北 PPT 出错：系工作人员失误》《网北林军演讲 PPT 出错 世界互联网 AI 大会组委会的回应来了》。

欧阳娜娜把这些新闻转发给了华莹莹，说口径和咱们的确是一致的。然后把今天的调查结果告诉了华莹莹，尽管一无所获，但自己已经尽力。明天再好好研究一下监控视频，看看还能不能有新的发现。

随后，她百无聊赖地刷朋友圈，看到汤达人连续转发了两篇文章——《盘点大厂们五大出错的 PPT 事件》《盘点十位大厂老板的尴尬瞬间》。

多年的职业习惯，让欧阳娜娜一眼就看出，这是典型的公关打法。

第一篇文章里，把一线互联网公司老板在公开场合演讲时，PPT出错的事件做了一个合集，林军的这次事件被放在最后。这篇文章表达的是，知名老板们演讲时，PPT都还经常出错，说明这本身并不值得大惊小怪，谁还没个失误的时候呢？有心的读者当然可以解读出，现在因为这件事而掀起舆论的惊涛骇浪，无非有竞品在幕后做推手罢了。

第二篇文章里，把老板们演讲时或是公开场合里的尴尬瞬间做了一个合集，其中还有找猫网老板在发布会上，由于英语发音不准而被网友群嘲的事件，当然也放上了林军PPT出错事件。文章表达的意思，同样是"人非圣贤，孰能无过"，"得饶人处且饶人"吧！

既然是汤达人转发的朋友圈，那么一定就是汤达人安排的了。只不过汤达人不知道，欧阳娜娜更不知道的是，这几篇文章，Dorran特意转发给了林军，而林军显然对这个安排比较认可，原来历史上在公开场合尴尬过的"大厂"高管并不只有自己。于是他很快就给Dorran回复了一条信息：

"今天的事情，辛苦了！"

看到林军的回复，Dorran在家辗转反侧。不只是因为工作上可能就此多了一个至关重要的同盟和支持者，更是因为今天她终于知道"万科公园五号"的真实身份。这个人居然一直就在自己身边，这也意味着何常成的出轨真相就在离自己不远的地方，触手可及。

那么，自己准备好接受这突如其来的真相了吗？

非我族类，其心必异

"不好意思，来晚了！"顾小威背着双肩包，穿着运动鞋，气喘吁吁的，显得风尘仆仆的样子。

"没关系，快坐。看你上次喝的是白啤，我就给你拿了一瓶，不知道你喜不喜欢。"欧阳娜娜把自己取的那瓶啤酒递给了顾小威，"你为什么要跑过来？"

"今天开那个世界互联网 AI 大会，有家公司现场搭了个展台，让我做一个三分钟创意视频……"顾小威拿起啤酒喝了一大口，显然是渴了，"不好意思，我今天忙了一天没顾上喝水。甲方太难搞了，工作室小伙伴做的他们不满意，我只能自己上手，看看能不能快一点儿，这不刚刚才改完。"

"你今天也在国家会议中心？"

"对啊，在那里干了一天的活。你也在吗？"

"那咱俩算是擦肩而过。你知道今天我们 CTO 演讲的 PPT 事件吗？"

"知道啊，这个全网都知道吧！"顾小威顿了一下，"不会……不会是你负责的这个项目吧？"

"唉！今天忙了一天，就是在给这件事善后，心里实在太烦了，要不然这么累，晚上也不至于来这里，还把你给薅来了！"

"我看你们和大会组委会都发声明了，说是工作交接出的问题……"

"嗯，那个负责交接的人就是我，是我安排蔚蓝海域的人去对接的。现在我后悔死了，早知这样，我应该亲自送到导演组手上，就差几分钟！"

"所以，就出事了？"

"对！来，来，喝酒喝酒！今天不喝醉了不许走啊！"欧阳娜娜拿起酒瓶，主动和顾小威碰了一下，然后一口一口地猛往嘴里灌。

顾小威赶忙上前把酒瓶夺了下来："你这么喝，不要命啦！"

欧阳娜娜一边和他争夺酒瓶，一边带着哭腔说："你不懂，你不懂！"

"行，行，我不懂，你讲给我听，我不就懂了吗？"

"因为我的错误，华总得罪了我们的CTO，一个在网北公司能帮助她的最重要的人……"欧阳娜娜哽咽着，两行泪水从她的脸颊上滑落，"你也知道华总的处境，当初她要不是自己主动争取地位，很快就会被Dorran清掉。可是，她后来根本就不打算争了，但就算她不争，本本分分做业务也不行，人家还是不放过她……你说我怎么就犯了这么大的错误啊？呜呜呜……"

见欧阳娜娜越哭越凶，顾小威变得手足无措，只能用手拍打着欧阳娜娜的肩膀，试图安慰一下。没想到，这一拍，欧阳娜娜就如同抓住救命稻草一般，顺势抱紧了他，哭得也更厉害了。顾小威愣了一下，无处安放的双手暴露了他紧张又激动的内心。犹豫了几秒钟，他搂紧了哭泣中的欧阳娜娜。

过了一会儿，欧阳娜娜的哭声渐渐小了，情绪平复后，这才发现自己居然趴在顾小威的胸口，而顾小威胸前的T恤已经被她的眼泪浸湿了一大片。

她赶快推开顾小威："对不起，对不起，我不是故意的，刚才失态了。"她拿起桌上的餐巾纸想帮顾小威把浸湿的衣服擦一擦，可刚把手伸过去，又感觉这个动作似乎过于亲密，"你自己擦吧，我就不帮你擦了……"

"没关系，一会儿就干了！你也别这么难受，回去劝劝你们华总，让她和Dorran服个软，或许就没事了呢？"

"你懂什么，一看你就没有混过职场！在职场里，像她们这种关系，华总再服软、再听话都没用，早晚都会被清掉，所谓'非我族类，其心必异'，她的存在本身就是对 Dorran 最大的威胁，哪怕她什么都不做。"

见顾小威还不太明白，她继续说："Dorran 迟早会把华总架空，逼她离职，最后重新招个自己人安排到那个岗位上。总之，听话也是走人，不听话也是走人，对 Dorran 来说，华总就不应该存在。"

哭完，欧阳娜娜似乎清醒了一些。看到顾小威还是一脸迷茫，她鼓着嘴没好气地说："算了算了，你一直自由散漫，职场的事情说了你也不懂。"

顾小威一听，不由得笑了："我是比较自由，但我不散漫好吗？"

欧阳娜娜没接话，继续说自己的事："你知道吗？其实我这么难受，还有一个原因：今天我调查过事情的真相，结果一无所获。"

"你调查过？怎么调查的？"

"我查看过会场内外的监控视频，没有任何异样。我也问过当事人，蔚蓝海域的叶露说，她交接时很正常，负责现场播放的导演也说交接没问题。可是，最后播出来的就不对，你不觉得这就很诡异了吗？"

"是有点奇怪，难道是远程控制，或者系统被黑客入侵？"

"被黑客入侵，也不是只伤害我们一家吧？为什么别人都没问题？"

"说不定就是竞品干的呢，就是想黑你们一家。"

"你说得对，但是你这逻辑有一个漏洞。"

"什么漏洞？"

"我问过导演，他说现场操作台的电脑并不联网，就怕各种弹窗病毒。"

"好吧！"既然这个逻辑被推翻了，一下子又想不起别的可能性，顾小威干脆起身，打算再取两瓶酒。路过吧台的时候，他看到工作人员在电脑上操作音乐播放列表，把下载好的歌曲拖入一个文件夹中。

看到这儿，他连酒都没取，飞奔到欧阳娜娜坐的那个角落。

"快，我看看你拷贝下来的监控视频！"

"我都看过好几遍了，没什么问题。"

"知道！但也许我有不一样的发现呢，快打开！"

于是欧阳娜娜掏出电脑，打开监控视频给他看。由于角度问题，画面中确实只能看到很多人在那里移动，但是具体动作看不太清楚。顾小威直接跳到叶露走到控制台的地方，一帧一帧看过去。

"娜娜，她这是在控制台上拷贝 U 盘吗？"

"对，这是导演组那个工作人员在帮忙拷贝。"

"看，这个人去旁边好像拿了个吃的，这个叶露还在电脑前，好像还拿着鼠标，她在干什么？"

"应该是在点击右下角的'安全退出'吧？你知道现在 U 盘不能强制拔出，防止 U 盘里的数据丢失。你看，她操作完，就拔了 U 盘走了。"

"娜娜，是不是还有一种可能，她并不是在点击'安全退出'，而是，而是在换播放版本？"

"不可能！绝对不可能！我问过她本人。"

"你肯定吗？"

"这……"

"当然，这也只是合理推测，咱们也没有证据。不过，你不觉得这种可能性很高吗？"

"你这么一说，我倒是想起来了，她的确是有这么做的动机。"

"什么动机？"

"这个叶露一直是汤总他们团队在蔚蓝海域的对接人，和汤总那边非常熟悉。你也知道我们这边和汤总目前的关系，所以这个可能性，可以说非常大了！"说着，欧阳娜娜一拍大腿，"哎呀，我早就应该想到是她！她待在大厅门口睡了一晚，给我唱了一出苦情戏，看起来好像是为了不耽误工作，实际上是想第一时间进去，不让我抢了先啊！"

"逻辑上倒是可以自洽，但咱们还需要更多证据佐证。"

"是的，从目前能有的素材以及合理的推测来看，除了她，我想不到有其他可能性……"忽然，欧阳娜娜发现了什么，摇着顾小威的手臂，指着监控画面对他说，"小威，你看控制台旁边的这些摄影导演，有你认识的吗？

他们好像一大早就来了，各种拍，看起来应该是在调白平衡，拍空镜……"

"我看看……"顾小威不自觉把身子往电脑前靠近了一些，仔细辨认画面中的人，"还真有两个熟悉的。找他们干什么？"

欧阳娜娜刚要开口，顾小威似乎明白了什么："原来，你是想看看他们的摄影机里有没有控制台的画面，对吧？不过，你可能会失望，他们测试的时候一般不会按录制按钮的。"

"聪明的小威！"欧阳娜娜又摇了两下他的手臂，显得很兴奋，"都这个时候了，死马当活马医嘛！"

"诶，诶……不至于，不至于啊，我手臂疼了啊！"

欧阳娜娜这才发现，她似乎对这个年轻帅气的男人有了某种依赖，以至于无意间居然流露出自己都快遗忘掉的少女稚气。

顾小威打了两个电话，可对方要么还在忙着剪片子，要么拍摄还没结束，忙得连饭都吃不上。他们都说今天晚点儿给，或者明天再回复。

"都是'天选打工人'，太辛苦了！你们干导演的都是这么忙吗？"欧阳娜娜不知道为什么，心里有点心疼起顾小威。

"'打工人'不都是这样吗？虽然不像你们那样，可我们也经常熬夜，生活不规律。"顾小威满不在乎地说，"这不也都习惯了，哈哈哈……"

说到熬夜，两人一下子都觉得特别疲惫。还是回去睡觉吧！这一天终于熬了过去，熬得就如同一年那么漫长。

欧阳娜娜在酒吧门口打开手机，打算叫车回家，发现有两个未接来电，都是别真的，于是赶紧回拨了过去。

"真哥，今天真的谢谢你！没有你……没有你，今天我就惨了！"欧阳娜娜喝得不多，脑子还很清醒，可不知道为什么，说话开始有点发飘。

"娜娜，你没事吧？"别真听到欧阳娜娜发飘的声音，有点着急起来。

"没事没事，我在打车回家。对了，你找我吗？"

"对，就是想看你事情处理得怎么样，还有没有需要帮忙的地方。"

"明天……明天等我查完，我再和您汇报好不好，我还有一个线索明天才能有反馈。我车到了，先不说了啊！"

真是被偏爱的有恃无恐，欧阳娜娜还没等那边回复，直接就挂了电话。

这个夜晚，焦虑烦躁的不只是欧阳娜娜，辗转反侧的也不只是Dorran，华莹莹同样有股无名的怒火不知道要向谁去发泄。到家后，她换上骑摩托的皮衣，戴上扎着一个大麻花辫的头盔，穿上皮靴，骑上她心爱的宝马S1000RR，再次到五环外的高速路上呼啸，这让她异常清醒。

她感觉，此刻驾驭这台马达高速运转的机器驰骋在夜幕中，似乎进入了一种冥想状态。在速度特别快的时候，注意力无比集中且清醒，当速度的力量注入身体后，她已经感觉不到速度，甚至感觉不到时间。

有那么一瞬间，她感觉自己就像是以骑摩托的形式禅修一般。就如同《禅与摩托车维修艺术》一书的作者波西格，在精神崩溃后，希望从狭窄而受限的自我中解脱，于是开始了一场骑着摩托车横跨美国大陆的万里长旅。一路经过复杂考验与反省思考，终于暂时恢复了灵性的完整与清静。

常见的禅修方式是打坐，不过打坐禅修可没有骑摩托这么危险。她心里十分清楚，在这么快的速度下，一不留神可能就会车毁人亡。可是，当摩托车飞驰起来的时候，她已经感觉不到生死，或者说不会去想生死这件事。当晚风从耳旁呼啸而过，伴随马达的轰鸣驶入夜幕，这是一种特别纯粹而进入的感觉，像是冥思，又像是星际穿越里飞船经过虫洞的那种折叠感，没有生死，只有当下。在这个过程中，什么职场、什么竞争、什么权力，统统如同黄粱一梦，不复存在，这时感受到的是真正的内心平静与灵魂净化。

六祖慧能在《坛经》中解释什么是禅修时说："善知识，若修不动者，但见一切人时，不见人之是非善恶过患，即是自性不动。"意思是说，修行之人能够做到不动心，在面对一切人或事的时候，不见他人是非、善恶、功过，这就是自性不动。他还说，禅修不是要我们身体不动，而是要我们去修心念不起，自性不动。

或许，这就是华莹莹在高速纵横驰骋时，那一瞬间产生的禅修感觉，悟道而不自知。

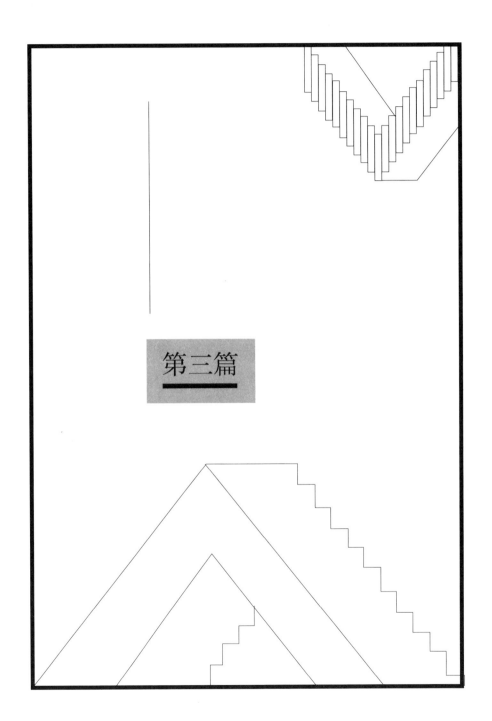

第三篇

"华总，Dorran 让你去她办公室一趟！"马小安走到华莹莹的工位上，敲了敲工位上的隔板，一副你死定了的狰狞表情，继而小声地说，"她正在办公室，让你现在就过去！"

"好的，马上！"

马小安也不理她，扭头就走，迈着趾高气扬的步伐。毕竟 PPT 事件让华莹莹狼狈不堪，所以今天她很低调地穿了一套藏青色的职业套裙，平时走起路来叮叮当当的"恨天高"也被她收了起来，取而代之的是一双中跟的 Prada 皮鞋，在办公室地毯上走路几乎没有声音。

"真是低调到了尘埃里。"旁边的欧阳娜娜看到华莹莹从工位上站起来往外走去时，心里一阵心疼，"还有那个马小安，什么人哪，虽说也是个高级总监，但至于走起路来那么神气吗？真是有什么领导，就有什么下属！"

华莹莹顾不上马小安的态度，她边走边想，Dorran 找她是因为 PPT 事件吗？昨天已经解释过了，难道今天有什么新情况？

Dorran 办公室的门虚掩着，显然是预留给她的。她在门上敲了三下，穿着一身枣红色职业西服，显得十分精神的 Dorran 从办公桌前站了起来，热情地招呼她进来坐。

"这是朋友前两天送我的信阳毛尖'蓝天玉叶'，据说特别名贵，只给了我二两，我一个人又舍不得喝，把你喊过来一起尝一下。"Dorran 边说边在茶盘上忙活着。她把两个品茗杯，就是最小的喝茶杯子用热水烫完之后，拿起泡有茶叶的"茶盅"，将其中泡好的适当浓度的茶水倒入公道杯中，再将公道杯中的茶水分开倒入两个品茗杯里。

"这是第一泡，尝尝看！"Dorran 端起品茗杯，递给了华莹莹。

华莹莹不知道 Dorran 葫芦里到底卖的什么药，犹豫间端了起来。

"尝尝看，又不是毒药！"Dorran 看出她的犹豫，笑着又劝了一句。

喝了一口后，华莹莹感觉满口清香，确实是好茶。

"好喝！Dorran，您让我来，不会只是为了品茶吧？"

"本想让你多喝两杯，既然你这么着急，那……我们就谈正事儿吧！"

Dorran 边说边忙活茶具，看起来一切都漫不经心。

"今天早上黄老师和我沟通了一下昨天的 PPT 事件，他认为这件事很严重，毕竟圈内圈外已经把网北公司当笑话看。虽然他看到了你昨天发的邮件，但他交代，这件事情还要有一个明确的处理意见，避免类似情况再次出现。你知道的，上次那个高级经理出去演讲的教训也非常深刻，尽管后来被免职处理，但依然挡不住再次出现类似错误。"

"所以您的意思是？"

"准确地说，老板的意思是，让我来征求一下你的意见。"

"我的意见？"

"上次的总监是免职。但你和他不一样，你在网北公司工作这么多年，没有功劳也有苦劳，所以这次，我帮你争取了一下。"

Dorran 故意停了一下，这让华莹莹心里不免有些紧张。然而她转念一想，Dorran 要处分就处分，现在打着老板的旗号出来，未免也太不自信了。

"来，喝茶！"见华莹莹居然没反应，Dorran 也没有继续往下说，又端了一杯茶递过去，自己也拿起一杯喝了起来。

放下杯子后，她似笑非笑地说："现在有两个选项，一是你降职，还有一个是欧阳娜娜离开，这是和老板争取到的最好结果。请你过来，就是想征求一下你的意见，选哪个？"

现在关于PPT事件的调查结果还没出来，Dorran就急着向黄老师汇报处理方案，明显是在落井下石。这让华莹莹气不打一处来，她感觉自己有股热血不受控制地涌上大脑，脸开始发烫，脏话差点脱口而出。

可是面对Dorran，她告诉自己，不能动气，不能失态。她知道，人一旦发怒就会失去理智，行为就会乖张，而这正是对手把你逼怒后想要看到的结果。一定要控制住情绪，千万不能着这个道。

华莹莹强忍怒火，给自己倒了一杯茶，可端起杯子的手还是因为愤怒止不住地颤抖。她把杯中的茶一饮而尽，稳了稳情绪，绽放出一个职业微笑，淡定地开玩笑说："看来没有第三条路咯？"

女人最懂女人。刚刚华莹莹一系列的心理活动，Dorran都看在眼里，尤其是看到华莹莹涨红的脸和端茶时止不住颤抖的手，她感觉自己的计划已经成功了一半。她当然也知道PPT事件最终的调查结果还没有出来，所以她要的就是和真相赛跑，在真相还没有揭晓之前，加快处理这件事。

"你说得很对，没有第三条路，只有这两个选项！"

"能让我回去想想吗？"

"抱歉，恐怕不行。你做出选择后，我就要报送人力资源部去执行，同时给黄老师回复。"

"那就……降我职吧，具体怎么降，你们看着办！犯错就要受罚，我认！还有其他事吗？没有我就先走了！"华莹莹说完，也不等Dorran回复，站起来就转身往外走。她认为Dorran欺人太甚。处理结果说起来是二选一，但对于她来说有的选吗？她身边的楚姗姗已被搞走，现在又要让欧阳娜娜离开，这不明着要逼自己认输离场吗？现在，CTO林军已经不在自己这边，但他为人还比较正直，在处理她的问题上起码不会落井下石。人力资源副总裁落叶斌这么多年也很欣赏自己，虽然达不到盟友的关系，但老同事的情谊还是在的。这一次的处理，最终会经落叶斌的手，降多少级，他很有话语权。至于最终怎么处理，听天由命吧。

看着回到工位后失魂落魄的华莹莹，欧阳娜娜有一种不祥的预感。她想问，但又不敢问。现在，她能做的只有两件事，一是赶紧查出PPT出错事件真相，二是把智能生态大会"比武招亲"的方案做好。

第一件事，没有太大把握，因为认定事实的证据至关重要，而目前的视频监控显示一切都很正常。第二件事，依然没有太大把握，因为评判标准太主观，只要策划能力在及格线以上，基本就是萝卜青菜各有所爱。

欧阳娜娜坐在工位上特别自责，恨自己没有能力帮助华莹莹分忧解难，没有能力帮助楚姗姗重新回到工作岗位。现在唯一的希望，就是顾小威朋友的现场摄影机里，还能留存拍摄的视频，而且正好是拍摄到控制台的视频，然而这个希望实在过于渺茫。

正想着，顾小威发来一条信息："娜娜，下午来一趟工作室吧，我朋友说下午能把视频发过来。"

"来不及了，我现在就过去等着吧。"此时，欧阳娜娜虽然已经没有太多信心，但就算有百分之一的可能，她也希望能有奇迹发生。

就在欧阳娜娜合上电脑，站起来准备收拾东西下楼时，周围工位开始一阵骚动，大家窃窃私语起来。

"快看快看，内网官宣，华总降级了！"

"公司办事从来都是拖拖拉拉，这次动作怎么这么快？"

"嘘！小点儿声，动作快还不是因为后面有推手！"

"那也不至于这么快吧，看起来是蓄谋已久，迫不及待呀！"

"华总真是可怜！"

"可不是吗？一心为了公司，还落了这么个下场。"

"话说有谁愿意PPT出错啊，这当中一定有说不清楚的地方！"

"所以才需要有人背锅，华总是负责人，你说这锅她不背谁背？难不成是你我，哈哈哈……"

听到这些，欧阳娜娜赶紧坐下来，手颤抖着打开电脑，果然在内网醒目位置看到一行黑体字："关于给予集团公关部华莹莹降职处理的决定。"

"还好，是处理，不是处分。"她想着，然后点了进去。

这个决定的大致意思是，世界互联网 AI 大会是业内瞩目的盛会，但是会上发生的 PPT 事件严重影响到了网北公司的企业形象，尽管初步调查显示是工作人员交接文件时出现失误，但失误已是既定事实，网北公司企业形象因此受损已无法更改，为了以儆效尤，将华莹莹部门总经理职位降为高级总监，即日生效，落款是网北公司人力资源部。

一个在网北公司奋斗了十五年的老员工，因为一个莫名其妙甚至没调查清楚的失误，被公开宣布降职，这就是一个莫大的耻辱。哪怕公告还给了她面子，叫作"处理"，不叫"处分"，可是这有本质区别吗？

想到部分人还在那儿窃窃私语、冷嘲热讽，欧阳娜娜心里替华莹莹感到难过。虽说华莹莹日常在工作上对下属要求的确严苛了一些，但是在生活上，对大家一贯是能帮则帮，她也知道大家打工不容易，从不轻易给员工绩效打低分。欧阳娜娜还听楚姗姗提起，说每年年底的奖金，华莹莹拿的都是最低标准，剩下的钱放在部门奖金池里分给大家了。然而，换来的又是什么呢？

她想去安慰华莹莹，看到华莹莹不在工位，想想还是等她回来再说吧。

此时的华莹莹正和人力资源部总经理杨晓琳坐在园区四号楼十五层空中花园的石椅上。这里空气清新，花园里虽然没有花，但也有不少绿植，能让人心情放松不少。更重要的是，这里很少会碰到熟人。因为公司园区大，很多人聊天怕碰到熟人，往往一号楼的人往三号楼、四号楼跑，三号楼、四号楼的人往一号楼或二号楼跑。

"华总，早上落总为了你的事儿，和 Dorran 吵了一架。"

"我能猜得到，一定是 Dorran 坚持要降职。"

"哎！落总说，这件事还没有真正调查清楚，到底是不是你们这边的责任，这么轻易地就给处分，以后在公司里谁还敢做事呢？"杨晓琳义愤填膺地说，"可是 Dorran 不这么认为，她说这件事的严重后果大家都看到了，不从严处分，以后如果再发生类似事情怎么办？落总就说，就算你把华总开除了，也免不了意外情况发生啊！"

"落总说得对，就算开除我，谁能保证网北公司不会再有下一次？"

"所以啊，他说可以诚勉谈话，约谈，大不了通报批评都可以，但是降职处分的确有点过了。从人力资源专业角度看，不利于公司长远的人才管理，会让老员工心寒。可Dorran把黄老师搬了出来，说黄老师要求从严从快处理，同意降职处分。后来我听黄老师助理苏天鹏说……"

说到这儿，杨晓琳观察一下四周，发现没人，凑近华莹莹耳朵轻声说："你可千万别告诉别人啊，Dorran居然在和落总沟通前，就问过黄老师怎么处理，黄老师让她和人力资源部，还有林总商量一下，结果她直接就问了一句，是不是要降职？老板哼了一声，也不知道是答应还是没答应，反正她就像领到尚方宝剑一样，和落总沟通来了。最后的意见你也看到了，既然黄老师发话了，落总只能妥协，但他坚持一定是处理，而不是处分。"

"真是为难落总了！"

"这都是VP之间的沟通，我就在一旁打杂，不过林总似乎没有什么主意。落总和Dorran问他意见的时候，他只是说，尊重公司的意见。你说他在网北公司好歹也是二把手，如果他出手救你一把，兴许就不是这个结果。"

"算了算了，我把他的事办砸了，这个时候他怎么会帮我说话呢？"华莹莹无奈地摇了摇头。

"反正我是特别看不惯Dorran这种狐假虎威、落井下石的行为！"杨晓琳说着，站了起来，"华总，说句话你别多心啊，她敢这么对待你，还不是因为你有底线，不会甚至不屑于耍手段对付她！对付这种无耻之徒，业务上赢了她有什么用，没有点儿非常手段，我感觉你会非常难熬的。"

"杨总，谢谢你对我说这些。"

一阵微风吹来，空中花园中的几棵银杏树随风摇曳。华莹莹也陷入了沉思，PPT事件到底有没有真相？事到如今，尘埃落定，真相似乎并没有那么重要，但为什么心底还是有那么一丝丝期待呢？

先不要有阴谋论

"你怎么也在这儿？"欧阳娜娜刚走进顾小威的工作室，便惊呼道。

"我怎么不能在这儿？就许你来，不许我来？"别真笑着说。

"娜娜，你又不是不知道，别总是我们的财神爷，今天来和我们谈增资的事，不影响咱们。"看到欧阳娜娜，顾小威赶紧迎了上来，"不过你来得正好，现场那两个摄影师的视频我刚从云盘上下载下来，没来得及看，可以一起看。"

"反正现在我也没啥事儿了，我也申请加入！"别真开玩笑般请求道。

"好，看完也就死心了！"欧阳娜娜小声嘟囔了一句，但是没有人回复，或许这就是残酷的事实。

顾小威打开第一个摄影师的视频。视频中的画面摇摆不定，晃动得厉害，各种虚实镜头交替出现，可能是摄影师正在调节光圈。控制台也出现在了画面中，可是画面一晃而过，控制台前还出现了个模糊的人影，顾小威慢速播放了好几次，实在看不清控制台以及那个模糊的人影是谁。

三人看完这二十分钟的视频，互相对视了一眼，莫名感到紧张。顾小威正要打开另外一个摄影师的视频，被欧阳娜娜一把拦住："等一下！"

说完，只见她双手合十，默默祈祷能有奇迹出现。

是啊，这是最后一次机会了！顾小威和别真当然知道，他们也希望能有奇迹出现，可是奇迹会来吗？

"播吧！"欧阳娜娜对顾小威说，她已经做好了心理准备。

三双眼睛紧盯着画面。

这段视频不长，一共十五分钟多，画面比第一个摄影师的要稳定很多，可是播放到第十二分钟，画面还一直对着舞台，三个人简直要绝望了。

突然画面里传来一句："要早饭吗？"摄影师回了句："谢谢。"然后画面晃动着对向了控制台，显然是有人不小心撞到了摄像头。画面里传来吃东西喝水的声音，应该是摄影师只顾着吃早饭了，而没有注意到镜头，因为画面虚了。可从摄影师的这个角度，能大致看清控制台的操作。

和监控视频里见到的一样，导演组对接的工作人员到不远处拿早饭，叶露在电脑上操作。顾小威把视频的播放速度调慢，看到虚的画面里面，叶露点击的是右下角，然后弹出一个小弹窗，画面虽然看不清，但推测应该就是U 盘安全退出的提醒文字。叶露点击了一下，然后从电脑上拔出U 盘，和那个工作人员打了个招呼就走了。

"我冤枉了叶露！"

还没等欧阳娜娜对之前怀疑叶露感到歉意，画面中又有了新动态。

那个工作人员见叶露走后，走到电脑前，把叶露拷贝进来的版本移到了一个文档中，从文档中拷贝出另一个PPT，放到了刚才的播放列表文件夹中，然后又漫不经心地走开了。

突然画面又对准了舞台，还传来了一个画外音："这摄像机怎么歪了？"应该是摄影师吃完早餐，发现摄像机的角度不对。

"原来是这个人！"欧阳娜娜兴奋地站了起来，"我在监控视频里看到过他，虽然看不清楚，可是当时我想，这人和咱们无冤无仇，不可能有问题，看来还是我们大意了！"

"问题是，这人是谁呢？为什么要这么做？"顾小威问了一个没人能回答的问题。

"是谁很快就知道了！小威，把后面几分钟的视频剪切一下，转成微信可以转发的格式发给我。"此时的别真，竟也如同考试中解答出一道难题一样兴奋，"要快！"

欧阳娜娜转头看了一眼别真，知道他马上就会找韩司长反馈调查进展，于是带着感激的眼神对他说："真哥，多亏了你！你帮了我太多……"

"别客气，谁还没个困难的时候。不过昨晚我还没说完，你就挂了电话，很不礼貌噢！"

"原来你还是个小心眼的人！这事我都忘了，你还能记得！"

见欧阳娜娜说得这么任性，顾小威轻轻拉了一下她的衣角，提示她要注意说话方式，可是她居然理解错了："对了！你倒是提醒了我，我要赶紧给华总打个电话说一下进展。"

欧阳娜娜正要拿起手机打电话，却被别真按下了："娜娜，在组委会那边反馈回来之前，这件事知道的人越少越好，最好不要打草惊蛇。实在要汇报，等你回去之后再说。"

"好吧。我们现在就是要搞清楚几点。第一，这个人是谁；第二，他这么做的动机是什么；第三，也是最关键的，有没有人指使。"欧阳娜娜说，这三点是目前最重要的问题，希望组委会能帮忙查到。

"那就只能先等着咯！"

顾小威也是一脸无奈，但也不能干等着，想着下午还要帮汤达人想视频策划就头疼。"对了娜娜，还有一周就是智能生态大会方案的'比武招亲'日了，你们准备得咋样？"

"很充分！你现在是汤总的视频创意军师，可别想从我这儿打听到什么！"欧阳娜娜故意把"很充分"三个字说得很重，然后又故意把头一歪，显出势不两立的样子。

"谁稀罕呢！只不过是看你忙成这样，关心一下而已。提醒一下你啊，汤总那边准备得可是非常非常到位！"

"哦？透露透露？"欧阳娜娜故意做出一副谄媚的表情，似乎不屑，但又充满了好奇。

"我们也是有职业道德的！"尽管顾小威心疼欧阳娜娜面临的残酷竞争，特别想说出他所了解的情况，可基本的职业素养还是让他恢复了理智。

"你们说的那个'比武招亲'，是不是下周五在网北大厦三号楼那个？"别真听见他们俩说的事儿，突然问道。

"真哥，你咋知道？"

"对啊，你怎么也知道？"

别真被问得一脸尴尬："我……我也是听别人说的，网北公司公关体系我认识的人又不止你们两个，有什么好奇怪的！"

说话间，别真手机响了，他看了一眼，走到工作室的一扇窗户前接起了电话，而欧阳娜娜和顾小威则坐在原地焦虑地等待着。

过了五分钟，见到别真还在打电话，欧阳娜娜有点坐不住了，站了起来。她这时才发现，这工作室里到处都张贴着顾小威自己导演或者拍摄作品的艺术海报，还有一些经典老电影海报，她认出来的就有《公民凯恩》《战舰波将金号》《罗马假日》《小城之春》等。

一些角落里散放着不同的艺术装置，好多都是影视作品道具改装的。还有一面是书墙，上面摆放着各类影视导演和文学书籍，间或点缀一些影视作品获奖的奖杯奖牌。这充满艺术气息的空间，一下子就把欧阳娜娜吸引住了，焦虑的心态也慢慢放松了下来。

"以前来这里，只顾着干活，还从来没顾得上欣赏这工作室，今天才打开了眼界。"欧阳娜娜盯着《罗马假日》的海报说，"小威导演你知道吗，我太喜欢奥黛丽·赫本了，她的美丽真的是无与伦比。你还记得电影里有个真理之口的测验吗？就是把手放入真理之口，如果说谎，手就会被咬断。"

"当然记得！"

"我去意大利旅游的时候，还特地到那里打过卡，把手放在那个狮子口里，想体验一下赫本当时的心情。我还去了那个特莱维喷泉前面，有样学样，拿了个一块钱硬币，把左手绕过右肩往池子里扔了下去，像赫本一样许了个愿。"

"哈哈，你是不是把自己代入电影里，觉得自己是个出逃的公主？"

"那也遇不到属于我的格利高里·派克呀！"

顾小威知道，格利高里·派克是电影里男主角的扮演者，和出逃的安妮公主在罗马度过了浪漫的一天。欧阳娜娜这个回答，明里暗里似乎在暗示着什么，顾小威张开嘴想说什么，但不知道怎么说合适，场面一度有些尴尬。

好在顾小威手机突然响了，他拿起来一看，是一通来电，于是起身走到房间另外一扇窗户前接了起来。欧阳娜娜自己无聊，于是就点开了"王者荣耀"，虽然手在不停地打游戏，耳朵却偶尔听到顾小威那边好像在说什么"流量网红""种子用户"，还有什么"体验视频""白皮书"……算了，可能他在沟通什么创意，反正跟自己无关，还是玩一把游戏缓解下焦虑情绪要紧。

顾小威和别真几乎同时挂了电话。

欧阳娜娜赶紧退出游戏，顾小威也紧张地走了过来，两人屏气凝神，等待别真宣布沟通结果。

"那个人叫崔浩，北方艺术大学导演专业毕业，据说是一个资深的会务导演，来这家会务公司才一年多，是这次大会总导演的助理，负责现场人员的分工安排。昨天晚上大会结束后，他和总导演提出辞职，说家里人突发疾病，要回家照料。总导演说大会还有两天议程，能不能结束了再走，这人坚决要走。刚刚他们怎么都联系不上这人，已经失联了。"

"失联了？"欧阳娜娜惊讶地说，"这种情况能报警吗？"

"组委会已经报警了，等消息吧。"

"这人一定有问题。奇怪的是，他为什么要这么做？这么做对他有什么好处？"欧阳娜娜还在继续推测。

"现在想这些也没用，还是等警察给出一些调查线索，我们再继续吧。"别真耸了耸肩说。

"可是，华总已经被降职了，你们知道吗？"

"华总被降职了？"别真有点不敢相信，"她可是网北公司老员工啊，怎么会被突然降职呢？"

"还不是因为 PPT 出错这件事，导致网北公司名誉受损，需要有个人背锅！原本以为被处分的人是我，没想到最终华总背了这个锅，我能不着急吗？而且，昨天的事，今天上午就官宣处理结果，这里显然有预谋！"欧阳娜娜说着，露出一副委屈的表情，让两位男士"我见犹怜"。

"先不要阴谋论，等找到崔浩，一切不都真相大白了吗？现在都快下午一点了，你们不饿吗？走，请你们吃饭去！"别真首先站了起来，"吃饱了，才有力气追查真相是不是？"

欧阳娜娜和顾小威这才发现肚子已经饿得咕咕叫，刚才由于紧张，好像全然忘却了时间，忘却了饥饿。

吃完饭回到网北大厦继续办公的欧阳娜娜，全然没有心思工作。她打开智能生态大会的策划方案，却一个字也看不进去，一个字也写不出来，脑子里全都是崔浩这个人。她在搜索引擎里输入"崔浩 北方艺术大学"关键词，前面几页出现了一堆他在读书时参加学校活动的新闻和照片。翻到第二页，出现了一些好像是他记录个人生活的博客。搜索页面上展示出一条博客的摘要，其中一句话让欧阳娜娜瞪大了双眼："崔浩永远爱马小安！"

崔浩因为是输入搜索引擎的关键词，所以这两个字在搜索页面的摘要里被标注了红色，十分扎眼。

马小安是谁？ Dorran 的业务助理、媒体关系部高级总监也叫马小安，听说也是北方艺术大学毕业的，不会是她吧？

欧阳娜娜迫不及待地点开搜索页面上的链接，发现整个博客都被博主删除了。好在还有"网页快照"，她点了进去，果然显示出了残缺不全的页面。虽然不完整，但大体能看出这一页的主要内容：崔浩大学毕业和女朋友马小安表白，马小安同意了，崔浩很兴奋地记录下这一时刻，并表示会对马小安一生一世好下去，永远爱她。

欧阳娜娜把页面往下拉，出现了大片空白，上面原来应该是有配图的，但现在图片显示不出来了，只剩下一个空白的框，右上角还有一个叉的符号，这是"网页快照"常有的现象。毕竟时间久远，网页上常常显示不出来完整信息。

但这依然是一个令人振奋的线索。至少说明这个叫崔浩的人和网北公司可能存在某种关联。也就是说，文章当中说的马小安很有可能和 Dorran 的业务助理马小安是同一个人，只不过现在还不能确定。

她又翻了翻马小安的朋友圈，发现已经设置成三天可见，没有任何线索。于是她将"崔浩 马小安 北方艺术大学"作为关键词进行搜索，出现了一堆学校活动的内容，有一条是两人共同主持学校摄影大赛开幕的新闻稿。

欧阳娜娜点进去一看，是学校官网里的一条资讯，还配了几张图片。仔细一看，其中一张图片上那个叫作马小安的女生，比 Dorran 的业务助理马小安要青涩很多，好看很多。虽然过去这么多年，人的五官是不会变的，简直太像了！

应该就是她！她赶紧把这个发现告诉别真和顾小威，他们都叮嘱欧阳娜娜此刻不宜发声，避免打草惊蛇。

快下班的时候，欧阳娜娜接到了别真的电话。她表情时而兴奋，时而紧张，时而手舞足蹈，时而手足无措。挂完电话，她把华莹莹拉到一个人少的地方，详细汇报了这次的调查发现。

回到工位，华莹莹打开了邮箱，给监察部刘部长写了一封邮件，只有一行字：

> 我有重要线索，申请明天就 PPT 事件召开监察会议，请刘部长邀请 Dorran 一同参加。

你到底在掩饰什么

这是 PPT 事件发生以来第三天，也是世界互联网 AI 大会最后一天。

大众总是健忘的，外界舆论几乎没人再提起网北公司的 PPT 事件，但是关于这件事的暗流，仍在网北公司窗明几净的高楼大厦内涌动着。

"华总，哦不对，现在应该叫华……高级总监！您也来参加监察部的会？"在去往监察部会议室的路上，Dorran 正好遇到华莹莹，语气中充满了胜利者的挑衅与傲慢，还特意将"高级总监"这几个字强调了一下，然后阴阳怪气地说，"啊！我都差点忘了，华总监，您才是今天会议的主角，怎么能不参加呢！"

"Dorran，别忘了，您也是今天的主角！"华莹莹语气淡定、严肃，她知道接下来的这场会议，对于她来说有多么重要。

"我？您想多了吧，华总监！"Dorran 依旧哈哈大笑，"这件事情已有定论，不知刘部长突然通知开会，是有什么新的发现？华总监，您……知道吗？"

Dorran 这番话让华莹莹放下心来，说明此时的 Dorran 还不知道她将会面临什么，又或许知道，但早已有所应对。无论如何，今天这场仗必须打赢！

"这件事，您自己心里最清楚！"华莹莹依然一脸严肃，实在是没有开玩笑的心情。

"也许是有的人自己犯错，反而怪罪到别人头上了。"Dorran 反讽道。

"一会儿你自己和刘部长说吧！"看到离会议室只有几步，华莹莹不再理会 Dorran，大踏步走了进去。

刚一进来，她看到林军也坐在会议室里，感到一点诧异，但随后缓和了下来。因为表面看起来，被这起事件牵连的人是自己，但林军才是那个最大的受害者，个人形象惨遭群嘲，应该没有比这更加"社死"的尴尬了吧。

这是一张长方形的会议桌，类似谈判桌一样的布局。刘部长和林军坐在对面，还有一个发福的四十多岁中年男子坐在刘部长旁边。跟着华莹莹一起进来的欧阳娜娜一眼就认出了这名发福男子，在华莹莹的耳边悄悄地说："上次审问我的就是他。"

华莹莹坐在正对刘部长的位子上，欧阳娜娜坐在她右手边。Dorran 见状，坐到了华莹莹的左手边，中间故意空出一个位子，她不想和华莹莹挨得那么近。

刘部长梳着一丝不苟的短发，穿着深色套裙，坐在那里，依然是那么高深莫测，让人有一种天然的敬畏感，别人从她脸上永远猜不出她在想什么，喜怒哀乐的人类基本情感她似乎从来不曾有过，微表情那一套理论在她这里也是失效的。

见人来齐了，刘部长开门见山："和各位说一下，今天主要是针对前天林总演讲出现的 PPT 事件进行例行调查，今天我把当事人林总也请了过来。按照调查会议纪律，请大家把手机关机，放到桌子中间的盒子里……"

"等一下！"没等刘部长说完，Dorran 插了一句话，"不好意思，我有个疑问，调查 PPT 事件，为什么要通知我来？这件事本质上和我没有什么关系。"

"Dorran，你别激动，你是华总领导，出了这样的事情，严格说起来，你也有领导责任不是？"刘部长说话间，严肃的表情忽然露出一丝慈母般的微笑，让在场所有人都觉得大有深意，而这表情也让 Dorran 不由自主地紧张了起来，很不情愿地把手机关机，和大家一起交了出去。

"大家不用紧张，我很乐意见到在这件事里大家都是无辜的。"刘部长的脸一下子又变得严肃，犹如阴云密布，让现场气氛瞬间变得十分压抑，"华总，你说发现了新线索，你先说！"

原来这场会议是华莹莹要求发起的！Dorran 心里一生气，不自觉地瞪了华莹莹一眼。

华莹莹并不理会 Dorran 瞪过来的愤怒表情，而开始讲述她们的调查内容："根据我们的调查，当天在会场控制台操作 PPT 列表的人，名叫崔浩，也就是他，把我们的 PPT 进行了调包，用测试版本替换了最终版本。事情发生当晚，此人提出辞职，然后失踪了，谁也找不到他。于是组委会拨打 110 报了警，直到昨天傍晚，民警在首都机场找到了他。"

现场的人像是在听一个与自己毫无关系的悬疑故事一样，沉浸在华莹莹的讲述里，甚至听得津津有味，只有 Dorran 脸上有着一丝不易察觉的紧张。

可是讲到这里，华莹莹停了下来，对刘部长说："刘部长，我有一个请求，可不可以让 Dorran 的业务助理马小安列席会议？我们有几个问题，想请她现场解答。"

"没问题！"刘部长回答道，脸上依然毫无表情。

尽管 Dorran 努力使自己保持镇定，可原本紧张的表情上却微微又增添出一丝无奈，被会议桌对面经验老到的刘部长敏锐地捕捉到了。

马小安刚走进会议室，Dorran 就抢先一步说："小安，就是问几个问题，你按实际情况回答就好。"

华莹莹当然知道，Dorran 抢先安慰，是让马小安觉得此刻会议室的主动权还是在她这个 VP 手上，也是提醒马小安，说话的时候要过脑子，什么话该说，什么话不该说。

马小安不愧是 VP 身边的人，对这个示意立刻就领会到了。

"马总，认识崔浩吗？"华莹莹问这句话时表情严肃，两只眼睛直勾勾地盯着马小安，让马小安不敢直视，只好左顾右盼地回避这个犀利的眼神。

她不知道 Dorran 在会议室里说到了什么程度，一下子不知道该说认识好，还是说不认识好，一下子就愣住了。

"你是不……"看到马小安的犹豫，华莹莹准备继续追问，才说了几个字，就被 Dorran 突然插了一句话进来："小安，我记得你跟我提起你前男友的名字，他好像也叫崔浩对吧？"

Dorran 要告诉搞不清楚情况的马小安，话要说到什么份儿上。

"对，他是叫崔浩。叫崔浩的人很多，不知道华总问的是哪个？"马小安问华莹莹。

"这个人！"说着，欧阳娜娜举起一张照片，指向照片上的男生。这是一张从华北艺术大学官网上下载下来打印的照片，上面是崔浩和马小安一起在主持学校摄影艺术节的情景。

"对，他是我前男友。有什么问题吗？"

"他也是这一届世界互联网 AI 大会组委会导演组的总导演助理，对吗？"华莹莹接着问。

"这个我不太清楚，我们已经分手很久了。"

"这几天，你们有过联系吗？"

"我们很长时间都没有联系了。"

"所以他失联的情况你也不知道？"

"他失联了？什么时候？"

"看来，你对他的情况是真不知道。"

华莹莹转身再次对刘部长说："刘部长，我再提一个请求，请世界人工智能 AI 大会组委会的法律顾问刘律师过来可以吗？他人就在楼下。"

"可以。"

很快，刘宇飞出现在会议室，华莹莹给他找了个座位。

"大家好，我叫刘宇飞，是世界人工智能 AI 大会组委会的法律顾问。"

现场除了华莹莹和欧阳娜娜，几乎没人知道，刘宇飞除了是世界互联网

AI 大会组委会的法律顾问，还有一个身份，便是楚姗姗的老公。

"刘律师，对面这位是监察部刘部长，还有我们的 CTO 林军林总，我这边有我们公关副总裁 Dorran，欧阳娜娜您中午见过。还有这位就是崔浩的……前女友马小安，现在崔浩的工作和失联情况，她还都不知道，您可以把您知道的情况大致介绍一下。"华莹莹尽量表现得和刘宇飞也只是刚刚认识的样子。

"好的。大会组委会在发现崔浩失联后，我们就及时报了警，最终民警是在首都机场找到了他，并带回了派出所。"

"他被带到派出所了？"马小安焦虑了起来。

"因为他在那么大的公共场合替换测试版本 PPT 的行为已经涉嫌寻衅滋事，所以暂时还在派出所里。"

"他替换 PPT？凭什么说是他？他为什么要换？"马小安似乎有点控制不住情绪，差点吼出来。

欧阳娜娜见状，觉得这个问题自己来说比较合适："PPT 是我安排人转交的，如果不是崔浩，一切都很正常。但是，他替换了 PPT，用了测试版本，不仅导致林总个人名誉受损，还让咱们公司承受了大量负面舆情。万幸，他的'作案'过程，全都被附近调试设备的摄影师无意中给拍了下来。至于他为什么要替换的问题，我想，你应该很清楚吧？"

"这不可能！你们不要血口喷人！"马小安努力控制自己的情绪。

"由于这件事涉及网北公司的人，本来我们不便参与，但崔浩是我们大会组委会导演组的工作人员，所以我们有责任把他做这件事的动机调查清楚。于是我们请警方调查了他的通话记录和银行流水。"刘宇飞转身面向刘部长说，"当然，这些材料警方不能给我们，刘部长，如果你们有需要，可以请贵公司法务部的同事，或者你们自己，到派出所申请调阅相关材料证实。"

和刘部长说完，他继续盯着马小安说："通话记录显示，PPT 事件当晚，你们有过长达二十分钟的通话时长。更重要的是，就在通话结束后，他的账户上突然多了十万元现金，而转账人就是你！"

刘部长见说到了关键地方，用她那严肃又有压迫感的声音对马小安说："请你解释一下，这十万元怎么回事？"

"我想想……"马小安紧缩眉头，仿佛在思索着什么，突然神情放松开来："想起来了，这事儿我可以解释，几天前我还专门为这事找过Dorran。"

"是的，这个我可以作证。"还没等马小安说完，Dorran接过话头直接说了起来，"那天小安突然来找我，说她前男友刚贷款买了房，可家人突然生了重病，身上没有那么多钱，想问她借钱。虽说小安工资不低，可她自己也有房贷要还，一时半会儿也没那么多，所以找我看能不能帮忙提前预支工资。我就问了一下财务，财务说公司没有这个先例，所以我就以个人名义借给了她十万元。"

Dorran和马小安的这个解释合情合理，这让欧阳娜娜非常生气，一下子没按捺得住："马总，不管这个崔浩是你前男友，还是现男友，总之你和他应该很熟，可是为什么一开始提到他名字的时候，你仿佛不认识的样子？更关键的是，你说你们很久没有联系，但这几天又是通话，又是转账，这不就是联系吗？你到底想掩饰什么？"

"你别胡说！说话要讲证据的！"马小安也毫不客气地反驳道，"我是听你们说崔浩居然做了替换PPT这样的事，实在超出我的意料，所以给吓到了，说话有点慌乱而已。"

华莹莹伸出手，轻轻拍了一下欧阳娜娜的手臂，示意她不要说了。

"马小安提醒了我。到目前为止，我们唯一确凿的证据就是崔浩替换了PPT，后面的通话记录、转账记录，都把矛头转向了马小安，或者说是转向了我，换句话说，你们一直都是在暗示或者推理，是我或者马小安指使崔浩这么干，对吗？"

调查进行了半天，Dorran似乎这才清醒了过来，语气超然而又淡定地说："刘部长，林总，如果我没有理解错的话，崔浩实际上可以被任何人指使对不对？为什么华莹莹他们一定要暗示是我指使的呢？他们这个动机是否可疑？"

"任何人？"华莹莹觉得 Dorran 此时还在狡辩，真是好不要脸！

"对，任何人！当然也包括你！"

"我？"

"对！你别急，听我说！第一，这个人很可能是我们的竞争对手。想必大家都知道，这次 PPT 事件发生后，找猫网 CEO 第一时间还发了个朋友圈落井下石，大家不觉得他们指使崔浩的嫌疑更大吗？"

说完这句，Dorran 瞪大眼睛盯着华莹莹，继续说："第二，有没有一种可能，是华总你，特意让崔浩向马小安借钱，马小安又向我借钱，造成崔浩收钱办事的假象，从而监守自盗，嫁祸于人？至于这么做的动机，华总，想必不需要我挑明了说吧？"

"你……你这是强盗逻辑！"欧阳娜娜气愤得不能自已。

"既然你们是在推理，我为什么不能推理？而且你们一直在暗示是我指使，我明人不说暗话，不玩你们这套！我就直说了，如果是你们嫁祸于人，有没有这种可能性？我想可能性很大吧，对吗，华总？"

此时，马小安心里对 Dorran 佩服得五体投地，跟着这样的领导，能学到的东西实在太多了，在这种情境下还能做到左右逢源，逻辑滴水不漏，这才是真正的职场高手。

而华莹莹对 Dorran 的反驳竟然无言以对。"我不是，我没有，别瞎说"的否认三连更是不能轻易说出，这种苍白的解释在严谨的逻辑面前显得极其无力。

现场突然之间变得死一般寂静。

"嗡……嗡……嗡……"

桌上一部手机突然震动，发出的声音打破了会议室的寂静。大家循声望去，原来是刘宇飞的，由于他是外人，来得也晚，所以手机没有关机上交。

"不好意思，我接个电话。"说着，刘宇飞拿起手机就往外走去。

过了一会儿，刘宇飞回来了，在华莹莹耳朵旁边嘀咕了几句。华莹莹点了点头，轻声说了句"谢谢"，然后对刘部长说："刘部长，刚刚得到消息，崔浩为了早点出来，在派出所承认是马小安指使他这么做的，您回头可以安排人去派出所查阅询问笔录。"

"马小安，你有什么想说的？"刘部长转向马小安，用不可抗拒的声音问道。

"刘部长，这不可能！"刚刚还气定神闲的马小安变得焦躁起来。

"如果真的是你指使，我建议你现在就坦白，公司还能对你从宽处理。等我们拿到询问笔录，你不仅会被开除，还会被公开通报批评，到时候就是大型'社死'现场，你在互联网这个圈子一定是混不下去的！"刘部长淡定又严肃地说，"给你两分钟时间考虑，这两条路，你自己选。"

听到刘部长带有威胁的话，Dorran 和马小安的神色瞬间都变了。

Dorran 万万没想到这个崔浩竟然是个软骨头，这么轻易就招了！刚刚好不容易争取到的主动权，顿时荡然无存。事已至此，想保马小安也不太现实了，现在唯一担心的就是马小安也是个软骨头，说出什么对自己不利的话。

不过，就算马小安说是自己指使的，那也无凭无据，还是可以把自己择干净的。如果马小安自己一个人把事情扛过去，自己再跳出来保她也还来得及，或许还能博得一个"护犊子"的美名，现在就看马小安怎么说了。

想到这儿，Dorran 神色轻松了不少，而马小安也不再纠结，因为在她面前实际上只有一条路可选。

"刘部长，我承认，是我让崔浩这么干的！我看不惯华莹莹他们在公司这么强势，已经对接了公司最重要的业务，还是处处强出头，事事都要抢占别人的功劳！"马小安顿了顿，看了 Dorran 一眼。

这一眼让 Dorran 心里有点发毛，不知道马小安接下来到底想说什么，但无论她怎么说，自己都已想好了应对话术。

看过一眼 Dorran，马小安立刻转身对刘部长说："刘部长，这件事从头到尾都是我一个人干的，公司给什么处罚，我都认！"

马小安平时看起来瘦瘦弱弱的，但此时这番话说得铿锵有力。Dorran 这才发现自己刚才的想法是多么不堪，应该发自内心信任这位姑娘，她身上的勇敢和担当是值得自己尊敬的。

"刘部长，马小安的事，我作为直属领导，有不可推卸的责任。这件事主要是我的问题，对于马小安，请求公司从轻处理。"既然马小安承担了责任，Dorran 此时不得不做出这番表态，将"护犊子"的领导形象树立起来。

"一人做事一人当，刘部长，这事和 Dorran 一点儿关系都没有……"

"你们不要争了！"

马小安话还没说完，就被刘部长打断。她认真看了看对面坐着的几个人后说："既然马小安承认是她指使崔浩替换 PPT 的事实，并由此造成不可挽回的严重后果，那她就需要承担相应的责任！"

说完，刘部长看了刘宇飞一眼："刘律师，您可以先回避一下吗？我有几句话需要在内部说。"

　　"好的。"刘宇飞走出会议室的时候，轻轻关上了门。

　　刘部长继续说："各位要知道，这件事情的发生实属不该！内部再怎么折腾，也是公司自己的事，可现在丢人都丢到世界互联网 AI 大会上去了，丢到全国人民眼皮子底下去了！传出去真是网北公司的一桩大丑闻哪！"

　　说到"大丑闻"时，刘部长情不自禁地把手握成拳头，在桌子上重重锤了两下，咚咚的两声似乎传递出她恨铁不成钢的无奈。

　　"至于对马小安怎么处理，我们研究后再决定。"

　　"那华总的职位怎么办？她因为这件事被突然降职，可今天的事实证明，这件事和她，和她领导的团队没有任何关系！"欧阳娜娜义愤填膺、迫不及待地问刘部长。

　　"华总的职位问题，我们会写一封详细说明给人力资源部，请他们酌情参考。"刘部长环视一圈，用毋庸置疑的语气说，"我再强调一遍，这是网北公司的丑闻，今天的会议内容千万不要泄露！华总，请你和刘律师也说一声，请他务必守口如瓶。"

　　说完，刘部长转向左手边的林军："林总，您有什么要补充的吗？"

　　全程都保持沉默的林军，似乎正从一场噩梦中清醒。

　　他参与创办网北公司，这么多年一路走过来，见过的高管如走马观花，有的在斗争中留了下来，有的在斗争中牺牲，有的离职时和公司发生法务纠纷，还有的甚至连试用期都没过就匆匆离去，这些人事动荡他也都习以为常。唯独没想到的是，公关体系的内部纷争把他当成了棋子，这一点他认为自己无法接受。可是现在，一方是多年战友华莹莹，一方是新晋密友Dorran，面对这两人，他似乎又无可奈何。

　　"同事之间有矛盾和纷争很正常，但是闹到这种程度，甚至把我当成棋子在利用，我只能说，十分失望！其他的，就按照公司规定处理吧，我没有补充意见。"林军终于表了个态。

"那好，今天的会议纪要我们整理好后，会发送给黄老师。大家要是没别的事，找到自己的手机后，散会吧！"

"等等，我还有个事……"

大家准备站起来到筐里拿手机，看到华莹莹还有事要说，又把手收回。

"刘部长，请问我们部门的楚姗姗什么时候复职？有具体时间吗？"

"华总，这个还需要等待调查结果，请耐心等待。有消息我第一时间联系你。好了，散会！"

还没等华莹莹回复，刘部长直接就宣布了散会，显然是故意在回避这个问题。其他人也不关心这件事，于是在刘部长宣布散会后，每个人都带着不一样的心情离开了会议室。

走出会议室，Dorran才发现马小安一直跟在自己后面，就故意停了下来，小声地说："一会儿到我办公室一趟，现在人多眼杂，咱们保持距离，下楼坐不同的电梯走。"

这一幕被欧阳娜娜看到了，她对华莹莹说："这才刚出会议室的门，Dorran就要和马小安保持距离，简直就是做贼心虚！"

"人家那叫做事情有分寸，你要好好学学。今天连我都差点被她那强大的逻辑摆了一道，幸好刘宇飞救了咱们。"

华莹莹正说着，看到刘宇飞还没走，特地迎上来表示感谢："宇飞，今天谢谢你！"

"我们都应该感谢别总！当初要不是他推荐，我也不会在世界互联网AI大会组委会当法律顾问，哈哈哈！"

"对，这个缘分还真是'妙不可言'！不过你今天确实也辛苦了，还专门跑了一趟！"

"那还不是应该的吗？你们好了，姗姗才能好！"

刘宇飞的这个回答，让华莹莹和欧阳娜娜都沉默了。是啊，楚姗姗都停职好久了，那个刘部长一直在说等消息等消息，却一直也没动静。

"宇飞，刘部长什么样儿，你也看到了，我也不好一直催，但我会尽力的！"华莹莹略带歉意地说。

"没关系，带薪休假不也挺好吗？只是她在家成天担心你，说不能帮你分忧。"刘宇飞突然想起了什么，"不说她了，我留下来是想和你说……"

说到一半，刘宇飞警惕性地扭头观察了一下周围环境，发现已经没人时，这才低声地说道："崔浩并没有指认马小安，那是我编的！"

"什么？！"华莹莹和欧阳娜娜同时发出了惊呼。

"嘘！"刘宇飞赶紧把食指放在嘴唇上，做了一个不要大声说话的动作。

"到底怎么回事？"华莹莹迫不及待地问。

"派出所让我看了一些书面材料，不让打听审问细节，崔浩到底说没说我也不知道。但今天种种证据都指向了那个马小安和她背后的 Dorran 时，她们又靠一套严谨的逻辑轻松化解了，我这才急中生智，想了这个主意。"

"那你接的那通电话也是假的？"

"当然，哪能那么巧正好那时有电话打进来，还不是我赶紧设置了一下手机闹铃？你们听到的那个震动电话铃声，并不是来电，而是闹钟。道高一尺魔高一丈，对付魔法，只能是用魔法，哈哈哈！"

"刘宇飞，你真不愧是大律师，连我都差点被你'骗'了！"听完，华莹莹也哈哈大笑起来，"要说我们姗姗跟了你，可要小心，说不定哪天被你卖了，还在替你数钱呢，哈哈哈！"

"说起姗姗，以前她总是忙得不着家，现在我们倒是幸福了不少。行啦，我回去了，等你们的好消息！"

好消息来得很快。下班时，落叶斌告诉华莹莹，她可以来参加明天早上的高管晨会。可高管晨会往往都是总经理级别以上的人才可以参加，所以华莹莹不解地问落叶斌：她现在已被降级为高级总监，哪里还有资格参加？

"你明天来就知道了。"落叶斌并不做过多解释。

明天？华莹莹从来没有如此渴望过明天的到来。

经历了这么多，或许，明天将会是一个全新的开始吧，她想。

你别得意得太早

　　"你们听说了吗，今天晨会上，黄老师点名批评了 Dorran 和人力资源部的落总！"

　　"听说了听说了，说原来 PPT 事件是 Dorran 的业务助理马小安指使人干的，真想不到，这个马总居然能干出这种事！"

　　"马总无缘无故就去指使人吗？你也不动动脑子想想，马小安背后是谁，这事要是没有被发现，谁才是最大的受益人？"

　　"你是说，背后指使的大 BOSS 是 Dorran？"

　　"我可没说啊，都是你猜的。不过，今天晨会只是点名批评而已。可怜的是马小安，背了口大锅，还被公司辞退了！"

　　"辞退了？"

　　"对啊，也是公司晨会上宣布的。对了，你们知道晨会上还宣布华总恢复总经理职位了吗？"

　　"这事大家第一时间就都知道了，你这消息也太滞后了吧！"

　　"据说黄老师定调了，这事就这么算了，不让往外传。你们说这华总也太委屈了吧，降职就内网公告，恢复职位就这么悄无声息地……"

果然互联网"大厂"无秘密。华莹莹刚开完晨会回来，准备去水房打水，还没走到，就听到水房里叽叽喳喳的八卦声。她停下来听了会儿，笑了笑，决定还是不去打扰这些人的八卦热情。

只是早上晨会的时候，黄老师千叮咛万嘱咐，关于这件事的处理要低调，消息只限于高管之间，连内网也不要上，毕竟是公司内部的一则丑闻。

这晨会才结束没多久，八卦消息就满天飞，传遍了整个公司。当然，晨会的消息传出对她来说是好事，可是对于 Dorran 来说，仿佛打了一场败仗。

"小安，真的谢谢你！你别难过，你已经帮了我非常多！"Dorran 在办公室强打起精神，安慰前来告别的马小安，"工作的事情你别担心，我会帮你推荐，北京和深圳的互联网公司那么多，只是圈子太小，建议你暂时不要考虑'大厂'。"

"嗯！谢谢 Dorran！不过我觉得这件事做得……做得挺对不住您的！本来可以天衣无缝，谁能想到，居然还能被摄影师拍到了证据……"

还没说完，马小安越想越委屈，越想越难受，一下子哭出了声。

Dorran 见状，抽了两张纸巾递给马小安，又上前抱了抱，拍了拍她的背，安慰道："这事不能怪你，要怪只能怪我，怪我运气不好。人啊，有时候还真是拗不过这运气。别难过了。"

马小安哭声渐渐小了，但还是在抽泣。Dorran 看着她也是心疼，但事已至此，她也无力回天，所谓胜者为王败者为寇，或许就是这样的吧。不过，要她向华莹莹认输，那是绝不可能的，这次只是运气不好而已。

"对了，还有那个崔浩，听说他要被派出所行政拘留 15 天。等他出来后告诉我，我请你们吃个饭吧，表达一下我的歉意。因为这事连累得他工作也丢了，回头我也帮他看看哪里有合适的岗位。"

"谢谢！"

"不过现在这事正在风口浪尖上，他要避一阵风头再说。"

"好的，那我走了。"马小安刚准备转身，又转了回来，很认真地说，"Dorran，我从来没有后悔和您一起共事！包括现在！"

"谢谢你，小安！"

"Dorran再见！"看着马小安转身往外走的背影，Dorran心里难受极了。她默默地想："小安，我一定会为你出气！华莹莹，你别得意得太早！"

其实，和Dorran想的完全不同，因为PPT事件，华莹莹这几天的工作状况犹如过山车一般跌宕起伏，惊心动魄。别说得意，就连一个安稳觉她都没睡过。

如果欧阳娜娜没有找到崔浩替换PPT的视频证据，刘宇飞没有谎称崔浩已供认，她就算有一万张嘴也无法辩驳，也就不得不面对降职的既定事实。所有这些都已经够烦心的了，更让人心烦的还有这几天找上门来的田小帅。

当初田小帅和华莹莹分手后，又交往了几任女朋友，却总找不出和华莹莹在一起时的舒适感，那些女孩儿经常一哭二闹三上吊，动不动就对他这不满意那不放心。他也妥协过，开始以为都是女生的问题，直到第三任女友一针见血地说他是"直男癌"时，他才意识到他的脾气可能被华莹莹宠坏了。

在华莹莹这里，他得到的是大姐一般的关爱，这种关爱不只是在生活上把他照顾得无忧无虑，更重要的是华莹莹由内而外的坚强、自信、从容，尤其是她提供的情绪价值，是那些与他同龄的女孩儿根本不具备的。因为这种成熟女人的魅力，是需要历经岁月磨砺和时间淬炼而沉淀下来的生命精华。

田小帅后来才发现，自己曾经深深地沦陷在华莹莹的成熟魅力中而不自知，等到失去后有了对比才发现，华莹莹对他来说有多么重要。毕竟当初犯错的是他，后来后悔的也是他。所以这一年多，他痛改前非，拒绝了各种社交活动，努力学习，打算考上研究生后再来找华莹莹。可是，当他拿到录取通知书想要和华莹莹分享时，又犹豫了，原来自己还是没有勇气面对当年的错误。

现在马上就要开学了，田小帅再也控制不住泛滥的情感，这几天每天都会在华莹莹家楼下等她下班，可是他哪里知道，华莹莹正在经历被降职处分的糟心事呢！

上午开完高管晨会，华莹莹恢复了职位。按理她应该高兴才对，可是她知道这只不过是职场斗争中的一个插曲而已，赢了靠运气，输了就认命。但是田小帅这几天又突然闯进自己的生活，让她有点猝不及防，不过好在现在终于可以从这段职场插曲中抽出点儿时间，思考她和田小帅的关系了。

或许是因为内心对男人极不信任，所以华莹莹对伴侣的选择近乎严苛，极少有男人能走进她的生活。这么多年，她都是用工作麻醉自己，尽量不去想感情方面的事情，直到田小帅出现，才让她敏感的情感神经放松了下来。

田小帅不只是帅气、乖巧，更重要的是对这段感情很投入。在不长的半年时间里，他经常给华莹莹制造一些浪漫的小惊喜，以至于激发出华莹莹天然的母爱，对田小帅产生出一种强烈的保护欲，这是华莹莹以前从未有过的体验，也因此田小帅成为她正式相处的第一任男朋友。

那段时间，田小帅除了上课，几乎每天都泡在华莹莹家。而华莹莹也完全抛弃外面的应酬，一下班就赶紧回家。相差十五岁的姐弟恋，就在北京城的某一个角落悄悄生长。而那段时间，也是华莹莹身体状态最好的一段时期，以至于楚姗姗、杨晓琳这些老同事，纷纷让她推荐美容院，都说想去体验体验，改善一下身体状态。

当两人真正分开，她才意识到，自己被激发出的母爱竟无处安放，只能再次通过高强度工作来麻醉自己。自此，她决定再也不找男朋友，哪怕孤独终老，也不要再被男人伤害。

这几天，田小帅天天在华莹莹所住的单元楼门前等她下班，她看到后只是匆匆擦肩而过，连说话的机会都没有留给他。而田小帅毫不在意，依旧每晚在单元楼门口守到半夜十二点多才走。

这几天华莹莹本来也睡不好，几次从厨房阳台上看到那个帅气的背影守在门口，一股怜爱之情又莫名地油然而生。可是理智告诉她，她曾经被伤害过，她不可以再理睬这个男人。

或许是PPT事件水落石出后自己恢复职位，又或许是心里还放不下这个男人，在单元楼门口再次见到等她下班的田小帅时，华莹莹心软了，却口是心非地说了句狠话："我们年龄相差太大，你以后不要来了，我不想看到你！"

"莹莹，我……以前错了！明天我就要开学，也来不了了，我……"

"你开学？不是应该今年毕业吗？"华莹莹不知道田小帅考上了研究生，所以感到很奇怪。

"我想痛改前非，所以就认真准备考研。我觉得只有考上研才能配得上你，后来连我自己也没想到，居然……居然还真的考上了！"

本来田小帅说得还挺煽情的，结果这句话一说，一脸严肃的华莹莹竟然忍不住要笑了，这要在以前，华莹莹必定是哈哈大笑的。

田小帅看得出华莹莹在憋着笑呢。都说人有三样东西藏不住：咳嗽、贫穷和爱。田小帅觉得华莹莹使劲憋都憋不住的笑，是她使劲藏都藏不住的爱。因为，如果不爱了，就算他说一万句话，华莹莹也不会有任何感觉。

"考上以后本想第一时间告诉你，可是没有勇气过来。今天我……我就想跟你说一下，我明天来不了了，但是我……但是我每天都在想你……"

也许是太久没听到肉麻的情话，这几句普通的思念话语，就像是电击一般，让华莹莹全身酥麻了起来。可理智告诉她，两人的年龄差距终究太大，要是真在一起，会招致很多非议，她告诉自己千万不要被糖衣炮弹击中。

她抬起左手准备拉开进单元的门把手，刚把手抬起来，就被田小帅一把抓住了。

"你很清楚，我们俩出去，别人都觉得年龄相当，你看起来顶多比我大个两三岁，所以年龄从来不是问题，这个理由不成立！另外，我还要和你澄清，我和你在一起，完全不是为了钱。其实……其实我不在乎钱，你给我的那些，我已经转到你账户上了，我……我只希望还能和你在一起，我……我愿意等……"说完，他也不等华莹莹回答，扭头就跑了。

看着田小帅飞奔而去的背影，华莹莹心里既甜蜜又惶恐。甜蜜于心底里死灰复燃的爱情，惶恐于年龄差距太大，害怕再次遭遇背叛。

正当她沉浸在无比纠结的情感世界时，欧阳娜娜发来的一条微信，让她瞬间清醒了过来：

"华总，有内鬼！"

人类的悲欢
并不相通
——

这几天因为 PPT 事件，欧阳娜娜完全没有心思认真思考智能生态大会方案。直到今天从高管晨会上传出最终处理结果，欧阳娜娜的心才放了下来。

她重新打开前段时间做的智能生态大会方案，再次梳理思路。方案里大会亮点部分写着，邀请"流量网红"作为升级版家用智能穿戴镜和车载智能穿戴镜的种子用户，产品正式发布后，在现场讲述他们的使用体验，并同步把提前录制的体验视频，分发到各大自媒体平台，制造话题，抢占热搜榜。

大会上如果只是各个业务部门负责人出来发表演讲，分量还是不够，所以方案里还有一个作为亮点的白皮书发布，这是半年前他们部门联合知名咨询公司策划的《中国智能生态发展白皮书》。策划案中的亮点部分是之前团队头脑风暴想出来的，虽然缺少一些细节，但基础框架搭建得差不多了。

已经到了下班点，但欧阳娜娜准备趁今天状态不错，加班把亮点部分再次梳理一遍。既然邀请"流量网红"拍了使用视频，干脆就请他们作为种子用户来现场吧，可是，在现场打造什么话题呢？

想到这儿，她想起了顾小威，他这么有创意的人，一定会有更好的建议。她拿起手机准备给顾小威打电话，忽然想起昨天在他工作室时，似乎听到他接电话时提到过"流量主播""种子用户""白皮书"这些关键词。

当时她的关注点集中在 PPT 事件上，根本没往其他方面想。可是现在对照自己的方案，再仔细琢磨顾小威说的那些关键词，她感觉有点不太对劲。难道汤达人他们的策划和我们的一样？这怎么可能？她想找顾小威求证。可是顾小威这么正直的人，一定不会说出方案的。

"小威，那个，关于智能生态大会的策划，我有个想法，请你帮忙参谋参谋呗？"欧阳娜娜给顾小威打通了电话，开门见山地说。

"说好了，我只是听一下啊，不要妄想从我这里打听到汤总那边的方案！一个字都别想得到！"听起来顾小威好像是开玩笑，说"一个字"的时候还特别强调了一下，但说话的态度又很认真。

欧阳娜娜自然知道他的原则，所以不在意："不会让你为难的！我的想法是这样的……"欧阳娜娜把他们团队的方案讲了一遍，还把要发布白皮书这样的独家资源也说了出来，并且说这只是一个初步设想，后面还要细化。

电话那头沉默了两秒钟后，顾小威很生气地对她说："娜娜，我一直以为你是个善良、温柔、正直的姑娘，所以一直对你有好感，这你是知道的。可是没想到你竟然这么虚伪，这么不择手段！"

"小威，你在说什么？我不明白！"

"你们是不是打听到了汤总部门的方案，现在来我这里试探？"

"不是，小威，你听我说……"

"别说了，枉我还帮你一起寻找 PPT 事件当事人，你太让我失望了！"

欧阳娜娜还想再解释，可顾小威不由分说地挂了电话。她再拨打过去，对方直接按掉，电话铃声成了"您拨打的电话正在通话中，请稍后再拨"。

她很后悔没想清楚就直接问顾小威，更担心顾小威会从此对自己失望。

自从与那那分手，她生命中出现了两个男人。一个是别真，成熟稳重，事业有成，懂投资，很文艺，虽然是个"钻石王老五"，但对自己就像对待妹妹一样关心和体贴；另一个是顾小威，自由烂漫，有理想，有追求，身上随时散发出青春阳光的气息，对她也表现出想要升华革命友谊的好感。

她曾经对美国经典电影《乱世佳人》中的女主人公斯嘉丽享受男人围着转的状态嗤之以鼻，尽管斯嘉丽是为了气她得不到的"白月光"艾希利。反观现在的自己，似乎也没能走出命运的轮回，在两个男人之间反复权衡。自从失恋以后，她对爱情的态度变得患得患失，她害怕得到，更害怕失去。

如今看似走到感情的十字路口，可顾小威对她的误会让她忽然意识到，自己似乎害怕失去这个男人，失去这个充满丰富理想的正直善良的男人。

然而理智告诉她，现在顾小威正在气头上，一定听不进任何解释，无论自己做什么，只会加深误会。目前能做的，就是抓紧找出汤达人部门的方案真相，只有真相大白，误会才会自然消失。

可什么时候才能真相大白，这个真相又在哪里？

不过，顾小威的强烈反应至少说明一个问题，也就是华莹莹部门内部出现了内鬼，以至于头脑风暴的创意被汤达人部门抄袭了。至于抄袭了多少，不好说，但核心内容一定泄露了。那么，给汤达人他们传递消息的人是谁？

每次开头脑风暴会的时候，部门里核心的十几位员工都会参加，每个人都会发言贡献智慧，最后由曲婷进行汇总整理，形成一版新的方案，欧阳娜娜自己则会在这个版本上继续修订补充。

大家平时个个都表现得正义凛然，完全看不出谁是内鬼，况且公司人多嘴杂，偶尔说漏嘴也是有可能的，因此这事很可能无从查起。

而汤达人也完全没必要走这一步棋。他们团队大大小小也策划过很多漂亮的公关传播案例，策划水平一直在线，为什么这次铤而走险，不择手段？

是因为华莹莹主导过十年智能生态大会，所以他们认为华莹莹团队更专业，更值得"借鉴"，还是纯粹就因为自己想不到更好的创意？

想到这儿，欧阳娜娜再也看不进电脑上的方案，立刻给华莹莹发了一条微信："华总，有内鬼！"

华莹莹进屋后给欧阳娜娜打了一通电话，最后她说："娜娜，就像咱们刚才沟通的那样，既然查不出来谁是内鬼，我们能不能改变一下策略？"

"您的意思是？"

"将计就计！"

"明白！"

鲁迅说，人类的悲欢并不相通。有的人在职场奔波，有的人于情场失意，有的人为家庭隐忍，还有的人为自由而活。最近这段时间 Dorran 在职场经受了巨大的压力和挫折，回到家却并未享受家庭团聚带来的身心放松。家庭本应是心灵的庇护港湾，现在反而成为又一个需要用力奔赴的战场。

何常成晚回家已是常态，Dorran 早已不在意，可是住家阿姨的一句话让她紧张起来。阿姨说何梓萱最近精神状态不太对，可能这几天总是看不见你们，也可能前段时间开学有点焦虑。Dorran 担心孩子的抑郁再次复发，睡觉前，她走到何梓萱的小房间想聊一下，看看能不能疏导疏导孩子的心情。

正在床上准备睡觉的何梓萱看到妈妈走了进来，抱紧了床上的玩偶。那是一只半米多高的大米奇，还是一年前，好不容易约上何常成的时间，一家三口在上海迪士尼玩的时候买的。像那样一家三口一起出去玩的欢乐时光屈指可数，两个大人都忙，忙得似乎都快把这个家忘了。

"妈妈，我害怕……" Dorran 没想到孩子见到她的第一句话居然是害怕。

"宝贝，妈妈在这儿呢，害怕什么？" Dorran 走到床边坐下，温柔地抚摩着何梓萱的头发说，还用右手轻轻点了一下何梓萱鼻子。

"妈妈，我好几天没和你、爸爸一起吃晚饭了，我怕你们不要我了！"

一向以女强人面目示人的 Dorran 突然眼眶一热，眼泪差点就滚落了下来。她在公司压力巨大，疲于应付老板需求，应对业务需要，还要处理纷繁复杂的人际关系，常常忙得顾头不顾尾，却把最需要自己的女儿忽略了。她内心相当自责，缺失了对孩子的陪伴，就算赚再多钱，又有什么意义？

"宝贝你记住，爸爸妈妈永远不会离开你！最近妈妈和爸爸确实有点忙，我们忙啊，也是为了能赚更多的钱，能给我们梓萱买更多的玩偶，上更好的学校，将来送我们梓萱出国读书，让你永远快快乐乐，你说好不好？"

"不好！没有你们在身边，我现在就不快乐！"何梓萱抓住 Dorran 的手臂，趴到了她的怀里，"妈妈，你说你们大人每天那么忙，都说是为了赚钱，赚钱，赚钱，说赚钱是为了快乐，可是赚到了钱，真的就会快乐吗？"

是啊，赚到了钱，真的就会快乐吗？孩子问的这个问题，让 Dorran 无言以对。这哪里是一个孩子能问出来的，这简直是一个形而上的天问！

这个世界上的快乐和幸福太稀有，也太难解释了。富贵如豪门，却有家族的爱恨情仇，相爱相杀；贫穷如老农，却有隐入尘烟式的相濡以沫，不离不弃。有钱到底是快乐的目标，还是到达快乐的途径？似乎很少有人认真思考这个问题，大多数人则是在每日的忙碌中，随波逐流，逐渐迷失了自我。

见 Dorran 没回答，孩子继续问："妈妈，你说人活着的意义是什么？"

这个问题让 Dorran 再次陷入沉思。她想，我都活了四十来年，还没搞明白活着的意义，你这小屁孩儿怎么思考起这个问题来了？

她再转念一想，这么的孩子怎么会思考这个人类终极命题，她考虑的不应该是明天有什么好吃的，有什么好玩的，有什么好看的书吗？人类的终极命题，是没有标准答案的，想多了会很容易陷入抑郁。究其原因，应该还是自己平时和孩子沟通交流太少，导致她一有空就开始胡思乱想。

"梓萱，关于活着的意义，每个人有每个人不同的看法。妈妈觉得，我们活着就是要善良地去对待每个人，帮助每个人，这样我们的生命才会更有意义，你觉得呢？"

"妈妈，你是这样的人吗？"孩子天真的问话又让 Dorran 语塞。是啊，我是这样的人吗？当初我也是那个天真烂漫的小女孩儿，可不知道从什么时候开始丢弃了初心，我的初心还能找回来吗？

"妈妈……妈妈一直努力在做这样的人。"

"妈妈，你真好，我也要做和你一样的人，尽最大能力去帮每个人！"

Dorran 欣慰地笑了笑："梓萱，你一定会做到的，也会比妈妈强！"

"妈妈，今晚你能陪我睡觉吗？"

"当然可以啊，宝贝！"

Dorran 不记得上次陪孩子睡觉是什么时候的事了，只记得这个夜晚，孩子睡得很香，很甜，很踏实，而她想着孩子问的几个问题，一夜未眠。

方案谍中谍

转眼间就到了公关体系半年总结会上约定的"比武招亲"日。

集团公共关系部下属品牌内容策划部、智能产品公关部、智慧云公关部、互动娱乐公关部都准备了各自的方案。

"比武招亲"会场，是网北大厦最智能的多媒体会议室，现场能够容纳五十多人。这里的每个座位都有两个扶手，从右手边扶手可以抽出一块平面板横放在座位面前，方便参会时用签字笔记录会议信息或放置笔记本电脑。

这块平面板还可以像使用笔记本电脑一样打开，打开后上面是一块智慧显示屏，可以同步显示演讲人的PPT，还可以在PPT上进行标注、写笔记，离开时可以把做过笔记的PPT发送至自己的邮箱。

当然，这块智慧屏还有很多其他功能，比如每个人都可以通过智慧屏给演讲人投票，系统立刻就可以计算出结果。因此在开会前，通知就要求，除了演讲人，每个部门要安排十人参加现场投票。

现场参与投票的还有从外界邀请到的六位传播专家及媒体主编，Dorran自己和智能产品事业部总经理郝冬，他们共同构成了专家评分组，其中每个人的投票都会有十倍的加权。显然，今天的方案大比拼，不仅要让同事觉得眼前一亮，更要赢得专家的认可，难度可想而知。

华莹莹和欧阳娜娜刚走进会场时，专家席上一个人正给她们打招呼。两人定睛一看，原来是别真。

他怎么会在这儿？两人疑惑着，看到他的铭牌上写着"琉媒体"，欧阳娜娜才想起来，原来业界知名的琉媒体是别真投资的一家媒体公司，他在那里挂了一个主编头衔，怪不得上周自己人都不知道的时间和地点他会提前知道。

"华总，你说这些专家啊主编啊，都是 Dorran 他们邀请的，会不会在打分的时候偏向于汤达人他们？"坐定后，欧阳娜娜不安地问华莹莹。

"应该不会，自古文人有风骨，这些人可以被买通，但成本会很高。不用管这些，把咱们自己的方案讲好，其他的听天由命。"

主持今天会议的 Dorran 光彩照人，她穿着一身浅灰色职业套裙，脖子上戴着梵克雅宝的 Two Butterfly 珠宝吊坠，图案是一只翩飞的蝴蝶。不得不说，这款吊坠让她整个人的气质提升不少。她手腕上戴着卡地亚拥有完美椭圆线条及雅致细腻外型的 Baignoire 腕表，远远看去，整个人仿佛自带一股仙气，举手投足间彰显出不落俗套的优雅。

Dorran 在开场的时候说，网北智能生态大会是公司一年一度最大的会议活动，公司将会在这个会议上集中展示新推出的智能产品，包括硬件、软件以及智慧解决方案，还会通过高管演讲传达网北公司最前沿的行业洞察和实践经验，给业界带来一线科技公司的最新思考和成果。总之，活动很重要，所以今天进行方案比拼，就是想打破常规，看看能不能产生更有创意的大会内容策划和公关传播策划。

她说，大会内容和公关传播两者相辅相成。会场也是一种传播媒介，所以大会本身就是一种"在场传播"，而通过媒体报道则是借助其他媒介形式进行的二次传播，是将大会"在场传播"形态再次加工整理后的放大。我们的公关工作就是要将公司核心能力和价值理念进行提炼，通过大会会场的"在场传播"，以及借助媒体、自媒体、社交媒体、"意见领袖"等媒介的二次传播，最大限度地传递给别人，让别人理解你，认同你，这就是我们工作的价值和意义。因此，非常期待今天大会策划和公关传播方案中能有让人眼前一亮的前瞻性洞察和创造性脑洞。

Dorran 的一番开场，让前排的几位专家频频点头。这也是公关体系员工第一次完整听到她对大会传播的理解，尽管华莹莹和 Dorran 在实际工作中时有摩擦，但是对于 Dorran 今天的观点，华莹莹觉得还是很专业的。

Dorran 最后说，为了表示公平，我们准备了几条措施。第一，专家的投票将会匿名进行。第二，演讲顺序由现场抓阄儿决定。

四个部门代表从封闭的盒子里各抽一张字条，由主持人 Dorran 亲自揭开顺序的谜底。结果是互动娱乐公关部第一个讲，智慧云公关部第二，品牌内容策划部第三，智能产品公关部最后。

智慧云公关部负责人王强和互动娱乐公关部负责人瞿佳慧十分清楚，这十年来，每年的智能生态大会都是华莹莹团队主要负责，这是一项涉及网北公司每年在业界品牌形象的面子工程，自己团队本来就没操盘过这么大的公司级项目，一开始就没有打算赢。

更何况 Dorran 和华莹莹现在关系十分微妙，不是东风压倒西风，就是西风压倒东风。要是竞争赢了，就会把两边都得罪了，项目开展起来一定不会顺利；要是竞争输了，也没什么实际损失，顶多被质疑专业能力不足而已，输就输吧，总比丢掉职位强。所以，这两位负责人私底下早就达成共识，老老实实陪跑，隔岸观火就好。因此，他们安排的传播方案都是常规动作，整体如鸡肋，食之无味，弃之可惜。

这两个部门讲完，现场犹如一潭死水，没有任何波澜。这看起来并不理想的"比武"结果，却使这两位负责人悬着的心放了下来，这还真是一种故意"求败"的心态。

第三位上场的是品牌内容策划部的宋晓雨。她说，他们团队在接手这个项目后，就着手在智能产品市场方面做了一些市场洞察。随后，她展示了一页 PPT，上面是第三方调研公司做的智能家居人群调查报告。

图表上可以看出细分人群的比例，其中智能产品以中高端消费人群为主，占 70% 左右，技术爱好者占 15% 左右，老年人及行动不便者占 10% 左右，其他的则占 5%。从消费年龄看，以"80 后""90 后"为主。智能家居属于高科技产物，具有便利、高效、智能、舒适等特点，"80 后""90 后"具备相当经济实力，注重生活品质，追求个性化生活，智能家居更容易获得他们的青睐。

从学历上看，要求安装智能家居的人，主要集中在高学历及高收入人群，尤其是海归人士，对智能产品的接受度普遍更高。从城市发展程度上看，智能家居目前主要市场集中在一二线城市。

由此，她得出网北公司即将推出的升级版家用智能穿戴镜和车载版智能穿戴镜的发布策略，关键词是"高端""年轻""潮流"。

为了实现这几个关键词，在产品发布时，郝总除了要讲解产品既有的语音交互功能、穿戴全程录像回看功能，以及新增的根据不同脸型和身材做出个性化化妆及穿戴建议等新功能、新特点，还需要有带货主播助阵，尤其是现在大热的"流量主播"作为产品的"种子用户"，通过视频方式讲述使用体验。

因此，她的大会方案设计是：第一，黄老师首先进行演讲定调，讲述他以从业者身份对全球智能变革和数字经济发展方向作出的判断，以及网北公司一年来做了哪些努力，为产品发布做铺垫；第二，邀请业内专家，从行业观察者角度，谈他们观察到的智能科技行业发展变化和未来趋势；第三，智能产品业务部郝总对升级版家用智能穿戴镜和车载版智能穿戴镜进行发布，并邀请"流量主播"作为"种子用户"上台，互动交流使用体验，同时讲述网北公司智能家居业务布局；第四，智慧云业务部负责人，以智能家居布局为切入点，讲解网北公司企业端客户的智慧解决方案；第五，互动娱乐业务部负责人，谈智能娱乐业的发展趋势；第六，也是最后一点，联合一家咨询公司发布《中国智能生态发展白皮书》。

听到这儿，华莹莹悄悄给欧阳娜娜发了一条微信："你的情报太准了，果然就是我们最初的那版方案！"

"是的，没想到他们加了一些细节直接就用上了！不能说是毫无关系，只能说是一模一样！"

宋晓雨还在继续讲着。她说，总结下来，大会策划的亮点主要在于：一、黄老师对于未来趋势的判断；二、发布升级后的智能穿戴镜；三、"流量主播"作为"种子用户"，进行现场使用体验；四、《中国智能生态发展白皮书》的发布。

在传播方面，除了常规的新闻通稿、产品测评、第三方专家约稿评论、媒体记者朋友圈刷屏等常规动作，亮点主要体现在：一、黄老师演讲金句包装；二、"流量主播种子用户"使用的极致体验，借势"嘴替"这个网络流行词，打造话题"你的穿衣身替来了"，送上社交媒体热搜，打破圈层；三、策划一张图看懂系列，比如一张图看懂升级版／车载版智能穿戴镜，一张图教你使用升级版智能穿戴镜，等等。

此方案有调研，有分析，有逻辑，有亮点。宋晓雨一口气讲完，现场同事不由自主地鼓起掌来。前排专家也觉得这个方案很完善，除了个别地方需要再细化，亮点需要再提炼，基本就可以执行。

华莹莹敏感地察觉到，自己部门那个方向没有掌声。她扭头看了一眼，果然大家都在交头接耳。从眼神中她看得出来，大家应该是在震惊，震惊于为什么宋晓雨的方案和他们部门的如此相像。他们更担心接下来欧阳娜娜怎么讲，这几乎一模一样的方案，专家会怎么看。丢人还是次要的，要是这次活动真被汤达人部门抢走了，华总今后在网北公司还怎么混？覆巢之下，焉有完卵，部门这几十人又怎么办？

Dorran知道，此刻的会场表面上看是个比拼方案的竞技场，实则暗流涌动，而她就是那个让暗流更加湍急的操盘手。至少目前看起来，一切都在计划之中。她漫不经心地朝汤达人方向望去，在他们眼神交会的一刹那，两股邪魅的微笑不经意地绽放在两人脸庞上。

接下来轮到华莹莹部门的方案讲解了。

在专家的期待中，在华莹莹部门同事的担忧下，在Dorran和汤达人邪魅的笑意里，欧阳娜娜从座位上站了起来，缓缓向演讲台走去。

会场局中局

上台前，欧阳娜娜看了华莹莹一眼。

华莹莹用坚毅的眼神回复了她，仿佛在说，放心，一切都在计划之中。

"大家好！我特别认同 Dorran 今天开场时的发言，也就是大会策划和传播策划是相辅相成的关系。我们团队把这种方式，称为会议传播。"

会议室里一阵骚动。大家开始交头接耳，都说这欧阳娜娜不会是利用这个机会拍 Dorran 的马屁吧，这要是拍马屁拍赢了竞争，吃相得多难看！还有的说，这和拍马屁没关系，业务理念相同，观念相近，这不是很正常吗？

欧阳娜娜注意到下面的躁动，可能这也在她的意料之中，所以她不为所动，继续说她的观点。她说她也认可会场也是一种媒介，要把大会本身的"在场传播"通过其他媒介形式进行二次传播，将大会"在场传播"形态加工整理后进行放大，这与她们会议传播理念高度一致。

此刻很难形容 Dorran 尴尬的表情。她没有为自己的观点被认同而高兴，然而面对现场这么多员工，又要表现出大度的欣慰，于是勉强挤出了一点职业微笑。但她眉头紧蹙，心里直犯嘀咕：这个欧阳娜娜葫芦里卖的什么药？

这个眉头紧蹙的动作，没有逃过华莹莹的眼睛。她在心里暗暗地想，

Dorran 你先别急着紧张，好戏还在后头！

欧阳娜娜说，基于以上观念，除了常规传播规划，会议传播的最大亮点其实就是会议本身。"传播亮点就是会议本身"这个前所未有的提法，再一次让会场躁动起来。大家都竖起耳朵想听一听会议本身怎么就成了传播亮点。

Dorran 也觉得很新鲜，可是此前她没有听说过，于是给汤达人发了一条微信："你给我的华总策划里，为什么没有这个提法？"

汤达人有点蒙，他拿到的策划案里确实没有这个提法："我也是第一次听说，可能是她临时加的？"

"先听听再说。"Dorran 似乎有一种说不出的失控感开始出现。

"在这之前，我讲个故事。"欧阳娜娜说，"我大学学的是电视编导专业，每天都在练习怎么把别人的故事拍得好看。我有个同学想出名，做了很多努力，他讲的一句话，我现在都记忆犹新。他说为什么我要反复练习怎么去拍别人，而不是别人来拍我，如果我出名了，天然带话题、带流量，他们就会主动来拍我！这句话给了我很大启发，也就是说，我们的大会不只是聚在一起开会就完了，所谓会议传播，就是把会议办成一个自带话题的流量池！"

刚刚的躁动已经渐渐平息，现在会场鸦雀无声，大家都在期待着，怎么才能让一场大会变成一个自带话题的流量池。

欧阳娜娜故意卖了个关子，打开一瓶矿泉水仰着脖子喝了一口。

卖关子的时间越长，汤达人就越紧张。他得到的"情报"里没有什么"会议传播""流量池"这些说法。或许是欧阳娜娜忽然发现方案核心内容竟然如此雷同，所以临时修改的表达方式？他的手心开始出汗，他当然希望剧情朝着他预设的方向发展，可万一剧情变了，他该如何向 Dorran 交代？

喝完水，欧阳娜娜继续说："那具体怎么做呢？我们的计划和刚才品牌内容策划部的方案亮点有点类似，就是邀请一些'流量主播'在现场讲解咱们发布新品的使用体验。"

这句话说完，欧阳娜娜特意看了一眼汤达人。汤达人却躲开了这道投射过来的火辣辣的眼神，他太心虚了。欧阳娜娜说方案亮点有点类似，这不就差报他身份证了吗？那火辣辣的眼神，他接得住吗？

　　"不过，我们的计划会更进一步，全程都会采用直播的方式进行。会议开始前的直播，是慢直播，镜头对准的是演讲的老板、专家，以及邀请过来的'流量主播'。他们在后台化妆间，用老款的智能穿戴镜，边试装，边直播。我们的智能穿戴镜除了显示实时天气预报，还可以通过语音互动来播放新闻、讲笑话、播音乐，以及根据语音要求来调节穿戴镜上灯光的明暗。

　　"另外，由于每个人身材不同，所以智能穿戴镜的个性化推荐穿搭也不一样，我们可以给'流量主播'再设置一些具有'隐私'性质的话题，例如'丰满网红是怎么穿好看的'，这样可以满足用户的好奇心和偷窥欲，不仅能吸引更多人即时在线围观，还可以提炼热点话题，进行二次传播。

　　"当然，我们不能为了传播而传播，还需要考虑到传播的销售转化。"欧阳娜娜说到这里，又看了一眼 Dorran。

　　此时的 Dorran 面无表情。一方面是对汤达人的失望，因为欧阳娜娜刚刚讲解的直播方案，她之前从未听说过，这证明汤达人的"情报"有问题；另一方面是感受到欧阳娜娜的挑衅，记得她刚来网北公司没多久，就与华莹莹就公关传播是否需要业务转化而发生过争执，现在欧阳娜娜旗帜鲜明地提出大会要考虑销售转化，这不就是在替华莹莹打自己的脸吗？

　　欧阳娜娜也不管 Dorran 是怎么想的，继续说："在对化妆间进行慢直播时，可以和销售部门联动，在系统里设置购物小黄车，链接挂上我们即将要发布的两款智能穿戴镜。这个时候产品还没有正式发布，所以链接上不会公布产品图片和价格，但是我们采用预付一百元的形式吸引关注。只要用户预付一百元订购，等到新品正式发布后再付尾款，总价就可以打八折，还送小礼物。如果不走预付通道，等到产品正式发布后购买，就没有任何优惠。毕竟我们之前的产品颇有口碑，新品打八折，吸引力还是有的。当然，老款的链接也一直都要有，想买随时都可以买。"

　　讲到这里，欧阳娜娜看到下面又开始交头接耳。

　　"这个传播策略很棒，现场就有销售转化，业务老大一定很满意！"

"如果是我喜欢的网红主播在用，我也会想买一个试试！"

当然，欧阳娜娜似乎也听到了汤达人组那边传来的声音。

"这都是什么？把一个好好的发布会变成了乌烟瘴气的大卖场！"

"就是，我们这个会是探讨智能前沿科技的，是中国科技担当，是网北公司门面，怎么被她搞成了街头大甩卖！"

这些人边说还边摇头。欧阳娜娜没有理会，继续说："刚才的创意，不过只是餐前点心，用来热身的，全场的压轴大菜还没跟大家讲。"

讨论停止了，对直播时带"小黄车"创意叫好的或看衰的，都停了下来。

"我们的策划不打算让黄老师一上来就做定调演讲。"欧阳娜娜故作悬念。

台底下炸开了锅："黄老师是网北创始人，不让黄老师做定调演讲，是不想在公司干了"，"这是华莹莹离职前的最后一个项目吗？这也太大胆了"，"哪家公司发布会老板不是第一个站出来或致辞或演讲定调的"……

"大家少安毋躁，我来解释！"

见大家的反应，和自己与华莹莹暗地里彩排时的预期一样，欧阳娜娜放下心来，笑着说："不是不让黄老师演讲，而是不要让他一上来就演讲。他会在新品发布之后到达现场，而他本人，就是咱们最大的产品体验官！"

此时，大家盯着她，显然都不理解。她继续说："我们都知道，升级版智能穿戴镜不仅可以根据当时天气情况，提供穿搭建议，还能提供淡妆、浓妆、商务妆、淑女妆、男士妆等不同化妆建议。车载版智能穿戴镜，除了可以提供化妆建议，还能根据车内不断变化的光线环境自动调节亮度。另外，车载版智能穿戴镜，还对车里可能出现的声音环境进行降噪处理，使之能听清用户声音。另外，咱们产品小巧精致，特别适合早晨在家来不及收拾打扮的上班族。当然我们会特别声明，如果自驾，使用时一定要在安全的情况下才可以；如果打车，可以随身携带随时使用。了解了车载版本特点，我们就可以请出黄老师了！

"郝总发布新品的时候，黄老师正从公司坐车赶赴现场。当新品发布完毕，直接从大屏幕上连线车上的黄老师，而黄老师此时正在使用车载版智能穿戴镜，并介绍使用体验。然后，这辆车将会一路开进会场。注意，车不是停到停车场，而是开辟了一个专用通道，停到了会场后台。当车停稳后，主持人开始宣布欢迎黄老师。此时，发布会的大屏幕开始往两侧徐徐展开。随着大幕拉开，一辆汽车出现在观众面前，而黄老师也从车上下来，并从幕后走到舞台中间，和现场观众问好。原来，黄老师一直没有离开过现场，刚才大家看到的现场连线是网北公司最新研发的超级裸眼虚拟现实技术，可以骗过所有人的眼睛，以至于在连线时能够以假乱真。

"这里有三个话题点：第一，网北公司创始人黄西车上试装+化妆；第二，黄西教你从男人到男神；更吸引人的是第三点，即眼见不一定为实，以假乱真的超级虚拟现实技术已经发展到炉火纯青的地步！加上此前网红主播在后台化妆穿戴的'慢直播'，以及随之策划的话题，足够把我们的这场会议，打造成一个年度最能吸睛的科技行业流量池！"

现场鸦雀无声，似乎都在回味她刚刚讲的内容。有人喝了口矿泉水还含在嘴里忘了吞咽，有人签字笔掉在地上顾不上去捡，还有人刷脸刷开了手机界面没有去看……忽然有人鼓起了掌，掌声从此起彼伏到全场雷动。华莹莹团队的人鼓掌最为热烈，因为这出人意料的策划，他们自己也觉得惊艳。

Dorran和汤达人见状，也尴尬地鼓起掌来，似乎不表示一下认同就要被孤立了似的。此时他们已是一条绳上的蚂蚱。不过，她也并不慌张，只要她还是公关体系一把手，局面就还有扭转的可能。

欧阳娜娜从演讲台上回到座位，打开手机，一下子噼里啪啦好几条微信弹了出来。她一看，全都是别真发过来的，微信内容让刚刚还很兴奋的她不由紧张起来。"讲得非常棒，可胜利者不一定是你，做好思想准备。"她没有回复，这个时候也不方便交流这些。她在想，别真说的"胜利者不一定是你"是什么意思，难道这只是一个精心设计的局？

Dorran走上了演讲台，依然神采奕奕、气质优雅："谢谢我们四个团队呈现的精彩方案！看得出，每个团队都经过了认真准备，给了我们很好的启发，我个人也受益匪浅。尤其是品牌内容策划部和智能产品公关部的方案，各有千秋，让人眼前一亮。品牌内容策划部的方案体现了公司今年倡导的稳中求进工作总基调，踏踏实实举办一届完美的大会，美中不足的是公众参与度和话题性上少了些创新探索；智能产品公关部正好相反，无论是公众参与还是热搜话题的设置，都很有新意，契合了当下从互联网思维到流量思维的变化。不过遗憾的是……"Dorran 说到这里，停了一下，皱了皱眉，仿佛在思考。或许因为在台上被很多人注目，这个过程她依然保持着美丽的微笑。

"不过遗憾的是，对'稳'的要求领悟不够，对存在的困难预估不足。一是黄老师是否愿意做这样的尝试？不确定！如果他不愿意，这个项目是不是就执行不下去？二是后台化妆间'慢直播'创意不错，但视听语言太单一，今天被短视频惯坏的用户，是否还愿意盯着一个单调的画面看？"

华莹莹给欧阳娜娜发了一条微信："娜娜，你有没有感觉这'话风'不对？明明咱们的方案对汤总他们是降维打击，可现在似乎有点被针对的意思。"

"华总，我和您的感觉一样。刚刚真哥给我发了微信，说让我做好失败的心理准备，或许他知道些什么。"欧阳娜娜回复道。

"看看情况再说。"华莹莹无奈地回复了一条微信。她想，如果说之前她们将计就计，发现内鬼后将头脑风暴内容故意泄露出去也算是做局，那么今天的方案竞争，是不是就是所谓的局中局？

Dorran 见台下似乎没人反对她的观点，就继续说："总体上来说，这两个团队的方案都瑕不掩瑜，都很棒！下面，我们就进入投票环节。现场参会的同事，可以在你们座椅前的智慧屏上直接投票，前排的专家和媒体老师，为了匿名，我们就传统一点儿，写在纸上就可以。"

投票结果很快出来了。Dorran 新的业务助理柳欣然拿着写有最后统计结果的字条，战战兢兢地递到 Dorran 手上。柳欣然是 Dorran 曾经在深圳"大厂"的手下，两人一直配合默契。自从 Dorran 离职来到网北公司后，柳欣然就被转岗去了边缘部门，一直干得不开心。马小安被辞退后，Dorran 火速把想跳槽的柳欣然安排进了网北公司，当她的业务助理兼媒体关系部总监。

看到柳欣然的样子，站在演讲台上的 Dorran 感觉不对劲，于是立刻打开那张字条。看了一眼后，她的脸色瞬间变得煞白。

果然是设计好的

方案竞争结果，大大超出 Dorran 意料。她原本以为稳操胜券，没想到大家的投票会这样让人猝不及防。

知道自己刚才脸色可能不太好看，她赶紧走到一旁，想喝口矿泉水镇定一下，结果随手拿起的这瓶水怎么都拧不开，越着急越难拧开。附近一位男下属见状，快步上前帮她拧开，她抓起这瓶水咕咚咕咚一口气喝了小半瓶。

喝水间隙，她的脑子飞速运转，到底是报出真实的结果，还是报出一个她想要的结果？她能这么做，是因为现场只有柳欣然和她看过最终名单。

Dorran 毕竟是从职场大风大浪走过来的人，她转念一想，这个世界没有不透风的墙，这个世界也没有人是真正的傻子，尤其是在网北这样的一线互联网公司，如果你觉得有人傻，那很可能傻的人是你自己。

喝完水，她定了定神，拿起那张写有最后统计结果的字条，再次走到演讲台上。

"大家静一静！今天我们智能生态大会方案大 PK，经过专家和现场同事的投票，最终结果出来了！"

Dorran 环顾了一下会场，此时周围安静得如同真空一般，每个人心里都有自己的排名，都在想最终结果是否和自己想的一样。

Dorran 接着说："下面，我们请《首都科技报》主编胡尔进老师一起来揭晓答案！"

胡尔进从第一排站起来，走到 Dorran 的身边，两人一起举着字条。这场景就好像是电影节颁奖晚会，两位嘉宾共同宣布最佳影片、最佳男女主角一样。

"第四名，智慧云公关部！"

"第三名，互动娱乐公关部！"

胡尔进宣布完第三名和第四名后，这两部门负责人才算真正松了口气。总算是虎口脱险了，城门失火，可别殃及我们这些池鱼。

"第二名，智能产品公关部。"

胡尔进刚念完，会场一片哗然。有的在议论说这怎么可能，这么好的创意就浪费了吗？有的说实在太可惜，总经理还是斗不过 VP！还有的说，文无第一武无第二，谁第一谁第二，哪能说得那么清呢？也有质疑专家的，说我们周围都给欧阳娜娜打的高分，这些专家会不会被收买了？

尽管刚刚欧阳娜娜给华莹莹发了微信，让她有了失败的心理准备，但华莹莹从情感上还是不太能接受，因为这意味着自己可能就要告别操盘十年的智能生态大会。这真的是技不如人吗？她很清楚，在规则之下失败，自己无法反抗，毕竟制定规则的人并不是自己，而是 Dorran。

虽然大多数人对这个结果感到惊讶和不满，但这就是明晃晃的规则，是公开的阳谋，通过规则堵住悠悠之口，这不就是这场局想要达到的效果吗？

宣布完第二名，胡尔进和 Dorran 在演讲台上小声讨论着什么。可是此时已经没人关注他们，结果是显而易见地毫无悬念。

就在大家纷纷收拾东西准备撤离会场的时候，胡尔进接下来的宣布，又让会场安静了下来。

"第一名和第二名并列，品牌内容策划部和智能产品公关部同为第一名！"胡尔进说完，回到了座位。

此时，不只是华莹莹和欧阳娜娜不敢相信自己的耳朵，在场的专家和同事也都惊呆了：这也太巧了吧，小说都不敢这么编！

刚才收拾好东西准备离开会场的同事，又坐了下来。他们想看看，既然是并列第一，那么接下来这个项目到底会给谁来做。如果一起做，那么就等于谁都没做，因为最后论功请赏连个法人主体都没有。

就在大家期待的目光中，Dorran 开始说话："各位，首先祝贺品牌内容策划部和智能产品公关部并列第一！尽管我们设置了比较复杂的计算规则，但千算万算，今天这个结果也是我没有想到的。不过也说明大家眼光都是趋同的，是我们两个小组的出色方案让大家不约而同做出了同样的选择！"Dorran 用眼神扫了一下会场，"但这个项目最终只能由一个团队承接，所以我决定……"

"让老板用超级裸眼虚拟现实技术！"Dorran 还没说完，下面就有人喊道。

"让老板用超级裸眼虚拟现实技术！"

"我们支持超级裸眼虚拟现实技术！"

Dorran 见状，让大家静一静："让老板用超级裸眼虚拟现实技术的创意很好，我也很期盼，不会让大家失望的。所以我决定将这两个方案同时汇报给老板，最终由老板来决定。如果他愿意配合我们完成传播创意，就交给智能产品公关部执行；如果老板觉得还是稳妥好，那么就给品牌内容策划部执行。"

会场里没有反应，大家似乎都默认了这样一个结果。这家公司说到底是黄西的，最终拍板的人是他。两套方案一个充满创意，一个稳重踏实，既然各有千秋，那就看黄西想要哪种风格。

"既然大家没有反对意见，那么我们就按照刚才的建议处理。最后感谢各个团队辛苦的努力，感谢专家的指导！"

大家起身作鸟兽散。欧阳娜娜也站起来准备离开，看到别真还在第一排，想上去打招呼的时候，突然收到一条匿名短信："抓阄儿有问题！"

这人是谁？欧阳娜娜立刻把发短信的手机号码通过内部通信软件搜索，结果显示查无此人。于是她发了一条回复："你是谁？"可是没有回答。

大家拥挤着往外走，没人注意到被放在角落里的那只抓阄儿盒。于是她逆着人流，走到角落边，找到了那个纸盒子。她想，这抓阄儿能有什么问题？她想把这个盒子抱走，可是盒子体积有两个鞋盒大，目标太明显。于是她尝试把大家后来又放回盒里的纸倒出来，看看有没有什么发现，可倒出来的还是那四张字条，也没什么稀奇，她一把抓起来顺手放进了裤兜。

出了会议室，她正要和华莹莹往工位走的时候，却被一个中年男人从背后叫住了。

"娜娜！"欧阳娜娜回头一看，原来是别真。

"啊，对不起！"她这才想起，刚才走的时候居然忘了和别真说一声。

"这里不是说话的地方。我的车你还记得吧，今天我停在三号楼外面的路边上，你和华总一会儿有空来我车上吧，有话和你们说。"

估计别真已经到了车上，欧阳娜娜和华莹莹准备坐电梯下楼。在等电梯的时候，她们正好看到汤达人急匆匆地往 Dorran 办公室的方向走去。

"他们这么匆忙，是着急去复盘吗？"华莹莹笑着说。

"管他呢，肯定没什么好事！"欧阳娜娜气鼓鼓地回答，然后又满怀好奇地问，"华总，你说真哥要和我们说什么，和今天的方案 PK 有关吗？"

"或许吧，我也不知道。不过还好有他提前打了预防针，不然咱们还以为做了个成功的局中局，就盲目自信了。"

"这倒提醒了我，就在咱们优势那么明显的情况下，他怎么会知道我们可能会失败？或许这里面真的有故事！"

两人你一言我一语，说话间就走到了别真的车跟前。别真见两人过来后，把车锁打开，两人上车坐在后排。

"抱歉，把你们叫到车上来，主要是因为你们公司实在人多眼杂，要是被人看到咱们聊天，传出去对你们不好。"别真从驾驶座转过身来，右边的腿弯曲起来搭在座椅上，显然这个姿势并不舒适。

"传出去对我们不好？"欧阳娜娜不解地问，"为什么？"

"先不要问为什么，先回答我，你在抓阄儿盒里发现了什么？"

这一问，连华莹莹都转过头，惊讶地看着欧阳娜娜。

"你怎么知道的？"

"全场还有比我更关心……呃……更关注你的人吗？"

"这事儿说起来奇怪，那个会刚结束的时候，我就收到一条匿名短信，说抓阄儿有问题，我还在内部通信软件上查了一下，这人不是网北公司的，所以他是谁还不知道。然后我就去找抓阄儿盒子，检查了一下，那个盒子也没问题，然后我就把盒子里的字条倒出来带走了。"

"带哪儿去了？"

"在我身上，我还没来得及看。"说着，欧阳娜娜从裤兜里把那四张字条掏了出来。

把字条打开后，三人立刻面面相觑。因为上面的数字全部都是"4"。

"果然是做好的局！"华莹莹自言自语道。

"这样一来，这个阄儿无论怎么抓，你们总是会排在最后一个。"别真说，"但是为什么要做这个局？"

"真哥，你今天在现场听到宋晓雨讲的内容，大部分是我们的策划。这是因为我们的方案被泄露了，我也是从……"欧阳娜娜本来想说是从顾小威那里侧面打听到的，想了想，这时候最好还是不要提小威。

她继续说："方案泄露被发现后，华总让我将计就计，策划会照开不误，让那个'内鬼'继续传递假消息，但私底下我们又重新做了一套方案，就是你今天听到我讲的。当时我还耍了个小聪明，会前 Dorran 新助理就一直问我要演讲 PPT，我说还没改完，就一直拖着不给，一直拖到我上台前，才从 U 盘里拷贝了过去。"

"也就是说，起码在抓阄儿的时候，他们还不知道我们已经发现了'内鬼'，更不知道我们重新做了一套方案。"华莹莹分析说，"所以故意让我们最后一个讲，目的就是要让我们尴尬，别人都讲过了的创意内容，我们还要再讲一遍，不仅显得我们不专业，而且不道德。看来，这是要让咱们'社死'的节奏！"

"Dorran 的道行很深啊！"别真说。

"什么意思？"欧阳娜娜不解地问。

"说实话，你们那个方案真的非常棒，我和身边的专家探讨过，如果没有其他因素干扰，你们绝对排第一，这个不用说。但是 Dorran 打分前的总结发言，却把你们两个方案定调成各有千秋，最终居然影响了大家的判断，这道行还不够深吗？"别真解释道，"当然，她的道行还不止于此。"

"还有什么？"欧阳娜娜追问道。

"还记得我比你们提前知道这个会的举办时间和地点吗？"

欧阳娜娜点了点头，别真的确比她知道得要早。

"那是因为媒体关系部的马小安马总，好像也是她的业务助理，提前找到琉媒体，主动提出续签明年广告投放协议，我们的销售总监知道后当然是喜出望外，这才九月，甲方就主动送钱过来，这还不得奉承吗？但是，她提出一个条件，就是让我来参加今天这个会，而且……而且要投票给汤总。"

"您投了吗？"

"你觉得我别真是那一纸合同就能被收买的人吗？"别真笑着说，"再说，就那几百万元，我们也不在乎。"

"但你还是答应了，对吗？不然你来不了！"华莹莹说得一针见血。

"华总厉害！"别真哈哈大笑，"是的，我要是不答应，来给你们投出那关键的一票，你们就真的要'game over'了……"

"也就是说其他专家和主编实际上都是沟通过的？"欧阳娜娜继续问。

"这个不好说，但情况差不多。好了，大体情况就是这样。为了你们，我可能会丢掉一单生意，你们是不是得好好请我吃顿大餐？"别真调侃道。

"必需的！别总，你这个人情我领了，下次大餐我来请！"华莹莹也爽朗地笑着，然后和欧阳娜娜一起下了车。

此刻，落日的余晖把天空映照得一片通红，将不远处的西山轮廓清晰地勾勒出来。两人看着这美丽景色，仿佛忘却了这一天的战斗，把身心都陶醉进这如诗如画的夕阳中。

我是出题人，不是做题人

夕阳的余晖洒满西山，划过玻璃幕墙，穿透进 Dorran 的办公室。

然而，Dorran 并没有心情欣赏这金灿灿的阳光，因为她处心积虑做的局竟然就这么流产了，她心有不甘。

"要我说你什么好，汤达人？不怕神一样的对手，就怕猪一样的队友！你上次怎么跟我保证的？口口声声说等着看他们笑话，就等了个寂寞！"汤达人一进 Dorran 办公室就被骂。Dorran 越说越气，在办公室里来回踱步。

"对不起 Dorran，没想到安排线人这事能被她们发现，是我没考虑周全！"汤达人赶紧道歉。

"成事不足，败事有余！"Dorran 发现话说得有点重，缓和了一下语气又说，"好在最终打了个平手，要真输给了他们，那才真是白忙活一场！"

见汤达人默不作声，她继续说："之前和那几家媒体谈好的广告合作，还要往下推，不能因为今天的结果半途而废，说我们不讲信用。今天来的专家就以咨询费给他们结账，一会儿你和柳欣然说一下，我怕一会儿忘了。"

汤达人点了点头。

"唉！"Dorran 突然叹了口气，"你也知道我对你的期待值有多高，这个项目十月下旬举办，本来我是计划，要是你能把这个项目做下来，十月底的晋升，就能顺理成章帮你争取到总经理的职位，可惜了！"

网北一年有两次晋升机会，一次是四月，一次是十月。大部分的晋升安排在四月，新财年晋升是为了激励过去一年做出突出贡献的人，名额较多；十月的晋升名额一般是留给有特殊贡献的人才，名额非常少，竞争激烈。

汤达人很清楚，Dorran 许诺给他晋升，是为了进一步拉拢他，成为一条绳上的蚂蚱，她需要依靠他来打败华莹莹，巩固她的 VP 地位。可这件事情办成这样，的确让他们始料未及。现在唯一能指望的，只有老板黄西的选择，可是要想干预老板的想法，那几乎是不可能的事情。

老板心思深如海，谁都捉摸不透。

集团公关部的内部情况，早被黄西助理苏天鹏打听到了。说起来苏天鹏是业务助理，实际上就如同古代皇帝的锦衣卫，是老板的千里眼和顺风耳，公司内部的大小事情，都逃不过他的眼睛。

黄西很清楚，集团公关部这件事，表面看起来是举办智能生态大会的两种方案之争，实际上是公关副总裁和智能产品公关部总经理的权力之争。说起来是让他做选择题，实际上是想通过他的态度判断他到底站在哪一边。

这些人把他架了起来，还想利用他，真是太幼稚。

于是，在智能生态大会方案汇报会上，Dorran 还没开口，黄西就主动先说了起来："我最近一直在思考一件事，咱们能不能学习一下其他公司，搞出一些'出圈'的公关事件，能够引爆公共话题的。那种四平八稳的公关稿早就该被淘汰了，你们说说怎么样？"

今天这个方案汇报会，Dorran 带了汤达人、宋晓雨、华莹莹和欧阳娜娜参加，本是想让他两个部门分别阐述，没想到一上来黄西就问话。

Dorran 心想，之前也做过不少"出圈"的案例，难道老板忘了吗？或许是老板不满意吧，于是她表示赞成："这个想法好。"

黄西看着华莹莹："华总，你有什么意见？"

"这个想法很好！"

"汤总？"

"黄老师的建议与时俱进，我们多学习！"

黄西叫不出宋晓雨和欧阳娜娜的名字，干脆就不问了。扫视了会场一周后，他忽然板起了脸："那今天我就要批评一下你们了，虽然你们都很辛苦、很努力，但这段时间能够'出圈'的公关事件很少，朋友圈刷屏的事件也不多。所以，我希望在下个月，也就是十月的网北智能生态大会上，看到有明显的变化，也希望你们的方案能体现出这一点。"

说完，他又看着 Dorran："好了，讲讲你们的方案吧。"

听到这里，Dorran 心里七上八下。黄西的意思十分明显，在网北公司他是出题人，而不是做题人，他要的是答案，而不是选择。换句话说，他不会在自己和华莹莹之间做出选择，起码现在不会，他要的是能准确猜透他心思的那个人。而今天，这个人显然不是自己。

见她怔住了，汤达人推了推她的手臂，她才清醒了过来。

"好的老板，我们其实最近也发现了这个问题，所以在做策划的时候，就是朝着这个方向去做的。"她转向华莹莹，"华总、娜娜，你们讲讲咱们都看过的这版方案。"

Dorran 故意把"咱们都看过"这几个字着重强调了一下，意思就是，这个方案她是看过的，也是认可的，是代表集团公关部进行汇报的方案。而另一版汤达人的方案，至此就胎死腹中，权当没有发生过吧。

汇报过程很顺利。黄西对用超级裸眼虚拟现实技术这个创意非常满意，还表扬了 Dorran，说她领导的集团公关部仍然保持着高水平，并嘱咐她下个月的大会要好好准备，争取一鸣惊人。

伴君如伴虎，刚刚老板还批评说没有"出圈"的公关事件，这会儿又表扬说保持了高水平，谁也搞不懂他是怎么想的。然而这个时候，Dorran 似乎有点明白过来，黄老师这是在搞平衡呢，看起来是在表扬自己，实际上还是认可了华莹莹的方案。

不止 Dorran，汤达人和华莹莹也暗暗对黄西敬佩不已，眼看着四两拨千斤就解决了一道选择题。如果自己是老板，恐怕都活不过第一集吧。

大家刚走出黄西这间位于二十层的会议室没多久，还在等电梯的时候，几乎所有人都收到了手机里的一条弹窗新闻，光题目就让他们瞪大了双眼：《网北公司 CTO 林军学历遭质疑，博士文凭也能造假？》。

原来是匿名社交软件"麦麦"上有网北员工爆料，说有个大学教授被曝学历造假后，他发现，原来公司 CTO 的博士学历也是那所"野鸡大学"的。

"这个麦麦上经常有这些耸人听闻的爆料，媒体也不求证就报道，太讨厌了！"欧阳娜娜看到这条新闻后抱怨道。

"先别抱怨，你赶紧先找林总去核实一下情况。"华莹莹对欧阳娜娜说。

"这件事……华总，你们先回去继续完善智能生态大会的方案……还要准备公关公司的招标工作，几百万元的大项目，千万不要出错。"

Dorran 略微思考了一下，对华莹莹说："招标工作就交给柳欣然，你今天把 brief（概要）发给她，我让她尽快安排，争取在国庆假期前搞定。林总的这件事就交给汤总，你们专心在智能生态大会上，因为大会这件事只能赢，你们压力不小啊！"

Dorran 这话倒是不假，这个大项目在手上，接下来的一个多月将不会再有机会睡一个完整的觉，如果被其他杂事干扰，那更会苦不堪言。

汤达人领到任务后，到一旁打电话去了，其他人也各奔岗位。

到了办公室，Dorran 试图回想黄西今天会上的话，看看能不能从中咂摸出一丝对自己有利的信息。正想着，汤达人敲响了她办公室的门，他是来汇报进展的。他说，林总现在正忙，新闻他看到了，说下班前一定会过来找她。

趁着等林军的间隙，Dorran 上网查了一下相关新闻。原来事件的起源是北方科技大学一名教授被曝出博士学历造假，牵连出两百多个假博士，林军就是其中之一。因为林军是一线互联网公司高管，很快就被扒了出来。

网上说，由于这位网红教授发表了一些刺激"打工人"的言论，于是曝光量呈几何倍数猛增。所谓人怕出名猪怕壮，接着她的学历就被网友扒了个底朝天。这一扒不要紧，网友发现授予这位教授工商管理博士学位的美国大学，是名副其实的"野鸡大学"，因为在教育部官网根本查不到。于是网友就继续扒，扒出了其他几百个这所大学"毕业"的博士，其中就有林军。

正看着新闻，办公室的门被人敲响了。果然，在距离下班还有五分钟的时候，林军到了。

Dorran 赶忙站起来："林总，请坐！"

"坐就不必了，有空赏脸吃个晚饭吗？"

林军对 Dorran 发出邀请，让 Dorran 受宠若惊，这是公司二号人物在向自己示好吗？自从上次 PPT 事件后，她以为林军再也不会找她了。

"没有别的意思，现在也是下班时间，想和你边吃边聊所谓假学历的问题。"看到 Dorran 好像在犹豫，林军赶紧做了解释。

Dorran 反应过来，连忙说："林总，没问题，我收拾一下，马上好！"

两人选了中关村融科资讯中心里的一家南方菜馆，名字叫"苏浙汇"。一进大门，就有一种江南小桥流水的秀丽感。这家餐厅属于苏浙淮扬菜系，据说有不少企业家都喜欢来这里吃饭，她慕名想来，却一直没有时间过来。

"他们家的清蒸鲥鱼、蜜汁火肪、越式牛柳粒是招牌，咱们先点上，一会儿尝尝。"林军点菜的时候说。

"看来林总常来啊？"

林总还在看菜单，顺势点了点头算是回应她，她也识趣地先不说话了。

"你看看还有什么想吃的。"林军把菜单递给她。

"不用了，咱们就两个人，已经点多了。"Dorran 笑着说。

等服务员走后，她好奇地问："林总是南方人吗？"

"对，浙江人。"

"怪不得来这里吃饭，那您太太是……"

Dorran 刚想八卦林军太太是哪里人，话刚说出口，忽然想起林军就是他手机里的那个"万科公园五号"，顿时有些尴尬。

林军也感觉到了尴尬，一时间空气仿佛凝固了一般。

第二天一早，Dorran 把汤达人叫到办公室，让他准备拟一个公开说明。

这个说明的大意是，林军本科毕业于清华大学，之后在加州大学伯克利分校读的计算机专业硕士学位，这些都有据可考。博士学位是在回国创业之后的经历，当时东方科技大学一名知名教授发起一项北美洲大学 DBA 项目，项目小组共十个人，网上曝出的那位教授是第一届，林军是第二届。刚创业工作特别繁忙，所以就在他人引荐下，加入这个项目小组，完成十万字的论文，通过了由近十名博导、教授组成的答辩委员会考核，获得博士学位。

二〇〇三年二月，教育部出台"中外合作办学条例"，他们那个项目小组成员才知道其所获博士学位没有被认证。所以在以后的介绍中，林军从来没有对外使用过"博士"称谓，无论是在企业官网的高管介绍里，还是在上市公司公开可查的高管信息中，最高学历一直都是加州大学伯克利分校计算机硕士。

Dorran 还叮嘱汤达人，公开说明写好后，先不要对外发布。目前的舆情暂时都聚焦在网红教授身上，先看看事态发展，再看什么时候发布合适。

汤达人刚要出门，忽然想起一个问题，就转身回来问 Dorran："用哪个账号发布合适？"

的确，这次事件和以往不同，既是林军的私事，又涉及网北公司形象，如果用"网北公司"这个官方账号发，显得过于正式，但如果不用官方账号发，又显得很随意，失去公开声明的权威性。

略作沉吟，Dorran说："发在'网北黑板报'这个账号上吧，看起来既官方，又不是那么官方。"

把这一切安排好，她仰躺在定制的高端人机工学椅上，回想昨晚林军对她说的那些话。说来奇怪，昨晚还没有什么感觉，现在想来却脸红心跳。

昨晚是他们第一次正式面对这个话题。

Dorran打算问林军太太是哪里人，忽然意识到不合适，而林军却毫不避讳，主动说："我离婚了。"

Dorran尴尬地喝了一口水："林总，其实……您不必和我说这事。"

"这长达一年多的痛苦，不知道能找谁去诉说。"林军完全不顾Dorran是否想听，继续说，"直到前段时间，发现那人的太太竟然是你……"

Dorran羞愧地低下头，仿佛自己做了错事，可做错事的明明是何常成啊！她又抬起了头，迎着林军的目光。

"你知道我是怎么发现的吗？"

Dorran没有说话，就那么静静地看着他。

"那天我出差两周回家，到了家就去洗手间。看到马桶我就愣住了，因为那个马桶垫是掀起来的，而她在家的时候，我们家马桶垫一直都是平放的。我以前上完洗手间总是忘了放下马桶垫，为这事没少被她说，所以后来我养成了上完厕所就放下马桶垫的习惯。我家每周都会有一个家政人员来打扫卫生，按理说马桶应该很干净，但我却发现马桶垫下面有残余的……"

因为在餐厅，林军想了想，"尿渍"这两个字还是没能说出口。

"你懂的！总之，家里应该是有人来过了，而且是男人。但或许是有什么亲戚朋友过来玩，这也很正常，所以我就继续看。可是洗手台上我护肤品的摆放，尤其是我电动牙刷的摆放位置都没有变化。后来我发现淋浴的花洒可能有问题，因为高度不对。我太太个子一米六五，我一米八二，我家那个花洒的高度是可调节的，每次洗完澡，我都要把花洒降下来放到适合她的高度。以前也总忘，为这事也没少拌嘴。那天晚上我就发现，花洒的高度是我平时洗澡的高度，我猜测这个男人身高在一米八左右。"

说到这里，服务员开始上菜，林军停了下来。刚才还安静听故事的 Dorran 突然反应过来，她有点不能接受这个现实，因为何常成身高一米七九。

服务员走后，林军招呼 Dorran 吃菜。可此时的 Dorran 哪里吃得下去，她想听听林军接下来是怎么处理的。

"后来我就问我太太，我出差这两周，家里有没有朋友来玩过，她说没有，我心里就有了个七八。你知道，到了我们这岁数，吵架都懒得吵了。我就安排律师帮我调查取证，后来就查到了你先生，以及你的电话。"

Dorran 听到这里，一怔："所以你就等他们约会时给我打了电话？"

"对！不过出乎我意料，那天晚上只有一位女士在楼道里拍照，没有任何人上门吵闹，这让我对你刮目相看！"

不知道林军是在夸她，还是在责怪她，Dorran 判断不出来。可听完这故事，她心里对何常成的爱好像变得不复存在，甚至开始痛恨他。她感觉自己好可怜，于是抬起头说："林总，我想点杯酒，你要来点儿吗？"

一醉方休解万愁。这难道就是"我有故事，你有酒吗"的现实版？林军也不知道，此刻他也特别想借酒消愁，也许只有迷醉在酒精里，才能消化这糟心往事。

两人点了一瓶红酒。觥筹交错间，夜色朦胧中，酒微醺，人微醉，此意最阑珊，两颗受伤的心似乎越来越近……

"嗡……嗡……嗡……"手机在桌上发出一阵急促的震动声，把 Dorran 从昨晚的回忆里拉了回来。她打开手机一看，原来是人力资源副总裁落叶斌。

"落总，什么指示？"

"Dorran，我们看到关于林总学历的舆情了，他的真实情况我们人力资源部非常清楚。要说谣言也不全是谣言，毕竟林总的确是得到过那个大学的学位，但这都快过去二十年了，况且林总从来没有对外说起过自己是博士，他要真读个博士，还不是很简单？"

"所以，落总您的意思是？"

"刚刚我得到不少一线招聘主管反馈，说很多求职者认为，咱们这么大的公司，CTO居然还是个假博士，非常影响我们的招聘声誉，已经有不少人放弃offer了，这个谣言对咱们连续十年的'最佳雇主品牌'形象伤害太大，所以你们那边公关动作能不能快点儿，这样拖下去对咱们非常不利啊！"

在上次PPT事件中，落叶斌在高管早会上和Dorran一起被点名批评后，两人非但没能形成患难之交，反而让落叶斌对Dorran怨气冲天，说话有意无意就像点着的火芯一样直往外蹿。

本来想到何常成出轨的细节就鼓了一肚子火，现在莫名其妙还被一个平级的副总裁催工作，她想压抑怒火，却再也忍不住了，站起来大声说道："落总你可真是太可笑了，你们招不到人，就把锅甩到我们头上来？是，我们公关是背锅大户，但不属于我们的锅，我们坚决不背！"说完，她把手机挂了，啪的一声扔到了桌上，人瘫倒在那昂贵的人机工学椅上。这个时候，她感觉整个世界都是乱糟糟的，满脑子都是林总、何常成、博士、学历、出轨、声明……

恍惚间，她感觉昨晚的一幕似曾相识，两个人面对面坐着，自己的伴侣出轨了对方的伴侣，这场景像极了哪部电影里有过的画面。

等等，好像想起来了，那是一部她上学时没太看懂的电影，王家卫导演的《花样年华》，梁朝伟演的周慕云，张曼玉演的苏丽珍。昨晚的那一幕，像极了有妇之夫周慕云，约有夫之妇苏丽珍，在咖啡馆里见面的场景。

Dorran像是发现了新大陆，忙不迭地把办公室门关上，从视频网站找到了电影，她想再看看周慕云和苏丽珍沟通的那段经典对白。

周慕云：这么冒昧约你出来，是有点事想请教你。昨天你拿的皮包，不知道在哪里能买到？

苏丽珍：你为什么这么问？

周慕云：没有，我只是看着款式很别致，想买一个送给我太太。

苏丽珍：周先生，你对太太可真细心。

周慕云：（笑）哪里，她这个人很挑剔。过两天是她生日，不知道买些什么送给她。（点了一支烟）你能帮我买一个吗？

苏丽珍：如果是一模一样的，她可能会不喜欢的。

周慕云：（想了一下，笑着呼出一口烟）对了，我倒是没想到。女人会介意吗？

苏丽珍：会的，特别是隔壁邻居。

周慕云：不知道有没有别的颜色？

苏丽珍：那得要问我先生才知道。

周慕云：为什么？

苏丽珍：那个皮包是我先生在外地工作时买给我的。他说香港买不到。

周慕云：（笑）啊，那就算了吧。（抽了一口烟，端起了咖啡杯）

苏丽珍：（搅了一下咖啡勺）其实，我也有一件事想请教你。

周慕云：（喝一口，停下来）什么事？

苏丽珍：你的领带在哪里买的？

周慕云：（看了一下自己的领带，笑）我也不知道。我的领带全是我太太帮我买的。

苏丽珍：是吗？

周慕云：我想起来了，有一次她公司派她到外地工作，她回来时送给我的。她说香港没有卖的。

苏丽珍：（笑）也会这么巧？

周慕云：（对笑）是啊。（随后视线垂下）

苏丽珍：其实（音乐停），我先生也有一条领带，和你的一模一样，他说是他老板送给他的，所以天天都戴着。

周慕云：我太太也有个皮包跟你的一模一样。

苏丽珍：我知道，我见过。（眼睛直直地注视着他）你想说什么？

（他低下头，深深抽了一口烟，法语歌曲又响起）

……

苏丽珍：我还以为只有我一个人知道。

……

（深夜，两人并肩在空无一人的街上走着）

苏丽珍：不知道他们是怎么开始的。

这段对白需细细品味。两人通过互相试探，终于将苏丽珍丈夫和周慕云太太双双出轨并在一起的事坐实，这段对白也因此成了影史的一段经典。

"真是同为天涯沦落人。"Dorran 心里感叹道。

她和林军又何尝不是呢，虽说林军已经离婚了，但又有什么区别，不还是两个痛苦的灵魂，一起在深夜借酒消愁、相互取暖吗？她也如苏丽珍一样很想知道"他们是怎么开始的"，但是有意义吗？

电影中，自从在咖啡馆里相见后，苏丽珍和周慕云两人开始走得很近。周慕云为了写武侠小说，特意在宾馆租了一间房间，约苏丽珍前去；苏丽珍常常在下班后到宾馆房间去找周慕云。除了改文章，他们也一起吃东西，阅读，唱曲，模拟质问另一半出轨的情景……

Dorran 不敢再看下去，她和林军……不可能，她还有老公，还有宝贝女儿，不可能和林军走得很近……

关掉电影，她起身打开办公室的门。回座位的时候，她看到沙发旁有一个中秋礼盒，那是今年为了维护媒体关系，给记者们准备的中秋礼物，一整套带网北公司 LOGO 的露营装备。

到北京大半年了，她从没奢望过能和何常成一起带着女儿，一家三口去露营。可每次看到别人一家人其乐融融地在大草坪上娱乐听歌玩游戏的时候，她都会投去羡慕的目光。现在离中秋节只有两天，她期盼着，期盼着一家三口能够团团圆圆过个节，就满足了！

残酷的职场真相

"娜娜，下午有空一起喝咖啡吗？想向你请教个问题。"

中秋节前一天一大早，汤达人给欧阳娜娜发了一条微信，这条莫名其妙的信息让她犯了难。作为 Dorran 的急先锋，汤达人这时邀请她一起喝咖啡，肯定是黄鼠狼给鸡拜年，没安什么好心。但是一个高级总监屈尊请你喝咖啡请教问题，那也是看得起你，不好轻易拒绝。

她没想好怎么回。正好华莹莹从工位路过，她跟着走到了华莹莹工位，把微信界面打开放在桌上，指着聊天内容对华莹莹说："华总，您看，这是……那个人一大早发的，您说我是去还是不去啊？"

"去呗，看看他说什么。"

"不会打什么坏主意吧？"

"哈哈哈，在公司大楼里，又不会把你给吃了！"

华莹莹同意后，欧阳娜娜没有了心理负担，下午按照约定的时间径直走到大厦一层咖啡店的交谈区。

"娜娜！"远远地，汤达人就站起来和她打招呼，看起来，他在这里等了有一会儿了，"我按照最贵的价格刷过卡了，你闭着眼睛随便点！"

于是她点了一杯这家店最贵的苏格兰风情绵云拿铁，取到后坐到汤达人对面："汤总，真不好意思，还沾您的光喝咖啡。"

"这说的哪儿的话！上次你们智能生态大会的创意太棒了，最后还让黄老师都点了赞，归根结底，这都是你的成绩！所以就想请教你，这么大的脑洞，你是怎么想出来的？有没有什么方法可以分享？"

"汤总，说到智能生态大会，我也想请教您，为什么你们的方案和我们头脑风暴会上的方案几乎是像素级的一样？"

"娜娜，这个……方案近似或雷同也很正常，今天不讨论这个话题。"

欧阳娜娜抿了口咖啡，笑着说："想来您找我也不是谈这个话题，哈哈！"

汤达人也被逗乐了："都说你是华总部门最能干的，这才聊了两句，果然不同凡响！既然你想直奔主题，那我就不兜圈子了。"

他双手捧着咖啡杯，思考了一下说："娜娜，自从楚姗姗停职，你们智能产品公关部处理了好几起舆情危机，公关思路进步很快，明显比我们其他几个部门要高一截，这不是吹捧你的话，我没有必要恭维你，所以我说的是实话。这些功劳，应该归到你身上。之前我一直以为你是高级经理，没想到你还只是个高级主管，连经理都不是，而且这个职位一干就是将近三年。"

汤达人说到这里，表情忧伤，还叹了口气："唉，可惜啊！"

关于职位这件事，汤达人不提也罢，既然提起来了，就不能不勾起欧阳娜娜这几年来一肚子的委屈。

楚姗姗对欧阳娜娜有知遇之恩，所以她刚来网北的第一年就拼命干活，当年楚姗姗就帮她从高级专员升到主管，第二年四月又从主管升到高级主管。后来楚姗姗视她为组里核心成员之一，打车发票、餐叙发票等个人产生的票据都让她整理报销，但是两年半过去了，她的职位就一直没有变动过。

也不是没有过机会，甚至机会有过很多。在网北公司工作到第二年时，她在下半年做出了一个非常漂亮的公关传播项目，在有同类产品竞争的情况下，她以一己之力，带着公关公司，一起通过公关手段，把智能产品的销量带到了当天第三方零售网站同类产品的第一名。

之所以当时只有她一人负责，是因为另外一位合作的同事提前请了年假，项目期间那人正好不在。等这个项目收尾的时候，这位同事回来了，做了一些数据统计等项目总结的工作。然而，第二年四月，面向智能产品公关部全体发布的晋升邮件却让她傻眼了。

包括楚姗姗在内，几乎所有人都知道这个项目百分之九十以上都是她完成的，但晋升邮件里，所有成绩都变成了那位休年假同事的，这个项目的业绩是那人晋升的主要依据。当时她真的是"无语"，周围的同事全都哑然，明明知道真相，但又不知道从何说起。换句话说，就是"不服众"。

"不服众"是晋升时的常态。领导想提拔重用的人，往往不是那个众望所归、业绩最好的人，但领导有一百个理由帮助此人获得晋升。你可以反抗，可以说不公平，但领导同样有一百个不用你的理由，这就是残酷的职场真相。

也是从这时开始，整个部门再没发过晋升邮件。以后几年，晋升都是静悄悄地发生，如果私底下没有八卦流传，甚至没人知道本年度晋升的人是谁。

还有一次，有个从其他部门转岗来的同事和楚姗姗公开闹着要职位，原因是当时的领导答应过给她经理职位。但是公司业务调整，她被迫转岗过来，所以如果不给晋升，公司就违背了当初的承诺，她要闹到公司高管那里。

楚姗姗怕给外人留下一个容不下人的恶名，就努力周旋，帮助这人完成了经理职位的晋升答辩。可万万没想到，这人刚刚晋升经理，第二天就提交辞呈不干了。每年的晋升名额有限，这就等于白白浪费了当年的名额，也断送了别人的机会，楚姗姗后悔不迭。

经历过几次这样的事情，欧阳娜娜总是会想，不能太着急，虽然职位两年没动，可是在公司里，四五年没晋升过的人不也是一抓一大把吗？况且，姗姗姐是把她当心腹看的，除了私密的工作会交给她，刘宇飞出差的时候，她们俩还经常一起吃饭看电影。所以只要有机会，姗姗姐一定会想着她的，于是她就期盼着去年十月的晋升机会。然而当时有个林军介绍过来的专员，迫切需要一个晋升机会，华莹莹暗示去年的那个指标就给这个专员吧。人在屋檐下不得不低头，纵有万般不服，大家也都理解。

排来排去，算来算去，今年总该轮到自己了吧？于是她开始憧憬着今年四月的机会。可是就在晋升答辩名单公布的前一天，楚姗姗告诉她上半年的机会留给了她去年从竞品公司引入的一名高级主管，她需要留住这位主管，请欧阳娜娜理解，并且保证下半年一定为她争取。

这几年其实她工作很辛苦，和那那的分手也和公司高强度的加班有很大关系。记得有一次，她下班回家路上，楚姗姗说有一个PPT需要马上修改，她到家后连鞋都没来得及换，就开始修改PPT。那天，那那陪她一起在家加班，好不容易改完提交了一版，那那说咱们下楼去吃点饭吧，她抬头一看，都十点多了，就想着吃点东西，再上来也好。

结果走到半路，楚姗姗说立刻要改这改那，她说能不能等她吃口饭再改，都十点多了还没吃上饭。结果等着她的居然是楚姗姗劈头盖脸的一顿骂，然后她又把楚姗姗给过来的压力都发泄到了那那身上。那那离开她以后，她每次想到这里都后悔不已。

有时候她也想过，其实做一个边缘的"打工人"也挺好，至少不会对职位和薪水有期待，但现在自己忍辱负重，却没有得到相应回报，就像前面吊着一根胡萝卜的蒙眼驴，卖力地往前赶，却始终原地踏步，一无所获。她知道这就是"大厂"赤裸裸的游戏规则和残酷的职场真相，竞争的永远不止是业绩。然而，就算上上下下各个方面都打点到位，最后上位的也不一定是你，就连华莹莹现在都深陷其中无力抗拒，何况她一个小小的高级主管。

想通这一切，她感觉豁然开朗，格局一下就打开了。并不是自己不够努力，而是很多事情，自己无法掌控。而自己能真正把握的只有在工作中锻炼到的能力，其他把握不住的就随缘吧，所谓"壁立千仞，无欲则刚"，"尽人事，听天命"好了。

汤达人看她怔了很久，一直没打扰她，或许这就是他想达到的效果。

"真可惜，你这样的人才就这样被埋没了！"半晌，汤达人开了口。

"唉！"欧阳娜娜叹了口气，"谁不想往上走，但这种事就随缘吧，也不是说争取就能争取到的，我又不是电视剧主角，自带光环，一路开挂，对吧？"

"话也不是这么说的。像你这样的能力，到我们部门来，一定是高级经理往上的职位。"

"高级经理，还往上？那不就是您的职位了吗？"

"这也不是没有可能，以你的水平，说不定过两年我就得向你汇报工作了呢，到时候娜总可得手下留情啊！"

"汤总，您可别捧杀我了！您这么说，我害怕！"

"害怕啥，谁不是一步一步走过来的，我当初和你比起来可差远了！"

欧阳娜娜听后，仰着头喝了一大口咖啡，笑着摇了摇头。

汤达人见状，感觉她可能是在纠结，于是打算乘胜追击："今天，我就是想来征求一下你的意见。连升两级，高级经理的职位，薪水翻一番！"

"汤总，您这是在挖我吗？谢谢您的赏识，我真是受宠若惊！可是我一直跟着华总和姗姗姐工作，您凭什么觉得我会同意转岗？"

"凭你受过的委屈！"

欧阳娜娜刚要说话，被他抬手止住了："先不要着急给我答案。如果你想来，谁都拦不住，如果你不想来，谁也要不到。想清楚了随时和我说，品牌内容策划部永远欢迎你！"

从一层咖啡厅回到工位，欧阳娜娜第一时间找华莹莹汇报了沟通情况。

"你怎么想？"华莹莹问。

"华总，要说完全没有诱惑，那是自欺欺人，但自从这段时间跟着您近距离工作，我发现工作除了赚钱，还需要有一股正直的专业精神，这在其他部门负责人身上是看不到的。钱永远赚不完，但是华总，您只有一个！"

"谢谢你，娜娜。"这声"谢谢"，是华莹莹发自内心的感谢，她的确要感谢欧阳娜娜的不计前嫌。当年为了一己之私，帮助自己喜欢的下属晋升，把欧阳娜娜一个人做出的项目业绩强行转嫁到了其他人身上。华莹莹自己何尝不知道这么做并不公平，可是残酷的职场，却也让她好像失去了所谓的公平与正义，不过好在自己内心似乎还在顽强地坚守着什么。

她知道，那是谷歌公司一个叫作"不作恶"的价值观。

尽管欧阳娜娜从未对外提起过与汤达人的那场谈话，但谈话内容很快就在集团公关部不胫而走。当时有很多人亲眼看到他们在公司一楼咖啡厅聊天，所以相关信息越传越夸张，说什么欧阳娜娜因为将近三年没有晋升而主动要求转岗到汤总部门；还有的说汤总主动来挖华莹莹的墙脚，有好戏看咯；甚至有的说华莹莹用得着的时候就用人家，用不着的时候就把人家放一边晾着，难怪她们部门的人喜欢吃里爬外，净出"内鬼"……

"华总，外面那些谣言肯定是汤总故意放出来的，您别放在心上，都不是真的。"第二天中午，在食堂一起吃饭时，欧阳娜娜对华莹莹说。

"我不会放在心上，人只要做事，一定就会有人在背后说三道四。只是你的情况实在特殊，我曾经还问过姗姗，是不是该给你晋升了，可是她手上总是有棘手的人要处理，她这是把你当成了自己人，总觉得经理这个职位早晚会是你的，先解决手上的难题再说，这么一耽误就给耽误下来了。"

说着，华莹莹放下手中的筷子，面带愧疚："我也有责任，没有提醒到位，对你这样一个跟了她好几年，做了这么多贡献的员工都不给机会，这也意味着其他人更没机会了。所以在她团队里就形成了闹得越凶，越有奶吃的局面，人心就是这样涣散的。"

或许是汤达人在外面放出的传言，在欧阳娜娜心里种了根刺，她敏锐地感觉到，尽管华莹莹说得真切，但真话并没有全说，比如当年她的项目业绩被华莹莹故意安到另外一个同事的晋升成绩里，就只字未提。

"娜娜，我还要提醒你，这是汤总打的心理战，目的就是要在你心里种根刺，离间我们团队，因为现在正是准备智能生态大会的关键时期。汤总搞这套心理战术很拿手，我想，咱们团队偷窃方案的那个'内鬼'应该就是这样被策反的。"华莹莹继续说，"至于你的职位，我来想办法！"

一语惊醒梦中人。欧阳娜娜这才意识到，汤达人在外面散布传言，无非想劝她离开华莹莹团队，而且似乎对她已经产生了影响。苍蝇不叮无缝的蛋，这几年华莹莹和楚姗姗有意或无意没能给她晋升，才给了对手乘虚而入的机会。在传言的助攻下，在晋升两级和工资翻番的诱惑前，她动摇了。

欧阳娜娜还没从乱糟糟的思绪中清醒，突然一阵急促的手机铃声让她吓了一跳，于是在身上一通乱摸，然后从裤兜里掏出手机一看，原来不是自己的手机来电，而是华莹莹的。

华莹莹掏出手机，看到是个固定电话，接通后猛地站了起来："什么时候……在哪里……好的，我马上到……"

挂完电话，她急促地对欧阳娜娜说："娜娜，来不及解释了，麻烦走的时候帮我把餐盘送一下……"她嘴都没擦，头也不回地往地下车库跑去。

她停完车赶紧跑向市第一医院急救中心，刚跑进大门就看到医生急匆匆地推着抢救病床，把躺在上面一个穿着耐克 AJ 运动鞋的年轻人送进手术室。

就是他！他就喜欢穿这款鞋！华莹莹只觉得脑袋嗡的一声，眼前一花，差点跌倒。她扶着手术室门口的椅子坐下，缓过来之后，又开始坐立不安，干脆站了起来，却控制不住地不停踱步。她从未觉得时间如此漫长，煎熬了半天，一看手机，才过去了十分钟。她不停地想着：人没事吧？伤哪里了？

人只有在失去的时候才懂得珍惜，也才明白什么才是真正重要的。这一刻，她似乎揭开了封印在内心深处的答案，那个她始终不愿意承认、不愿意面对、不愿意相信的答案。

忽然响起的手机铃声把焦急中的华莹莹吓了一跳，她顺手就接了起来。

"我说亲爱的华总，您这是到哪里了？蜗牛也比您快吧！"

"田小帅？你不是正在手术吗？"

"我在病床上呢！好着呢！"原来是一场乌龙，华莹莹舒了一口大气。挂完电话，她就如一支上了弦的箭往病房区跑去。

"你说你开车怎么就那么不小心？吓死我了！"病房里，华莹莹看着躺在病床上的田小帅，气喘吁吁地说，话语中似乎是责怪，但更多的是心疼。

"还不是因为你！所以……你还是在乎我的对不对？"田小帅俏皮地说。因为腿疼，他俏皮的脸上带上了一丝痛苦。

见华莹莹不说话，他艰难地侧起身，从床底下拿起一个盒子："来，给你看看这个。"华莹莹接过来一看，上面写着哈根达斯冰激凌月饼。

"我怕它化了，所以开车时着了急，一个不留神就撞到了路边绿化带。嘿嘿，还好，腿上擦伤，流了点儿血，医生处理过了，休息两天就好。"

看到冰激凌月饼，华莹莹这才想起，原来明天就是中秋节了。

"来，打开看看它有没有化。"

华莹莹正要伸手，田小帅突然说："等等……"她有点诧异，怎么了？

"你过来一点！"田小帅用不容置疑的语气说。

这孩子在搞什么鬼！心里虽然这样想着，但她还是靠了过去。

田小帅用左手撑起身子，右手伸了出去："别动！"然后他小心翼翼地从华莹莹嘴边捏起一颗米粒。短暂的尴尬后，两人同时爆发出巨大的笑声。

同病房正在输液的阿姨被这笑声感染，转过来说："你们是小情侣吧？都出车祸了还这么开朗，真羡慕你们年轻人！"

这句话让两人又尴尬地沉默了几秒钟，随后又相视大笑起来。

那阿姨还继续说："姑娘，你男朋友可坚强了，刚刚进病房的时候，脸都疼变形了，嘴里一直在喊'莹莹''莹莹'，让护士给一个叫'莹莹'的人打电话。我一想啊，这'莹莹'准是他的心上人！瞧你们多般配！"

田小帅心里乐开了花，这阿姨简直就是"神助攻"！

华莹莹虽然已经发现了内心深处的答案，可她也不知道怎么把阿姨这话往下接，于是打岔道："对了，你不是还在上学吗，那车从哪儿来的？"

"从朋友那儿借的。"

"下次开车注意，别这么慌慌张张。要是还这样，我……我就不来了！"

"好好，下次开车注意！不过，今天你能来陪我，我已经很满足了！"说完，田小帅幸福地笑了，露出健康的八颗大白牙。

第二天就是中秋节，这天欧阳娜娜没有任何计划。一大早，弟弟就说晚上要和她一起吃饭，她提议出去吃大餐，弟弟不同意，说一定要来她家吃。于是她在外面逛了一圈，在餐厅打包了弟弟爱吃的几个菜后，径直往家走。

欧阳娜娜打开门，发现家里漆黑一片，心想欧阳迪迪怎么还不回来，于是伸手打开客厅的灯。忽然，一声洪亮的"中秋快乐"把她吓了一跳。定眼一看，原来弟弟和爸爸妈妈都来了，她激动地跑上前抱住爸爸妈妈，埋怨道："你们来北京怎么不和我说一声！太想你们了！"说着，她自顾自哭了起来。

"这孩子，哭什么，我们一家来过个团圆的中秋节还不好吗？"她妈妈说着，也拭了拭眼角的泪珠。

情感抒发完，她又"责怪"起弟弟："过个中秋节嘛，搞得跟过生日一样，还突然袭击，吓死我了。下次早点跟我说，知道吗？"

"生活要有仪式感嘛！"欧阳迪迪做了个鬼脸。

"咦，你怎么也在？"欧阳娜娜发现旁边还有一个人，一个默不作声，只知道傻笑的顾小威。

"我就不能来吗？"顾小威学着短视频里流行的一个搞笑片段，笑着模仿说，"那我走？"

说完，几个年轻人默契地哈哈笑作一团，只有欧阳娜娜的爸爸和妈妈搞不懂这些年轻人到底在笑些什么。

笑完，欧阳迪迪对她说："姐，我今天在工作室和小威导演一起干活，他说中秋节就他一个人在北京，反正都要过节嘛，我就喊他一起过来了。"

"你不是在生我气吗？说我偷窃别人方案，还说我不正直、不善良吗？"欧阳娜娜对顾小威说完，故意做了一个生气的动作，把头转了过去。

"那你也不跟我解释，害得我以为遇人不淑呢。"顾小威笑着辩解道。

"面对事实，误会就会自动消除的，这不，不用解释你就知道了。"

"哈哈哈，我错了我错了！"

正说着，欧阳爸爸妈妈招呼大家坐下吃饭，饭早就准备好了，满满一大桌菜。欧阳娜娜打开电视，让家里热闹些，也看看央视中秋晚会有什么新花样。

每年的中秋晚会节目都差不多，大家看了两眼，就将它作为吃饭的背景声了。电视里主持人说，今年中秋晚会与众不同，最大的亮点是夫妻同台、情侣同场。先是沙溢、胡可夫妇献唱《爱的箴言》，然后是郎朗、吉娜夫妻通过云合作的方式完成了《不灭的烟火》，隔着屏幕也是满满的爱。

欧阳爸爸妈妈看到这个片段，不由自主地展开催婚攻势，哪怕在吃饭，嘴上也停不下来："娜娜，你说你，和那那分手后，也不抓紧找个男朋友结婚，我们现在还能帮你带孩子，岁数再大一点儿就带不动喽，抓紧啊！"

欧阳娜娜一听，心里暗暗叫苦：完了，又来了。

她嘴上无奈地答道："知道了。"

她偷偷瞥了顾小威一眼，只看到他在那里抿着嘴偷笑。

欧阳妈妈转向顾小威："小威导演，你谈对象了没有？"

偷笑的顾小威没想到突然被"关照"，慌忙笑道："呃，还没有……"

"那你觉得我们家……"

欧阳妈妈正想把自家姑娘推销出去，却被欧阳迪迪抢了话："小威导演，那个依凡姐呢？"

"哪个依凡姐？"顾小威略作思考，"她啊，就是一个普通朋友！"

"工作室的人都说，你们俩已经好上了，而且大家都说她特别喜欢你，三天两头地往工作室跑，听说她爸还是电影局副局长呢，你就从了呗！"

真是"童言无忌"，此刻顾小威恨不得上去捂住他的嘴。

"叔叔阿姨，别听他的，这都是工作室的人瞎传。"顾小威赶紧解释。

桌上的氛围似乎开始变得尴尬，大家都闷头吃饭，要不是电视机里的背景声音，针掉地上都能听见。

"他们说得可真啦，有鼻子有眼的。"欧阳迪迪还没意识到桌上氛围的变化，还在继续。

欧阳娜娜给他夹了一块肉，没好气地说："吃你的饭吧，别说了！"

顾小威心想，这又是一场误会，上次是自己误会了欧阳娜娜，今天他们全家又误会了自己，可这还一下子解释不清楚。

欧阳迪迪口中的那个吴依凡，是半个月前别真带到工作室来谈项目合作的。不知道怎么，她看到顾小威后，一眼就喜欢上了，关键是人家条件非常优渥，父亲是电影局副局长，主管影视创作，她本人又是典型的山东大美女，英国留学归来，主修艺术管理，现在在一个艺术研究所工作，形象气质都是高配，可顾小威对这女孩怎么都提不起兴趣。本来中秋节人家邀请他去家里吃个便饭，可他推说家里有事，跟着欧阳迪迪来这儿过节了。

欧阳娜娜不是说"面对事实，误会就会自动消除的"吗？他见一下子也无法解释清楚，干脆就等着误会自动消除的那天吧。

这天被误会的，还有 Dorran。

"中秋快乐！"盯着手机上林军发来的祝福，Dorran 一下子愣了神，她担心林军是不是误会了她什么。从职场礼仪上讲，一般都是下属给领导先发节日祝福，哪有公司二把手先给她这个副总裁发节日祝福的；从个人感情来说，互相发个祝福信息很常见，但她暂时还没有把林军往个人感情方面去发展的想法。她现在有一个完整的家，尽管老公中秋节晚上都还在外面应酬，但她现在还不想失去他。她希望和林军保持正常的同事关系，一个彼此有着共同秘密的同事。但或许，林军的想法并不止于此。

哄完女儿睡觉，Dorran 给自己倒了一杯红酒。她一个人坐在落地窗前，看着天上的满月，不禁自言自语道："有人见月欢喜，有人望月惆怅，唉！"一语说完，她把杯中红酒一饮而尽。

正所谓，月儿弯弯照九州，几家欢喜几家愁。

"Dorran，出事了！"中秋假期刚过的第一个工作日，汤达人一上班就慌慌张张来到 Dorran 办公室。

"怎么了？"Dorran 正看着这周工作日程表上满满的会议安排，皱着眉，有点不耐烦地说。

"您看我转发给您的稿子，关于林总的。"

这一早 Dorran 就在研究本周的工作计划，还没来得及看手机。她拿起手机，看到汤达人转发的新闻，嗖的一下站了起来："这是什么时候的事？"

"原发时间是今天早上八点，舆情监控发现的。我看了一下，目前为止还没有被转发。"

"这事太大，我必须再核实一下。"

"是，感觉最近是不是有什么势力盯上了林总，怎么总是针对他？"

"不要瞎猜！我先核实一下这个稿子的真实情况吧。"Dorran 说完，立刻把这条新闻转发给了林军。

很快，林军电话就回过来了："果然没有猜错，最近针对我的事情都是她在搞鬼！"

"您是说，您的……"

"你猜得没错，是我的前妻。博士学位的事能被网友知道算正常，但是硕士学位这件事，在国内除了黄西、我和我前妻，再没第四个人知道。"

"您说黄老师也知道？这是……硕士学位的……什么事？"

"说来话长。简单地讲就是，当年黄西回国创业，我还有一年才能毕业，想等毕业以后再回来。可当时国内互联网创业潮风起云涌，风口一过就没了，他说时不我待，最好的时机就是现在。我思考之后，就提前结束学业，跟他一起回了国。后来为了说服资本方拿投资，我的身份还是加州大学伯克利分校计算机硕士毕业，毕竟两个美国顶尖高校计算机硕士毕业生创立的公司，不会差到哪里去吧？"

"怪不得听说黄老师这么多年对您一直都很尊重，原来还有这么一段渊源。"Dorran 心想，只要老板知道，这事就没问题。一家民营公司，又不是央企国企，任何事情都是老板说了算，况且这件事听起来还是黄老师欠林总的。公司能发展成今天这样的规模，也算是林总押对了宝，跟对了人。

林军没有理会 Dorran 的话，继续说："但是万万没想到，她居然将这件事拿出来说，我几乎净身出户了，她到底还要怎样？"

Dorran 听得出，林军很爱他太太，而且话语中似乎藏着很多委屈。她连忙安慰道："林总，您别伤心。"

可转念一想，她不能和林军这么暧昧下去，于是把话题引到工作上来："您看，需要我们怎么处理？发律师函吗？"

"不用，这件事低调处理吧。这样对她好，对……对你也好。"

Dorran 听明白了，这件事继续闹大，把黑稿的幕后黑手揪出来，免不了会带出林太太出轨的事情，到时候两边都会身败名裂，最终两败俱伤，甚至还会曝出何常成，她一定无法接受，这也就是林军所说的对她也好的原因。

"明白了，我们低调处理。"

"Dorran，发生了什么？需要怎么做？"

汤达人的问话，让 Dorran 吓了一跳。刚刚和林军打电话的时候，完全忘记了办公室还有另外一个人。

她仔细回想了一下，好像没有和林军说什么出格的话，于是放下心来，说："汤达人，林总的硕士学历确实有问题，这背景有点复杂，他要求低调处理。不过黄老师清楚这事，所以问题不大。你这样，在上次咱们的声明中加一句话，'无论林军先生是何学历，都不影响其在网北公司的任职'，把声明通过邮件先发给林总确认，确认后再发给人力资源部落总确认，两封邮件都要抄送给我。"

汤达人走后，Dorran 继续看本周日程安排，忽然想起来，国庆假期前还有智能生态大会招标这件大事要完成。蔚蓝海域是公关体系最常用的供应商，从涛哥时代就开始，服务网北公司将近十年时间，和每块业务都绑定得很深，当然和每块业务的利益也错综复杂。

上次监察部查了楚姗姗和欧阳娜娜，没有查出什么来，这也许是因为没有调查到华莹莹本人？但总经理级别岂是说查就查的，这里面还不知道会牵扯谁！楚姗姗占有蔚蓝海域百分之二十股权的事情至今还没有结论，想来她应该也不会那么大胆，可这种事谁又说得准呢！

涛哥在公关体系的时代结束了，现在是 Dorran 的时代，Dorran 的时代应该有自己可控的供应商，就从智能生态大会开始切入吧。想完这些，她给深圳那家"大厂"经常合作的一家供应商热潮公关的老板张国强打了个电话。

除了热潮公关，参加这次公开招标的还有五家供应商。招标会安排在国庆假期前倒数第二天，这是柳欣然协调所有人的时间后最终定下来的。

虽然快要放假，但柳欣然忙得团团转，供应商招标这事把她搞得心力交瘁。本来除了 Dorran 的业务助理，她还是媒体关系部的负责人，刚来没多久，本职工作还没完全搞清楚，这次的供应商招标则更让她头疼。她需要将编制详细的招标文件交给采购部，采购部发起项目说明会，她一遍遍地和这些供应商解释项目的主要内容和大体方向，尤其是这次有几家新的供应商参与进来，沟通成本几倍几倍地增加。

由于招标项目金额太大，所以 Dorran、华莹莹、汤达人、柳欣然，还有瞿佳慧、王强都必须参加并现场打分，采购部主管全程监管、打分，并给出最终的采购建议。

在这次招标会之前，蔚蓝海域的 Selina 特地给华莹莹打招呼求照顾。华莹莹知道蔚蓝海域是当年涛哥照顾颇多的公关公司，也是合作最久的公司之一，对每个业务板块都非常熟悉。自己的一些临时需求，无论是垫付资金还是要个专家证言，他们都能及时响应，所以她心里十分希望蔚蓝海域中标。

Selina 还悄悄告诉她，公司另外一个创始人史文钊也和汤达人打过招呼，那边也是满口答应帮忙。不过汤总的口径也是和华莹莹一样，还是要看招标会现场的表现，毕竟现在是 Dorran 主政，谁也不敢保证最后的结果。

这一点 Selina 非常理解，除了 Dorran，还有采购部主管现场监管，想动手脚几乎不太可能，除非打分的六个人都能串通好。她心里非常有数，涛哥时代，大家还有可能心照不宣，可是在 Dorran 时代，却各有各的算盘。

今天共有六家供应商参加招标，上午两家，下午四家。招标会开始后，华莹莹才发现，除了蔚蓝海域和星空国际、分享传媒这些与网北常年合作的公司，还多了几个没听说过的公司，热潮公关、大马传播还有亿万光年。

供应商的提案流程都一样，先是针对本次智能生态大会做的会议策划和传播创意介绍，然后是公司介绍、匹配的服务团队介绍，最后是公司的资源列表和报价表。

上午是蔚蓝海域和热潮公关，这两家内容质量比较高，大家就内容创意讨论还比较激烈。下午不知道是不是因为午后犯困，还是想着再有一天就要放假，大家对剩下四家普遍提不起精神。

六家公司讲完后就到了打分环节。就在采购部主管给大家发放打分表的时候，Dorran 站起来说："在打分之前和大家说几句。今天的这场招标和以往不同，以往招标是想听会议传播的创意，而我们今年的创意方向黄老师已经定了，所以在内容方面，更多是来学习业界思路，看看有哪些方面能够给我们带来传播上的启发。"

大家面面相觑，Dorran 到底要说什么？

"因此，我们今天的招标，更多的是想看看每家公司的性价比。大家知道，公司今年业绩压力比较大，外面已经有很多公司启动了裁员计划，咱们虽然还没有，但也要帮公司开源节流。就拿新闻通稿写作一项来说，我看刚才的报价，大多数公司都是两千元一篇，但热潮公关和亿万光年都是一千五百元一篇，在质量差不多的前提下，性价比高的供应商才是符合公司当前要求的合作伙伴。"

在座的总监都是职场人精，瞬间懂得 Dorran 这番话的意思。无非要引入新公关公司嘛，而且提示得十分明显，就差报公司名称了。这时每个人心里的小九九都打得不一样。

汤达人在想，Dorran 有这个计划为什么不早点告诉自己，之前还答应过蔚蓝海域的史文钊要照顾他们，这下怎么办？

华莹莹想，Dorran 这次又是冲自己来了，毕竟采购回来的供应商是要服务她主导的项目。因为每次更换新的供应商，是需要反复磨合的，尤其是在大型项目中，会给团队增加很大的沟通成本。就算对方不配合你，你也无可奈何，因为哪怕去找采购部投诉，重新招标的可能性也几乎为零。

瞿佳慧和王强想的是，Dorran 这步棋终于落子了。只要日常还让用蔚蓝海域就行，毕竟他俩之前逢年过节也没少收蔚蓝海域的好处。可如果将来要切换日常供应商，不仅自己利益受损，而且一举一动都会在 Dorran 的监控下，的确可怕。话说回来，这次无论用哪家供应商，和他俩都没什么关系，只要不得罪人就行。不用蔚蓝海域得罪的是涛哥，只是涛哥现在还重要吗？

"这次项目太大，我们计划分成大小两个项目包，总体按照性价比优先，兼顾创意性的原则，大家打分吧。"Dorran 提出了打分要求。

包括采购部主管在内，最终大家得出了一个得分排名：热潮公关第一，蔚蓝海域第二，亿万光年第三，星空国际第四……

尽管华莹莹感觉来者不善，但人家就是利用公开规则向你宣战，而你却束手无策。

原来是一场梦

这是国庆假期前的最后一个工作日。

办公室里洋溢着一种放假前的轻松感，每个人都心照不宣，熬过了这个工作日，就能放假七天，今天说不定还能"带薪摸鱼"，想想都能偷着乐。

一大早，Dorran 的秘书捧了一堆快递进来，有各种报刊，有自己网上买的小玩意儿，还有一些广告公司为了拓展业务而寄来的公司介绍，等等。其中一个文件袋吸引了 Dorran 的注意，因为上面写的是"Dorran 亲启"。

她好奇地撕开文件袋，里面掉落了几张照片。她捡起来扫了一眼，脸色瞬间变得十分难看。因为照片上是她和林军在苏浙汇吃饭，喝得微醺时的状态，虽然算不上暧昧，但也不能说是清白，毕竟普通男女同事之间怎么会表现得如此亲近。

地上还掉了一张 A4 大小的纸张，是刚才撕开文件袋时飘落下来的。她捡起来翻过来一看，上面写了六个大字——不要脸的女人。

她倒吸了口气，心想这寄送快递的人会是谁？此刻，一万个念头在她脑海中快速闪过。她想到了林太太，难道最近林太太通过黑稿想搞臭林总，就是因为发现了林总和自己在苏浙汇吃饭，甚至把自己当成了第三者？这也太夸张了!

除了林太太，她实在想不出还有其他什么人会给她寄这组照片。

她还在思索着这桩奇案，这时何常成打了电话过来。刚接起来，还没等她开口，电话那头就像点燃的爆竹一样炸开了。

"我问你，照片上那个男人是谁？告诉我，那个男人到底是谁？"

"什么照片？"

"少在这儿跟我装蒜，你自己做的鬼事，自己不知道吗？！"

"你是说和我们公司林总吃饭的照片吗？"

"我哪知道什么林总木总，你出去跟男人鬼混，你还要脸吗，啊？！"

何常成这句话彻底把 Dorran 激怒了，她一脚把办公室的门踹上，砰的一声让外面的人都吓了一跳，然后她对着电话吼道："何常成，最不要脸的应该是你吧！你还跟我理直气壮地吼，别以为我不知道'万科公园五号'怎么回事。哪个正常男人会半夜十二点从一个老公出差的女人家里出来？你一而再再而三地在外面搞破鞋，我都隐忍不发，就是为了让何梓萱能有一个完整的家，所以一直盼着你能浪子回头，结果你在这儿跟我吼！何常成，我告诉你，你别以为我是好惹的，你那些破事，我迟早会找你算账！"

"我警告你，Dorran，你别血口喷人！"

通过日常生活里 Dorran 有意无意的暗示，何常成猜到她可能知道了自己在外面拈花惹草，但没想到她居然知道了自己和林太太的事，说话气焰明显弱了下来："回去再找你理论！"

挂了电话，Dorran 把手机狠狠地砸到那个会客的沙发上，手机从沙发上又蹦跶了一下，弹到了地上。她有气无力地躺倒在沙发里，把头深深地埋进去，尽量不去想这些糟心事。

此刻她觉得自己仿佛漂浮在大海上，正在被卷入一个巨大的漩涡中。这个漩涡里充满了出轨、第三者、暧昧、离婚等画面，她想从漩涡里挣扎着往上爬，可使出了吃奶的劲儿，还是爬不上去，那个漩涡仿佛是个无底的黑洞，凭借强大的吸力一点一点吞噬着她的身体……

突然海面上游过来一个人，嘴里一直喊着："Dorran、Dorran……你没事吧？"她挣扎着想看清这个人的脸，却怎么也看不清，可她还是想使出全身力气想看看这人是谁，结果眼一睁，发现自己还躺在沙发上。

外面传来一阵急促的敲门声："Dorran、Dorran……你没事吧？"原来是一场梦，刚才竟然睡着了！她揉了揉眼睛，整理了一下头发去开了门。

"Dorran，你没事吧？刚才给你发微信没回，打电话也没人接，我直接到你办公室来，可是敲门也没反应，就想再打电话试试，结果听到电话在里面响，我想着你不会出什么事儿了吧。抱歉 Dorran，刚才敲门太急促了。不过，看到你没事就好。"汤达人看到 Dorran 没事，长舒了一口气。

"没事，刚才不知道怎么了，躺在沙发上就睡着了，可能是最近压力有点大。"Dorran 拿起杯子，喝了一口水说道，"这么急，有什么事吗？"

"嗨，瞧我这记性，看你没接电话，就只顾着关心你，正事倒差点给忘了。"汤达人这马屁拍得让 Dorran 手臂上的毛孔都大了，但心里舒坦得很。

汤达人继续说："那个网红教授终于发了声明，和林总说的那一版很像，大体就是博士学位获得过程是正宗的，但是国家没有认证。我过来就是问问，林总的声明今天还发吗？对了，您可能没来得及看邮件，那个声明林总和落总都确认过了。"

"你觉得今天要发吗？"

"我感觉北方科技大学应该会有个声明，我们是不是等到这个声明出来后再发更合适？因为这个声明相当于一锤定音，后面不会再有反转了。"

"我也是这么想的。没想到这个网红教授还是个公关高手，今天发了声明，明天国庆假期就不会再有人讨论起这事，大家只顾着休假去了。我判断没错的话，今天下午北方科技大学可能也会有一个声明，不过这个大学发不发都不影响咱们，咱们五点左右下班前发吧，把舆论影响减到最小。"

汤达人答应了一声就回去干活儿了。

Dorran 回到座位，瞥到散落在桌上的照片和那张写有"不要脸的女人"的 A4 纸，一股愤怒之情又燃烧了起来，她把那几张照片撕成碎片，狠狠地扔进了垃圾桶。还有那张纸，她拿起来想一把撕掉，可才撕了一半，又放了下来，给林军发了一条微信："林总，我想和您谈谈。"

Dorran 等了半天，却一直等不到回复。

下班回家，本以为会和何常成大吵一架的 Dorran，打开家门却看到出乎意料的一幕。桌上是满满的饭菜，厨房里传出炒菜声，何常成穿着围裙在忙活着，何梓萱正拿着筷子尝着爸爸刚做出来还冒着热气的菜。

这一幕，让她既熟悉又陌生，突然眼眶一热，差点流出泪来。她自责什么时候变得这么容易感动了。

看到妈妈回来，何梓萱从椅子上蹦了下来，跑到门口抱住妈妈亲了一口："妈妈，终于等到你和爸爸一起吃饭了！"这句话，又让她鼻子一酸。

温馨的灯光下，一家三口其乐融融地吃饭看电视。中秋节晚上没有吃成的团圆饭，居然在今晚实现了，真是不可思议。Dorran 和何常成谁也没有提白天的事，或许也是没有人愿意打破这家人团圆的温馨场面吧。

饭后，住家阿姨收拾桌子清洗碗筷，Dorran 和何常成轮流辅导女儿写作业。这天晚上，是何梓萱转学到北京以来难得开心的一晚，咯咯咯地笑个不停。以往，爸爸妈妈要么不回家吃饭，要么只有一个人回家和自己吃饭，爸爸妈妈回家一起吃饭时又经常拌嘴，所以对何梓萱来说，今晚是多么幸福！

这幸福对 Dorran 来说也是一样，她很久没有享受过家庭的温馨了。每天在公司被各种会议塞满，各种突发事件让她应接不暇，还要应对复杂的人际关系，焦虑和压力快要让她窒息，她不得不采用各种或明或暗的手段维护自己的利益。

然而为了何梓萱，也为了自己能有一个完整的家，她选择忍辱负重，对何常成睁一只眼闭一只眼。她总是安慰自己，何常成只是犯了一个大多数男人都会犯的错，就算离开他，谁能保证下一个就不会犯错？

她从小就听老妈唠叨，少时夫妻老来伴，夫妻还是原配的好。尽管她父亲年轻时整天在外面花天酒地，甚至有好几个相好的，可老妈历经千辛万苦最终还是保住了家，没有让她失去父爱和母爱，她觉得老妈虽然辛苦，可一切都值得。

现在，既然何常成愿意回归家庭，她还是愿意和他好好过下去的。明天就放七天长假了，她打算利用假期一家三口好好出去玩一下，用心修复一下紧张的亲密关系。

洗完澡，她特意穿上那件平时没机会穿的迪奥粉红色性感吊带睡衣，真丝面料材质有一种天然的贵族感，将她整个人衬托得妩媚动人，和白天在公司对下属盛气凌人的样子判若两人。她又用欧舒丹的樱花身体乳，把身体仔细涂抹了一遍，使整个卧室都充满了暧昧的樱花香味。

两人平躺在床上，静默无言，似有千言万语，但又无法开口。又或者，都在等对方先开口。忽然，何常成转过身来，侧卧着，一只手撑着脑袋，直勾勾地盯着她的眼睛，把她盯得两耳发烫，心跳加速，脸上不自觉泛起了红晕。她心里直骂自己没出息，都老夫老妻了，还吃这一套。然后她闭上眼睛，似乎在等待那深情的一吻。

"Dorran，我们离婚吧！"

这温柔的一声，如春雷一般，炸醒了 Dorran 所有的幻想。

"你看到邮件了吗？"

"看到了看到了！Dorran 太狠了，假期后刚上班就发布供应商管理规范，看起来像是要从供应商管理入手，收紧权力啊！"

"看来，Dorran 以前的暗斗没有斗掉华总，现在又开始搞明争了，有好戏看咯！"

"你说得对，本来呢，暗斗是想让华总知难而退，自己主动离职，可没想到人家反而越挫越勇，只能采取非常手段了。"

"嘘！小点儿声，拿着卖白菜的钱……"

和茶水间的八卦小组一样，国庆假期刚结束的第一个工作日，欧阳娜娜也看到了 Dorran 给全部门发送的这份邮件，是集团公共关系部和采购部联合发布的《关于集团公共关系部供应商管理制度的通知》。

通知的核心是，超过二十万元的项目就需要走采购部的招采流程，超过三十万元的项目需要公司副总裁审批，超过五十万元的项目需要公司副总裁参与评审后审批，超过一百万元的项目，需要黄老师审批方才生效。

换句话说，只要是超过三十万元的项目，就需要经过 Dorran 审批，她有同意权，也有一票否决权。要想做项目，要想出成绩，必须先过她这一关。

与此同时，还有一封邮件是欧阳娜娜收不到的，那是 Dorran 发给公关体系全体总监的。邮件通知，从下周开始，每周一上午召开总监例会，每个总监要汇报上周工作成绩和本周的项目计划，每个人只需准备两页 PPT 即可。

华莹莹知道，这是 Dorran 集权的开始。因为在涛哥时代，每个总监都是有大项目的时候，才会单独找涛哥汇报公关方案，通过了才能执行，不通过就反复修改直到通过才行，而平时则是通过周报、月报了解大家的日常工作。这是从业务实际出发，执行了将近十年的规则，因为每个人每天需要参加的会实在太多，如果每周开例会，每位总监把手头项目都说一遍，两天都讲不完，何况作为副总裁，还有更多大事需要处理。

来了网北快一年，Dorran 决定打破这个规则，让很多总监感觉很不适应。他们当然可以选择不参加，可项目审批时很可能就不会那么容易通过。

"说句不该我说的话，Dorran 这两件事把总监们拿捏得很到位呀！"中午在食堂和华莹莹吃饭，欧阳娜娜听说除了供应商管理，Dorran 还决定开总监例会后不服气地说，"把大家拿捏住的目的，不就是逼人站队吗？"

"那能有什么办法？"华莹莹做出一副无奈的表情。

"华总，他们都说，之前 Dorran 耍那些阴谋手段，包括把姗姗姐和我送进'小黑屋'，让林总 PPT 出错，公开让你蹦极让我唱歌，还有智能生态大会的方案大 PK 等，就是想让你知难而退的，没想到你越挫越勇了，哈哈哈。"欧阳娜娜自己都忍不住笑了起来，"所以，您一定有办法对不对？"

"你个小机灵鬼，咱们把手头的事做好，比什么都强！"

"做好手头的事，其实也很难！节前最后一天我试了下中标的热潮公关，给他们布置了一篇稿子。对接人是个榆木脑袋不说，今天上午拿到的稿子也简直没法看，每个字都需要改……"

还没说完，华莹莹手机响了，来电人是投资管理部总经理辛睿。挂完电话，她让欧阳娜娜快点儿吃，一会儿一起上楼开个重要会议。

到了会议室一看，智能产品业务部总经理郝冬也在。原来，黄西准备通过网北公司旗下一家全资子公司，来增资一家名叫"小天科技"的智能硬件公司。小天科技是黄西一年前以个人名义单独创立的公司，增资后网北公司子公司将会持有小天科技 17.62% 的股权。

"辛总，能和我们说说这次交易有什么特别的地方吗？"郝冬不解地问，"黄老师说要从我的业务盘子里出一部分钱，我想了解清楚这件事。"

"郝总、华总，是这样，这次的增资呢，是属于关联交易。"

"关联交易？"郝冬和华莹莹对视了一眼，不解地看向辛睿。

"是的，因为黄老师是网北公司的控股股东和实际控制人，同时也是小天科技的实际控制人，小天科技是网北公司的关联法人，所以构成了关联交易。但是程序完全合规，由于黄老师是关联董事，所以依法回避表决，由其他六名非关联董事进行表决，全体通过的这次增资决定。"

辛睿解释完事情背景，转向华莹莹说道："虽说是公司出钱投资，但实际上是智能业务这块的业务单元出，所以这次的公关事宜只能委托你们智能产品公关部了。现在需要你们做的，就是协助出一份危机公关预案，毕竟关联交易的解读空间很大，尤其是财经类媒体，你懂的。"

华莹莹还想着就是一个增资协议，证券交易所发个公告不就可以了，为什么要出个危机公关预案，辛睿这一句"你懂的"让她恍然大悟。关联交易是资本市场比较敏感的话题，解读空间很大，如果媒体往利益输送这个方向去暗示，那就一定会影响公司和黄老师的个人形象，甚至会影响公司股价。

"辛总，我冒昧问一句，从资本市场角度看，咱们这次增资，您觉得有利益输送的可能性吗？"

"我知道你的担心。至于黄老师为什么要通过上市公司给自己的个人公司增资，他是怎么考虑的，我建议咱们都不要妄加揣测。我只能说，咱们的公告里会把这件事解释得很清楚。第一，小天科技 B 端企业级硬件业务，对只注重 C 端消费者业务的网北公司来讲，是业务上的补充，而网北公司又可以给小天科技产品提供更多品牌背书和销售渠道。"

辛睿耐心地继续解释："第二，我们已经请第三方资产评估公司对小天科技股东全部权益价值做出了评估报价。第三，小天科技需要做出业绩承诺，如果业绩没有达标，有一个补偿标准。我们做到了在资本市场口径的严谨，所以媒体侧就靠你们了。"

"什么时间挂公告？"

"本周五下班前。"

"这个时间选得好！但留给我们的时间只有一天，我们抓紧去准备。"

回到工位，欧阳娜娜三下五除二写出了一版危机预案，包括项目背景、危机预判、媒体可能感兴趣的风险点及应对话术。当然还有正面传播稿件的准备，万一出现负面舆情，可以用正面稿件暂时先压一压。

华莹莹看了没问题，就发给了辛睿，由投资管理部统一将面向资本市场的口径和危机公关预案发给黄西，反馈没问题后就等着发公告了。

公告在证券交易所网站挂出后，欧阳娜娜立即安排蔚蓝海域进行 7×24 小时舆情监测。很快，一些财经媒体的智能写作平台就自动抓取到公告内容，以快讯形式发了出来。两人很紧张，祈祷千万不要有深度解读。

这个周末，欧阳娜娜感觉整个人都不好了，一方面智能生态大会的事千头万绪，另一方面还牵挂这起关联交易，于是在家里辗转反侧，坐立不安。

她想，既然家里待不住，要不然出去吧！去哪里呢？

她想起顾小威的工作室，就是不知道他加不加班。于是她给顾小威打了个电话，想看看周末能不能去他的工作室加班。

顾小威接起电话就说："大小姐终于肯理我了？"

中秋节那天晚上，欧阳娜娜确实莫名其妙产生一股吃醋的冲动。但后来她回想了一下，欧阳迪迪说那个依凡是别真介绍到工作室的，她大概明白了七八成，早就释然了。况且她和顾小威也没确定什么关系，醋坛子打翻了丢人的是自己。

听到欧阳娜娜没声音，顾小威继续说："我正在为贵司服务，来吧！"

原来汤达人退出智能生态大会方案后，顾小威也跟着退出了他们的创意组。现在工作室接手的工作，是蔚蓝海域分包给他们的大会创意视频。

在顾小威工作室，虽然是在加班，可因为身边有人陪伴，欧阳娜娜整个人都感觉轻松不少。休息的时候，她瞥见墙上有张严凤英主演的黄梅戏彩色老电影《牛郎织女》海报，突然想起那句"你耕田来我织布，我挑水来你浇园"，用今天的话翻译过来不就是"你在工作我也没闲着，我在写稿子你在剪视频"吗？想到这里，看着正在剪视频的顾小威，她禁不住大笑起来。

顾小威从那台 24 英寸大的台式 iMac 电脑前抬起头，看着大笑中的欧阳娜娜，正感到莫名其妙，一阵手机铃声打破了工作室的宁静。他以为是自己手机，拿起一看，没有动静，于是提醒欧阳娜娜，手机响了。

欧阳娜娜拿起一看，是别真。别真在电话里说："你是不是在盯着你们黄老板资本运作关联交易的舆情呢？"

"你怎么知道？"

"这么大的事儿，我怎么会不知道？没人告诉你我是投资界的百晓生吗？哈哈哈，还有更大的事儿要告诉你，免得你需要面对媒体时接不住。"

"什么事儿搞得这么神秘？"

"晚上请我吃小龙虾，我就告诉你！"

"原来你要骗我一顿小龙虾，哼，我不想知道了！"

"真不想知道？你就对小天科技的合伙人不感兴趣？"

"你说小天科技的二把手温晓天？她从一个房地产中介逆袭为科技公司老板的故事，谁不知道啊？"

"既然你知道，那就用不着我说什么了吧？哈哈哈。"

"等等，里头肯定有故事！叫上顾小威可以吗？我在他工作室加班。"

电话那头沉默了两秒钟："没问题！"

"顾小威大导演，真哥晚上请吃小龙虾！"欧阳娜娜转向顾小威，故意大声地喊道。

"娜娜，你……不是说好你请的吗？"

"哈哈哈，真哥，放心，你要真有料，我会结账的！"

"你……我怎么会有你这么势利的朋友！哈哈哈……"

"哈哈哈，那晚上还是簋街老地方见！"

晚上在簋街刚一见到别真，欧阳娜娜就迫不及待地问他，那个温晓天怎么了。别真说你真没诚意，连小龙虾都还没点上，就套话来了，说着叫来了服务员："六斤麻辣小龙虾，一碗毛豆，一碗花生，一碟拍黄瓜，一碟老醋花生，两瓶七百二十毫升的泰山原浆七天鲜活啤酒……"

"三个人两瓶？"欧阳娜娜急着问道。

"你也喝吗？"别真大笑着问。

"烦着呢，给我也来一瓶！"

"那就三瓶！"

服务员走后，欧阳娜娜正准备开口，别真倒是先对顾小威说话了："小威导演，听说依凡对你很有好感，你怎么想的？"

"谢谢真哥，我……人家那条件，我配不上啊！"

"人家看上你就行！最重要的是，人家老爸掌握的资源，至少能让你少奋斗十年，你可要想清楚了喔！"

"可我……可我对她也没感觉啊！"

"嗨！感觉是可以慢慢培养的！你工作室做大了，我还可以追加投资，咱们都有收益对不对？男人嘛，事业还是要放在第一位的！"

"我……"

顾小威还打算说什么，别真又挡了回去："别着急，再好好想想！依凡可是个好女孩儿哟！"

别真和顾小威说的这些话，欧阳娜娜自然知道什么意思，不过现在她哪里还顾得上什么依凡二凡的，她就想知道小天科技二把手温晓天到底有什么故事。

看到她着急的样子，别真露出了一脸善意的坏笑，决定不卖关子了。

听完温晓天的故事，欧阳娜娜和顾小威都傻了。回过神来后，两人碰了一杯，异口同声道：

"天下之大，无奇不有！"

这个周一，是 Dorran 开始落实总监例会的第一周。

一大早，看华莹莹到了工位，欧阳娜娜立刻起身走了过来，说有重要的事情要当面汇报。可是开会时间马上就到了，华莹莹说来不及了，等她开完会后再说。欧阳娜娜只好走回自己工位，点开蔚蓝海域一早发来的舆情报告，在关联交易相关部分，除了周五晚上公告发布后有几则快讯，没有新增内容。她松了一口气，继续埋头准备智能生态大会的传播物料。

没多久，华莹莹给她发了一条微信，让她去楼下帮忙接一名访客——《北方经济报》副主编盛国庆。

《北方经济报》曾经是知名度和美誉度颇佳的财经类商业大报，也是很多企业大佬案头必备的经济解读报纸。但自从新媒体发展起来后，这家报纸的发行量连年下滑，这种严肃新闻的受众毕竟是少数，大多数人还是喜欢沉浸在迎合自己喜好的信息茧房里。

不过，这家报社两年前换了主编后，经营效益马上就起来了，员工工资和年终奖也都在业界名列前茅，可是报社在商业界的口碑却一落千丈。原因是新主编上任后，报社转型专门做负面报道，由此得到源源不断的企业广告投放，但也使很多企业一听到有《北方经济报》的记者来采访，就吓得连电话都不敢接，切切实实让人做到了"防火防盗防记者"。

所以当欧阳娜娜听到"北方经济报"几个字时，就产生了一种不祥的预感。但她没法证实这种预感，因为不知道盛国庆突然到访所为何事。不过，此人是媒体界前辈，对他的态度依然十分客气。

她把外表儒雅、满脸堆笑的盛国庆请到了会客区，用一次性纸杯倒了杯水，说华总还在一个会上，可能到十二点多才能结束，请他耐心等待。

过了半个小时，盛国庆似乎不耐烦起来，堆在脸上的笑容也不见了，反而频繁地看手表，然后把喝完水的纸杯捏成一团，像投篮一样，投到了一旁的垃圾桶里。

然后，他转过身来，对欧阳娜娜说："欧阳总……"

被这么一叫，欧阳娜娜顿时觉得浑身不自在，不知道这位盛老师出去是不是都这么称呼别人，立刻说道："盛老师，您叫我娜娜就好。"

"娜娜，现在已经十一点了，看来是等不到你们华总咯！"

"盛老师，麻烦您稍等，她今天这个会很重要……"

还没等她说完，盛国庆摆摆手说："算了，和你说也一样。"

欧阳娜娜不知这位盛老师葫芦里卖的什么药，只好再次劝他："盛老师，建议等等华总，毕竟……毕竟您和我说了，我也做不了主不是？"

"那这样吧，我透露给你一点儿。上周五，你们是不是在证券交易所发了关联交易的公告？小天科技官网，你们自己人看过没有？就在上周五之前，满屏的网北公司 LOGO 飘在网页上呢！按理说，在公告正式发布前，这两家公司是没有任何业务关系的……"

"您的意思是？"欧阳娜娜心里一惊，糟了，在拟危机公关预案的时候，的确是忘了查看小天科技的官网。

"我没有什么意思，不过对小天科技这家公司，我早就感兴趣了，包括那个总经理温晓天。"说完，盛国庆拿起手提包，站起身准备离开。

听到"温晓天"三个字，欧阳娜娜心想，坏了，这盛老师八成是要来扒这家公司老底，写负面新闻来了。她一着急，脱口而出："盛老师您等一下，我现在就给华总打电话，看她能不能请假下来。"

"这就对嘛！"说完，盛国庆又坐了下来。

华莹莹在微信上听说这个盛老师似乎准备写负面报道，坐不住了。她想，要不然自己回避吧，可回避也不是办法，人家真把稿子写出来，被问责的还是自己。于是，她在例会上向Dorran请假，说《北方经济报》副主编盛国庆来谈事，很可能涉及负面报道，如果不下楼去沟通，很可能出问题。她还向Dorran申请让负责媒体关系的柳欣然一起下去，毕竟做媒体关系柳总更专业。

Dorran眼睛抬都没抬，盯着面前的电脑，语气严肃地说："这是我们第一次召开总监公关例会，你就这么着急找个理由离开吗？"

"Dorran，我这是有正当理由请假，有媒体可能'敲诈'到咱们头上来了，我不要去解决吗？"华莹莹有点生气了。

"你不是有欧阳娜娜吗？她那么能干，为什么不让她去解决？"

"你……"

"你去也可以，柳欣然不能和你一起去！"

"为什么？她是负责媒体关系的，就算谈什么合作要求，她可以代表公司谈啊！"

"华总，你可能还不知道。"Dorran抬起头，盯着华莹莹说，"咱们去年和《北方经济报》签过战略合作，是交过'保护费'的，所以你这个理由编得实在太过低级！"

会议室的气压一下子变得很低。其他总监见两人针锋相对，要么埋头在电脑上打字，要么不停地在手机上回复微信，好像天塌下来都与他们无关。

那边欧阳娜娜坐立不安，又不敢发微信催。她知道此时的华莹莹一定遇到了麻烦事，不然不可能还不下来，这个盛国庆，她快安抚不住了。

"Dorran，你不要这么无理，我再说一遍，我是为了工作，为了网北！"

"你以为你是谁，地球离了谁不转？网北没了你，这楼还塌了不成？"

听到 Dorran 这话，华莹莹再也不想忍受，将手里的笔记本电脑使劲一合，啪的一声，把周围低着头正"忙碌"着的总监们吓了一跳。然后她猛地站起来，头也不回地朝门外走去。

电梯里，她想起欧阳娜娜刚才在微信里告诉她，盛国庆查到小天科技在公告发布前，其官网上到处是网北的 LOGO，她突然想到确实是有这回事。

一年前的网北智能生态大会召开之前，涛哥突然通知她，说黄老师个人成立了一家智能硬件公司，需要在智能产品生态大会上有个简单亮相，但是要有官网以及一系列产品说明，你是负责智能产品的，你来具体负责。

当时离智能生态大会时间特别近，官网上线仓促，也没有专门的设计团队，黄老师说就用网北公司的 LOGO，产品名称也都用"小北"系列。反正都是老板的公司，华莹莹没有多想，带着团队抓紧做了一版。黄西带着几位小天科技的高管，在会上发了几件面向 B 端企业级客户的硬件产品，并宣布官网上线。

这件事仓促地做完后，发了一篇新闻通稿就结束了，后来也没有任何沟通，没想到居然被媒体关注到了。如果是公告发布之后这样做，还勉强可以解释，既然是关联公司，授权使用品牌无可厚非。可是公告发布之前，这两家除了老板一样，其他毫无交集的独立公司，品牌是不可以混着使用的。

华莹莹正想着，很快就走到了会客区。她远远地看见盛国庆坐在那里，两人眼神一对，这位盛老师忙不迭地站了起来，跟她握手。

寒暄一阵后，盛国庆直接切入主题："刚才呢，和娜娜说了一下我们关注到的情况。恕我冒昧，我们做产经媒体的，对资本市场的一举一动都十分敏感，尤其是关联交易情况。实际上，《公司法》并不禁止关联交易，但禁止关联交易对公司利益造成损害。而你们在关联交易前，小天科技就已经侵犯了网北公司的商标权、名誉权，以及造成了不正当竞争。"

"那请教您，如果我们不追究小天科技的责任，是不是就没事呢？"

"当然，'民不举，官不究'嘛，但我们还是可以将记者的相关调查刊发出来的，毕竟……这也是客观事实嘛！至于刊发出来后有什么解读，那就不是我们能把握的了。"

"谢谢盛老师指教,所以您的意思是?"

"喔,刚才娜娜也问我什么意思,我没什么意思,只是告诉你们,我们有这么一个选题,想听听你们的建议,丰富一下内容。"

"好的,谢谢!那盛老师还有什么想要了解的吗?"

"华总,我想……您不介意我们去采访温晓天吧?"

听到采访温晓天,欧阳娜娜脸色变了,偷偷摇手示意华莹莹不能答应。

看到欧阳娜娜的样子,华莹莹虽然不知道发生了什么,但明白应该不是什么好事,所以打了马虎眼:"这个,我们考虑考虑。"

"好的,既然这样,那我就不打扰您二位了,如果有什么需要,随时给我打电话。"盛国庆脸上依旧堆着招牌式的微笑。

站起来刚走了两步,他突然想起了什么:"对了华总,没有特殊情况的话,这两天报道就会出来,我会给您寄一份样刊。"

这件事怎么能报道出来呢,一出刊就是负面新闻啊!华莹莹想起刚刚Dorran 说过和《北方经济报》签过一年战略合作,现在还没过期呢。

于是她快步跟了上去,叫住了盛国庆。

盛国庆转过头来说:"哈,看来华总还有事要交代?"

"您看,咱们今年还在一年的合作协议期内吧?"

"对,怎么了?"

"所以,您那边报道是否可以……不写呢?"

"这是编辑部的意思,也不是我一个人说了算,我回去尽量说服他们。如果编辑部坚持要写,那尽量写得客观一点儿,好不好?"

"盛老师,拜托了,您说,怎么才能不写这篇稿子?"华莹莹有点急了,这明明是有过合作的,可人家说要客观描写,又不是要写负面,理论上也站得住脚。

"哟,那我可说不好,我来就是想核实一下事实情况的。"

华莹莹明白了。这不就是威胁吗,不就是想多要钱,继续合作吗?但这也不是自己部门说了算的啊，可试探一下盛老师总可以吧？

"盛老师，您看这样行不行，明年呢，咱们继续合作？"

"华总，以我们的影响力，还怕少了你们一家客户？我们关注的是新闻本身，求证各方消息源，请你不要误解了我的意思。"盛国庆突然收起刚才堆满脸的笑意，严肃地说道。

欧阳娜娜见状，不好上前说话，就给华莹莹发微信，提示她看手机。

华莹莹拿起手机一看，只见欧阳娜娜说："这盛老师不会是想讹钱，坐地起价吧？"

这提醒了华莹莹，这老家伙很可能就是找了个机会来"化缘"的，但是又不直接说，还得我们自己开口。于是她说："盛老师，这样，我们争取明年的合作费用比今年增加百分之五十，您看成吗？"

"华总，您这就瞧不起人了啊，虽说我们《北方经济报》这几年写了不少舆论监督报道，但也是为了行业发展进步，更不是为了这一点儿钱来的，犯不着！我们还是有新闻理想的，好吧！"说完，盛国庆迈开腿又要走。

华莹莹心想：这老狐狸胃口可真不小，口口声声把新闻理想挂在嘴上，还不是因为钱没给够吗？

"盛老师，我们尊重您和同事的新闻理想，但您也要替我们考虑。现在大环境您也知道，每家公司都在开源节流，我们也很难，差点裁员。现在我只能去和领导争取，看能否比今年的合作费用增加一倍，您看行吗？"

听到这话，盛国庆堆在脸上的笑容更灿烂了："那……那要是这样的话，我也得回去和编辑部商量商量，看有没有更好的选题。不过只能有三天时间，毕竟新闻还讲究一个时效性嘛，你们都明白的。"

刚才华莹莹和欧阳娜娜心里问候了他好多遍，等他走后，两人直接爆了粗口。果然是惯犯，想要钱还这么阴阳怪气，不就是怕被录音告他敲诈吗？

"对了，那个温晓天怎么回事？"华莹莹问道。

"我早上就是想和您汇报这事儿来着……"欧阳娜娜赶紧解释。

听完温晓天的故事，华莹莹感慨道："这钱花得值！"

少拿老板来压我

盛国庆走后，华莹莹犹豫了一段时间，然后不情愿地走向 Dorran 办公室。

她认为和《北方经济报》增加一倍广告合作预算这件事，不是她能说了算的。尽管上午在会上两人闹得不愉快，但这件事她还是要向 Dorran 汇报。

"不行！" Dorran 一口拒绝，"第一，明年整个公关体系的预算计划还没出来，具体划分多少用在媒体合作上需要整体统筹考虑；第二，《北方经济报》这种媒体就不能惯着它，涉嫌新闻敲诈该报警报警，该报案报案！"

"Dorran，不管你是不是对我个人有什么意见，但这件事请你一定要支持，更不能报警，也不能报案，会两败俱伤。"

"对你个人有意见？对你个人没意见这件事也不能支持！刚才我已经说得很清楚了，他们就是抓住企业这个弱点，所以每次才会得逞！我们不是第一家，肯定也不是最后一家！"

"我觉得，能用钱解决的问题，那都不是问题，他们只给了咱们两天时间考虑，如果不答应他们的条件，可能报道就会刊发了。"华莹莹故意把时间期限少说了一天，这样可以给自己多留出一天机动时间，以防不测。

"你说得对，能用钱解决的问题都不是问题。问题是我们没钱，或者说不知道明年有多少钱，所以我再和你说一遍，明年的合作咱们不能答应！"

"Dorran，你对我有什么意见可以冲着我来，别拿工作的事情公报私仇！这件事情本来也是为公司考虑的，你能不能站在公司的角度想一下，如果出了问题，需要多花多少钱灭火，何况公司品牌价值的损失、黄老师个人形象的损失，那是多少钱都弥补不了的！"

"华莹莹，你少拿老板来压我！"Dorran 猛地站了起来，用手拍了一下桌子，怒气冲冲地说，"我是不是站在公司角度考虑问题，还轮不到你来教训！但至少这件事情，你需要承担百分百的责任！是谁授权让你答应媒体条件的？这是你一个业务公关负责人能答应的事吗？"

"Dorran，且不说你不让柳欣然跟我一起见媒体，就说那些参加智能生态大会方案 PK 的媒体，他们的合作为什么可以续签？难道那时预算就出来了？难道他们不需要被统筹安排吗？"一口气说完，华莹莹气得扭头就踩着"恨天高"从 Dorran 办公室里走出来，带着一股战场上的杀气。

听到身后 Dorran 把一沓文件扔在地上发泄，华莹莹从未感到如此畅快。

回到工位后，她给杨晓琳发了条微信："四号楼空中花园？"

对方很快回复了一个"OK"。

"哈哈，笑死了！智能生态大会的方案 PK，她邀请媒体、专家打分，实际是以合作方式来暗中交易，这事被你捅破，她的脸色一定很'好看'！"

见杨晓琳笑得花枝乱颤，华莹莹也跟着大笑了起来，然后叹了口气，无奈地说："在'大厂'，怎么做件事就这么难呢？"

"你都在这儿十五年了，还没习惯吗？"

"可能是以前太顺了吧。记得七八年前我也有过与现在相同的困境，不同的是位置互换了一下。当时，涛哥晋升我当总监，有一个很有希望升总监的同事就很不服气，不配合工作，而且很过分，工作根本开展不下去。后来在涛哥的支持下，想了个办法让他离开了。"

"所以现在你成了那个不服气的女同事？屠龙少年终成恶龙？哈哈……"

"杨总，过分了啊！"华莹莹轻轻捏了一下杨晓琳的手臂，以示惩罚，然后继续说，"我经历过那个痛苦阶段，我也很理解 Dorran 空降过来面临的情况，所以我在工作上一直都是配合的，态度上也不差。我承认，她刚来的时候我搞过小动作，但很快就收手了，因为我想通了，真的没必要。可她还是不放心，用了各种方法和手段，无非想让我主动离开。可我又没做错事，为什么要离开？"

"依我看，这件事啊，你只说对了一半！"

"所以，还有一半是什么？"华莹莹不解地问。

"她提防你，那是人性，也是人之常情。洗牌嘛，哪个空降领导不这么做？只是手段不同，这是你说对的一半。另外一半才是问题的关键……"

"另外一半是什么？"

"黄老师的态度！就好比，涛哥对那位同事的态度一样。"

见华莹莹若有所思，杨晓琳继续说："对了，你看过《甄嬛传》没？"

"你问这个干吗？当然看过！"

"你看啊，只要皇上不想处理华妃，就算她再怎么作妖，往往都还是安全着陆。跟你说，《甄嬛传》就是个后宫职场，回去好好研究去吧！"

"呸呸呸！谁是皇后，谁是华妃，谁是甄嬛，这比喻可不恰当啊！"华莹莹连续做了几个"呸"的动作，然后想了想说，"不过你倒是提醒了我，黄老师看起来还没有那么讨厌我，至少目前还没有。智能生态大会是我在负责，之前员工商场被打的公关事件，也是黄老师直接让我处理的……"

"所以你不用太担心，做好自己该做的。不过我提醒你，Dorran 可比你狠多了，不会那么轻易放过你的。你看她之前出的招，招招致命，不是把楚姗姗和欧阳娜娜送进'小黑屋'，就是搞出 PPT 事件让你降职。最近她和落总开会特别频繁，具体什么事我也不是很清楚，是落总亲自带着一个小组在做，好像涉及你们公关体系，很可能会随时向你开战，你千万不能大意！"

不知道 Dorran 又要搞什么阴谋或阳谋，华莹莹想不出来，反正和杨晓琳聊完，她心情好多了。可与《北方经济报》合作的事情还是陷入了困境，Dorran 不支持，就意味着推进不下去，更意味着一个潜在的舆论危机随时可能会爆发。

既然当面沟通不能解决问题，那就通过邮件沟通并让黄西同步知晓吧，其实她并不想把这件事捅到黄西那里，老板每天那么忙，哪里管得过来这些鸡毛蒜皮的小事，这不是惹老板不高兴吗？可现实把她逼得不得不走这一步。当然这也是为了做好老板的预期管理，万一那篇负面新闻报出来怎么办？

于是她给Dorran写了一封邮件，并抄送给了黄西、柳欣然。在邮件里，她陈述了事件背景，尤其强调了《北方经济报》已经掌握了温晓天的一些背景信息，同时也把和Dorran的沟通情况写了进去。

邮件最后说，如当面沟通所述，虽然理解公司流程和预算情况，但这件事过于特殊，还请Dorran酌情考虑并予以支持。时间紧迫，如若出现舆情危机，将会对公司造成不可挽回的声誉损失。

果然，Dorran看到这封邮件后，大为震怒："这个华莹莹，不就是想拿老板将我的军吗？还试图把锅甩我头上，没那么容易！"

她很快回复了邮件，内容和上次当面沟通情况差不多，先是强调了公司明年预算还没有做出来，具体哪家媒体分配多少合作费用需要统筹考虑。为了堵住华莹莹的嘴，她还在邮件里说，为了给公司创造良好的舆论环境，最近正和琉媒体等媒体谈继续合作事宜，但只是有意向，还没有真正签约。

邮件最后，她建议华莹莹报警，说《北方经济报》这样的无良媒体不报警难道还留着过年吗？如果实在考虑到业务需求，那么就请业务出合作费用，她没有意见。

不愧是职场老炮儿，球又踢了回来。华莹莹也不是职场"小白"，她借坡下驴，把邮件转发给了郝冬，说合作费用太高，日常公关的钱根本包不住，还请郝总支持。邮件同时抄送给了黄西、Dorran和柳欣然。郝冬看到这封邮件居然抄送给了黄西，吓得赶紧给华莹莹打了个电话，问这是怎么回事。华莹莹说，就是邮件里写的这么回事，领导让我问你，我就转发邮件问你咯。

"华总，你们这是要害死我呀！你说我该怎么回？支持吧，业务从来没有过这笔预算；不支持吧，好像不支持你们工作似的。你们这是把我架在火上烤，让我左右为难呀！"

华莹莹听到那粗大的嗓门儿急得像一只失控的大喇叭，笑了笑说："郝总，您不用这么着急。这封邮件我建议先不要回，让子弹飞一会儿，因为用不了多久可能就会有转机。有时候，事急则缓，事缓则圆，事圆则通。"

还不到半天，郝冬打了电话过来："还是我们华总厉害！"

正忙着别的事的华莹莹不解地问怎么了。郝冬说你自己看邮件吧，然后再三感谢华莹莹，从火架子上解救了他。

华莹莹打开邮箱，只见黄西回复了她转发给郝冬的邮件，就两句话："业务的钱不是公司的钱？Dorran，这事你去办！"只有华莹莹知道解救郝冬的不是自己，而是温晓天，也只有她知道黄西看到"温晓天"三个字就一定会回复。

这时，她突然担心起来，万一这盛国庆给她唱的是一出"空城计"呢？她以沟通合作进展为名给盛国庆打了个电话，小心翼翼地问："盛老师，您之前说要采访温晓天，是要了解哪些方面的事，我们可以配合做什么？"

"华总，您这是来试探我？明人不说暗话，我们的采访提纲都拟好了。我念给您听啊！第一个问题，温晓天作为黄西夫妇的……"

"好了，盛老师，您不用念了，今天就会有人和您沟通合作的事情。之前和您谈过合作的媒体关系部负责人马小安已经离职了，今天会是另外一名总监和您沟通，您随时保持电话畅通。"挂完电话，华莹莹的心止不住地狂跳。这么隐私的事情，媒体是怎么知道的？再一想，既然半个投资圈的人都知道，一些资深媒体人又怎么会打听不到呢，毕竟这世上没有不透风的墙。

当然，这一切Dorran并不清楚。当她看到黄西回复的邮件，"怒从心头起，恶向胆边生"，所有的怒火都冲向了华莹莹。她在心里恶狠狠地骂道："果然是在利用老板打压我！想你也只是个秋后的蚂蚱，蹦跶不了几天！"

骂归骂，老板交代的事情还是要做的。她把柳欣然叫到办公室，如此这般地交代了一番，想赶紧了结此事。

第二天一早，原本以为事情都已解决好的华莹莹刚走到工位，就看到监察部刘部长早就在工位上等着她：

"对不起华总，麻烦跟我来一趟！"

她可能要离婚了

　　华莹莹跟刘部长到了二号楼十八层一间偏僻的办公室。这里办公的人不多，和其他办公区熙熙攘攘的状态有着天壤之别，给人一种莫名的压迫感。

　　进了办公室坐下后，她看到办公桌上摆着刘部长一家三口温馨的合影。

　　"这是您儿子？真帅气！"华莹莹指着桌上的合影问道。

　　"是啊，现在在美国读大学。这孩子啊，还是小时候可爱！长大后的孩子，就像是发射出去的卫星一样，虽然我和他爸每个月会收到卫星传来的时强时弱的信号，但是信号反馈的都是生活费、生活费……"

　　刘部长好像很无奈，但语气中满满都是爱。

　　说话的工夫，她给华莹莹倒了一杯水，一改往日凛然严肃的表情，连说话都是放松的味道："华总没来过这里吧？"

　　"这么多年了，还真没来过，今天是第一次。这是您办公室？"

　　"对，我们的办公室确实比较偏，毕竟工作内容相对隐私。"

　　华莹莹接过水喝了一口，然后问："刘部长把我叫过来，是因为？"

　　"不要紧张，就是了解一下情况。真要有事，咱俩现在应该就在那个'小黑屋'里了，哈哈哈。"

"刘部长说笑了。您说，我们部门今年是不是流年不利，这从上到下都被监察部问了个遍……"

"谁让你们部门更厉害，出的成绩比别人更多呢，人红是非多！"

"刘部长过誉了，那今天的事情是？"

"昨天晚上，有人实名举报你，提供了一个你以权谋私的线索。"

"以权谋私？实名举报？"华莹莹有点蒙。

"为了保护举报人，当然不能和你说是谁，但这件事情还是需要和你沟通一下。前两天是不是有个《北方经济报》的主编找过你？"

"是啊，怎么了？"

"他们是不是说是来谈合作的？"

"对！"

"那谈合作为什么不找媒体关系部，而找到你呢？"

华莹莹明白了，一定是举报人在搬弄是非，这部门间分工的基础问题刘部长还稀里糊涂，怎么让她判断是不是以权谋私？于是干脆就把盛国庆来找她的目的，以及合作的谈判过程完整说了一遍。

但是有一点刘部长还是不太能够理解："为什么我们宁可把合作费用翻番，也不能涉及温晓天？关联交易影响这么大吗？"

"刘部长，您确定要知道？"

"当然，这是工作，否则你怎么解释这个行为？"

"好吧。那我希望刘部长您知道后，就烂在肚子里。"

"没问题，我答应你！"

"因为温晓天是黄老师夫妇的……"

"OK，可以了！"刘部长抬起手打断了她，"我明白了，谢谢你华总，真的很抱歉让你过来一趟。"

"理解理解，刘部长，我还是希望咱们监察部不要被别有用心的人利用了，我知道做到这点很难。"

"放心华总，我们对诬告也是有惩戒的。"

华莹莹站起来，刚要离开，忽然想起还有一件事要问："刘部长，还有个事儿，我们部门的楚姗姗……"

"她的事儿啊，可能还要再等等。"

"时间太久了，刘部长能不能帮帮忙，要是查出来没事，能不能让她早点来上班？"

刘部长叹了口气："我尽力吧！"

回到工位的华莹莹越想越觉得对不住楚姗姗，于是给楚姗姗发了个微信说："晚上一起喝酒？"很快，楚姗姗那边回复了，说正好也想见见她和欧阳娜娜，有开心的事情要和她们一起分享，但喝酒不行，火锅吧！

晚上在约好的火锅店门口，楚姗姗一看到华莹莹和欧阳娜娜，就兴奋地原地转了两圈说："华总，娜娜，看到有什么变化没？"

她们实在看不出有什么变化，只好笑着说"变漂亮了""身材变好了"。

"咱们就不要'商业互吹'了，好吧！"楚姗姗眨巴着眼睛认真地问，"真的没看出来吗？"

"真的没看出来！"华莹莹和欧阳娜娜奇怪地直摇头。

"那先上去，一会儿再告诉你们。"楚姗姗挽着华莹莹的手臂，走到预定好的火锅桌前坐下。

"你们没看出来是正常的，我这还不到三个月呢！"说着，楚姗姗低头看了一下自己的肚子。

"啊……"华莹莹和欧阳娜娜两人同时惊呼，三个人顿时抱作了一团，全然不顾旁边点菜的刘宇飞和被他喊来的别真。

菜点完，三位女士也安静了下来，脸上洋溢着幸福的表情。

楚姗姗紧握着刘宇飞的手，认真地对华莹莹说："华总，我和宇飞商量过了，既然公司这么长时间都没给我一个说法，我也就不打算再回去上班了，我们想安安全全地把这个孩子生下来。空出来的位置，也正好可以让娜娜顶上，她都好几年没有晋升了。华总，今年这个名额一定要给她！"

她看了刘宇飞一眼，感慨地说："以前吧，每天都忙忙碌碌地工作，手机就像长在手上，一刻都停不下来，我们好像都成了工作的奴隶，还觉得自己是一个高级白领，其实咱们和百年前的纺织女工有什么区别？可能区别只是生产工具从纺织机变成了笔记本电脑。这些年嘴里高喊工作是为了生活，但事实上都搞反了，工作变成了生活的全部。经过这次'小黑屋'事件，我才开始认真思考这个问题：到底我想要过什么样的生活？现在我知道了！"

"真替你高兴，找到了自己想要的生活方式！"华莹莹握起楚姗姗的手，流露出羡慕的眼神。

"对不起华总，不能继续和你一起战斗，我真的很难受。"

说完，楚姗姗转过身对欧阳娜娜说："娜娜，以前是我对职场太过执着，可能无意中做出了一些让你不舒服的事情，也请你原谅。现在华总就交给你了，你一定要照顾好她。"

欧阳娜娜已有泪珠在眼眶里打转，只顾点头，一句话也说不出来。

"说什么呢，你这是托孤呢？！哈哈哈，高兴起来，大家都会越来越好的，不是吗？"华莹莹看大家似乎有点伤感，提议大家碰个杯，把欢乐的情绪又都调动了起来。

"这么多年，谢谢华总对姗姗的关心！"刘宇飞给华莹莹敬了一杯酒，然后又说，"姗姗一直和我讲，说华总你不是一个人在战斗，后面有我们这么多人在支持呢！"

"我想起一件开心的事儿。"楚姗姗神秘地说，"你们猜是什么？"

华莹莹和欧阳娜娜眉头紧锁，心想最近都快被 Dorran 整死了，哪里还能猜到有什么开心的事儿啊？

楚姗姗说，这个话题只适合女性分享，不适合男性。于是把她俩拉到餐厅一个角落。刘宇飞和别真见状，只得自顾自吃了起来。

"Dorran 可能要离婚了！"楚姗姗神秘兮兮地说。

"你怎么知道？"华莹莹和欧阳娜娜异口同声。

楚姗姗观察了一下周围，确认没有认识的人，但还是小声地说："有天我和宇飞在'苏浙汇'吃饭，看到 Dorran 和林总暧昧地在一起喝酒，喝的是红酒，而且喝得迷迷瞪瞪的，我就拍了下来。以前出差做活动见过林总太太嘛，我有她微信，虽说不能破坏别人家庭，可是出于女人的义愤，我实在气不过，就把照片发给了她。没想到她居然把照片打印了出来，以陌生人的名义分别寄给了 Dorran 和她老公，然后 Dorran 老公回家就提出了离婚！"

"这都是林太太说的？"华莹莹压低了声音问。

"是啊，要不然我怎么会知道。你说这 Dorran，把咱们欺负得这么惨……有句话怎么说来着，多行不义必自毙！"

"哎，同样是女人，听到这样的消息，我应该对她感到同情的，可是好像又同情不起来。"华莹莹感慨地摇了摇头，"你俩都被监察部请到'小黑屋'里去过，我虽然没到'小黑屋'，但今天早上刘部长也亲自问了我话，说我被人实名举报了，这个举报肯定就是 Dorran 安排的！"

"你也被叫去问话了？"楚姗姗吃惊地问道，"这个 Dorran 做事真是没底线，一而再再而三地欺负咱们！华总，你放心，就算我不在网北公司，我也会永远支持你的！"

"谢谢你姗姗！"华莹莹说着瞥了一眼餐桌，"呀，把他们俩给忘了，咱们吃饭去吧。"

"谈完事儿了？"别真笑着对三位女士说，然后面对欧阳娜娜问道："娜娜，上次给你提供的情报，用上了吗？"

欧阳娜娜才想起温晓天的事情："对不起对不起，刚刚见姗姗姐一激动都忘了感谢。华总，温晓天的事情是真哥告诉我的，帮咱们大忙了！"

华莹莹端起酒表示感谢："得亏是投资界的百晓生，让我们免于惹火上身，不然我今天也是在劫难逃啊！"

"华总是遇到什么麻烦了吗？"别真关心地问。

"没什么，都是些上不了台面的破事，不说也罢。上次你来参加我们的方案 PK 大会，帮了大忙，说好请你吃大餐的，今天这顿就当是答谢宴吧！"

"这不行啊，今天这顿是姗姗攒的局，下次你和娜娜得专门请！"

"行，下次单独请真哥！"华莹莹将杯中的酒一饮而尽。

天气渐冷，初霜出现，草木开始泛黄。

北京的秋，有红叶漫山红遍，也有银杏满城灿烂。

对于华莹莹和欧阳娜娜来说，这些天她们都错过了北京最美的季节，因为一年一度的"网北智能生态大会"总是会让她们忙得焦头烂额。

好在离大会开幕越来越近了，事先准备好的倒计时海报也已经在社交媒体平台和朋友圈广泛传播。

大会前一天，Dorran召开了最后一场协调会。虽说是华莹莹主导整个大会，但这次活动同样也是Dorran今年最重要的工作之一。当然对于副总裁Dorran来讲，她可以左右逢源，腾挪空间很大，大会做好了是她今年交出的漂亮成绩单，做得不好则是华莹莹主导的项目有问题。无论如何，她都是最大赢家。

不管以前矛盾有多深，Dorran在这次会上还是实实在在地将一切能协调的资源再次确认了一遍，例如让柳欣然全力支持一百多位媒体记者和编辑的接待、现场同步速记、专访安排等，让汤达人协调社交媒体的热搜资源，让戴京做好政府官员的接待，让热潮公关安排好线上线下的"气氛组"等。

在会上她着重强调两件事情。一是控制现场大屏的导演组要确保内容安全。晚上进场搭建舞台，会安排老板们彩排，每页PPT、每个视频都要再次认真审核。所有人都心知肚明，这是为了避免之前发生的PPT错字事件。

二是大会现场的安保工作要确保演讲人安全。之前就有一家公司领导在演讲时，被从台下突然冲上来的观众用矿泉水浇了一头水，导致重大安全事故，这对整个行业来说都是一个重要警示。

第二天，大会正式召开。包括政府官员、媒体记者、业内专家、报名观众等在内，有近三千人聚集在北京国际会议中心最大的会场。

无法亲临现场的观众早早通过各大网络平台进入直播间，"流量主播"们早就在后台进行老款智能穿戴镜的体验直播，还和网友实时互动。直播页面的评论区里，"小火箭""保时捷"等礼物刷了一轮又一轮，直到大会正式开始前，即将发售的新款智能穿戴镜的预售量就高达三十万台。

现场，伴随灯光亮起，邀请来的电视台主持人健步上台，担任本次的串场主持，同时其身后的大屏幕也出现了新的画面，一张深邃的宇宙星图上，渐渐显示出两行白色字体：

眼有星辰大海，心有繁花似锦
每一位用户和合作伙伴，都是网北要汇聚的星星之火

会议格调直线上升。还没等主持人开口，台下千余名观众的好奇心就被勾引出来了，越发期待今天网北带来的发布。

这时，主持人在大屏幕前环视一周，确定气氛逐渐烘托起来后，便不再耽搁，按照既定流程开始了开场白。

"欢迎大家参加这次网北智能生态大会！"

现场掌声雷动。流程很顺利地进入郝冬发布新品环节。当他发布完智能穿戴镜的升级版和车载版，介绍完产品特点，屏幕上打出一串价格："1999？999？700？"

"通通不要，只要五百九十九！"郝冬宣布完价格，现场又是一阵欢呼。

直播间里也沸腾了！因为给每位付了预付款的用户减掉了一百元，最终的到手价是四百九十九元！评论区里到处是支持网北的留言，快挤爆屏幕："网北万岁""网北棒棒哒""网北加油""永远支持网北"……

当黄西坐着车在路上一边体验新款的车载版智能穿戴镜，一边和现场主持人连线时，现场观众瞪大了眼睛。而当演讲台上的大屏幕徐徐展开，黄西从一辆根本没有开动的车上打开车门走下来时，现场观众更是满脸兴奋，随即爆发出一阵又一阵的欢呼！

观众为这新奇的创意感到振奋不已，更为超级裸眼虚拟现实技术的进展感到无比惊叹，纷纷自发地拍视频、拍照片发朋友圈，一些参会的媒体记者甚至在朋友圈里评价道："一个脑洞大开的创意，一场史无前例的发布！"

数据是效果的晴雨表。自从黄西和现场连线以后，特别是现场大屏幕展开后瞬间涌入直播间的观众高达上百万人，销售链接被挤到瘫痪，点不开了，而抢到的用户纷纷在朋友圈晒出购买页面，以示炫耀。

发布会火了！新品销量爆了！

华莹莹和欧阳娜娜知道会火，但不知道会这么火。预备的新品现货远远不够，所以页面修复后再次下单的用户，只能两到三周后才会收到货，就这样，后台的销售数据还在往上涨。

与此同时，有两个话题标签——"网北最新技术逆天了""黄西告诉你眼见不一定为实"被送上了社交媒体热搜，而且还在不断发酵。热搜的排名从开始的三十多位，一下蹿到了前十位，而且还在上升中。

媒体抓到新闻点后也是异常兴奋，各大新闻客户端开始把"黄西用超级裸眼虚拟现实技术直播体验新品"作为头条新闻各种推送——《聚焦智能业务的黄西，用超级裸眼虚拟现实技术直播体验新品》《黄西用超级裸眼虚拟现实技术体验网北智能产品，直播现场挺欢乐》《黄西用超级裸眼虚拟现实技术直播体验新品：男神居然是这样养成的》《眼见不一定为实！黄西今天体验网北智能产品的技术逆天了》《为了推广网北新品，黄西亲自演绎眼

见不一定为实》······

"娜娜，你们那个老板，怎么像是变魔术的啊，乍看起来像是在车上，怎么瞬间就到了舞台上，太有趣了吧，我们小区那些老头都在问我呢，说你闺女在网北公司，让我来问问看！"

欧阳娜娜远在湖北老家的老爸突然发来了一条语音，她听了一遍，极其兴奋："爸，我还在工作，来不及和您说，回头告诉您啊！"

然后她兴奋地告诉华莹莹，黄老师眼见不一定为实的策划，都传到了湖北老家，看起来这次发布会成功"破圈"了！

她们俩特别兴奋，不仅是通过策划喜提热搜，让发布会本身"破圈"，更重要的是探索出了公关传播的另外一种可能性，也就是对业务的销售转化，公关手段是可以有明显带动作用的。

当天的传播快报分为两部分：一个是传播效果，包括占据媒体头条次数、各平台指数变化、热搜排行、"10W+"稿件数量、朋友圈转发量等；一个是销售数据，包括直播带来的预售量、实际销售金额和数量等。

Dorran则是又兴奋又气愤，正如她双子座的双面性格，两个"小人"一直在她心中打架。一方面，看到发布会如此成功，她感到很有成就感，毕竟这是她来网北公司后作为副总裁带出的第一届智能生态大会；另一方面，她又很气愤，因为大会具体的操盘和执行是华莹莹，大会的成功无疑又增加了华莹莹在网北公司重要性的砝码，似乎没有华莹莹，这个大会就不可能取得如此效果，更给她下半年的人事布局带来挑战。

下半年的晋升机会，她本打算给汤达人，帮他升为总经理，和华莹莹平起平坐，相互制衡，也不枉她来网北后汤达人递交的一个又一个"投名状"。正是因为那些"投名状"，大家都知道了楚姗姗和欧阳娜娜进"小黑屋"的举报人是他，同事对他的风评相当不好。因为没有人愿意同一个喜欢举报的同僚共事，毕竟今天能举报别人，明天就能举报到他们自己头上。

华莹莹办完这么高质量的大会，风头正劲，现在又处于下半年晋升的敏感时刻，一股晋升她为专业副总裁的呼声越来越高。而上一次，她要晋升副总裁的呼声，也是在办完智能生态大会之后，只不过当时大家以为她要晋升的是管理副总裁，结果 Dorran 空降了过来。

网北晋升分为两条线，一条管理线，一条专业线。例如，同样是总监职位，就有管理岗的总监，可以管理团队；而专业岗的总监，则是管理岗总监团队的一员，级别一样，但不管理团队。所以从理论上来说，华莹莹晋升为专业副总裁，行使总经理管理职责，只管理智能业务公关部也不是不可以。

按 Dorran 的分析，虽然晋升华莹莹的呼声很高，但实际操作起来难度不小。专业副总裁这个职位在网北公司历史上从未有过先例，而且副总裁只管理一小块公关业务也是大材小用，很不现实。所以，尽管给华莹莹晋升的呼声很高，最终其实根本无法执行。

当然，给华莹莹大造晋升舆论的不一定是华莹莹本人，也可能是公关体系中的其他反对力量，毕竟被架在火上烤的是华莹莹，这个滋味并不好受。

华莹莹自然是她的最大威胁，但其他人并非个个都是善茬儿。目前她的心腹只有柳欣然和汤达人，其他人都是墙头草，哪边得势就往哪边跑。

"真是一个比一个小人！"Dorran 在心里骂道。

智能生态大会结束后，业界好评如潮。公司内部经过汇报、复盘后，还需要有项目结束的最后一个动作，就是要给全部门和相关支持部门发出一封总结邮件。这封邮件颇具网北公司特色，因为在后面的感谢部分，列举人数多达一百多人。采购部、预算部、财务部、法务部、合同部、行政部等职能部门，凡和项目有过一丁点儿关系的人，全部都要列上。

欧阳娜娜在写这部分的时候，总是战战兢兢，需要反复确认，生怕落下一个人。因为如果一不小心少写一个人，将会给以后的工作带来无尽烦恼。

总结邮件发出，也就意味着这个大项目就此告一段落。华莹莹的工作理念是迅速"清零"，让团队不要躺在功劳簿上睡大觉，要放下成绩，回到"初始状态"，所谓不忘初心，方得始终。

每次项目结束后，采购部都会要求做一项扫尾工作，就是要对项目供应商进行打分评价，时间不是很急，但必须完成。

这天晚上下班，欧阳娜娜用软件打好了网约车，站在公司门口等车来。这时正好碰到了热潮公关合伙人奚流，她说她刚从网北公司开完会出来，今天没开车，也在等车。

等车的工夫，奚流对欧阳娜娜表示了感谢，说要不是欧阳娜娜带着他们公司做智能生态大会这个项目，他们团队不会成长得这么快，这个大项目不只是给他们带来了利润，更帮助他们提升了项目执行能力，希望以后能有更多的合作机会，也希望给供应商评分的时候，对热潮公关多照顾照顾。

深秋初冬，晚上寒意十足。欧阳娜娜衣服穿得少，冻得直哆嗦，心里就盼着车早点过来，同时还要应付着奚流，所以嘴上就勉强答应着。经历过"小黑屋"事件，她本能地想与公关公司保持距离，何况这家热潮公关还是 Dorran 强推的。

眼看欧阳娜娜叫的车快到了，奚流递给她一个手提纸袋："我有一个朋友在出版社，他们刚刚出版了一套纪念版的四大名著，今天刚拿到，我想着可能你更感兴趣，正好借花献佛，感谢你在这次项目里对我们的指导！"

欧阳娜娜觉得这个举止有点怪，就婉拒道："四大名著我家里有，奚总太客气了！"

"一套书而已，您不收，未免太不给面子，咱们以后合作还长着呢！"

说完，欧阳娜娜叫的车开到了面前，而奚流叫的车也到了。奚流把装有四大名著的纸袋子不由分说地塞到了欧阳娜娜手上，自己坐上车就走了。

欧阳娜娜回到家后越想越不对劲，这个奚流为什么会突然给自己送书，还是四大名著？事出反常必有妖，于是她立刻把那套书拿了出来。

这是一个漂亮的套装礼盒，体积大到足可放在客厅书架上撑门面。礼盒上还有塑封，看起来很正常，但重量似乎比同体积的书籍要轻很多。

她把塑封拆了，小心翼翼地打开礼盒。

看到里面装的东西后，她吓得手一哆嗦，东西撒了一地。

欧阳娜娜惊呆了！从四大名著礼盒里掉出来的是一扎又一扎的人民币！

她捡起来数了数，一共有十扎，每扎是一万元，一共是十万元现金。她想到了报警，可是报警有什么用，谁能说得清这笔钱是怎么来的？

以前也有供应商对她表示过同样的意思，包括蔚蓝海域，但她都婉拒了，顶多就是逢年过节时收到那些公司快递的巧克力、月饼等小礼品。她觉得，这样工作起来心里也踏实。但是真正见到这么多现金，她这是第一次。

面对一扎扎现金，说不心动是不可能的。此刻，她特别佩服奚流老到的经验，因为送钱送得行云流水，收钱收得心安理得。可这天晚上她睡不着了，她反复在想小时候看到过的一则故事。

故事里说，从前有个老财主和做豆腐的穷人为邻。一天，财主老婆问他："隔壁那对穷夫妇靠卖豆腐生活，每天天不亮就起来磨豆腐，边磨边唱，整天笑声不断。我们比他们有钱，却没有他们那么快活，这是什么道理？"财主说："我让他们明天就没有笑声。"当晚，财主就把一锭金子扔到隔壁院子里。那对卖豆腐的夫妻捡到金子后，就不再做豆腐，天天愁眉苦脸，患得患失，生怕有人知道"天上的金子"掉到他家院子里而使自己遭遇不测，夫妻俩的生活中果然没了笑声。

欧阳娜娜辗转反侧，觉得现在的自己就好似那对磨豆腐的小夫妻，虽然钱不多，但心里没什么负担。反而这从天而降的钱财，将来说不好是福还是祸，每天揣着这个小秘密，以后还会快乐吗？

她又想起刚到网北时的一件事。因对公司业务不熟，刚开始需要跟一位大姐做项目。但这位大姐经常说她没有互联网思维，不适合在互联网公司工作，劝她早点离职。好在楚姗姗一直鼓励她，她才没受那位大姐的伤害。

当年供应商管理体系也不规范，项目组用的供应商是大姐自己引进的一家公关公司，叫东流公关。一个月后，东流公关负责人以探讨工作为名单独请她吃饭，她觉得没什么，就去了。吃饭时，这位负责人明确表示，希望她能多给一些活儿，有钱大家一起赚。她感觉有什么地方不对，但又说不出来。没多久，这位负责人又向她要银行卡号，说最近辛苦了，想表达一些感谢。她突然警醒，人家要银行卡无非要打钱，打钱自然会留下银行流水记录，这相当敏感，她想不明白东流公关为什么要进行这么明显的操作。

半年后那位大姐离职，楚姗姗才和她说：大姐本想推荐一个人来咱们组，可组内名额满了，大姐说她有办法，我猜她会采取非常手段，但几个月过去了，组里人员还是很稳定，想来最终还是你自己救了自己。

楚姗姗的话提醒了欧阳娜娜。她想起有一次刷朋友圈，看到东流公关负责人带着他女儿玩的照片，觉得这女孩儿和那位大姐经常晒的女儿很像，于是向楚姗姗求证。楚姗姗告诉她，东流公关负责人就是这位大姐的老公。她终于恍然大悟，意识到自己差点着了那位大姐的道儿。真是职场险恶，想想就后怕。

想到这儿，她后背一阵发凉，猛地一惊，从床上坐了起来。

难道这次送钱是 Dorran 安排的？按照 Dorran 来网北后毫无底线的行事风格，这种可能性极大。她庆幸自己在刚来网北时被动地上过一堂鲜活的职场课，要是没有当年那一课，很可能自己会把持不住而被套路进去。

她看了一眼手机，已是凌晨四点半。既然不再纠结，心情立刻就放松了很多，一股困意袭来，合上眼瞬间就睡着了。

第二天到公司后，欧阳娜娜偷偷把这件事和华莹莹做了汇报。没想到，华莹莹说，她也收到了，不一样的是，四大名著套装变成了刘慈欣《三体》系列套装，十万元现金变成了二十万元现金。华莹莹告诉她，这件事先不要声张，她会妥善处理。

昨晚没睡好，所以欧阳娜娜去楼下买了杯咖啡，想提一下神。当她拎着打包的咖啡还没走到工位时，远远就看到办公区一片喧嚣，大家议论纷纷，茶水间更是挤满了人。

"Dorran 这一招真是始料未及，没有最狠，只有更狠！"

"是啊，抓住了人事大权，不就抓住了权力吗？"

"看起来这事 Dorran 起码筹划了半年以上，就等着智能生态大会一结束立马公布吧！"

"不是一直传华总要升专业副总裁吗，会不会黄了？"

"必然会黄啊，你想想，Dorran 怎么可能会在枕边埋下一颗地雷。卧榻之侧，岂容他人酣睡？"

"你们说，这事华总之前就没有一点儿察觉吗？就任凭 Dorran 欺负？"

"她要是有察觉的话，会这么被动吗？欧阳娜娜都要被调走了，她手下能干的还有谁啊！"

我要被调走？发生了什么？欧阳娜娜满心狐疑，快步走到工位前，打开电脑先看了一遍内网，没有看到什么异样，然后又查看邮件，果然有一封 Dorran 发出的未读邮件，标题是《关于集团公关体系员工轮岗的通知》。

她赶紧点开。原来这是集团公共关系部和人力资源部联合发布的通知，主要是让核心骨干进行内部轮岗，通过轮岗让每位核心骨干都能熟悉和了解公司的不同业务，掌握不同业务的公关打法，打破部门横向间的隔阂和界限，让每位骨干的业务能力得到快速提升。

本次轮岗的员工，人事关系仍留在原部门，只是在规定时间内到轮岗岗位从事指定的工作。第一轮试点有四个人需要轮岗，其中就有品牌内容策划部的宋晓雨和智能产品公关部的欧阳娜娜相互轮换岗位，轮岗期限为半年。

看到这则通知，欧阳娜娜才明白茶水间里同事们的讨论。她的第一反应是，早知这样，还不如当时从了汤达人，到那边还能连升两级，而现在过去只是平级轮岗。想完，她又狠狠痛骂了自己，怎么会有这么自私且龌龊的想法！

当下的现实是，如果自己过去，华总怎么办？她想找华莹莹商量能不能不去汤达人那里轮岗。但是华莹莹说，她还在一个会上，需要等两个小时会议结束后再沟通。

欧阳娜娜知道人力资源部总经理杨晓琳和华莹莹关系特别好，于是跑到杨晓琳的工位，说有点急事想找杨总请教。杨晓琳抬头一看，是欧阳娜娜，于是给她眨了个眼睛，大声说："有什么事儿，就在这儿说吧！"

欧阳娜娜立刻心领神会："喔，我就是想问，今年下半年还有晋升计划吗？因为我们到现在还没收到通知。"

"还没定，有消息会通知你们的！还有别的事儿吗？"

"没有了，谢谢杨总！"

欧阳娜娜刚走，杨晓琳给她发了条信息："工位附近人多嘴杂，一楼休息区简单聊两句。"

看到微信，欧阳娜娜才发觉自己刚才因为太着急而冒失了，没有考虑太多。下楼后，她顺手买了两杯咖啡带到了休息区。

"知道为什么把你喊到一楼吗？"杨晓琳一见面就问道。

她两眼迷茫，摇了摇头。

"因为我工位附近的人就是你们部门那封邮件的起草小组。这件事连我都不知道，是落总按照 Dorran 的需求，带着起草小组一起拟定的，你说你能在工位上提这件事吗？只要你一提，马上就会传到 Dorran 耳朵里，再添油加醋一番，回去有你好受的。"

欧阳娜娜听完，点头称是，说自己没有考虑周全，看到桌上的咖啡，才想起来，递给了杨晓琳一杯。杨晓琳抿了一口问："所以，你的问题是？"

"我本来是想请教为什么要这么调整，还有就是我能不能不轮岗，现在看来，您可能也不知道……"欧阳娜娜有点失望地说道，"我没有别的意思，就是觉得这么找您有点唐突了。"

"哈哈，没什么，谁让我对你们华总无话不说呢！我把我了解到的告诉你吧。第一，为什么需要调整？天底下哪有那么多为什么，分久必合，合久必分，存在即合理，一切架构调整实际上都是人事调整。而你们离真正的调整还差十万八千里呢，就是一个简单的人员轮岗而已。说直白点儿，就是把你们华总架空，不仅没有自己人给她干活，还来个监工的，明白了吗？"

欧阳娜娜点点头，觉得好像是这么回事。

"第二，能不能不转岗？这个恐怕不行，方案毕竟是 Dorran 和落总两个部门商量过的，你没有正当理由，恐怕还是得执行。不过也不用太担心，走一步看一步。"

说完，杨晓琳看了一眼手机："抱歉，我接下来还有个会。我和你说的，记得也同步一下华总，我先上去了！"刚走了两步，她回过头，微笑着说了句，"谢谢你的咖啡！"

当欧阳娜娜把杨晓琳的话转达给开完会的华莹莹时，华莹莹叹了口气说："杨总其实还有半句话没说，你们轮岗半年之后，很可能就该轮到我们轮岗了，彻底打乱既有秩序，这就是上位者的思维，所谓不破不立。而且 Dorran 找的轮岗理由冠冕堂皇，我还真是没办法。"

"那我们就这么任人宰割，被人玩弄吗？"欧阳娜娜有点难过地说。

"娜娜，你别急，我问你几个问题。第一个问题，《道德经》里说'夫唯不争，故天下莫能与之争'，讲的是争还是不争？第二个问题还是《道德经》里的，说'我有三宝，持而保之，一曰慈，二曰俭，三曰不敢为天下先'，说的是敢还是不敢？第三个问题，是《孙子兵法》里的，叫作'不战而屈人之兵'，讲的到底是战还是不战？"

欧阳娜娜眨着眼说："华总，太深奥了，我……我要回去消化一下。"

"看来，我也要再学习一遍了。"华莹莹喃喃自语。

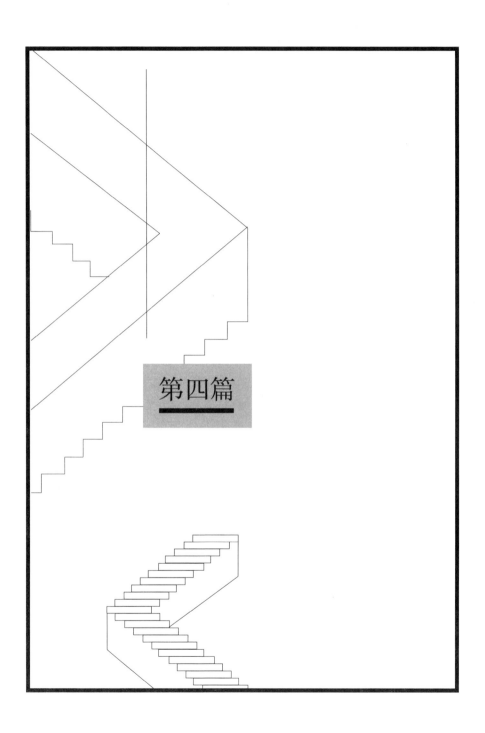

第四篇

轮岗工作有序推进着。尽管有一万个不愿意，欧阳娜娜收拾完新工位，还是到汤达人座位上来报到了。

"汤总好！"见汤达人没反应，她只好继续说，"我第一次到咱们组，有很多工作还不熟悉，以后还请汤总多多指教！"

汤达人继续盯着电脑，不停地打字，好像完全不知道旁边还站了个人。

欧阳娜娜看出来了，汤达人哪里是没听到，根本就是故意不理她。于是她又故意问道："汤总，有什么工作安排给我吗？"

见汤达人还是没反应，她偷偷打开了手机录音功能，经历过"小黑屋"事件，她吃一堑长一智，这种情况下不得不选择自保："汤总，我刚来咱们部门，还不知道从哪里入手。您要是有什么工作需要安排，麻烦您直接找我，如果后续说我带薪'摸鱼'，我可不认哦！"

这段话果然起了效果。汤达人抬起头，欧阳娜娜却转身离去，气得他狠狠在桌上捶了一拳。

既然汤达人对欧阳娜娜是这样的态度，下面的人对她自然也没有什么好脸色。至少汤达人在办公区的时候，大家都对她表现得十分冷漠，就连以前跟她关系还不错的宋晓雨下属陶张力，也突然变得生疏起来。

现在甚至连部门开会都没人通知她。有一次，她发现座位周围空无一人，就问陶张力是不是开会去了。陶张力说，是开会去了，但汤总没发话，没人敢喊你去。当时她心里很难受，那种被孤立的滋味的确很不爽。

几次之后，她也想开了，不就是轮岗嘛，又不是一直在这里工作，不通知她开会，那就不开会，没什么大不了。但是她留了一个心眼，把每次开会的时间都记录了下来，周围同事不在的画面也拍照留存，万一以后用得着呢！

其实最让她伤心的还是汤达人的态度。她清楚地记得汤达人在公司一楼咖啡厅对她说的话："想清楚了随时和我说，品牌内容策划部永远欢迎你！"现在想来，职场好没意思，每个人都戴着面具，每个人都是演员，根本不知道哪句话是真哪句话是假。

不过，这件伤心事也是她的收获。通过轮岗，她终于看清汤达人的为人，而这样的人品能做出举报的事情就不足为奇了，也难怪大家对他可能的晋升充满了反感。

这边欧阳娜娜整天无所事事，那边宋晓雨也是五味杂陈。

这天上午，有个用户上传了一个视频，说她在家里使用刚购买的新款智能穿戴镜时，设备突然自动开启了语音对话功能。这位用户手机拍摄的视频显示，智能穿戴镜对她说"你真漂亮"，"你家住哪里，可以见你吗"。由于这位用户正在用手机拍摄视频，于是她故意问："知道我在干什么吗？"智能穿戴镜回答"你在玩手机"，"你真漂亮"，"我可以找你吗"。

视频不长，到这里就结束了。但是视频里反映的情况，却让网友担忧：这是智能穿戴镜后台有人偷窥吗？平时在家里照镜子也不安全了吗？个人隐私在这个人工智能时代能不能受到保护？

蔚蓝海域第一时间监测到之后，立刻汇报给了华莹莹。华莹莹本来想安排给刚刚轮岗过来的宋晓雨跟进，但一想到欧阳娜娜在汤达人部门的遭遇，转手就把活儿交给了曲婷。

由于是负面危机公关，一旦处理不当，就有被舆情反噬的风险。尤其是对刚刚发布的新产品来说，曝出产品侵犯用户隐私的负面舆情，会影响品牌形象，甚至直接影响产品销量，后果不堪设想。如果欧阳娜娜在，她完全可以放心把活儿丢出去，但曲婷来网北时间不长，她要给出明确的工作方法。

她告诉曲婷，第一，找郝冬确认业务实际情况，形成文字说明。同时准备两份材料，一份是应对媒体采访的公关话术，一份是随时准备发布的回应声明。第二，让蔚蓝海域沟通安抚用户，能删除就尽量删除，不能删除就让蔚蓝海域找法律顾问去谈，看对方有什么诉求或交换条件。第三，联系媒体关系部总监柳欣然，请她和关系好及有合作关系的媒体以及自媒体打个招呼，尽量不碰这个选题。第四，找出友商尤其是国际上智能产品侵犯用户隐私的案例，写成稿子，说明这是行业普遍存在的问题，稿子随时准备发布。

安排完，华莹莹回到工位又看了一遍视频，叹了口气。她再次感慨，给企业做公关真是一件十分考验良心的事情，有时候企业明明做错了，可是为了维护企业利益和公众形象，不得不粉饰太平，甚至要动用各种手段掩盖事实真相。所以重点不是你看到了什么，而是企业通过各种公关手段让你看到了什么，而真相，很可能永远在你看不到的地方。她想，要是让清官海瑞来做公关，那一定是做不成的，眼里容不得沙子的人真不适合干这一行。

虽说自己也是个"打工人"，工作出发点都是以企业利益为重，但她还是提醒自己，不管这件事是企业的错，还是用户故意碰瓷，都要坚守自己的价值观，面对用户或公众以真诚换真诚，是公关这份工作不能逾越的底线。

正想着，欧阳娜娜发来了一条链接，是独立媒体人贾璐秋写的独家报道——《网北智能穿戴镜变身"偷窥神器"，谁来保护我们的隐私？》。

贾璐秋不仅人长得美，而且业务能力也很强。她原本是体制内的一名优秀记者，采访过很多互联网大佬，由于采访内容翔实，经常能挖到别人挖不到的料，所以一时间声名大噪，成为圈内的网红记者。后来，她体制内创业，独立创办了一家自媒体"小秋观察"，利用她的知名度和过硬的业务能力，把这个账号运营得有声有色。

当然，贾璐秋在业内知名，还有一个特别之处，就是她从来不收车马费，哪怕是象征性的礼品她都不要，她认为这会影响她对事实的独立判断。这个习惯，她一直带到了"小秋观察"这个账号。这个特点，在今天的社会大环境下，显得尤为难能可贵，但也让很多企业感到头疼。

见贾璐秋关注到这件事，华莹莹有点头大。关于这件事，贾璐秋现在只听信了用户一家之言，还没和网北官方求证，稿子就写出来了，是唯恐天下不乱吗？她知道这人油盐不进，无法"公关"，还担心她再由这件负面事件挖掘到其他事，"拔出萝卜带出泥"，给"小秋观察"再添重磅报道。

现在，华莹莹只能等待奇迹出现，或者是产品本身没有问题，或者是用户自己操作失误。可是，奇迹会出现吗？

曲婷忙得不可开交，一会儿和智能穿戴镜的产品经理"拉通对齐"，一会儿和蔚蓝海域的对接经理布置安抚用户的事情，以及稿件的安排……

看着曲婷忙得脚不沾地，坐在一旁的宋晓雨心里七上八下、不是滋味，明明自己职位比曲婷高，为什么要坐冷板凳？于是一个人在那儿忿忿地刷手机，恨不得刷出十条产品的负面来，忙死她们！

宋晓雨正刷着手机，突然来了一个电话，也没有显示名字，她在工位上故意带着情绪接了起来："谁啊？"

"晓雨，是我，董大为，还记得吗？"

"师兄，原来是你！"宋晓雨语气立马变得欢快。原来董大为是她大学时暗恋过的师兄，人长得如同动漫里的主角，中长头发刘海偏分、白皙皮肤薄唇轻挑、脸庞消瘦轮廓分明。更要命的是，他才华满腹，写得一手好诗。

他们在一个文学社里共同完成过很多项目，只不过她大二时，董大为就毕业了。到现在，她想起和董大为一起在学校文学社里的往事，都还十分怀念，毕竟那是她情窦初开的少女时光。

所以，当她听到打电话的是董大为时，心中的小鹿扑腾腾地又跳动了起来。但她不想让周围同事听出她很开心，于是走到连廊没人的地方接电话。

"师兄你还记得我？好开心！你毕业后去哪儿了，都不跟我们联系！"

宋晓雨的"花痴病"犯了，一连串问了好多问题，董大为在电话那头都不知道该怎么回答。

"晓雨，你问题太多了，我……我都不知道从哪里说起。你……你现在还在网北公司吗？"

宋晓雨这才意识到自己刚才可能太过亢奋，一激动，话变得太密了。听到董大为问自己的工作单位，她连忙回答："在啊，在啊，你听谁说的？"

"我们师弟师妹没几个进头部互联网公司的，所以你在网北公司工作，咱们那几届，有谁不知道？"

董大为这么一说，或多或少满足了她的虚荣心，一阵醉人的快乐浸透了她。

"师兄，别这么说，你这么说，我都不好意思了。我在网北工作，有什么可以帮你的吗？"

"还真有个事儿想向你打听一下。这两天网上不是有个爆料，说你们刚发布的那个智能穿戴镜偷窥用户隐私吗？当事人是我媳妇儿邱子玲……"

"师兄，你，你结婚啦？"董大为还没说完，宋晓雨就情绪激动地问。她的关注点根本就不是什么智能穿戴镜偷窥用户隐私，而是师兄结婚了。

"对……怎……怎么了？"宋晓雨情绪激动的点，让董大为莫名其妙。

意识到自己失态，宋晓雨连忙掩饰："没……没什么，你继续说。"

"噢，我就想问问看，你们会怎么处理这件事？"

此时宋晓雨心里恨死了华莹莹，如果这件事交给她处理，现在就可以在师兄面前逞能说她操盘全局了。但现在她明明人就在智能产品公关部，却完全没有参与这件事。

"师兄，这种事情，企业一般都会推卸责任的，要么发个公告说和自己没关系，要么就是花钱买平安，给你点儿封口费呗。"

"封口费？"

"对啊，就是给你钱，让你不要在网上发布相关信息了，再让你把以前发布的视频删除。有媒体采访的时候，就说是自己搞错了，就这么简单。"

"你觉得会给多少封口费？"

宋晓雨突然眼睛一亮："师兄，不如咱们合作一把？"

到底是谁侵犯用户隐私

曲婷与业务部门的沟通结果出来了。

产品经理在调查报告中解释，经过排查，没有发现产品有问题。用户视频中出现的问题，是极为个别的现象，有可能是用户唤醒词使用错误，导致系统出现暂时性紊乱。

华莹莹看完这个报告，气得啪的一下砸在桌上，随后自言自语般大吼了一声："都证据确凿了，还说没问题！"

工位周围的人被她这么一砸一吼吓了一大跳，但是瞬间都明白了过来，又是业务在推脱责任，又是要让公关到舆论面前去背锅。

"郝总，你们产品经理关于用户隐私被窥视的调查报告看过吗？"华莹莹立刻给郝冬打电话，语气焦虑且严肃，因为她对这个调查结果太失望了。

"华总，别急，慢慢说。你说的调查报告出来了？我还没看到，我要去批评一下他们，怎么还没让我确认就发给你们了！"郝冬那边倒是很淡定。

华莹莹心想：这个老狐狸，这份报告你怎么可能没看过，下属这点情商还没有吗？每次危机产生，从来没有业务会主动承认错误，直到纸包不住火了，才会说出真相，而公关部往往是公司里最后一个知道真相的部门。现在还没到最紧急的情况，不就是想让我们背黑锅吗？每次都这样，公关部都快长成刘罗锅的模样了。

"郝总，事情是上午发生的，现在已经是中午，希望下午三点前给到准确的调查报告，我们所有的处置手段都要基于你们真实准确的报告而产生。危机公关处理的黄金时间是四十八小时内，现在新媒体时代处理速度还要更快，其间如果没有处理好这件事，谣言和猜测就会像病毒一样，以裂变的方式高速传播。用户隐私话题的延展性实在太广，如果你们的报告经不起质疑，我将会把这件事同步给黄老师。"

一听说要同步给黄西，郝冬慌了神："我会安排人再好好检查，但是技术排查很困难，不是你想查就能查出来的，下午三点有点仓促。不过华总你放心，下午下班前我一定把真实情况调查出来。"

"建议你最好能查清楚。我记得去年有个黑客在论坛爆料，说他能通过咱们产品的漏洞入侵后台窃取个人信息，他还能通过智能穿戴镜的麦克风向所有用户发送语音。我们花了很大代价才让这黑客删了帖子，是不是你们没有把后台漏洞补上？咱们自己内部人就没必要遮遮掩掩的了，不了解真实情况，我们做不出正确的应对。"

挂完电话，华莹莹看到不远处的宋晓雨似乎听得真切，像在思考什么。她觉得奇怪，这个项目没有让宋晓雨参与，但她看起来好像很关心的样子，曲婷还和她提起，说宋晓雨一直在问这到底是什么原因导致的，十分上心。

人都有一些莫名其妙的直觉，如果一直有人盯着你看，你就会感觉很不自在。宋晓雨正思考着华莹莹在电话里沟通的内容，突然感觉这边有一道犀利的眼神直射过来，于是往华莹莹工位上看了一眼，果然对上了眼。

宋晓雨慌忙移开眼神，看到桌上有个杯子，顺手拿起杯子去茶水间打水。打水的路上，她找到一个角落，给汤达人打了个电话汇报这件事。

汤达人听上去很兴奋，他告诉宋晓雨，这件事可以有两个方向让华莹莹出师不利。第一，让用户也就是你师兄要高额的和解补偿金，起码五十万元起，如果真给了，华莹莹立刻就会被问责。第二，就是要持续闹，既然贾璐秋都关注到了，也就意味着接下来会有更多媒体跟进，舆情对你师兄很有利。这么闹下去，华莹莹一定会按下葫芦浮起瓢，顾此失彼，闹出笑话。

他让宋晓雨按这两点去办，不能帮 Dorran 整倒华莹莹，但至少可以恶心到她。当然，宋晓雨也有自己的小九九，不仅再次向汤达人表达了忠心，而且如果真的要回五十万元，师兄是不可能独占这笔钱的，自己必然也有份。

汤达人的判断没错，贾璐秋的稿子非常有影响力，已经有不少媒体找过来求证。媒体记者并不完全知道他们的内部架构，所以有的人找到了欧阳娜娜，有的人找到柳欣然，还有人直接找到了华莹莹。

于是他们开了个小会，要求所有找过来的记者，都统一到柳欣然这里对接。柳欣然说没问题，可是需要给她口径和话术。这却让华莹莹犯了难，事情真相到底是什么还说不清楚，暂时也给不出口径。只能对媒体老师们说，事情正在调查中，有了结论第一时间反馈。

另一边，蔚蓝海域已经联系上了曝光的用户邱子玲，想问能不能当面沟通，邱子玲和董大为商量后答应了。于是蔚蓝海域请年初楚姗姗推荐过来的法律顾问刘宇飞，约上了董大为和邱子玲两人，下班后在董大为公司附近的一家咖啡店里沟通。

与此同时，贾璐秋也没有闲着。她看到稿子影响力逐渐扩散，于是再次找到邱子玲，想要挖掘更多材料，但这次却被拒绝了，对方电话不接，微信不回。她翻看过邱子玲的朋友圈照片，知道她工作单位在哪儿，也知道她长什么样，于是她锲而不舍，打算在下班之前赶过去，来个守株待兔。

事业单位不到十七点就下班了，不少人陆续往外走。多年的记者工作经验让贾璐秋对路人的辨识度很高，一眼就看到匆匆往外走的邱子玲。董大为提醒过她，今晚可能网北会给补偿，这个时候不要接受任何采访，所以当贾璐秋认出她，说想再了解一些情况时，她视而不见，自顾自地往前走。

贾璐秋见没办法，就在她身后大声喊道："邱女士，你知不知道，你的这个案例是可以推动人工智能产品信息安全法律法规建设的？今天你的设备可以偷窥你、和你对话，明天就可以在后台偷拍你，后天就可以把偷拍视频传得满天下都是，多少人因为隐私被侵犯而没有选择站出来，想着多一事不如少一事，可如果每个人都这么想，那这个社会还怎么进步？"

邱子玲停下脚步。贾璐秋说得有道理，当时她选择在互联网平台曝光，并不是为了寻求什么补偿，而只是要个说法。为什么人工智能产品，还是最新款的产品，会如此诡异？能不能有个解释？还有多少人的隐私被侵犯？

正在她犹豫的时候，董大为的微信来了，问她在哪儿，还有多久才能到。来不及多想，她转头对贾璐秋说："对不起贾记者，该说的我都已经说了，你在我这儿也挖不出什么其他料了！"

"是网北公司找您了吗？他们给封口费了吗？"贾璐秋犀利地问。

"这一切都和你没有关系吧？"

"怎么没关系？这件事非常重要，通过这件'偷窥门'事件，不仅可以让网北公司直面自己人工智能技术的漏洞，从而更加重视 AI 技术的发展，更可以推动整个人工智能产业对于消费者隐私保护的关注度，甚至影响到 AI 伦理的价值观变革。所以我希望，您一定不要放弃，好吗？"

邱子玲再次犹豫了。她何尝不知道选择曝光就应坚持到底，可董大为还在等她，实在不愿意多想，就说了一句狠话："贾记者，你说的这些和我有什么关系？说起来你是在帮我，可你何尝不是在吃人血馒头？消费别人的隐私事件来炒作新闻，赚取自己阅读量'10 万 +'的稿件，你不自私吗？"

这话把贾璐秋的"三观"震得稀碎，尽管她已经不是第一次听到这样的言论。的确，自媒体时代的记者真的很难做，没有人关注的时候，受害者求爷爷告奶奶都要找记者上媒体曝光，哪怕是自媒体也行。可是记者通过媒体曝光，引发社会舆论关注，取得事件进展后，就有人站出来试图用钱搞定一切，这时候又说记者是在吃人血馒头，消费受害者。她曾经引以为傲的"无冕之王"哪里去了？记者这个职业，难道真就成了一把"双刃剑"？

邱子玲也觉得说重了，刚走了两步，又走了回来，对贾璐秋说："对不起，贾记者，我着急，话说重了！我真的有事，后续有情况再联系你吧！"

当她赶到约定咖啡厅的时候，刘宇飞和董大为已经在里面坐着了，两人看起来谈笑风生，可能谈得还不错。

等她坐下后，发现两人压根儿就没谈正事。原来两人的背包撞包了，都是 GUCCI 的 GG Supreme 帆布背包，这两大老爷们儿聊了半天关于男包的选择，又聊了买房地段、喜欢什么车。不过，邱子玲不知道，虽然两个男人看似聊得十分投机，却各有各的心思。

刘宇飞想的是拖延时间，一方面是华莹莹告诉他，下班前后应该会有调查结果出来，另一方面他想看看董大为有哪些弱点可以攻破。

董大为则是在试探刘宇飞的为人，以及可能会给出的和解金额。之前宋晓雨让他放心大胆往高里要，五十万元人民币起步，因为她从华莹莹电话里判断这次"偷窥"事件很可能就是网北公司自己的技术问题，所以公司一定想早点息事宁人。

"这是我们能够给出的和解金额。"刘宇飞见到邱子玲坐下后，从包里拿出一张字条，上面写有"200,000"的字样。

董大为心想，怎么这么少，宋晓雨说起码五十万元人民币，这才不到一半！或许是误解了？

他试探着问："美元吗？"

"人民币！"刘宇飞补充道。

可能邱子玲也觉得少了，她说："这件事情正在发酵，刚才我来的时候，'小秋观察'的记者贾璐秋还在追着我采访，我因为来见你，所以没有答应她的采访需求。刘律师，您上网也能看得出来，网友都是站在我们这边的，所以如果这个时候答应和解，记者怎么看我们，网友怎么看我们，肯定会说我们利用舆论要挟网北公司。"

她的意思很明显，舆论现在都向着她，她可以选择和解，也可以选择不和解。既然是和解，她也是背负着媒体和舆论压力的，所以要想和解，网北公司就需要有点诚意，说白了就是嫌钱太少了。

刘宇飞自然明白她的意思，但他能被授权的和解金额就这么多，要是多给钱，就得自己掏腰包，那怎么可能？这时的博弈就只能是拼双方智慧了。

他把桌上写有和解金额的那张纸拿了起来，边叠边说："第一，这件事的事实还没有完全调查清楚，我就来谈和解，可以看出我们是很有诚意的。第二，你们并不是公众人物，根本就不会有人关注到你们，况且'小秋观察'那篇稿子我也看了，用的是化名，你们被舆论谴责的可能性几乎没有。第三，如果调查结果出来，证明这件事不是网北公司的问题，那你们一分钱都不会拿到，得到的只是官方渠道的一纸声明……"

"怎么可能不是网北公司的问题，那个智能穿戴镜自己在那儿说话……"听刘宇飞这么说，邱子玲急了，连忙插话道。

但是她话还没说完，刘宇飞也接了上来："邱女士，你别激动，你拍摄的视频时长很短，就如同文章一样，没有看到上下文，是很难判断出你在拍摄之前是否说了一些什么特殊的唤醒词，不排除这种可能……"

"怎么可能！"董大为见状，似乎也有点慌，但还是假装镇定，"刘律师，我也说下我们的底牌吧，至少这么多。"

说着，董大为向刘宇飞举起他的右手掌。

"五十万元？"刘宇飞觉得他疯了，就算真有问题，也不至于讹这么多钱。

"不是要讹你们，一来你们对隐私侵犯得有些严重，二来把我媳妇吓得不轻，还得有个精神补偿。"董大为解释道。

刘宇飞看了一眼手机，早已过了下班的时间点，可是华莹莹还没有信息过来。他有点焦虑，得想办法给华莹莹打个电话。

他扫了一眼坐在对面的两个人，把跷着的二郎腿放下，站起来说："这样吧，我去趟洗手间。我这人呢，也不喜欢讨价还价，给你们三十分钟时间考虑，三十分钟后给我一个答案，再之后一分钱也不可能得到！"

他又晃了晃叠好的字条，对董大为说："这个钱，起码能给你买十几个男士 GG Supreme 帆布背包，至少还可以还两年房贷吧？"

而董大为也在焦急等待宋晓雨从内部打听的消息。如果确实是网北的技术问题，那就值得搏一搏。如果网北查出来的确没问题，不如早点妥协。

他正焦虑着，宋晓雨来了消息："师兄，情况有变！"

抓住人性的弱点

情况的变化，来自郝冬带来的最新调查结论。

下班点过了快半个小时，郝冬打来电话。正焦虑等电话的华莹莹，在来电瞬间就接了起来。郝冬开玩笑说，打个电话连听"嘟"声的机会都没有。

或是迫于华莹莹要把事情同步给黄西的压力，或是不想将来自己被"打脸"的考虑，这一次，郝冬终于没有回避问题。他告诉华莹莹，说原因查清楚了，的确就是华莹莹中午电话里说的黑客入侵的漏洞一直没有补上，才导致这一次事故。他让工程师全面排查了漏洞范围，发现有十几起类似情况，只是发视频曝光的用户生活在一线城市，维权意识比较强，具体情况他会让产品经理重新出一份调查报告。

华莹莹松了口气，好在中午就按照最坏预期让曲婷准备过物料。不过，刘宇飞此刻正在和用户沟通，还不知道具体情况，这些物料要等沟通完毕，看情况再讨论如何发布。

电话还没挂断，她就看到眼前闪过了一个人影。定睛一看，正是宋晓雨，她刚刚走过来，在距离她非常近的一位同事工位上探讨着什么。

到底是在探讨，还是在探听？华莹莹多了个心眼，故意大声地对电话那头说："哈哈，辛苦郝总，查出来不是咱们的问题就好！"

那头的郝冬一脸蒙，刚刚调查出了最新结论，怎么又说不是咱们的问题？这华莹莹怕不是急火攻心，把脑子烧糊涂了吧。

"不是网北的问题？"宋晓雨听到华莹莹的话，心里开始着急。师兄还在沟通和解条件，现在她偷听到的情况居然不是网北的问题，如果蔚蓝海域安排的人知道这个情况，师兄在谈判中就太被动了，甚至可能一分钱都谈不到。

她想冲出去给董大为打电话，可现在就在华莹莹眼皮子底下，不能轻举妄动，否则就会暴露。她偷偷给董大为发微信："师兄，情况有变！"

看上去她正在和那位同事不慌不忙地探讨聊胜于无的问题，可心里很着急。不一会儿，她摸着肚子和同事说，不好意思，肚子不舒服，要上个厕所，然后连忙往洗手间方向跑去。一口气跑到走廊深处，看四下无人，她给董大为打了个电话，告诉他很可能网北公司没问题，能给多少就拿多少，赶紧答应下来再说。如果网北公司单纯发个说明公告，他将一分钱都得不到。

电话那头的董大为听完，不以为意，反而得意扬扬："我没那么傻，刚才沟通的过程我都录音了，他要是不给五十万元，我们就给贾璐秋爆料说网北公司想拿钱买通我们删帖。不管网北公司有没有错，花钱消灾这一步就错了。那个贾璐秋特别关注这件事，只要给她料，就一定能报道出来。"

宋晓雨万万没想到，高大帅气、聪明睿智的师兄竟然想到这个损人不利己的损招。她赶紧说："师兄，万万不可！你知道为什么是公关公司安排人去和你谈判和解，而不是我们公司的人直接和你沟通吗？这就是我们免责的一种手段！整个这件事里，网北公司没有和你谈过和解，明白吗？所以，你去和贾璐秋爆料说网北公司拿钱消灾，这个事实是不成立的，反而我们可以去法院起诉你诽谤。再说，你都知道要录音，那个和你谈和解的人为什么不知道录音？你威胁人家说不答应条件就找媒体爆料，那人家再报警，说你敲诈勒索怎么办？"

董大为傻眼了："你们公关的套路实在太深了！"

"退一步说，他们不去报警，而你找贾璐秋再去爆料，也只会火上浇油，最终公事公办，咱们一分钱都拿不到！"

"那你的意思是？"

"他们现在给多少？"

"二十万元！"

"师兄，听我的，赶紧签和解！"

那边，刘宇飞也和华莹莹沟通完回来了。

"二位考虑得怎么样？"刘宇飞故作轻松地微笑着说。

"条件我们可以接受！"董大为毫不犹豫地答道。

"不要……这个数了？"刘宇飞摇了摇手掌。

"对，不要了！"

"确定吗？"

"确定！"

"很好！不过现在由不得你了！"刘宇飞把叠好的字条铺展开来，用签字笔把原来的数字画掉，重新写了"100，000"的字样，"你们要是同意，今天晚上就会把这个数打到你们的账户上。"

董大为和邱子玲面面相觑，表情一半是愤怒，一半是后悔。愤怒的是对方手段太毒辣，把自己拿捏得死死的。后悔的是早知道这种情况，刚才就不犹豫了，早签了得了。这才犹豫了三十分钟，就少了十万元，可谓是自己经历过的史上最贵的犹豫。

"这是和解协议，你们想签现在就签，过了这个村就没这个店了。"说着，刘宇飞站了起来，准备收拾东西，一副随时要走人的样子。

见董大为和邱子玲还在窃窃私语，刘宇飞把和解协议从桌上拿起，准备放进他那只GUCCI的GG Supreme帆布背包里，董大为开口了："我签！"

为了感谢刘宇飞给公司节省了十万元危机预算，华莹莹说晚上和欧阳娜娜一起请他吃个饭，问他能不能把楚姗姗也叫上。刘宇飞说，姗姗还在孕初期，晚上就不出来了，回头给她打包，堂食就他们三个人吃。

华莹莹说就西直门凯德MALL里主打新加坡风味的"星怡会"吧，新加坡菜就是要酸酸辣辣地吃，尤其是他们家的"青柠檬酸汤鲈鱼"，主打酸、辣、香三种口味，楚姗姗现在应该就喜欢这三种口味，可以打包回家。

见面后，华莹莹点了五六个主打菜，让服务员按照同样的菜再下单一份一模一样的，然后打包。刘宇飞见状，连忙说太夸张了，没必要。华莹莹伸手制止了刘宇飞，让服务员就按照刚才说的去做。

"说说你是怎么做到只用了一半预算就搞定的？"华莹莹支走服务员后，迫不及待地问。

"利用了人性的贪婪呗！"

"人性的贪婪？那不应该要更多钱才对吗？"

"哈哈哈，是，也不是！"

刘宇飞的话，让华莹莹和欧阳娜娜更加疑惑了，此刻两人就像课堂上认真听讲的学生一样，一丝不苟地坐在那里，听他接下来说什么。

"当时我提二十万元和解费，他们狮子大开口要五十万元。这就是人性的弱点，绝大多数人都贪婪。但人性还有一个弱点，就是害怕失去，这也是一种贪婪，如同赌鬼，越输越赌，越赌越输，归根结底，还是太贪了。"

"他们认为调查出来的结论不是网北的问题，害怕失去那二十万元？"

"对！"

"那为什么最后只有十万元？你知道吗，单就这危机来说，如果我去请专家撰写正面稿件，请自媒体发声，十万元都不一定够用！"

"哈哈，那就需要把人性的贪婪发挥到极致。当他发现其实连二十万元都保不住的时候，就必然想尽一切办法抓住能抓住的，这十万元就是他能抓住的。他会认为，要是这十万元都抓不住，或许就会一无所有！"

"厉害了，刘大律师！"华莹莹给他竖起了大拇指，"你算是把人性的弱点给玩明白了！"

"其实，我也是赌了一把。你不是在电话里提醒我说，消息可能已经泄露了吗？而且泄露的是假消息。所以我就试探了一下。他们之前要五十万元要得理直气壮，但后来妥协得又是那么坚决，我就判断，他们应该同时得到了你放出的假消息，这个时候才能够利用人性的弱点。否则，他们得知真相，一口咬定五十万，你们还真得好好掂量掂量，是要把钱花在他们身上，还是把钱花在媒体上去灭火。所以，军功章里有你的一半，华总！"

"哈哈，原来是我们的合力！你提醒了我，那个宋晓雨果然有问题！"

"哪个宋晓雨？"

"就是给他们通风报信的那个人，我看她鬼鬼祟祟的，也只是故意试探性地说了个假消息，果然就被传了过去。"

欧阳娜娜恍然大悟："华总，这个宋晓雨……之前就听姗姗姐说她有问题。现在轮岗她坐在我的工位上，这个工位离您那么近，以后说话办事可得小心。按照今天这个情况，估计您上一秒说的话，下一秒汤总就知道了。"

"嗯，是的！"华莹莹点了一下头，刚才满脸的兴奋突然消失了，然后略带伤感地对刘宇飞说："宇飞，说到姗姗，她的离职申请，Dorran 今天批了，我很难受。共同战斗了这么多年，最终是以这样的方式落幕，说实话，真是心有不甘。说到底，也还是我能力不够，没能保护好她！"

"华总，千万别这么说！这段时间她在家里做瑜伽、读书、写字，有时还跟我出去钓鱼，挺开心的，她总说这才是生活本来应该有的样子……我们还有了宝宝，也算是……因祸得福吧。"刘宇飞试图宽慰华莹莹。

看到坐在一旁的欧阳娜娜，他继续说："华总是否考虑把欧阳娜娜培养成下一个楚姗姗？这也是姗姗的意思，她空出来的职位正好让娜娜顶上。"

"是的，我们接下来会有一次人数很少的晋升机会，这次我打算推娜娜。她现在虽然轮岗到了别的部门，但人事关系还在我们这里。前段时间她负责了网北智能生态大会的大部分工作，按理说只凭这个成绩完全符合晋升标准，但你知道，'大厂'里的晋升实际上并不只是看成绩本身，复杂得很。他们下周就要晋升答辩了，希望能顺利吧！"

三人也吃得差不多了，于是大家举起酒杯预祝欧阳娜娜晋升成功。

举着杯子的欧阳娜娜心里却很忐忑：华总说的复杂得很，是什么意思？晋升答辩会顺利吗？

　　网北公司的晋升，大多在上半年，每个部门有两三人有晋升机会。专员
升主管和高级主管，总监就能直接决定；高级主管升经理和高级经理及总
监，多了一轮答辩环节，要看答辩的完成情况；而总监级别要再往上升，就
需要几位副总裁共同投票决定。不同级别的晋升，有不同的游戏规则。

　　公关体系总监级别以下的晋升答辩结果，以往是每个部门负责人共同投
票决定。但 Dorran 来了之后，她要求自己也加入投票行列，所以现在投票的
人一共有七位，分别是 Dorran、华莹莹、汤达人、柳欣然、戴京，以及瞿佳
慧、王强，而曾经参与投票的人力资源部总经理杨晓琳则成了现场"监工"。

　　一般来说，每个部门推荐的人选，都是先过了部门负责人这一关，才能
进入答辩环节。换句话说，能参加答辩的都是各个负责人力推的人选。

　　在这个环节里，突出的业绩是衡量值得晋升的最低标准，因为答辩内容
精彩与否固然重要，但重要性远远排不上第一。所谓文无第一，武无第二，
同一个项目，不同的人有不同的评判标准。

　　你可以说传播项目效果好，带来多少热搜，有多少篇阅读量"10 万 +"
的稿子，但他们可以质疑说这些效果对业务到底能产生什么价值。你可以说

这个传播创意前所未有，业界一片叫好，他们可以批评你说，项目考虑欠妥，可能会带来潜在舆情风险。同样，你的项目传播效果上差了一些，但他们可以称赞说有政府的表扬信比什么都重要，因为这是面向 B 端的传播，舆论关注度再高有什么用？你的项目看上去平淡无奇，他们也可以说在当前聒噪的舆论环境下，没有负面就是最大的成功……

话都是从人嘴里说出来的，具体怎么说，要看每个人的考量。每位负责人都心知肚明，但又无法直言，所以晋升答辩前的地下工作就显得无比重要。

由于下半年晋升数量极其有限，总共才四个名额。华莹莹团队一个，汤达人自己要求进步留了一个，柳欣然也给下属争取了一个，最后一个名额留给了积极向 Dorran 靠拢的戴京团队。

华莹莹这个名额本来是没有的，因为停职的楚姗姗突然提出离职，人力资源部要求必须补充一位经理岗位，以形成人才梯队，这才勉强留了一个。

Dorran 对这四个名额的分配，带有十分明显的倾向性，自然引发瞿佳慧和王强的不满。他们俩认为，不就是因为没有明确站队，所以就分配不到晋升名额吗？于是两人干脆倒向了华莹莹，至少在这一次晋升投票中，他们俩是倒向华莹莹的。加上华莹莹自己的一票，欧阳娜娜现在保底的得票数一共才三票，还没有过半，晋升的可能性十分渺茫。

果然，在晋升答辩过程中，面对欧阳娜娜扎实的工作表现，以及丰富的传播项目，质疑的问题依然接踵而来。

Dorran 首先发难："你说你在今年网北智能大会上创新地将公关传播手法与业务转化能力进行了很好的融合。我问你，公关的本质是什么？公关的本质是沟通，是企业与公众沟通的桥梁，是企业价值观的传递！请问，你通过公关方法将网北的价值观传递出去了吗？怎么传递的？有什么效果？"

一连串的问题，问得欧阳娜娜一时间竟不知所措，她在努力思考着该怎么回答这个问题。

可还没等她思考，汤达人站了出来："我也有一个问题。刚才你介绍了发布会的业务转化效果，确实是不错，也的确是一次创新的尝试。我的问题是，像网北这么大的一家公司，在这么一个业界瞩目的行业大会上，公关的首要工作是什么，是影响力的打造还是所谓的卖货？卖货是否有专门的营销团队负责，我们公关刷存在感的方式，是否就是去抢别的部门的本职工作？我没有否认你工作的意思，恰恰相反，我认为你做得很好，这只是我个人的一个疑问，大家可以探讨。"

华莹莹心想，这个狡猾的老狐狸，说起来没有否认，实际上不就是否认？在晋升答辩场合，拿一些根本就讨论不出答案的问题去为难答辩人，分明就是故意挑起事端。

杨晓琳见状，尴尬地咳嗽了一声，可因为提问的都是专业问题，自己也不太懂，帮不上什么忙，坐在那里简直爱莫能助。而华莹莹此时也没法挺身而出，只能是干着急。

一向冷眼旁观的瞿佳慧看不下去了，打了个圆场说道："一个项目的评价维度有很多种，这个的确值得探讨。不过今天时间有限，建议以后可以专门找时间来讨论。听你刚才的讲述，的确是探索出了一些创新的方式方法，那么可否从这次生态大会上总结出一些公关传播的方法论？"

这还算是一个正常的专业问题。但是刚才被 Dorran 和汤达人一顿轰炸，欧阳娜娜的大脑有点缺氧，于是就把日常工作中经常用到的"讲故事""立标杆""巧借势""B 端理念 C 端化讲述""C 端产品 B 端化拔高"等方法拿出来讲了一通，不是很精彩，但至少没什么大问题，算是应付了过去。

回答完就到了投票环节，按照晋升规定，欧阳娜娜要离开会议室避嫌。

在答辩前，华莹莹就给欧阳娜娜盘算过，保底只有三票。剩下四个人中，可以争取的只能是戴京。而戴京之所以能够被争取，是因为前年他晋升高级总监时，是她在涛哥面前说了不少好话。

最重要的还不只是涛哥。戴京当年离开体制的真正原因，不是想挣更多钱，也不是出轨，而是因为家暴。这件事，外界几乎没人知道，但人力资源做背景调查时有详细记录。当时因为公司急于搞定某个政府关系，所以没有影响他入职，但在晋升时，人力资源部就把这件事拿出来做了文章。如果不是 CTO 林军在他晋升高级总监答辩会上的一句"员工私生活，并不影响他对公司的贡献"，将这件事彻底定了个调，他根本走不到今天。而说服林军帮忙的，就是华莹莹。

然而，当华莹莹找到戴京想请她帮忙把票投给欧阳娜娜时，他面露难色。他既不想得罪 Dorran，也不想得罪华莹莹，可这么大的人情又不得不还，尽管这本来就是一场交易。所以他很纠结，一直没有一个明确的态度。直到即将开始的投票环节，他都敏感地避开华莹莹投射过来的期盼的目光。

正当大家把投票结果写好，准备递给杨晓琳的时候，汤达人忽然想起了什么，对杨晓琳说："杨总，是否可以请欧阳娜娜再进来，我有个问题想补充问一下。"

"汤总，这不符合流程。每个人的答辩时间是二十分钟，十五分钟阐述，五分钟回答提问，规定的时间已经过了。"杨晓琳回答道。

"这个问题很重要！如果不行，那我这一票宁可放弃！"汤达人用近乎罢工的方式要挟。

华莹莹看到汤达人突然提出突破常规的要求，心里紧张了起来，不知道他要出什么幺蛾子。

"既然是答辩，那建议还是更充分一些，汤达人的提议虽然不符合具体规则，但是符合晋升规则的精神。"Dorran 对杨晓琳说完，又转头对汤达人说："问题是和工作相关的吗？"

"当然！"汤达人肯定地说。

"我看就请欧阳娜娜过来回答一下吧？"Dorran 继续对杨晓琳说。

"好吧，大家稍等，我去叫一下她。"既然 Dorran 发话了，杨晓琳也不好再说什么，只好照做。

欧阳娜娜一脸蒙地再次走进答辩会议室，心中忐忑不安，不知道出现了什么状况。因为她打听过以往的答辩流程，从来没有听说过返场做二次答辩的情况，是什么地方说错话了吗？

还没等她仔细思考，汤达人就开始提问了。

"很抱歉，又让你来一趟。之所以请杨总把你叫回来，是有一个我认为很关键的问题，想请你回答。"

"请问！"

"你在答辩时说工作认真，具有开拓精神。你用传播案例的确证实了这部分的业务能力，我要补充的问题就和这个直接相关。当然首先要说明一点，请你返场是我个人的主意，刚刚要投票的时候我才想起来这个问题。"

汤达人故意停顿了一下，这停顿的几秒钟，居然有种"此时无声胜有声"的悬疑效果，将会场好奇的气氛拉得满满的。

看达到效果后，他继续说："你来我们部门轮岗也有几个星期了，但到目前为止，我还没有看到你有任何产出，至少一篇像样的稿子我都没有看到。所以我有理由对你的工作能力提出一点我个人的疑惑，你所讲述的那些项目，到底是你单独完成的，还是团队集体智慧的结晶？"

这个问题，分明是在故意挑衅。欧阳娜娜被这突如其来的莫名指责，气得双手发抖。她在努力控制自己的情绪，双手紧握会议桌的桌沿，不至于让人看得出双手发抖的动作，但无法掩盖气得煞白的脸色。

她把颤抖的右手伸进裤兜，想掏出手机，打开她曾请求安排工作但汤达人不理睬的录音。可手碰到手机后，她又退缩了。她想起汤达人在公关体系口碑崩坏的原因，是没人愿意和一个喜欢举报的人共事，那么同样也没人喜欢和一个有事没事就偷偷录音的人共事。在这个场合公开这段录音，自证了清白，但口碑很可能就此崩塌，毕竟哪个总监敢用一个随时会录音的下属？况且，自证清白也不一定就会晋升成功，因为她对《让子弹飞》里小六子切腹自证的下场记忆犹新。

快速思考之后，她决定换个说法，声音略微带有情绪没有稳定下来的颤抖："汤总，您批评得对！首先，这些项目的确是集体智慧的结晶，但主要负责人是我，就如同您晋升汇报时，一定会说部门总体成绩，而不会说您在其中只是开了几次会，做了什么布置和安排，对吗？"说这段话的时候，她告诉自己要保持微笑，可下面的华莹莹看得真切，那微笑简直比哭还难看。

"至于在您部门还没有什么产出，我想原因您比我更清楚……"

还没等欧阳娜娜说完，汤达人就很气愤地插话："我比你更清楚？请你说清楚，什么叫我比你更清楚……"

"当然，主要原因在我，是我还在适应新的部门和业务。对不起汤总，是我学习适应能力太差，还没能达到您的要求，我会继续努力的！"

完全没有理会汤达人的问题，欧阳娜娜点了一下根本原因，把责任全都揽了过来。她知道，没有一个领导喜欢推卸责任的下属，哪怕真的是领导做错了，他宁可事后补偿你，也往往不会当面认错。

她还记得有个电梯间领导放屁的段子。说领导在电梯里放了一个屁，大家都捂住口鼻怒目而视，于是领导问秘书："你放的？"秘书老实交代："不是！"领导脸色变了："屁大的事，你都不能担当！"

都说现在"90后""00后"能够整顿职场，但现实往往是职场教你做人。尤其是在这种晋升答辩场合，老老实实扮演好一个勇于担责、有错就改、力求上进的下属就足够了，是非对错，根本不重要，也根本没人在意。

欧阳娜娜离开后，会议室里继续投票环节。

戴京推荐的晋升候选人以及柳欣然推荐的晋升候选人很自然地顺利通过，而且都是全票通过，包括华莹莹在内，都投了支持票。

大家都是成年人，既然七票中这两人保底的就有四票，肉眼可见的百分之百通过率，为什么不做一个顺水人情？

可是欧阳娜娜呢？

"支持票：3 票；反对票：3 票……"

和华莹莹预想的一样，无论她对 Dorran 怎么示好，哪怕做顺水人情，Dorran 都不会接纳她。通过投票数就已经表明了 Dorran 的态度，也就是公开地反对，并不照顾她的情面。

现在的问题是，那关键的一票，会受到汤达人突如其来指责的影响吗？戴京到底做出了什么选择？

华莹莹的心都快跳到嗓子眼儿了。

该来的终究会来

"娜娜，今晚请吃饭？"

正盯着电脑看的欧阳娜娜，似乎很忙碌，但一个字都没能看进去。她的心仍然留在晋升会议室，无比忐忑。听到手机发出震动声，她赶紧拿了起来，看到是别真让她请吃饭的信息，心里嘟囔了一句：这会儿哪有心情谈吃饭？

正准备婉拒的时候，华莹莹来了微信，没有文字，只有一个"OK"的表情。那个表情背后，是关键时刻戴京做出的选择，是华莹莹苦心经营的关系。果然世上最难求的是爱情，最难还的是人情。

欧阳娜娜知道，晋升的事大体是成了。她不知道的是，那些不见天光的暗流涌动，在投票人走出晋升答辩会议室的瞬间，将永远归于地下。

随着心中一块巨石落地，她整个人都放松了下来，于是答应了别真，让他选个地方。别真回复说，他人就在网北大厦办事，下了班跟他一起走。

欧阳娜娜本想等华莹莹回来，问她要不要一起去，可直到下班她都没在工位出现，听说自己轮岗后，她更忙了，需要参加的会多到根本数不过来。

下班后坐上别真的车，欧阳娜娜才想起问他：为什么要我请客？难道……

"你没猜错，我第一时间就知道了，就你们公司那点儿事，哪有什么秘密？"别真笑着说，"不过，你晋升得好险，回头你真得好好请华总吃饭。"

"我知道，Dorran 和那个汤总就是故意的，问了很多似是而非的问题，尤其是那个汤总，更是把我气得……差点让我下不来台！"

"哈哈哈……"

"你还笑得出来，参加答辩的人又不是你！"

"别急啊！我是想说，你完全没有必要生气，因为无论你生气还是不生气，都不会影响最终的结果。"

"为什么？"

"后座上有本小说，叫作'二号首长'，你拿过来，折叠的那页有个地方有标注，读一下？"

欧阳娜娜犹豫了一下，都要吃饭了，还看什么书？但她仍倾身把后座上的书拿过来，翻开一看，果然折页处有一段被圈了起来："中国官员的升迁机制，既不是西方的选举机制，也不是古代的科举机制，而是先秦时代的伯乐机制。千里马若想仕途顺遂，就一定要去寻找那个属于自己的伯乐……他们在官场的成败，考验的不是他们自己，而是他们背后的伯乐。因此，哪个官员能够升迁，不看他本人的政绩如何，而要看他背后伯乐的能量有多大。"

见她读完了，别真说："怎么样？有什么体会？"

"体会就是，职场和官场并没有什么两样，哈哈哈！"

"你看，你不也笑了吗？！不过，你说的那个职场其实就是很多人诟病的大公司病。任何组织都是这样，很小的时候讲究的是效率，人尽其用，没那么多事，有能力的人很容易脱颖而出，可发展到一定规模，人事关系会变得复杂，就需要依靠确定的流程来保证组织的有效运转。"

"所以，我们就是这个流程上的一颗螺丝钉？"

"我认为是，也不是！取决于领导风格以及企业发展的不同阶段。娜娜，问你个问题，咱们不说正史，就说演义哈。刘备创业初期，为什么群英荟萃，出现了那么多熠熠生辉的大将，像什么关羽、张飞、赵云、马超、黄忠，可刘备死后，诸葛亮当丞相的时期，就成了'蜀中无大将，廖化作先锋'了呢？"

"为什么？"

"一家之言啊，我个人觉得，就是领导风格，以及企业发展的不同阶段，采取的用人方式不同。刘备在创业初期打过很多仗，用过很多新人，他也喜欢用新人，充分地给予试错机会，所以每个将领都能成长。当然，很多时候他用新人的目的是冲击老人，好处是新人层出不穷，坏处是新人在他手上的折旧速度太快。不过，今天用你，明天用他，总有新人可用，给他带来的好处也是显而易见的，就是下级很难形成固定的帮派和势力，比较好管理。"

"真哥，你这说得怎么听起来这么耳熟？"

"哈哈，不要对号入座噢！但是诸葛亮的风格就很不一样，他凡事都要自己操心，鞠躬尽瘁，死而后已，凡事依赖流程，大将们可不就成了流程上的一颗螺丝钉了吗？"

"所以……"

"所以，凡事没有绝对。一艘大船要想开得稳，既要有压舱石，也要有散在各处的砂石，也就是既要培养势力，又要限制势力。赵云能力那么强，但是刘备一直不重用他……"

"听着好复杂……"

"不复杂，用大白话说就是，能力达标是基本前提，在这个基础上，老板用不用你是一回事，怎么用你是另外一回事，大多时候咱们都是身不由己的。因此看淡一些，人生几十年，晋升不晋升，又能怎么样呢？晋升成功了，咱们庆祝，就算晋升不成功，身上也没掉块肉，生活一样往前，对吧！"

"好像是这么回事！那真哥您帮分析分析，为啥黄老师不提拔华总当公关体系一把手呢？反而要从外面空降一个什么Dorran，那也不服众啊！"

"这……每个人的管理风格不一样，想法也不一样，咱们不要过度揣测。不过如果我是黄老师，可能也不会那么轻易就提拔你们华总，至少做出这个决定要很谨慎……"

"这是为什么？"欧阳娜娜十分困惑。

"说来话长，结合我个人体会，可能有这几个原因。第一是老板这样做的话，可以维护权力的绝对安全。你想啊，像你们华总这样在公司浸淫了十多年的老人，内部各种关系盘根错节，很容易形成权力固化和独立山头，甚至她将来还会有和老板叫板的资本，所以提拔她的风险很高，这是老板不能接受的，哪怕你们华总可能根本没有这样的想法。第二是为了避免公司内部上下级的直接对立。你应该知道，有人的地方就有江湖，在任何超过三个人的组织中，矛盾和分歧不可避免，如果这时从内部提拔一把手，也就是把你们华总提拔成公关体系一号位，她就很可能会打压以前和她有过矛盾甚至有过竞争关系的同事，加剧内部冲突，激发派系斗争，这是老板不想看到的。第三是如果提拔了你们华总，很可能导致组织内耗，因为这相当于传递出一个不良信号，就是只要现任一把手离开，或只要把现任一把手搞倒了，我们就有机会当一把手，这相当于变相鼓励下属斗争扳倒一把手以便上位。这非常不利于权力结构的稳定。"

"哦！可这样会让公司老员工失望吧？"欧阳娜娜在努力理解别真说的话。

"这没办法，让老员工失望总比让权力失控强吧？不过这种事情也不是绝对的，你也看到，事实上有很多业务部门的一把手，就是从基层慢慢提拔起来的。但你也要知道大多数老板的普遍想法，他们其实并不希望看到下级对上级的权力进行争夺，他们更愿意看到的是下属平级之间的斗争，因为这其实是一种相互监督制衡的机制。我猜测啊，你们华总一开始的确是想挣扎的，这么多年没有功劳也有苦劳对吧？换做是我的话，我可能也会不服气。后来可能是她想通了，又或者是请教了高人，毕竟以下搏上，胜算很小，所以再往后就没有了动作。可 Dorran 不干了啊，你华莹莹一没臣服，二没投名状，三还搞过小动作，不把你当眼中钉，要把谁当眼中钉呢？"

欧阳娜娜正听得入神，别真突然把车停在了一家西餐厅前，原来吃饭的地方到了。她仔细一看，居然是如雷贯耳的福楼法餐厅 FLO。这家店是北京历史最悠久的法餐厅之一，她早就听说过，但没来过，所以很好奇为什么来这儿。

"这家店很老，是福楼在亚洲的第一家分店，但是老店就是胜在'稳'，没有很多新奇的地方，但可以品尝到非常正统的法餐。"两人下车后，别真边走边说，"也是祝贺你成功晋升，稳操胜券！"

"这……但也没必要来这么高级的地方吧？"下车的时候，欧阳娜娜偷偷在点评网站上查了一下，好家伙，人均八百多元，还是有点心疼。

"哈哈哈，好事情当然要在好餐厅庆祝！"别真似乎看穿了她的心思，"放心，我买单！"

"啊这……"

别真没理会她，直接叫来了服务员："餐前甜品我要果冻＋慕斯酥脆，正餐要澳洲黑安格斯肉眼牛排，五分熟，鹅肝配鳗鱼，芝麻菜沙拉……"

别真点完，欧阳娜娜指着菜单上的一个套餐说："我要这个套餐，牛排要九分熟！"

"九分熟？你不觉得会失去牛排原有的口味吗？我建议还是吃五分熟的，那种鲜嫩多汁，外焦里嫩，啧啧，想起来就很香……"别真说道。

"不会，我不喜欢吃生牛肉！五分熟的吃过，不太能接受！"

"你……他们家这么好的牛排，不要暴殄天物噢！"别真开玩笑地说。

"我知道，可就算是满汉全席、鱼翅燕窝，不喜欢就是不喜欢，勉强不来……"欧阳娜娜这话说完，感觉有点不对劲，气氛一下子变得微妙了。

这时，服务员送来了餐前面包。为了缓解尴尬，别真主动拿起一个递给她："他们家的餐前包非常好吃，外壳酥脆，里面松软，趁现在带着热气，配上松露黄油更香甜，尝一下。"

欧阳娜娜拿起餐巾纸接过后，放在面前的盘子里说："谢谢，我想去洗个手。"然后问服务员洗手间在哪儿。

离开餐桌，她这才完整地看到餐厅的样子。这家店装修风格老派，却又不失正宗的法国韵味，果然对得起历史悠久这一称号。灯光不像中餐厅那么明亮，这种忽明忽暗的感觉，尤其适合情侣们的浪漫约会。

忽然，一个熟悉的身影映入她的眼帘。是他吗？她躲在墙角仔细看了一眼。没错，是他！还有一个不认识的她，但能猜出来她是谁！

就在那人要把头转过来的瞬间，她赶紧转身溜进了洗手间。

回来坐到餐桌上，她整个人闷闷不乐，心事重重，一直到吃完饭，别真也没有说什么。吃完，别真想送她回家，她突然说："我自己打车走吧！"

"这边是霄云路，离你家还有点距离，我送你吧！"

欧阳娜娜盯着别真的眼睛说："你是不是知道他在这里？"

"谁在这里？"

"顾小威！"欧阳娜娜有点难受地说，"是不是你知道他在这里，还有那个吴依凡，所以故意带我来的？"

"小威也在这里？"

"别装了，你一定知道！"

"他在这里我怎么知道，我要知道，就喊他和咱们一起吃饭了！"

"真哥，你……我……"欧阳娜娜说着，情不自禁哭了出来，她不想面对顾小威和别人约会的现实，可这又是亲眼所见！她内心痛苦，想指责别真，却又不知从何说起。因为她也不知道到底是别真故意安排的，还是真的只是偶遇。现在，她唯一想做和能做的，就是赶紧逃离这里，一头扎进车水马龙的茫茫夜色中，哪怕别真在她后面呼喊不已。

第二天，欧阳娜娜一整天都心不在焉。汤达人见状，反而抵消了前一天的愤怒，心里居然好受了些。当然，他心里舒坦还因为一大早听到了一则消息，说欧阳娜娜被供应商举报了，受贿十万元。汤达人认定欧阳娜娜心不在焉与被举报有关，她一定是担心受贿的事情暴露，不仅刚刚赢得的晋升没戏，甚至在网北都待不下去了。这个举报的时间点掐得刚刚好，晋升答辩之后，邮件官宣之前。既让人充满希望，又使人柔肠百结；既让人心生憧憬，又使人黯然神伤，爱恨交织中既有惊喜又有无奈。

汤达人在工位哼着小曲，全然不顾离他不远处正伤心烦躁的欧阳娜娜。他并不知道欧阳娜娜伤心难过的不是什么举报的事情，而是顾小威和吴依凡一起吃浪漫法餐的事，因为那是情侣约会的地方，她心生忌妒，伤心难耐。

忽然，华莹莹微信和她说下周一上午要和她一起参加总监例会。至于为什么要她参加，华莹莹说自己也不清楚，Dorran 不肯说，其他总监也都不知道。事出反常必有妖，该来的终究会来，那就让暴风雨来得更猛烈些吧！

"刘部长怎么会在这儿？"

华莹莹和欧阳娜娜走进总监例会会议室后，两人心里同时一惊。欧阳娜娜出去又看了一眼门上的会议室编号，没错，就是这间会议室。

总监也陆陆续续来了好几位，看到如同一尊泥塑雕像坐在会议室里的刘部长，每个人的脸色都失去了往日的神采，看起来都焦虑不安，不知道是心里有鬼，还是周末没有休息好。只有汤达人提前从 Dorran 那里得到了一点消息，进入会议室后神情放松、安然自若，和其他神色紧张的总监对比起来，就好比一个晴空万里，一个乌云密布。

Dorran 坐定后微笑着说："非常感谢大家及时参加今天的总监例会。大家看到了，今天监察部的刘部长也来参加我们例会。需要和大家说明的是，今天的例会之所以请刘部长，是要通报上周的五例举报……"

五例举报？听到这里，总监们似乎屁股底下有钉子，纷纷坐立不安。

"和以往直接展开调查不同，针对这五例举报，尊重刘部长的意见，先在例会上通报，随后展开调查。在通报前，大家都把手机交上来……"

"不用了！"刘部长抬起右手表示阻止，并打断了 Dorran 的话，这一动作使得现场稍显尴尬。

"……那好，那就听刘部长的，请刘部长通报。"怔了一下后，Dorran不失礼仪地继续说道。

现场鸦雀无声。有人直视刘部长，有人低头假装看手机，还有人谁也没看，就盯着眼皮子底下的会议桌发呆……

"各位好，今天我要通报的是关于咱们部门有人索贿受贿一事。就在上周，我们陆续收到五封举报信，内容大同小异，目标都指向了……"

刘部长故意停顿了一下，扫视了一下会场，看到惴惴不安的总监们，心里充满了鄙夷：一个个平日里的威风都去哪儿了！

"目标都指向了华总和欧阳娜娜……"

刘部长话音刚落，办公室里齐刷刷地吐出几口长气，气氛顿时轻松不少，该打字的打字，该回信息的回信息，除了华莹莹和欧阳娜娜。汤达人只觉得好笑，又很想自嘲，如果他提前不知道，恐怕心情也会像是坐过山车。

欧阳娜娜紧张得不停搓动双手，华莹莹连忙小声安慰她："没事的。"

真的没事吗？她也不知道在这种公开场合，接下来到底会发生什么。

"举报信说，她们两人主动向供应商索取贿赂，并且还威胁他们说，如果不送钱，就在智能生态大会结束后的供应商打分环节，给打低分，让他们从此在网北公司供应商库中被淘汰……而华莹莹索取的贿赂是二十万元，欧阳娜娜索取的贿赂是十万元！"

现场一片哗然，总监们议论纷纷："不会吧！""真的敢向供应商要钱？""什么时候的事儿？"

汤达人的声调最大："怎么可能？要说别人我信，说我们华总，打死我也不信！"嘴里说着不信，可他的语气里分明流露出抑制不住的幸灾乐祸。

Dorran嘴角撇过一丝不易察觉的微笑，随即又严肃了下来："刘部长，华总和欧阳娜娜是我们公关体系非常重要的两员大将，平日的口碑都很好，尤其是欧阳娜娜，上次调查过一次，不也没问题吗？所以，您那个举报信，有没有可能……弄错了？"

大家的目光都集中在刘部长身上。

"举报人是这次智能生态大会中标的热潮公关，以及四家没能参加竞标和竞标失败的供应商，他们详细列出了华总和欧阳娜娜索贿，以及收受贿赂的时间与地点。按照我们的经验来看，这种事情是不可能弄错的。"

听完刘部长的话，Dorran 扭头转向华莹莹和欧阳娜娜，语气严厉："我一直认为你们俩是咱们体系的杰出代表，业务能力强、人品口碑佳，但你们怎么能做出这种事情？！别说饭碗不保，你们甚至可能去吃牢饭！"

说完，她继续对刘部长说："刘部长，这涉及经济犯罪，报警吧！"

"报警"二字一出，刚才还有人窃窃私语的会议室，瞬间安静下来。总监们心里明镜似的，Dorran 这是要把人往死里整。今天是华莹莹，明天会轮到谁？墙上挂钟发出的嘀嗒声，仿佛一把尖刀一点一点刺进总监们的心房。

"刘部长，你不报，我来报！我们公关体系绝不能有这种人存在！"说着，Dorran 拿起手机，就要拨打 110。

刘部长再次抬起右手，做了一个制止动作，缓慢地对她说："你不想听听她俩怎么说吗？"

Dorran 只好举着手机再次质问："你们说，举报信的内容属实吗？"

华莹莹和欧阳娜娜异口同声："大部分属实！"

"刘部长，她俩承认了！"证据确凿，Dorran 此时恨不得现在就把两人送进监狱，她一分钟都不想再等，她要立刻拥有一个完全属于她的公关体系。

"你们不想解释一下吗？"刘部长对华莹莹和欧阳娜娜说。

两人摇头。华莹莹说："没什么好解释的，一切听从公司安排！"

"听到了吗？刘部长！"Dorran 再次焦急地催促刘部长，她要把报警这事先坐实，把风声先传出去。

"既然这样，那我来替她俩解释一下。"刘部长说道。

什么情况？刘部长替她们俩解释？会议室的总监们再次瞪大了双眼，仿佛听错了什么似的。

Dorran 也露出惊讶的表情："刘部长，您……替她们……解释？"

"是的！"刘部长绷了半天的严肃表情放松了下来，语气也柔和了不少，"举报信所列举的事情的确部分属实。受贿金额、时间地点都能对得上……"

"所以……所以还解释什么呢？"Dorran 耸了耸肩。

"但是，就在她俩'受贿'的第二天，这笔钱就已经在我办公室的保险柜了，上面详细列举了行贿人的姓名、时间和地点……"

"也就是，您……早就知道这件事？"此刻的 Dorran 像泄了气的皮球一样，刚才的神采奕奕瞬间消失不见。

"是的，这件事我早就知道。我还需要和大家交代，这次五份举报信虽然措辞内容有所不同，但发送时间十分接近，也就是你们部门晋升答辩结束以后开始的，而且这五家供应商的矛头都对准了华总和欧阳娜娜！这个社会有哪家供应商会这么傻，行贿还让这么多同行都知道的。你告甲方索贿，难道就不怕法院判你乙方行贿吗？请大家用脚指头想一想，这是什么逻辑？"

刘部长说了句玩笑话，可没人感觉好笑，会议室又是死一般的沉默。

刚才还对墙上挂钟发出嘀嗒声无感的 Dorran，此刻觉得十分刺耳，有一股想冲上去把那个挂钟扯下来砸碎了的冲动。

"我来告诉你们，这是'搞事'的逻辑！但既然我都知道了，又为什么还要来参加咱们的例会？是因为我想告诉大家，我不希望监察部成为任何个人或组织'借刀杀人'的工具。我们鼓励举报违反职业道德的行为，但是，这个权力绝对不能被滥用，更不能被利用！"

刘部长转向 Dorran，继续说："Dorran，我没有任何针对你的意思，但你也能看得出来，这半年多，咱们公关体系成了监察部的常客，可调查结论往往都是捕风捉影的只言片语。基于这些，我们有理由提出刚才的要求。"

说完，刘部长转而对大家说："另外，这次行贿及举报的五家供应商，涉嫌违法犯罪和采取不正当竞争手段，我们会把意见转给采购部，请他们考虑是否列入不良行为记录名单，永久禁止参与网北公司的任何采购活动。"

刘部长走后，泄了气的 Dorran 没有精神继续开会，只好宣布本周例会取消，下周再说。一件本可以将华莹莹和欧阳娜娜送进监狱的举报，现在居然这么轻松地被化解于无形。热潮公关，这家她使用多年、信任度极高的公关公司，没想到阴沟里翻船，没能帮成她，差点还把这家公司自己办进去了。

"一群废物！"她在心里暗暗骂道。

骂归骂，对手下人该帮的忙，她还是要帮的。例如，汤达人很快就要参加晋升总经理职位的答辩。她很清楚，帮助汤达人，实际上是在帮自己。

而 CTO 林军的那一票至关重要。

上次她收到自己和林军在"苏浙汇"吃饭的照片，以及那张写有"不要脸的女人"的 A4 纸后，她给林军发过一条微信，却始终没有收到他的任何回复。每次高管晨会，两人似乎也达成某种默契，离得远远的，这种情况一直持续到现在。可眼下为了汤达人，更为了自己，她决定打破现状，主动去寻求林军的帮助。

于是在汤达人参加答辩前一天的高管晨会后，她没有立刻离去，而是一路跟着林军来到了他的办公室。林军上楼时瞥到跟在身后的 Dorran，进了办公室就想关门躲避。可门关到一半，就被 Dorran 堵上了。

林军无奈让她进来后，她有意把门敞开着，防止外面传出关于两人的闲言碎语："林总，很抱歉，通过这种方式来找您。"

林军坐在电脑前不搭理她，也不赶她走，自顾自地不停在键盘上敲字。

"我感觉，似乎我们之间产生了一些误会。您可能也收到了您前妻快递的照片，但是，您可能没有收到这样一张 A4 纸。"Dorran 把那张撕了一半的纸掏了出来，把"不要脸的女人"几个字摆在林军面前。

打字的动作停了下来，林军看了一眼这张纸，然后猛地拍了下桌子站起来："她才是不要脸的女人！"他背过身缓了一阵才转过身来，"对不起，刚才失态了。我不知道她还给你寄了这张纸，你可以起诉她侵犯名誉权。"

"不必。她这么做，不是说我和你怎么样，而是想让我离开何常成。"

"什么意思？"

"让我死心，因为何常成和我……提了离婚。"

"抱歉！我……我不知道你们……我不知道她……我不知道她为什么一

定要这么做，让你们……"

"已经是这样了……"Dorran无奈地耸了耸肩，"他已经搬出去了，告诉女儿说是要去外地出差很久。"

"唉……"林军叹了口气，用双手搓了搓脸，"我一直没有回复你的微信，是因为她做的事情让我觉得没有脸去面对你……"

"都已经过去了……"

"接下来你打算怎么办？"

"走一步看一步吧！不过，看起来近期咱们是不能单独吃饭了。"Dorran苦笑着说。

"不吃就不吃！作为同事，在公司还不能一起喝个咖啡吗？"林军突然就像孩子一样叛逆，话题一转，"你来，应该不只是和我说，近期不能单独约饭这件事吧？"

"不瞒您说，今天来找您，最主要是想和您汇报近期的情况，毕竟……毕竟您已经很久没有搭理我了。当然，确实还有件事要……求您！"

"什么事？"

"汤达人晋升答辩时，能不能帮他投一票，您的意见十分重要！"

林军想了想，说："他对你很重要吗？"

"十分重要！"

"那好，我答应你！"林军回答得十分干脆。

"您不需要考虑一下？至少了解一下他的履历背景、工作业绩之类？"

"不用！帮他就是帮你！我心里有数。"说完，林军站了起来，"走吧，大堂咖啡厅请你喝一杯？"

"走！"Dorran舒了一口气。缓和了与林军的关系，帮助汤达人争取到了最大支持，这让她因供应商举报受挫一事耿耿于怀的心情顿时好了大半。

心情需要平复，因为明天是汤达人的晋升答辩，这又将是战斗的一天。

有了林军加持，汤达人的晋升答辩还算顺利。实践证明，员工私下的意见根本不重要，窃窃私语的那些话根本动摇不了有上峰支持的人，因为权力的来源并不是员工。如同《西游记》里有背景的妖怪，犯再大的错也能被各路神仙接走，而那些没背景的妖怪则被一棒子打死。情同此情，理同此理。

就在大家认为给汤达人晋升只不过是走过场的时候，人力资源副总裁落叶斌在答辩环节忽然像讲课一般地说，一个合格的部门总经理，其核心职能模型总结起来分为四个方面：第一必须具备较强的战略管控能力，第二必须具备构建部门运作机制的能力，第三必须具备关系经营的能力，第四必须具备优秀的团队建设能力。他说，对于汤总的业务能力，自然有公关副总裁Dorran负责判断，但是从人力资源管理角度来说，汤总的团队建设能力值得商榷。他说最近收到一段录音，需要请大家一起帮忙判断。

还没等大家反应过来，他用电脑直接播放了出来：

"汤总，我刚来咱们部门，还不知道从哪里入手。您要是有什么工作需要安排，麻烦您直接找我，如果后续说我带薪'摸鱼'，我可不认哦！"

汤达人一听，心里气急败坏，录音里是欧阳娜娜的声音，这分明就是报复，报复自己在她晋升答辩时为难过她！

"落总，您放的这段录音不能说明什么吧？"他尽量控制说话的语气。

"别着急，我们来听第二段。"

"汤总，我来咱们部门两周了，还没有具体的项目任务交代给我，好歹也给我安排一点业务上的事情吧。"

"不是让你去找宋晓雨那个搭档了吗？没给你安排活儿吗？"

"安排了，让我复印各种材料，可我认为我不应该只干复印的活儿。"

"我这忙着呢，具体的工作你们自己商量就行……"

"汤总……"

"落总，我想有必要解释一下。欧阳娜娜前段时间晋升答辩时，我当时提出过比较尖锐的问题，所以她这就是在打击报复！她这貌似正义的人，居然沟通工作时还偷偷录音，十足的小人！"汤达人这段话说得咬牙切齿，恨不得把欧阳娜娜生吞活剥了。

其他几位副总裁不知发生了什么，都在静观其变。这些职场高阶者段位较高，自然知道每次晋升背后的腥风血雨，只是不同的人有不同的故事罢了。

"汤总，咱们不要有情绪。听说上次欧阳娜娜晋升答辩时你提出她在新部门没贡献，我们人力资源部觉得有必要了解一下情况。毕竟一个即将晋升为经理的人，没有业务产出，这是公司人力资源的极大浪费。沟通后，她反映了一些情况，但苦于没有证明，我们没有办法判断到底是她不够努力，还是咱们两个部门联合制定的轮岗制度有问题，或者是其他什么原因，所以这段录音是我们让她录的，这样我们才能作出准确的判断，找到解决问题的办法。"

"落总，这个事情，我看我们还是会后讨论吧！毕竟轮岗和汤总的晋升是两件事，您说呢？"Dorran 见状，赶紧出面打个圆场。她不好直接表达不满，毕竟人力资源副总裁的意见在晋升时十分重要。何况就在前一天，她找完林军后，还特地找过落叶斌，当时虽然他没有明确表态是否支持，但也没有表现出要对着干的意思。

现在他点出的却是个死穴，一个高级总监连简单的团队分工协作都解决不了，还怎么领导团队，有什么资格晋升总经理？就算对员工有意见，那也不能这么简单粗暴。这个汤达人，还是不成熟！这个落叶斌，还是太狡猾！

"谢谢 Dorran 提醒，轮岗和汤总晋升的确是两件事，不过他们却指向了同一个方向，就是汤总是否能够胜任部门总经理，是否有能力将人力资源最大化，而不是浪费，这是我们在晋升时需要重点考察的部分。"落叶斌淡定地答道，"好了，我也不多说了，请大家投票吧！"

虽然有林军的加持，但半路杀出个落叶斌，最后汤达人以两票之差晋升失败，这在网北公司以往的晋升史上也是少有的。以往一般到了这个环节，背后的博弈或者说交易早已达成，答辩只是走过场而已。

汤达人把失败全部归结于欧阳娜娜的背后一刀，全然忘记了自己在别人晋升答辩时所做的一切。他更没有意识到，落叶斌那么做，并非故意要和他为难，而是要通过这个机会释放出明确信号，他在公司不站队，既不站 Dorran 的队，也不站林军的队，和华莹莹更是没有交集。如果一定要说他站队，那么他也只站黄西，人事任免权必然只能效忠于老板一人。

汤达人心里愤懑地想，动不了落叶斌，收拾你一个小小的欧阳娜娜还不容易？你说不给活儿干，那好，就让你同时准备三套借势"双十一"公关传播方案，再加一些随时需要提交的物料，看你还有没有工夫再给老子录音？

于是欧阳娜娜第一次参加汤达人部门的例会，就被要求三天之内拿出三套借势"双十一"的公关传播方案，其中要有明确的亮点和预期效果，同时一些基础工作，比如海报、通稿、第三方稿件这两天就需要提交。其他人如果有什么干不完的活儿，都可以交给她。

汤达人的那些死党下属窃喜，正愁活多到忙不完呢，这下就可以名正言顺地把那些不愿意干的脏活累活，都推给她，反正这要求是汤总提的，汇报对象也是他，至于欧阳娜娜能不能干完，跟自己也没啥关系。

欧阳娜娜的状态从一个极端突然跳跃到了另一个极端。这两天内网公示晋升的消息没让她的心情好多少，反而汤达人部门的那些同事在背后议论纷纷，说经理也不过如此，和他们一样在做基础工作，甚至是更基础的工作。

"真是什么样的人带出什么样的兵！"欧阳娜娜心里愤懑，就连她在回复楚姗姗祝贺她晋升成功的微信时，都忍不住要吐槽两句。

楚姗姗自然知道什么原因，只好安慰她两句。只是现在她和网北公司已经没有任何关系，人走茶凉，在公司里显然已经说不上话。但是她忍不了曾经的队友遭受这样的委屈，于是暗自决定在背后给欧阳娜娜也是给华莹莹助一把力。

这天下班，外面下着蒙蒙细雨，轮岗后没什么工作压力的宋晓雨撑着伞、哼着歌走到了小区门口。隐约中，她看到有个人跟了上来。来人走近后，她借着路灯一看，原来是楚姗姗。

她有点意外："姗姗姐，怎么是你？"

"为什么不能是我？"楚姗姗表情严肃地说。

"你……你不是离职了吗？"看到绷着脸的楚姗姗，宋晓雨怯怯地说。

"我离职了就不能来找你吗？"

"当然可以！呃，您是有什么事吗？要不然到我家坐坐？"

"谢谢！不过也没什么大事，就是需要你主动离职！"

"主动离职？"宋晓雨被惊到了，"为什么？"

"没有为什么！如果一定要知道为什么，那么就想想你老大和你自己的所作所为！如果你不想被调查，请考虑一下我的要求！"

"姗姗姐，咱们无冤无仇，你不要诽谤人呀！"

"放心，我不会诽谤，你自己看！"说着，楚姗姗拿出一张纸扔给她。

一不小心没接住，纸掉落在了被细雨打湿的地面上，她弯腰捡起来一看，上面是给"黑稿"自媒体的部分转账记录。她被吓得脸色苍白，原以为天衣无缝的操作，此刻被人一览无余。

"给你三天时间考虑！"没等宋晓雨说话，楚姗姗就已转身离开，走向路边停着的一辆车，刘宇飞正在车里等她。

小区门口留下吓坏了的宋晓雨，在初冬的寒风中瑟瑟发抖。

她不知道事情为什么发展成了这样。她家庭条件不好，好不容易考上了大学，可是家里负担不起学费，父亲还因为赌博欠了一屁股债，四年大学生活是她靠助学金和勤工俭学才勉强度过的。后来，她努力奋斗，进入网北公司工作，在这里的每一天，她都不敢懈怠，每天都加班到很晚，协助汤达人做了非常多的重要项目。可每当站在车水马龙的北京街头，她总是黯然伤神，感叹什么时候才能离开廉价的出租屋，什么时候才能在北京有一个属于自己的家。虽然工资在同龄人中还算可以，可光靠工资，什么时候才能存够几百万元的首付？何况她还要给父亲还赌债！

寒风细雨中的宋晓雨欲哭无泪，从内心深处发出歇斯底里的呐喊：老天爷为什么要这么对我？我想要改善生活错了吗？我想给房子付个首付错了吗？我想替父亲还债错了吗？这不公平！

没人听到，也没人回答。她感受到的只有刮在脸上生疼的凛冽的寒风。

第二天下班前，宋晓雨找到汤达人，说要离职。汤达人吓了一跳，这太突然了，以为是因为这次晋升名额没有给她，导致她心态上的失衡。毕竟宋晓雨跟了他多年，是得力的心腹。他试图安慰宋晓雨，说下次一定会给她晋升，为了弥补这次没给她提名，年后调薪时会给她多涨工资。

宋晓雨摇摇头，她何尝不知道汤达人承诺过的就一定会做到，她何尝不想和汤达人一起并肩战斗，她何尝不明白遇到一个欣赏自己的老大简直可遇不可求，但是她不得不选择放弃。泪水快要涌出，但她无法启齿。真正的原因，知道的人越少越好，哪怕是汤达人，也不能知道。只是照顾家庭、陪伴家人、职业发展、工资太低、没能晋升、出国学习……这些骗鬼的离职理由，怎么会骗得过人精汤达人呢？

然而越是不明白，汤达人就越是感受到了背叛。他帮助 Dorran 四处出击，自己也腹背受敌，就在这最艰难的时刻，连最信任的下属也要离他而去，难道是自己做错了吗？不，只能是宋晓雨背叛了他！

天要下雨，娘要嫁人，随她去吧。

常在河边走，
哪能不湿鞋

宋晓雨离开了。

华莹莹第一时间给 Dorran 和落叶斌写邮件，申请将欧阳娜娜再次轮岗回来。因为近在眼前的"双十一"项目需要一位懂业务的公关负责人。

这次"双十一"项目，华莹莹的公关部门不是简单地借势做一下传播就行，而是要和营销团队一起打配合做主力传播，需要直接面向市场和竞品"硬刚"。如果这个时候轮岗来一位不熟悉业务的人，一定会贻误战机，造成不可挽回的损失。但如果公司一定要根据轮岗计划持续进行安排，则建议过了"双十一""双十二"和春节这几个营销关键节点后再进行。

这个理由无懈可击，落叶斌很快回复了"OK"，但迟迟不见 Dorran 的回复。于是华莹莹每隔半天就会再次转发原邮件催促，同时抄送落叶斌，但依然没有任何消息。

眼看着还有两天就是"双十一"，华莹莹十分焦虑。没有一个主将镇场，她一个人忙不过来，况且多年只抓大方向，对细节缺乏反复修改的耐心，曲婷什么事都来请示她，搞得她心情极其烦躁。

屋漏偏逢连夜雨。曲婷突然发来一条新闻，说一个网友入住五星级酒店时，被房间里的智能穿戴镜偷拍了，而且智能穿戴镜里还有前面房客的照片。媒体报道时大肆渲染，说现在住酒店很有可能会遇到被偷拍的风险，针孔摄像头一般安装在房间的插座插孔、卡通挂件、烟雾报警器、纸巾盒、路由器里面，让人防不胜防。现在，又发现了高科技的偷拍设备，那就是智能穿戴镜。

新闻曝出后，网友一片哗然，纷纷谴责网北公司侵犯用户隐私，甚至在网上号召抵制网北公司的智能穿戴镜，让大家"双十一"期间坚决不买。网上甚至开始出现系列诋毁海报。画面是在网北公司的产品图上画一个大大的×，下面是一行大字"拒绝购买侵犯用户隐私产品"。

根据多年的公关经验，华莹莹初步判断，这套操作很可能是竞争对手干的。第一，网友爆料是半年前的事，但媒体突然找到这个素材，还采访到了当事人作为素材进行新闻报道；第二，诋毁海报做得很专业，根本不像是一个无所事事的网友所为。华莹莹感觉，竞品的目的很明确，就是要打乱网北公司"双十一"的促销阵脚。

好在以前做过一系列公关攻防的策略和预案，但是对这套预案最清楚的人就是欧阳娜娜，可是欧阳娜娜现在被限制在了汤达人部门。

华莹莹无奈，只好再次给 Dorran 写邮件，强调事情的紧迫性，希望能把人尽快调回来处理危机。这次是在之前已有邮件的基础上写的，加上这一封邮件，请求调人的邮件已是第五封，收件人可以很清晰地看到整个沟通过程。两三天的时间，除了落叶斌的回复，这封邮件如同石沉大海，没有任何动静。

华莹莹决定，最后这封邮件的抄送人加上黄西，她当然清楚这种行为是变相的越级汇报。记得上次和 Dorran 沟通《北方经济报》合作时就很不顺利，Dorran 线下根本就不理她，最后只能写邮件，并在抄送名单里不得已加上了黄西，才使合作顺利推进，但也加深了与 Dorran 的矛盾。

这次面临的困难同样如此。如果还担心会再次加深与 Dorran 的矛盾，那么干脆什么都不要做，在公司内部就任人欺负，无人可用；而外部则任由竞品打压，毫无还手之力。可如果真就这样，到时候再被人背后告一状，说她业务能力有问题，不能胜任现有职位，哭都没地方哭去。所以让黄西知晓此事，并不只是得罪 Dorran 那么简单，而是自保！

果然，这封邮件 Dorran 很快就回复了。

不过在"OK"的回复之后，还附带了一条建议和一个要求。建议是，紧急情况可以当面或者电话沟通，毕竟邮件太多，一不小心就容易沉下去。要求是，打一场漂亮的公关攻防战，把竞品的气焰打下去，把咱们产品的销量打上来。

尽管 Dorran 是故意没有回复邮件，但在这封抄送人里有黄西的回复邮件中，却让老板看到了一个日理万机的副总裁，一个时时刻刻为公司着想，急于做出成绩的负责人，好像这封邮件是出于华莹莹不懂事而写的。同时 Dorran 又在老板面前立了个军令状，明确了责任人和工作目标，要是完不成，你华莹莹可吃不了兜着走。

管他完成完不成，先把欧阳娜娜调回来再说。华莹莹迫不及待地把邮件转发给了汤达人和欧阳娜娜，让欧阳娜娜现在就收拾东西回原来工位。

在工位上，欧阳娜娜摸着原来她使用的桌子感慨万千，绕了一大圈又绕回来了，这是何必呢？她一侧头，看到桌角摆放着一个写有"放下"两个艺术字的摆件，在安静地注视着这个办公桌的主人。

她想，这个摆件可能是宋晓雨没有带走的。的确，可能宋晓雨需要放下的东西实在太多了，贪欲已经蒙蔽了她的双眼，她犯下了许多错事，所以需要时时提醒自己要放下，放下执念，放下执着。

可是对此时此刻的华莹莹和自己来说，需要的不是放下，而是被进攻之后的绝地反击，是被欺辱之后的睚眦必报。一旦放下，则将束手就擒，万劫不复。

她把这个摆件轻轻地丢进脚边的垃圾桶，然后喊保洁来收拾干净。她感觉，这摆件被扔了，就仿佛宋晓雨从来没有出现过一样。

看欧阳娜娜收拾好了工位，华莹莹喊她过来，说现在除了网友爆料和一些新闻，陆陆续续有专家出来参与批评了，"智能穿戴镜酒店内偷拍隐私"这个话题也有上升趋势，舆情形势比较被动，现在需要一些应对措施。

欧阳娜娜则建议稍微等等。一方面要等曲婷和业务沟通反馈的真实情况，随时做好公开声明的准备；另一方面需要确认一下到底是哪家竞品在搞鬼，有的放矢，不然就如同蒙着眼睛到处挥舞拳头，白费力气。

是哪家竞品其实还比较好判断，主要看市面上有谁和网北这件产品存在竞争。目前大致可以判断出是一家实力雄厚的硬件品牌大枣科技。大枣科技的硬件产品比较齐全，从智能手机到智能家电，几乎现代生活所需的产品他们家都生产，而近年来他们之所以和网北公司"硬刚"，则是因为网北公司这几年在智能硬件产品，尤其是新开发的智能穿戴镜上投入巨大，对外号称就算亏损也要拿下市场份额。

这些年，很多互联网"大厂"都在寻找智慧家庭入口，也就是只通过一个设备就可以控制家里的所有智能硬件。这个设备就如同互联网的流量入口一样，成为互联网"大厂"的兵家必争之地，因为一旦掌握了这个流量入口，就意味着控制住了交通要塞，来往车辆要想通行，是需要交过路费的，这笔潜在的巨大收益，使"大厂"们趋之若鹜。

不过，对于到底哪个设备才是智慧家庭的入口，整个行业都还在探索。从最开始的路由器到后来的电视盒子，再到智能音箱，以至于现在的智能穿戴镜，互联网"大厂"把所有可能性都尝试了个遍，依然没能找到那个唯一的入口。

没有找到，并不意味着放弃，每家公司都还有着先烧钱也要把山头占住的思路。这个思路在互联网行业是有不少成功案例的，比如2011年"千团大战"、2014年"网约车大战"、2017年"共享单车大战"等，都是烧钱补贴，最后剩下一两家更能烧的成功占据市场。

可这毕竟是猜测。如果贸然发动针对大枣科技的公关战，那么很可能会引来暴风骤雨般的报复，打乱原本的营销节奏。所以欧阳娜娜才提出先观察，让蔚蓝海域暗中打听是不是大枣科技在发起这场公关战，毕竟公关行业本身也是一个小圈子，转来转去也就那么一些人。

常言道，常在河边走哪能不湿鞋，哪个产品没有用户吐槽和投诉？大枣科技的产品线多，被用户投诉的也就更多，什么侵犯用户隐私、二手设备翻新后当新品售卖、产品卡顿、无法开机、拒绝延保、产品黑屏、不联网等，问题有一大堆。

对华莹莹来说，在她的公关策略中，到目前为止还没有主动发起公关大战这个选项。因为这是一种耗时耗钱耗力的行为，从根本上来说损人不利己，杀敌一千，自损八百。最关键的是，内部汇报还没有成绩，你说你花钱黑了别人，这能体现什么价值？除非竞争对手对自己公司业务造成了真正的威胁，那么这种公关大战还有战略层面的意义。

不过，害人之心不可有，防人之心不可无。为了应对随时可能发生的黑公关风险，华莹莹当时让楚姗姗团队准备过包括大枣科技在内一批竞品的问题材料，具体执行人就是欧阳娜娜，这也就是华莹莹千方百计要把欧阳娜娜调回来的原因之一。

欧阳娜娜从华莹莹工位回来后，就一直在研究舆情，以及下一步的应对。这时，曲婷跑了过来。

"娜娜姐，声明发到您邮箱了，您看看？"曲婷说，"不过还是要当面和您解释一下这件事。我和业务反复确认过，这次我们真的是冤枉的，因为在产品说明中明确写有'仅供家庭和个人使用，不可用在酒店、民宿、洗浴等公共场所。若要在公共场所使用本产品，敬请期待公共版'。"

"公共版不是还在研发，明年才发布吗？"欧阳娜娜问。

"说的就是这个意思，所以网友爆料说她在酒店设备里看到其他客人的照片，其实这并不是咱们产品窃取用户隐私，而是酒店不作为，咱们的产品本来就不建议用在酒店。而公共版本是不带摄录功能的，还在研发中呢。"

"新闻里说用户要报警，是不是咱们也可以在声明里支持用户报警？"

"嗯，我写进去了，您看一下。"

欧阳娜娜打开草拟的声明，看到声明里把事实说得很清楚，而且也支持用户报警。整体上她还比较满意，但开头她觉得需要稍微调整一下。尽管这件事并不是网北公司产品的问题，但毕竟用户的利益确实受到损害，按照弱传播理论，还是要把姿态放低，不要与网友的情绪对着干，而是要争取更多的舆论支持。

"近日，针对网传'智能穿戴镜酒店内偷拍隐私'热点，我们高度重视，并对用户的遭遇表示同情，对用户的维权行为表示支持！我们的产品并非尽善尽美，也有很多没有做到位的地方，欢迎用户和媒体监督。针对本次用户和媒体关注的问题，我们做如下说明……"无论是不是大枣科技在背后搞鬼，这份声明或早或晚都要发出去。在给华莹莹确认后，欧阳娜娜把声明交给了营销团队，在产品的社交平台账号上发布。

"娜娜姐，果然是大枣科技！"

声明发出去没多久，蔚蓝海域的对接客户经理冯芳菲给她打来了电话，话语中充满了对大枣科技的不满和气愤。

"确定吗？"

"确定！"

"为什么？"

"因为我们打听到了他们这次发动公关大战的操盘手！"

当欧阳娜娜听到这位操盘手的名字后，倒吸了一口凉气，竟然是她！

宋晓雨进入大枣科技工作，没有人知道，也没有人相信，因为她身上还背着一年的竞业协议。

竞业协议中明确规定，离职后一年之内她应当承担保密和竞业限制义务，以及违约时应当承担违约责任。当然，竞业限制期内，网北公司每月会向她支付竞业限制补偿金，协议中的金额是她劳动合同终止前十二个月平均工资的百分之五十，而国家规定的最低标准是百分之三十。网北公司的补偿标准高于国家规定，所以没有人会相信她居然会背着竞业协议跳槽到竞品公司。

因为有竞业协议在身，她的个人信息在大枣科技内网查不到，而蔚蓝海域能打听到，是因为世界很大、圈子很小。互联网公关圈也就那么些人，"大厂"员工都互相跳槽，而他们现在的客户又很多，随便打听一圈便都打听出来了。

蔚蓝海域还打听到一个消息，据说为了规避竞业协议，大枣科技帮宋晓雨签的可能是劳务派遣合同，也就是说，她是这家劳务派遣公司派遣到大枣科技公司工作的。而且听说，为了尽快打响大枣科技的"双十一战役"，她入职的速度极快，几乎离职的同时就入职了。

欧阳娜娜立刻给公司法务打电话，咨询宋晓雨的行为是否违规。公司法务说，这件事情有两种不同观点。

一种是竞业限制的约定只能在劳动者和用人单位之间发生，而对于劳务派遣劳动者与用工单位之间，即使签订了《竞业限制协议》，也因为主体问题，对于派遣劳动者不具有约束力。还有一种观点说，当雇用主体和使用主体合一的一般用工情形下，竞业限制协议的签订主体应为用人单位和与之建立劳动关系的劳动者，但在劳务派遣这种雇用与使用相分离的特殊用工情形下，商业秘密和与知识产权相关秘密的所有者和知悉者，通常为实际的用工单位和被派遣劳动者，所以用工单位与被派遣的劳动者签订《竞业限制协议》是合法有效的，对派遣劳动者产生约束力。总之，公说公有理，婆说婆有理。

法务把欧阳娜娜说得云里雾里，给不出一个最终答复。但她直觉认为这么做不对，竞业协议在身，依然还能从事损害原公司的事情，且给公司造成了实际上的名誉损失，这种恶劣的行为，难道不是在钻法律空子吗？

于是她请示过华莹莹后，给杨晓琳写了一封邮件，把宋晓雨可能通过入职劳务派遣公司，从而为大枣科技服务，又通过公关手段发起舆论攻势，给网北公司造成名誉损失的情况大致描述了一遍，并建议人力资源部启动离职员工违背竞业协议的追责程序，尽最大能力避免公司遭受更大损失。

写完邮件，她让曲婷着手安排几件事，因为她们要开始公关绝地反击了。

第一，把以前收集到的大枣科技侵犯用户隐私、二手设备翻新后当新品售卖的网友爆料，通过营销大号进行多次转发，扩大影响。

第二，撰写几篇文章，一个方向是智能设备侵犯用户隐私近几年屡见不鲜，但和网北公司的设备比较起来，大枣科技才是真正侵犯用户隐私的元凶，毕竟黑客能黑到大枣科技的设备里，将偷拍的视频内容通过非法渠道在网络上传播，这个话题肯定能引爆全网。当时为了这个料，她曾经在某个黑客论坛上泡了大半年，可谓"卧薪尝胆"。还有一个方向是设备翻新后当新品售卖，网上怨声载道，糊弄消费者，有违企业诚信道德的基本底线。

第三，根据上面的内容炒作话题"大枣产品偷拍视频流传网络""大枣产品将旧设备翻新卖"，至于哪个能炒上热搜，就看网友对哪个话题的情绪更大，再猛推哪个话题。

第四，制作抗议大枣产品的海报及视频，主题就是针对被大枣产品偷拍的视频流传网络，用户隐私得不到保障。她要求传播物料尽量做得粗糙，最好一眼就能看出是无聊的网友做的。

第五，可以把料报给一些记者，比如贾璐秋和她的"小秋观察"，写不写就看人家感不感兴趣。

第六，之前准备的对大枣科技运营模式和盈利能力唱衰的分析，以及高管激烈内斗的稿子也拿出来备着，如果大枣科技攻击咱们的业务负责人或者质疑咱们的业务模式，这篇稿子随时就要放出去。

"好的，我这就去安排。这几板斧砸下来，够大枣科技喝一壶了。"曲婷听完欧阳娜娜的布置后说，语气中居然带有一丝大战在即的兴奋和激动。

欧阳娜娜也在想着，大枣科技看到铺天盖地的负面消息会怎么应对，宋晓雨又会要出什么花招。她和华莹莹一样，都认为这种攻防战役真的是伤敌一千，自损八百，不知道大枣科技为什么要这么做。

这时，蔚蓝海域在群里发来了声明发布后的舆情趋势与分析。整体上看，舆情是好的，网友对网北公司谦逊的态度比较认可。虽然这次的锅真的不该由网北公司来背，但公司坦诚地认可产品的确存在许多需要改进的地方，让网友的好感度提升不少。有相当多的网友表示，"双十一"要是智能穿戴镜足够优惠，一定会下单支持。

"危机危机，是危也是机。"华莹莹看完群里的舆情分析，居然兴奋地走到欧阳娜娜的工位上说，"娜娜，你打了个漂亮的翻身仗啊！"

"华总，还早着呢，后天'双十一'的正面战场才是一场硬仗，今天只是开胃菜！"欧阳娜娜也掩饰不住兴奋，"不过通过今天这场危机，反而将咱们智能穿戴镜的热度炒起来了，让更多网友都知道了这款产品。"

"现在看起来，化危为机已经具备了群众基础，接下来就需要在营销策略上进行让利促销，在正面传播上持续发力，传播物料都准备好了吧？"

"都准备好了！营销团队也沟通过了，产品售价和发布会上的优惠价保持一致，且保价三十天。传播物料也准备好了，明天一早就陆续往外发。"

对于公关与营销的联动传播，欧阳娜娜早就得心应手，什么产品功能稿、购买指南稿、专家背书稿、行业定调稿、趣味引流 H5、各类小视频早就在修改了无数遍之后定稿了。

"华总，'双十一'当天趣味引流 H5 和半夜十二点之后的大战报，也都准备好了。"前几年的"6·18"和"双十一"如日中天的时候，各大电商平台以及众多品牌都会发布实时战报。最近几年大家都低调了，一般只是发个最终销售情况的战报或者说是喜报。

欧阳娜娜也把战报设计好了，红灿灿的海报上就剩下数据没有填。为了确保战报上都是第一名的喜讯，每个品牌都会根据自家产品的营销特点，设计特别的数据维度。比如网北公司就打算公布电商平台智能镜片领域的销量和销售额、智能镜片领域加购榜和热卖榜等。

离十一月十一日还有一天，各大品牌的传播物料如满减优惠、付完定金后提醒付尾款、平台派发红包的宣传等，都在往外扔，互联网上到处是"双十一"销售大战的硝烟。这个时候的促销，大多是为了让大家在晚上十二点到来之前把商品加入购物车，之后就吆喝着让大家清空购物车。每个平台和商家这天都在做正面引流和促销，想在晚上十二点前再冲刺一把。

然而，不出意外的话，意外就来了。

快到中午的时候，蔚蓝海域监测到了两篇负面稿件。第一篇是不知名的自媒体小稿，讲的是网北公司不久前爆出智能穿戴镜"偷窥"用户的新闻，是因为花了十万元收买了爆料人，爆料人才自己撤回了帖子。

第二篇是"小秋观察"的稿子，题目就很吓人："'双十一'避坑指南：面对隐私威胁，人工智能家居产品还值得买吗？"欧阳娜娜点开一看，这篇稿子不仅写了网北公司产品涉嫌侵犯用户隐私问题，还把大枣科技和业界能叫得上名字的人工智能家居产品侵犯用户隐私，以及使用不畅的用户体验都罗列了个遍。最后得出结论，现在的人工智能产品，要么是"人工智障"，要么是"偷窥神器"，"双十一"下单的时候一定要擦亮双眼。甚至为此配发了一篇评论《用户隐私与科技发展，总有一个要牺牲？》。

第一篇文章除了故意恶心人，没什么影响力，文章的证据也不足，通篇都是主观猜测的据说、传言、听闻……欧阳娜娜让曲婷去找法务，出具一个律师函发给平台，这种故意污蔑的稿子平台有责任删除。

第二篇文章就很让人头疼了。贾璐秋的文章很扎实，每个观点都有相关的截图作证，不管这些截图是否已经被删除，但起码证明事情是真实存在过的，而不是她的主观臆断和猜测。

欧阳娜娜此刻真想拿起电话打给宋晓雨骂她两句，这时搞公关大战，除了影响行业整体形象和销量，对大家有什么好处？纯粹是损人不利己！

这下好了，满天飞的负面消息终于引起了贾璐秋的关注，整个行业现在都差点被她一棍子打死。这篇稿子阅读量上升很快，刚才自己看的时候是"6万+"，转发给华莹莹后，她再次打开就是"10万+"了。

华莹莹对贾璐秋也没什么好办法，只能找柳欣然帮忙，看能否和贾璐秋沟通，在"小秋观察"其他渠道发布时尽量减少网北公司相关内容的露出。她知道希望不大，因为她感觉此刻贾璐秋的电话应该被各大公司的公关负责人打爆了。

"娜娜，你有没有想过这个时候大枣科技为什么突然爆咱们的负面消息？他们难道不知道我们会反击吗？"事情太多，中午来不及去食堂吃饭，曲婷给华莹莹和欧阳娜娜点了外卖，她们俩就在工位旁的休息区边吃边聊。

还没等欧阳娜娜说话，华莹莹又说："贾璐秋为什么这个时候突然跟进，恨不得把整个行业都掀翻了？你不觉得这个操作像是有人在做局吗？"

欧阳娜娜恍然大悟，整件事的确像是有个操盘手在幕后，而宋晓雨只不过是个被利用的棋子而已。但是为什么要做这个局？最大的受益者又是谁？

"要不然，吃完饭，你问一下那个投资界的百晓生？"

"别真？"自上次从福楼法餐厅分别后，欧阳娜娜和他再也没有联系过，这样直接问，多少有点尴尬。

算了，为了搞清楚事情真相，豁出去了。

这事背后水很深

"果然不出您所料，这事背后有一潭深水。"

欧阳娜娜把华莹莹喊到一处人少的地方，小声地说："听说黄老师在外面偷偷地给智能产品业务部找投资呢！因为这块业务现在还不赚钱，靠补贴抢市场份额，但是补贴又太多了，影响到了整体营收，财报不好看，所以老板可能是想把这块业务独立出去。听真哥说，已经有好几家机构表达了投资意向，这样风险和收益大家共同承担，然后就会有大量资本随之而来，帮助抢占和巩固市场份额了。"

"所以，大枣科技得到了消息，宁伤自己，也要阻击这个决定？"

"应该是！"

"怪不得郝总跟我说，'双十一'这场战役一定要打漂亮了，但是他也没有具体说什么原因，Dorran 当然更不会和我说背景。"

"可能他们也不知道？真哥跟我说的是，和他们秘密接洽的是公司投资管理部的辛总，他亲自在外面沟通，这件事十分保密，成不成都不清楚。"

"娜娜你说得对，如果不是在投资圈混，郝总和 Dorran 很可能也不知道。但是从现在的情况看，起码大枣科技是知道了，他们背后的投资方也不是吃干饭的。看起来，他们发起这场公关战，无非想互相比烂，我没有融资计划，你们也不可以有，要烂大家一起烂，绝不能让你们把市场份额抢了。"

"要不然宋晓雨前脚刚离开公司，后脚就替大枣科技干活儿去了，正常情况下哪有这么快！"

"咱们公司这种信息不对称的做法，的确让我们很尴尬！"华莹莹叹了口气说，"不过也都习惯了，哪里都一样。这样，咱们就当什么都没发生过，还是按照原来的计划执行吧。"

或许是因为贾璐秋稿子的影响力太大，被提及的品牌在销售方面或多或少都受到影响，这些品牌及时调整了销售价格，比原先公布的价格便宜不少。

人往往就是这样，嘴上说着不要不要的，但面对这些调整价格后性价比更高的品牌，纷纷把贾璐秋文章中提及的产品放入购物车、算好满减优惠、支付预付款，一气呵成，就等着半夜十二点支付尾款。在绝对性价比面前，负面新闻就仿佛不曾存在过一般。

"双十一"当天，网上开始流传各种拼手速攻略，让人有一种不买就错过了一个亿的感觉。电商平台的广告也是铺天盖地，打开每个 App，开屏广告都逃不开让你"买买买"的推销。甚至当你打开社交 App，也会一秒钟就能跳转到电商 App，让你猝不及防。

欧阳娜娜依然忙得像陀螺，因为她要准备在第二天一早就发出的"双十一"期间销售业绩战报新闻稿，以及再次占据行业第一梯队的定调稿件。当然他们还请了几位有影响力的"意见领袖"从第三方进行阐释。

她有时候也很羡慕这些第三方"意见领袖"，因为他们每篇深度解读的稿子都收费不菲，全年下来光她这条业务线付给其中某一位知名"意见领袖"的公关费用就有几十万元。有的"意见领袖"用心的话会自己写稿子，不用心的还会请写手代写，反正"意见领袖"的个人品牌打出去了，甲方有时候更多只是要他们的个人品牌进行背书而已。每逢大的营销节点，这些"意见领袖"会收到更多品牌方的背书需求，会因红利还在而收益颇丰。

除了忙这些基础工作，欧阳娜娜还在和一家很有名的国际第三方调研公司谈合作，计划明年推出一个全球智能设备调查报告。其中争取将网北公司的智能穿戴镜市场份额体现为中国第一、全球第二，当然这给了调研公司相当大的压力，他们需要论证这个结论是否经得起市场检验。

欧阳娜娜当然知道这很难，可谁又不难呢？从她的角度来说，她不能也不想管这些，既然是合作，那就需要体现甲方意志，否则也对不起网北公司支付的那么多赞助费。

正当办公室里每个人都忙得不可开交的时候，华莹莹忽然接到的一个电话，将她整个人推到了谷底。

挂了电话，她试图平复自己的心情，可是手止不住地颤抖，想看清电脑上的文字，但每个字都认识，连起来就不知道是什么意思。

她慌张地划拉手机，找到田小帅的微信，给他发了一条信息：

"能不能陪我回趟广西？"

"什么时候？"

"现在，越快越好！"

"好的，我现在买机票。你在公司别离开，我去接你！"

虽然不知道什么事情，还在上课的田小帅二话不说，从教室飞奔回宿舍简单收拾了行李，打车急匆匆赶往网北大厦。

华莹莹以为自己很坚强，却忍不住趴在桌上痛哭了起来。她尽量控制自己不要哭出声，可趴在那里一耸一耸的肩出卖了她。实在是忍不住地难受，于是她干脆站了起来，抽了一张纸捂住嘴，找了个没人的角落放肆哭了一阵，积压已久的情绪仿佛在那一瞬间得到了释放。

情绪平复后，她把欧阳娜娜喊了过来。

欧阳娜娜看到她哭红的双眼，吓得轻声问："华总，你没事吧？"

"没事，刚刚医院打电话来，说我父亲突发心脏病，已经在抢救了，情况可能不太乐观。我现在要回去几天，工作上的事情就辛苦你了，有什么问题随时给我打电话！下周总监周例会，你替我去参加吧。例会上讲两页PPT，一页是上周工作，就把'双十一'的工作总结成PPT就可以。一页是本周计划，主要是'双十一'的持续传播。"

交代完工作，她回到工位给 Dorran 写了一封请假邮件，也不管她回不回，刚把邮件发出去就把电脑合上了。被工作压得喘不过气，家里又出了这么一档子事，索性就不带电脑回去了，于是拿起包就往电梯间走去。

刚按下电梯按键，一种莫名的工作焦虑促使她鬼使神差地走回工位，把合上的电脑放进包里。那是一款为了搭配她今天 MaxMara 灰色羊绒大衣而拎的象灰色 YSL 圣罗兰小牛皮风琴包，尺寸正好放进她 13 寸的苹果电脑。

在网北大厦门口等了没五分钟，田小帅打的车就到了。她上了车，两人直奔首都国际机场而去。

从桂林两江国际机场出来，华莹莹深深吸了一口家乡的空气。自从她母亲去世后，她已经有五年多没有回过老家了。

此时北京的最高温度只有 5℃，而桂林的最高温度还有 18℃。在从机场开往医院的出租车上，她摇下车窗，脱掉了大衣，让南方湿润的空气完全拍打在脸上，这是久违的家乡的味道，然而此时她却没有回到家乡的激动。

无论是在飞机上，还是在出租车上，她一路就这么把头静静地靠在靠枕上，情绪没有起伏，状态没有变化，一旁的田小帅也就这么安静地在一旁陪伴着她。这么长时间相处下来，田小帅已经知道，既然她什么都不想说，那就什么都不要问，等到她想说的时候，自然会告诉他发生了什么。

等他们赶到医院时，华莹莹的父亲已经被送进了 ICU 病房。医生告诉她，情况不是很好，明天还需要再进行一次手术，但成功的可能性比较渺茫，让她签字同意明天继续手术。她拿起笔犹豫了一下，签下了字。

然后她在 ICU 病房的窗户前远远地看着父亲，没有悲伤、没有痛苦，有的是一如既往的平静。偶尔从眼角流出的一滴眼泪，也很快被她擦拭干净，她不想让这位她又爱又恨的父亲，看到她的脆弱。

是的，她不想在父亲面前表现出脆弱的样子。

在 ICU 病房前的走廊上，一直沉默不语的华莹莹终于开始和田小帅讲她和她父亲的故事。她说她是在黑暗中长大的孩子，父亲经常酗酒不归家，有时候还在外面嫖娼，她母亲忍受不了这样的状态，就会说他两句，但结果往往就是母亲被打。她的童年就是在这种父母相互指责打骂中度过的，她已经不记得怎么熬过那段不明不白的日子，只记得每次父亲喝酒回来就会发酒疯，她就躲到客厅的桌子底下，以免被打到。

后来父母闹离婚上了法庭，母亲经济能力较差，父亲虽然有各种各样的不良习惯，但有稳定的收入，法官最终把她判给了父亲。父亲依然我行我素，甚至在外面嫖娼到夜不归宿的地步。上了初中，她主动提出住校，这一住校就住到了大学，家反而成了旅馆。

她很庆幸住校时遇到了很多善良的同学和老师，让她摆脱了自卑、敏感、偏执的性格，优异的成绩更是让她充满了自信。都说幸福的人用童年治愈一生，不幸的人用一生治愈童年。在她内心深处，有一种对于男人天然的不信任感，这也是她迟迟不敢投入感情的原因，她害怕被伤害、害怕被抛弃。所以当看到田小帅外面有人时，她内心是极其痛苦的，是又一次对男人信心的丧失，所以那时她面对田小帅的背叛，态度是决绝的。

听到这里，田小帅终于理解自己给她造成的伤害，也理解了她后来为什么又是那样对待自己。他用一只手紧紧地握住她的手，另一只手把她拥入怀中，动情地说：不会了，再也不会了！此时，这个看似还不谙世事的年轻男孩，似乎一下子就成了一个有责任、有担当的男人："莹莹，我发誓，我一定会给你一个温暖的家。"

华莹莹什么都没说，就那么安静地把头埋在这个年轻男人的胸膛里，她听到一颗健康的心脏在怦怦有力地跳动着。她不知道田小帅话里有几分真几分假，但此时此刻却能真切地感受到这颗心脏带给她前所未有的安全感，这就足够了。

看到华莹莹没反应，田小帅双手扶住她的两肩，盯着她的眼睛认真地说："以前是我不懂事，但是请你相信我，我答应的事，就一定会做到！"

华莹莹点了点头，她心里又何尝不期望能有一个温暖的家呢！

这下你完了

————

　　"'双十一'期间，你们就做了这么点儿事？媒体指数涨了多少？阅读量'10万+'的稿件有多少？"

　　"Dorran，刚才的汇报PPT里有显示，媒体指数涨了……"周一上午，欧阳娜娜代替华莹莹参加总监例会，汇报上周工作和本周安排。她话还没说完，Dorran就开始发难，抢过话头说："我看到了！但是这个指数里面有多少是负面稿件带上来的？咱们自己的正面声量有单独统计吗？"

　　"我有两个详细的图表。这是危机攻防的舆情趋势图，上面有我们的负面舆情声量和大枣科技舆情声量的对比，能看到双方胶着，每家都被负面新闻缠绕。贾璐秋的稿子发出后，声量趋于一致，因为大家都被打击到。这张图是'双十一'期间的正面传播声量趋势图，统计了我们的正面传播声量和大枣科技的正面传播声量，明显可见我们的声量比对方高一倍……"

　　"你花的钱越多，当然声量就会越高，这几乎是必然的，体现不了你的成绩！有什么特别的亮点或者'出圈'的案例吗？"

　　"我认为这次最大的亮点就是带来的销售转化率。我们统计了一下，这次的销售转化率达到了……"

"你认为？我认为这个转化数据你可以和郝总他们汇报，他们看中这个。我更看重市场曝光度和品牌知名度有没有提升。所以能给我爆款案例了吗？"

"可是，'双十一'这个营销节点，不应该更看重销量转化吗？"

"你所谓的销量转化有多少是你公关带来的，有多少是营销运营的工作，他们投放了多少广告，抢了多少资源位，进行了多少引流。这些，你都分得清吗？说到底，还是没有做出爆款吧？你们华总不在，也没说请假到什么时候，现在好好一个项目做成这样不伦不类，肯定是有原因的。这样吧，让汤总暂时代管你们部门，在华总回来之前的这段时间，你们都向他汇报！"

"Dorran……"

"散会！"根本不容欧阳娜娜辩解，Dorran 直接宣布总监例会结束。

刚回到工位，欧阳娜娜就收到了汤达人给华莹莹部门邮件群组发的一封邮件，宣布了 Dorran 在例会上的决定，然后要求下午一点半召开部门例会，每个人都要把自己手头的工作汇报一遍，没有特殊情况不得缺席。这封邮件就像捅了马蜂窝似的，惹得众人议论纷纷。有的说，华总部门是要变天了吗？还有的说，神仙打架，百姓遭殃，还不知道接下来会面临什么。更多的人则是咬牙切齿，痛斥 Dorran 在华总请假时趁人之危，突击搞"政变"。

对于这些传闻，汤达人在下午例会上一锤定音："没有选择，那就坦然接受，我也是，你们也是！"没有解释，没有说明，他让每个人各花五分钟汇报手头的工作。听完，他给每个人都安排了一对一谈话，包括欧阳娜娜。

结束谈话，欧阳娜娜才发现，汤达人组织的"一对一"，与其说是了解团队情况，不如说是试探忠诚度，就是收集大家对华莹莹有什么不满。因为从自己的谈话以及曲婷等人的反馈来看，他的问题就是三个：一是对现在团队有没有意见，二是对团队有没有什么期待，三是宋晓雨为什么离开。

自从上次晋升时被落叶斌横插了一杠导致失败，汤达人就把这个怨念怪罪到了华莹莹和欧阳娜娜身上。如果说自己没有团队领导能力，那么他倒想看看华莹莹的团队领导力是否真就那么完美。

而宋晓雨莫名其妙离职，他认为是华莹莹给他的一记重拳，所以他想确认她是不是在华莹莹这里轮岗时被排挤走的。

谈话结果却令他很失望。宋晓雨在轮岗时并未被安排到核心工作，但也没人发现她对工作安排不满，相反她还想积极融入组织，经常请大家喝下午茶，对于她到底为什么突然离职，没人能说清楚。至于团队凝聚力，实际上有哪个团队能做到绝对公平？所以没有人没有委屈，没有人不想吐槽，只是大家都是成年人，吐槽也是要分对象的。在形势还没有完全明朗之前，华莹莹很可能随时会回来的情况下，没有人会向一个陌生领导吐槽现状。

当谈到最后一个人的时候，汤达人已经筋疲力尽，就想着放弃这次谈话算了。正当他埋头回复微信，有一搭没一搭地应付着，准备走个过场就结束的时候，这人说了句话，让他陡然来了精神。

"汤总，给业务部门老大过生日，这是公关团队该做的事情吗？"

"你说什么？给业务部门老大过生日？"

"对！"

"什么时候的事儿？"

"去年乌镇世界互联网大会期间，华总和欧阳娜娜在搭建的展台附近，给郝总订了一个好大的生日蛋糕，还是推着车过来的。"

"有照片吗？"

"有！"这个小姑娘个头不高，说起话来却铿锵有力，头发挑染了数把蓝色，看起来十分有个性。她把手机打开，找到照片，递给了汤达人。汤达人接过来一看，是个大合影，上面有郝冬、戴京、华莹莹、欧阳娜娜，还有三四个工作人员围着生日蛋糕。

"你没在现场？"

"对，我没在。"

"那你怎么会有这张照片？"

"我为什么不能有？"

汤达人见小姑娘这么说，便不再追问。他让小姑娘把照片发给她，却遭到了拒绝。汤达人知道此刻他还没有取得人家的信任，也能理解，只好征得同意后，举起手机，对着小姑娘的手机把照片拍下。

"其他还有什么建议吗？"

"还有件事，不是很确定，不知道能不能讲？"

"说来听听！"

"汤总，使用公司资源给公司外的人做传播，是我们可以做的事吗？"

"这要看这人和咱们的工作是否有关。"

"无关！"

"你确定？"

"刚才就说不是很确定，但大家都传说这人是华总亲戚的孩子，为了给这个人做包装，去年四月从蔚蓝海域那边走了一笔钱。"

"多少钱？"

"不知道，听说十几万？"

"为什么要跟我说这些？"

"您不是问对团队有什么意见吗？我就如实说了。"说着，她低下头沉默了一会儿，又抬起了头，"是，我对华总有意见！我来了两年多，每个月工资累计才涨了一千元，我去送外卖也不止涨这么多吧！年年绩效给我打的都是'B-'，要是打个'C'，我是不是早就被开了？"

"你叫什么名字？"

"邓筱泉。"

"最后一个问题，能不能告诉我，宋晓雨为什么离职？"

"不知道。"

"好的，今天就到这儿吧，谢谢你！"

很快，远在千里之外的华莹莹就知道了这场由 Dorran 发起，汤达人执行的"政变"，欧阳娜娜更是在电话里大骂他们无耻、下作、不要脸。

华莹莹显得格外淡定，那是一种痛苦之后的平静与淡然。她对欧阳娜娜说，她父亲没能抢救过来，这几天她要处理后事，可能要晚几天回去。

她说，这段时间在陪床和处理后事的时候，想清楚了很多事情。父母在，人生尚有来处；父母去，人生只剩归途。虽然和父亲感情不深，但看着亲人在病床上挣扎却无能为力，最后带着苦痛离开，她再一次深刻感受到了爱别离的痛苦，也更加理解了这句话："除了生死，其他都是小事。"

她打算把去年没有休的十五天年假和今年的十五天年假一口气全休了，但考虑到田小帅还要回去上课，她只好把去年十五天的假休了再说。有休年假这个想法的时候，她自己也很惊讶，因为这在以前根本不可能，况且这么多年她从来都没有休过年假。

"娜娜，我们每天都在格子间里拼命奔跑，甚至逃不脱职场上的尔虞我诈，如果我们生命里满是这种痛苦、悲伤和黑暗，那活着还有什么意义？就算挣再多钱，走的时候也一分都带不走啊！人都是赤条条来，赤条条去！

"我们过于吹捧所谓'生命'的价值和意义了，其实你看那朝朝暮暮，春去秋来，千百年来并没有什么不同。那些恩怨情仇，追名逐利，钩心斗角，最后也终将沦为一抔黄土。就算是奇花异草，也不过是草木一秋而已。我现在算是明白了泰戈尔说的，世界以痛吻我，要我报之以歌。

"所以，Dorran 和汤达人愿意这么做就让他们做吧，翻不了天。这是企业，就算撤我的职，那也得黄老师同意。如果他这么做是黄老师的意思，那就更没必要争了，我回去就提离职走人。但这并不是黄老师的意思……起码现在不是。'心字头上一把刀'，遇到委屈先忍着，等我回去。"

既然华莹莹这么说，欧阳娜娜也不好再说什么，继续埋头策划接下来的"双十二"和春节公关传播方案。她要保证在华莹莹离开的十几天里，工作上不求有多出彩，但至少不能出现大的错误，要平稳地度过汤达人代管的这段时间，耐心地等待华莹莹回来。

从邓筱泉那里得到爆料的汤达人，如获至宝，开始求证。他找到蔚蓝海域对接他的合伙人史文钊，让他帮忙查询去年四月有没有一笔十几万元的支出，业务内容和网北公司业务关联度不是很大的，而且要求他找一个靠得住的人查询，过程一定要保密。史文钊满口答应，说他们公司的人口风都很紧。

下班前，史文钊打了电话过来，说的确是有这么一笔支出。奇怪的是，这笔钱是从网北公司一个名为"网北智能品牌影响力创意传播"的项目里支出的，但支出对象是一家文化传媒公司，叫北极光芒文化传媒有限公司，等于费用只是通过蔚蓝海域过了一手。

这么操作实际上是不划算的，因为要扣两次增值税，蔚蓝海域开发票扣一次，北极光芒文化传媒有限公司开发票还要再扣一次。不过羊毛出在羊身上，多扣的增值税费都是从网北公司项目里出的。史文钊说，他没想明白为什么要这么操作，向经手的项目经理偷偷打听，也打听不出来。

但也不是完全没有收获，在北极光芒文化传媒有限公司和蔚蓝海域签订的合同中，他看到了这么一句话："保证 Elwood 在第二十三届世界钢琴锦标赛中国赛区比赛中，成功晋级并在总决赛中获得第一名。"

"Elwood 是谁？"谢过史文钊后，汤达人马不停蹄开始在网上搜索。可网上叫 Elwood 的人实在太多了，于是他把关键词扩大到两个"Elwood + 钢琴大赛"，终于看到一大堆新闻报道，盛赞这个获奖的小男孩是"钢琴神童"，是"当代莫扎特"，果然这件事和网北公司八竿子打不着。

那么这人到底是谁？既然是华莹莹偷偷走的账目，一定和她有关！他换了关键词"Elwood+ 华莹莹"继续搜索，依然一无所获。忽然他灵光一现，换了个阵地到微博上搜，果然在搜索结果第一页看到一条相关微博，写的是"陪帅气的侄子参加比赛"，配的照片是华莹莹和小男孩一起在比赛场馆外。

他仔细研究了一下这个微博账号，之前都是转发一些"心灵鸡汤"，分辨不出来账号主人是谁。但这个微博今年转发了一条"桂林山水甲天下"的视频，而在公司同事里，他知道的桂林人只有华莹莹，加上华莹莹和小男孩的照片，他认定这账号一定是华莹莹的"小号"。

以权谋私！他又上网查了一下什么是以权谋私，网上说这种行为是指利用职权或职务上的影响为他人谋取利益等。利用职务之便，指行为人利用其职责范围内主管、管理、经手公共财物的便利条件，假借执行职务的形式非法占有公共财物。

华莹莹，你完了！他在心里哈哈大笑，一个大胆的计划在心底生出。

白茫茫大地真干净

"就没有更好的创意了吗？太平庸了！"汤达人在会议室吼道。

这是欧阳娜娜提交的第四版"双十二"公关传播方案，依然没有通过，还被汤达人当着全部门人的面骂得体无完肤。

欧阳娜娜十分气愤，这已经不是就事论事，而是对人不对事了："汤总，每次我都是按照您提的方向和建议调整方案，但每次您都不满意。不满意我也理解，精益求精嘛！但您每次都会重提一个新的方向，把原先的策划推倒重来，请问您还记得自己提过的方向吗？"

"这和你的创意差有什么关系？就是因为你的创意太差，才不得不转变思路，你还不明白吗？"

欧阳娜娜心里很清楚，现在汤达人就是在报复她，因为在他晋升答辩会上播放的就是两人之间的录音，哪怕录音是后来落叶斌建议她这么做的。此刻快要爆炸的欧阳娜娜特别想发作，想把这咄咄逼人的汤达人骂个狗血喷头。然而一想到华莹莹，她就想到那句"心字头上一把刀"。

她告诉自己，再忍忍，这十几天一定要平稳度过。她深吸一口气，尽量用控制得住的平和语气慢慢地说："汤总，您说得对，我再想想！"

既然汤达人如此针对她，那么她所谓的"再想想"无非应付一下而已。事实上，她心里已经有了主意，那就是做两套方案，一套是反复用来汇报的方案，反正每次都会被批，那么就专门给你定制一套挨批方案，随便你怎么挑刺，彻底"摆烂"，听着就是。另一套是具体执行方案，她还是想把"双十二"做出花活儿，倒不是说有多争强好胜，只是这似乎是她对待工作的一种天然态度，一种公关人试图做出爆款的自我成就和自我满足。

　　她算过时间，十五个工作日，加上周末差不多得三周，等华莹莹回来正好是"双十二"那周，那时候也由不得汤达人在部门呼风唤雨了。

　　当然，她可以这么做还有一个重要原因，是因为"双十一"和"双十二"，以及春节公关传播的立项早在两个月前就立上了，否则现在提交立项，Dorran 不对费用去向盘问到底才怪！就算盘问到底，Dorran 不给你批，你就没钱做项目，一点儿辙都没有，人家就是靠这个拿捏着你呢！

　　不过好的策划也不是那么容易就做出来的，对付汤达人的那一套方案早就准备好了，但是自己想做出花儿的策划，绞尽脑汁却没有好的想法，还是要把蔚蓝海域的对接团队请过来进行头脑风暴。

　　等她走进预定的会议室时，发现顾小威也在。两人眼神碰撞了一下，又各自倏地收了回去，就像蜗牛的触须一般，一旦感觉到外界环境有敏感之处，它的头就会缩回到外壳里，保护自己。

　　尽管欧阳娜娜对 Dorran 针对他们"双十一"项目持批评态度很不认可，但至少有一点 Dorran 是对的，那就是打造有影响力的"出圈"事件，的确就是公关应该做的工作，只是这种事件需要天时地利人和，可遇而不可求，对公关人的挑战极大。可是"双十二"和"双十一"一样，本身都是营销的狂欢节，所以这次怎么能够兼顾营销转化和"出圈"，蔚蓝海域的同事也是各抒己见，提出了不少创意和想法，但没有一个能让欧阳娜娜眼前一亮的。

　　坐在一旁默不作声的顾小威忽然开了口："前段时间，热搜上不是有一条新闻，说一家知名金店起诉一位消费者，原因是消费者在他们网上的官方旗舰店花五万元购买了两件价值近三十万元的纯金饰品。消费者能薅到'羊毛'，是因为网店的价格标错了。金店要求消费者撤销订单，但消费者不同意，金店就把消费者告上了法院，法院最后判决撤销双方订立的网络购物合同，让消费者退还商品，理由是基于重大误解的合同可以撤销。"

"这事我知道，都冲到热搜榜第一了。"欧阳娜娜说道，此刻在探讨创意时，她似乎十分忘我，满脑子想的都是工作，说完才发现刚才说话的人是顾小威，但这并不影响她继续讨论工作，"当时网上一片骂声，说他们赢了官司，输了口碑，还引发了网友抵制狂潮，吓得他们官微连评论都不敢开。"

"对！"

"所以你的意思是？"

"我的意思是，咱们能不能反向操作？我的思维还是导演思维，寻找戏剧冲突和反转，不是你们公关思维，说得不一定对，大家就当个参考。记得当时有个网友的评论我挺认可，就是明明这三十万元可以当成正面事件来进行营销，但是造成危机事件后，也许花三百万元都不一定能搞定舆情。"

顾小威稍微思考了一下，继续说："所以，我们能不能自己制造一起'事故'，故意在官方旗舰店留下一个低价的bug，然后用户疯抢，这个用户可以是自然用户，也可以是提前安排的自己人，不过最好是自己人，后续发帖方便。接下来，购买到产品的用户就在网上发帖，炫耀薅到了'羊毛'，再来一拨围观用户发帖，表示羡慕忌妒恨。"

"这个方案好！不过之前这个套路也有人玩过，外界总是免不了质疑这是'bug营销'，故意炒作。你有没有想过，一旦咱们玩脱、玩大了，很可能会陷入两难困境。如果我们主动取消问题订单，又拒绝发货，网友闹起来，那将会对网北的品牌形象和声誉产生负面影响；如果我们全部正常发货，那么不但会造成不小的经济损失，而且在网友眼里也将会坐实'bug营销'的名声，或许只有真正薅到'羊毛'的人才会称赞我们有契约精神。"

"娜娜，你的担心非常有道理。"蔚蓝海域的对接经理冯芳菲说，"不过我觉得咱们可以试一试。第一，有质疑是好事，有关注总比没强，正愁没人把这事炒起来。第二，为了控制成本，bug只存在几分钟，时长主要看咱们预算有多少。当然，我们还可以再找下游供应商，保证购买的用户大多是自己安排的人，等这件事炒作完，他们把订单退了，公司也就没有什么实际损失。第三，就算被网友坐实了'bug营销'也没什么，咱们不是第一家这么做的，也绝不会是最后一家。真真假假，谁又说得清楚？可是话题上来了，流量有了，就可以带来品牌曝光，带来销售转化，何乐而不为？"

欧阳娜娜觉得有道理，说："接下来的剧本，就是官微发一则致歉通知，说昨晚出 bug 了，损失了多少钱，但为了消费者豁出去了，这把'羊毛'薅了就薅了。最后再来个预告，'双十二'活动更抢手，给'双十二'引流……"

听到这里，大家都很兴奋，开始叽叽喳喳讨论执行细节。由于涉及与营销部门联动，欧阳娜娜让蔚蓝海域先形成一个比较完整的方案后，她回头再根据部门联动结果，安排具体的公关工作。

会后，当欧阳娜娜往工位走的时候，她感觉后面有个人跟着，于是转变了方向，往一楼大堂咖啡厅走去，那人也跟了上来。

在点餐区，她点了两杯咖啡，回头莞尔一笑，递给了那人一杯："知道你跟在我后面，来，焦糖玛奇朵，我请你！"

"娜娜，我……为什么最近给你发微信你……你都不回我？"顾小威看起来似乎有千言万语要表达，可一出口居然紧张得有点语无伦次。

"我们不是工作关系吗？"欧阳娜娜抿了一口咖啡，语气强硬，却不敢抬头直视顾小威的眼睛，"不是工作微信，我为什么要回？"

"能告诉我为什么吗？我又有哪里做错了？"

"你什么都没做错，是我想多了！"

"娜娜，你能不能好好说话，到底发生了什么？是因为那个吴依凡吗？我早就和你解释过了，人家就是……就是想要和我们工作室合作项目而已，你弟弟也在我们工作室实习，不信你可以去问他呀！"

"她为什么只找你们工作室合作项目，为什么不找别的工作室？"

"你这……找我们工作室，对我们是好事，她带来的都是国家视听艺术基金重点扶持的创作项目，不只是钱的问题，将来还有很大的机会获奖！"

"所以，你们就去福楼法餐厅约会了？"

"什么？约会？"顾小威刚才还很紧张，现在突然放松下来，大笑了一声，"原来是这事！你误会了，那哪里是约会啊，那就是去谈项目去了！"

"哪有人谈项目去那里谈的！那是福楼法，'小情小爱'去的地方！"

这还真把顾小威说蒙了，他从没想过这个问题，当时就觉得吃法餐有点贵，没觉得有什么异样。而且，他和吴依凡吃了也不止一次饭，花重金请甲方吃饭，这不是应该的吗，可为什么偏偏这次就被欧阳娜娜知道了呢？

"对了，娜娜，你怎么知道我在福楼法餐厅吃饭？"顾小威紧盯着她的眼睛问，这回轮到欧阳娜娜眼神躲闪，不知道该如何回答了。

顾小威完全放松之后，才发现刚才由于紧张，咖啡端在手上一口没喝，于是大口喝了两口："没关系，我不会生气，反正你肯定不是去谈恋爱了，对吧？"

欧阳娜娜一阵尴尬：刚说别人去福楼法吃饭是谈恋爱，自己去就不是？她发出了一声苦笑："想什么呢！我当然不是去谈恋爱了，我是去……"

顾小威瞪大了眼睛，歪着头，一脸坏笑地看着她："嗯？"

"我是去庆祝晋升成功的！"

"所以……和……谁？"

"和……和谁，也和你没关系！"欧阳娜娜哼了一声，故作生气地找了个地方坐下来，还把头故意扭向别处。

"你不说我也知道。除了真哥会带你去那种既浪漫又暧昧，还贼贵的地方吃饭，还会有谁？"

"你……"

"被我说中了吧，哈哈哈！"顾小威笑得就像小孩子猜透了大人心思一样开心，看到欧阳娜娜居然没有任何反应，他又严肃了起来，"和你直说了吧，真哥介绍吴依凡来和我谈项目，是真想帮我，吴依凡想跟我有更进一步的发展也是真的，这肯定也是真哥的意思，你明白吧？你在福楼法餐厅遇到我们，一定不是巧合。只是目前这个阶段我不能直接拒绝她，她带来的项目红利，够我们工作室吃上三年五载的。你要相信我，我对她没感觉……"

"没有感觉，暧昧着就对吗？"

"暧昧着是不对，可是……可是咱俩之间又算是……什么关系呢？"顾小威声音越说越低，低到了尘埃里，最后连自己都听不见了。

欧阳娜娜心里猛地一颤：是啊，咱俩之间又是什么关系呢？明明什么关系都不是，为什么她却有醋坛子被打翻了一样的感觉呢？

"对不起，我也不知道为什么……看到你和别的女生在一起，我就……"欧阳娜娜的声音有点哽咽。

"娜娜，你再等等我，等我的那些项目上了正轨，我就……"

"小威，咱们现在这样也挺好的，将来的事情谁知道呢，对吧！"说着，她看了一眼手机，"咱俩光顾着伤感，没想到都到下班点了。走，我请你去簋街吃小龙虾，咋样？"

"得嘞！"

在簋街，两人喝着啤酒，你一句"导演思维"，我一句"公关思维"，不停吵着、嚷着、争着、闹着，谁也不让谁。

最后，两人看着满桌的龙虾壳，相视而笑，一起摇头晃脑地说：我们为什么来簋街吃饭，还不是因为好吃把我们吸引来了，管他这个思维那个思维，能吸引人的通通都是"流量思维"！

"下雪了！"走出餐馆，他们惊喜地发现外面飘起了雪花，这是今年冬天北京下的第一场雪。两人兴奋地把雪花捧在手心里，但顷刻间小雪花就化成小水珠，然后消失不见了。

"不争了，不争了！你看这雪花，如梦幻泡影，如露亦如电。它来过，又仿佛没来过。这人啊，争来争去，最后不一样都是'食尽鸟投林，落了片白茫茫大地真干净'吗？哈哈哈！"

"说得好，好一个'白茫茫大地真干净'！"

在这个初冬的夜晚，两个年轻人就这样互相搀扶着，踩在覆盖了薄薄一层雪的地面上，深一脚浅一脚地奔赴各自的人生战场。

从一而终，
一站到底

桂林山水甲天下。

这是个美丽的旅游城市，办完父亲的后事，为了让自己不再沉浸在痛苦中，华莹莹带着田小帅到处转了转，也想让他看看自己儿时成长的地方。

她先带田小帅到东西巷闲逛，累了就在逍遥楼旁边的盐街市集吃小吃。她说到桂林一定要吃当地的桂林米粉，而且一定要吃顶配版的桂林米粉，她说以前上学时没钱，不舍得吃顶配版，上班以后，每次回老家都要来一碗。

"田总……"她最近喜欢把田小帅昵称为"田总"，她觉得叫"小帅"或者叫"小田"都有点刻意突出两人的年龄差，十分别扭，而"田总"能把两人的关系拉到一个近似平等的地位。

她指着面前这碗米粉，问田小帅："你猜为什么这碗米粉是顶配版？"

"放的料多呗！"

"对！顶配版桂林米粉又叫七星拱月，你看，里面有锅烧、卤牛肉、卤牛肝、烤灌肠、卤牛肚、卤猪拱嘴等七种材料。"说着，她自己笑了出来，"天知道我怎么对配料这么熟悉！"

她打开了话匣子，开始滔滔不绝地向田小帅介绍："一碗好的桂林米粉关键在于卤汁，用了茴香、八角等熬成的卤汁，就会让米粉顿时变得香味浓郁起来……你还可以根据自己的口味去调配，把桌上这些葱花、花生、酸豆角、酸笋、萝卜干、香菜等材料放进来，吃起来，就会感觉特别香……"

她边说边把桌上的调料往碗里放，搅拌均匀，挑起一筷子米粉往田小帅嘴里送。田小帅刚配合她张开了嘴，她却收了回来，送到了自己嘴里，搞得田小帅看起来很郁闷，但心里非常甜蜜。

此时华莹莹已然忘记年龄，这几天她就如同少女般带着田小帅去逛了象鼻山公园，游览了冠岩洞，乘坐冠岩游船至杨堤，然后坐上杨堤漓江竹筏。

漓江上空气很湿润，虽然已是初冬，但两岸的竹子依然苍翠欲滴，在筏子上都能闻到江水的气息和竹子的味道，悠闲地飘在漓江上，十分享受。看着这熟悉的山山水水，华莹莹很感慨，下次再回来，不知道会是什么时候。

就在华莹莹感慨家乡山水时，欧阳娜娜正在遥远的网北大厦，迎接汤达人的一次又一次暴击。每次汇报时，汤达人对欧阳娜娜的传播方案都是一顿猛批。有创意时就说没有量化指标来衡量，有量化指标的传播目标又说内容上没有新意，既有创意又有量化指标的方案会被批"到底有没有侧重点"。

简直没法干了！于是，她想起了网上一个段子：

> 领导找员工谈话："其实我对你是有一些失望的。当初招你送外卖，是超出了你的实际能力的。我是希望招你进来拼一把，快速成长起来。送外卖，不是把外卖送到就可以，你要有体系化的思考能力：你送的外卖，价值点在哪里？你是否做出了壁垒，形成了竞争力？你送的外卖，和其他人送的外卖，差异化在哪里？你送的外卖，是否形成了一套可复用的方法论？为什么是你来送，其他人不能送？后续把你的思考沉淀到日报里，我希望看到你的思考，而不仅仅是每天送了多少外卖。另外，提醒你一下，你送外卖的数量，跟其他外卖员相比，是有些单薄的。每天送完外卖要进行数据分析，查缺补漏。"

她想，在这个职场话术中，将外卖换成其他任何一个行业都说得通。归根结底，就是以关心你成长，指导你工作的名义打压你。

她在一本书上看到过，如果对方常常在言语或行动上贬低你，让你产生自我怀疑的心理，让你觉得自己无比糟糕，甚至企图控制你的职场生活、社交生活，让你疏远你的工作伙伴、朋友或家人，陷入"你只有他"的环境，那么他一定是在"PUA"（精神操控）你。

现在汤达人干的不就是这一套吗？

她打开电脑，看到了一篇文章，说最近开始流行"精神辞职"，并非真的辞职，而是说在职场上停止努力上进的心态，划清工作和生活的界限，仅以最低限度完成分内职责。最直接的表现有按时下班，绝不加班，上班时间外不回复任何工作消息，对工作项目的质量和时间不给超出预期的结果……

"天哪，这不就是说的现在的我吗？"欧阳娜娜心里惊呼，仿佛看到了一个知音，因为这个作者把每个字都说到她心坎里去了。

发泄完情绪，还是要理性。毕竟还年轻，幸好她还有华莹莹。欧阳娜娜告诉自己，再忍忍，再忍忍，等到华总回来一切都好办了。她把私底下操作的那套方案和华莹莹也电话沟通过，华莹莹同意后又和营销运营团队沟通好，大家摩拳擦掌，就等着"双十二"到来。

然而，汤达人不知道从哪里知道了他们的计划，找到一个没人的会议室，把欧阳娜娜喊了过去。欧阳娜娜急匆匆走进来时，看到汤达人一个人坐在会议室里，脸部肌肉紧紧绷起，整个人如同一只受惊的猛兽一样躺在靠椅上，两眼放出又可怜又凶猛的目光。

"听说你在背后策划一个执行方案？"

"我们是在讨论各种方案的可行性。"

"为什么我还没通过就执行了？"

"您这是听谁说的？"欧阳娜娜猜测，十有八九是蔚蓝海域不同组的同事互相打听出来的。当时为了防止蔚蓝海域的人串通消息，在做出详细的方案后，欧阳娜娜自己把所有的执行工作都承接了过来。

以前新闻稿、社交媒体文案撰写等工作，都是蔚蓝海域的对接团队做，但这次她计划让自己的团队成员写，虽然辛苦一些，可为了保全这次创意，每个人都做了全力以赴的准备。这样一来，就算蔚蓝海域策划出了方案，而汤达人的对接组又串通出了详情，但也打听不到具体的执行细节。

"你不用管听谁说的！我问你，为什么有了方案不汇报？"

"方案我们还在不断地打磨、完善中，之前那么多版方案，您不是都不满意吗？我们可不得认真研究，才能对得起您之前的批评指导！"

这话激起了汤达人的怒火，他站起来愤怒地说："我手上已有你们的方案，老实讲，我的确是看不上！我警告你，没有我同意，你别想执行！"

不等欧阳娜娜回话，砰的一声，汤达人用力甩开会议室的门扬长而去。

他这是要去找郝冬。郝冬正在工位上主持一个视频会议，见汤达人气势汹汹地走了过来，连忙暂停会议，把他拉到旁边一个小会议室。

"汤总，您这是怎么了？您来怎么也不提前和我说一声，您看我这……还在主持一个会，搞得没能好好接待您……"

汤达人这才发现刚才被气昏了头，急匆匆地跑来找郝冬，却忘了提前约时间。人家好歹也是业务部门负责人，是公司下一任业务 VP 的热门候选人，自己什么时候变得这么鲁莽了？

"抱歉抱歉，是我失礼了，忘了约您时间，刚才是我被气昏了。"

"哈哈，有什么事儿能把我们汤总气到？"

"郝总，这本来应该是我们部门内部解决的问题，我这头脑一热，却跑到您这边来了，的确是有些冒昧。但既然我现在代管了智能产品公关部，就还是想和您保持一个良好的沟通界面。"

"汤总，您这开的什么玩笑，咱们的沟通一直都是没问题的，是出什么事儿了吗？"

"倒是没有特别的事儿，不过我想提醒一下郝总，现在的公关 VP 是 Dorran，她华莹莹再怎么蹦跶，也跳不出 VP 的手掌心，至于我身后嘛……我想您知道我在说什么。"

能在"大厂"干到事业部负责人的，智商情商都在线。所以郝冬当然清楚汤达人表达的意思，不就是说华莹莹干不久、待不长，将来公关体系都会是 Dorran 和他汤达人的天下，现在想和郝冬联手将华莹莹边缘化吗？

　　郝冬本人也是从复杂的人事斗争中杀出来的，十分清楚其中的利害关系。只是在这个局中，他不想做一颗被人利用的棋子，只好揣着明白装糊涂。

　　"不，这个，汤总，您能不能说明白点儿，我有点……糊涂……"

　　"远的不说，就说近的吧，欧阳娜娜是不是找你们沟通过'双十二'的公关方案？"

　　"嗯，是！"郝冬蹙着眉头想了一下，又说，"不对，她一直说要沟通'双十二'的公关方案来着，但说方案您一直没通过，所以后来也就没提。"

　　"没提？没和你们说要在官方旗舰店做一个价格 bug 的公关方案？"

　　"至少没和我提。您稍等，我叫个人过来问一下。"于是，他拿起手机打了个电话，"那个，明浩，你到我工位旁边的会议室来一趟……对，现在！"

　　不一会儿，一个人高马大，套着灰色帽衫，穿着牛仔裤，脚踏 Dr.Martens 经典 1460 Smooth 款马丁靴的酷小伙，敲了敲门进来了。

　　"汤总，这是我们部门负责运营的人，叫初明浩。"

　　初明浩和汤达人简单打了个招呼后，郝冬接着说："明浩，我问你，欧阳娜娜最近和你们沟通过官方旗舰店故意搞个价格 bug 的事情吗？"

　　趁汤达人没留意，郝冬给初明浩使了个眼神。不愧是心腹爱将，初明浩瞬间就明白了，连忙说："官方旗舰店？什么价格 bug？没听说过！"

　　郝冬转过身对汤达人说："汤总，您也听到了，我们暂时还没沟通到那一步。那个，不好意思，我刚才被打断的会还没结束，还要继续去开会。后续有什么进展，再向您'汇报'好不好？"说着，他就起身准备离去。

　　汤达人也只好起身，悻悻往回走。

　　看到汤达人离开，初明浩赶紧给欧阳娜娜打了一个电话，告诉她刚才汤总来过了，问官方旗舰店价格 bug 的策划，但大家嘴都很严，没有透露。

　　不过他也隐隐替欧阳娜娜担忧："娜娜，你们关系搞得这么复杂，还怎么工作？而且到时候策划推出来，上热搜，上媒体，汤总肯定就得知道，你想好怎么应对了吗？"

"放心吧，过两天华总就回来了，她一回来什么事儿都没有！"欧阳娜娜信心十足。

"你的事儿倒是没了，可是我怎么感觉，压力全部都会传导到你们华总的身上去？"

初明浩的提醒，让欧阳娜娜清醒了过来，一时间竟不知道如何回答。

"娜娜，咱们这么熟，我就不把你当外人了，我提个不成熟的小建议啊……说到底啊，咱们都是打工的，打工人就做好打工人的本分。领导让往东，咱就不往西，领导让往西呢，咱就不往东，也就省掉了很多烦恼。你说你们这汤总总是找你麻烦，还不就是他让你往东，你偏往西，让你往西，你又偏往东吗？你顺着他点儿，也许他就不会这么针对你了！"

欧阳娜娜心想，要是有你说得那么简单也就罢了。汤达人与华莹莹还有她现在的关系可谓是如同水火，势不两立，这莫名其妙或有意或无意结下的梁子不是服从他指挥就能消弭的。其他人可以做墙头草两边倒，明哲保身，保存实力，可她不行，既然已经站了队，那就必须"一站到底"。自古以来，三姓家奴不仅被人瞧不起，而且下场往往都很惨。"从一而终"，这是连电影《霸王别姬》中的戏子程蝶衣都知道的道理。

"说得不好听，就是上了贼船，就下不来了。"她心里这样自嘲道。

"谢谢你，明浩！"她还是要感谢初明浩的提醒，都说职场中没有真心朋友，但能碰到发自内心希望你好的同事，那也是可遇而不可求的缘分。

"不和你说了，我看到汤总回来了，先挂了！"欧阳娜娜在公关体系办公区，远远地看到汤达人疾步往回走，脸上带着一股战场上出师不利回来后的愤怒与杀气，让人忍不住想逃离。

的确，汤达人与郝冬的沟通，并没有实质性的结果。他回来后越想越气，拿起手机拨出一个号码，接通后破口大骂："那件事进展到什么程度了……这都过去多久了，你们都是猪吗？还没准备好？！"

对着空气打拳

还有一天就到"双十二"。

这天，华莹莹穿着一件 Tory Burch 的驼色双面羊毛呢大衣、一双 Stuart Weizman 网红款 5050 长靴，出现在了网北大厦。她的这款大衣的衣边是拼色设计，加强了衣身的轮廓感，远远望去，居然有一种霸道女总裁的错觉。

是的，华莹莹处理完老家的事情，从广西回来了。这让汤达人又急又恼。

他原本算盘打得十分精准，在华莹莹回来之前，将他那件大胆的计划实施，这样不仅能阻击华莹莹回来后"夺回"他已占据的岗位，甚至可以将华莹莹永久"驱逐"出网北公司。

但人算不如天算，执行团队不给力，这么一件"小事"都办得如此拖沓。不过他也理解，为了将这件事做得天衣无缝，他没有找蔚蓝海域这样的大型公关公司，而是找了一家小作坊，老板他很熟悉，执行起来慢是慢了点儿，但是公司人少，保密性更高，也更安全。

他给自己设置了一个最晚时间点，也就是春节前一定要将这件事搞定。一方面，他再也无法忍受华莹莹带给他的职场挫败感。另一方面，同时管理两个部门的权力快感让他欲罢不能。

正在汤达人想着怎么加快推进他的计划时，手机上的新闻客户端推送来了一条新闻——《原价599却卖99？被薅羊毛的网北公司紧急取消订单》。

什么情况？难道是欧阳娜娜的"双十二"策划？他快速点开新闻：

今天凌晨，一些网友发现，在网北智能硬件的官方旗舰店上，其智能穿戴镜突然打了2折，价格低至119.8元。于是迅速吸引了一大拨"薅羊毛"的网友关注。

随后，网友纷纷晒出订单截图炫耀，只要119.8元就可以购买到原价599元的智能穿戴镜，再加上红包和优惠券，最终只需99.8元就可以买下。一时间，不少网友纷纷晒出了自己"薅羊毛"的订单，但随后不久，购买链接就被锁定，商品已显示无货。

不过，官方旗舰店上的购买数量显示，这款超低价的商品已经销售出去了1000多台。

截至目前，网北公司还没有回应此事。

一定是欧阳娜娜的"双十二"策划！

他不想找华莹莹，于是拿起手机就打给了郝冬。第一通电话没人接，第二通电话倒是接通了，只听见对方那边轻声地说："汤总，什么事？着急吗？我正在会上呢，要不微信上说？"

"这事能在微信上说吗？"汤达人心里十分不满，但嘴上却说，"那个，也没啥要紧事，您先忙！"

正郁闷着，手机又是一阵振动，各大新闻客户端陆续弹出了后续报道：《网北价格配置错误被薅羊毛，网友99.8元就可买到智能穿戴镜》《智能穿戴镜99.8元被狂薅羊毛，网北回应失误出现bug》《网北产品被薅羊毛，官方紧急致歉并认可bug订单》……

回应了？汤达人赶紧找到网北智能硬件的官方微博，果然，就在三十分钟前，十点三十分发出了一则落款为"小北"的简短声明。

亲爱的家人们：

您好！今天凌晨，由于我们一位运营同事在进行电商平台价格配置时，后台操作出现失误，导致小北智能穿戴镜的价格短时间内出现错误，平台受到大量异常订单挤压。

为正常运营，我们现已紧急下架了这款产品，等我们后台价格配置准确后，再重新上架，我们向未能正常购买产品的用户深表歉意。

这次事件本是我们工作人员的失误，却意外得到大家的宽容，也得到了大家对网北智能产品的热爱，我们十分感动。为此我们决定，对已经付过款的订单正常发货，切实保障消费者的权益，所有损失由我们自行承担。

另外，我们的"双十二"活动今天中午12时会正式启动，只需先付预付款100元，在"双十二"当天凌晨0时再支付尾款399元，原价599元的智能穿戴镜就可以买回家。

祝大家"双十二"购物愉快！

小北

汤达人总算明白过来，这就是一场精心策划，一场他针插不进，水泼不进的公关策划。在阻击这个策划的过程中，他找了很多人，说了很多话，甚至特意去找过郝冬，但最终让自己沦为了笑话，因为根本没人在乎他。

他想，归根结底还是因为华莹莹正常回来工作了。她要是回不来，自己现在就会主导两个部门，一来自己现在不至于这么被动，二来也给明年四月的晋升打好基础。

如此想来，愤怒的火焰又开始在他胸中熊熊燃烧，继而越烧越旺，不经意间居然用双手把手上的一支签字笔生生地折断了。随着吧嗒一声，笔芯和笔杆身首异处，用来固定笔芯的弹簧在弹打了一下他的下巴颏后，消失不见。而他右手虎口处，被笔杆折断处尖锐的边角划拉出一道深深的伤口，渗出了一点鲜血。

他打开抽屉，正打算找个创口贴出来。这时手机忽然响了，一看是 Dorran，他匆忙找出耳机戴上，打算一边说话，一边翻找创口贴。

"我说汤达人，你策划了这么好的一个创意，为什么不早点告诉我？"

"您说的是……'双十二'那个？"

"对啊，这不是你代管期间的策划吗？"

汤达人翻找创口贴的动作停了下来。他感觉此刻的地球似乎也停止了转动，他想，要是自己有心脏病，现在应该会被气晕过去吧。

见汤达人没反应，Dorran 继续说："你没看到这策划已经上热搜了吗？还上了两个话题！稍等，我看看是哪两个……喔，看到了，一个是'网北公司发声明认可 bug 订单'，还有一个是'如何看待网北公司被薅羊毛'，不错不错！"

"还有，你们做的第三方解读也很丰满，我看到已经有好些个'意见领袖'把定调文章发出来了，我印象最深的有一篇……我找找……找到了，是《"双十二"这场"bug 营销秀"，网北公司做对了什么？》，稿件内容质量很高，都是在往有利于咱们的地方拱火引导！"

Dorran 毕竟是行业专家，看到好的公关案例，出于职业习惯，总是会爱不释手，忍不住要点评指导两句，就如同古玩专家看到文物真迹一般，一旦把玩起来就停不下来了。

"我还有个想法，供你参考，看看行不行。能不能找几个知名律师来解读，因为按照法律，这个 bug 完全可以认为是基于重大误解的合同，从而撤销，但是咱们不仅没有撤销，反而履行了合约，说明我们是真正的消费者至上，从另一个侧面讲出咱们公司的价值观。"

"汤达人……汤达人？你在听吗？"感觉电话那头一直没动静，Dorran 开始呼喊汤达人的名字。

"Dorran……我在呢，这个项目不是……"

"不是什么不是，你什么时候变得这么谦虚？"没等汤达人说完，Dorran 就抢过话说，"下班前记得给我一个传播快报，黄老师应该也在等着。"

没等汤达人回答，Dorran 就挂了电话。此时他说不清心中是羞愧还是仇恨，只恨不得有个地缝能钻进去，刚刚胸中那团对华莹莹愤怒的熊熊烈火，已经煮沸成火山沸腾的岩浆，随时都有可能爆发。

他顾不上右手虎口上没贴上创口贴的划痕，从桌上抽了张纸巾擦了擦渗出的血迹，抓起手机走到没人的角落，又和那家小公关公司老板吼了起来。

这时，欧阳娜娜也在工位上吼了起来，不过她是兴奋地吼叫。其实不只是她，部门几乎所有人都兴奋地叫了起来，因为此时话题"网北公司发声明认可 bug 订单"上升到热搜榜单第五了，大家心情都很激动。

欧阳娜娜生怕一会儿排名掉下去，赶紧截了张热搜榜单的图，把第五的这个话题画了个醒目的红框发给华莹莹，也当作项目结束后的总结素材。

她走到华莹莹的工位上激动地汇报说，现在不仅是策划的话题开始"出圈"，两个话题霸占热搜榜两个席位，而且从初明浩那边后台反馈的数据看，付过预付款的用户已经高达十几万人，基本可以说是首战告捷！

正当两人你一言我一语热烈讨论战况，并思考着下一步怎么做的时候，蔚蓝海域发来一张他们刚刚监测到的正在网上快速流传的图片。

她俩一看，这是官方旗舰店和用户之间对话的一张截图，上面是一个客服小妹的回复，大体是说，她在这家网店做客服工作，日常非常辛苦，甚至昨晚还加了一晚的班，早上上班眼睛迷迷瞪瞪看不清楚，所以把价格标注错了，请用户把下过的订单退了，不然她就会被公司开除。她刚刚休完产假才上班没多久，而且农村老家的老人也在等着她的生活费，一旦被开除，她就没有活路了，最后还用了个哀怨的语气词："在吗亲亲？求您了！"

但她们的策划中完全没有让客户退掉订单的计划。欧阳娜娜仔细地看了一下这张截图，上面显示的对话时间是上午八点二十三分，而声明的发布时间是十点三十分，显然这则对话发生在声明发布之前，这就使对话有了合理的可能性。或许，真的是初明浩他们那边客服发的？

欧阳娜娜赶快把截图发给初明浩，求证是否有客服发出了这样的对话。十分钟后，初明浩打来电话，坚决否认对话的真实性，说一定是有人陷害。

"但这只是个孤证，说不定是网友恶搞。现在还没有多少人关注到，如果针对这个图单独发个声明，不只是小题大做，还会扩散得让更多人都知道了。"华莹莹建议，以不变应万变，看看情况再说。

话音刚落，蔚蓝海域发来了刚刚监测到的几篇负面文章——《运营大翻车：网北公司被薅秃了毛，认栽又认赔》《真事故还是真炒作："被薅羊毛"背后，网北公司的硬伤》《网北公司运营翻车被薅羊毛，网友质疑其营销炒作》……

在这几篇负面文章中，都出现了刚才那个客服的对话截图，显然这个截图是有人故意设计出来的，而不可能是网友恶搞娱乐。

到底是谁呢？难道又是大枣科技？华莹莹给 Selina 打了个电话，请她帮忙打听这些负面消息的背后主谋到底是谁。结果 Selina 在业界打听了一圈，居然没能打听出来。

大枣科技的公关公司私下对 Selina 说，他们这次没有接到攻防需求，上次"双十一"公关大战，大枣科技着实受伤不轻，花了好多钱，铺了好多正面文章才算勉强熬过去了。这次绝对不是大枣科技做的，要做的话也顶多是把这几篇负面文章推到更多传播渠道而已。

欧阳娜娜有些着急："难道这次要对着空气打拳吗？"

就在华莹莹、欧阳娜娜和 Selina 三人在小群里商量如何应对这些负面信息的时候，汤达人那边也接到了 Dorran 的电话。

"汤达人，我认可让公关变成一个事件，但是你不能让公关变成一个事故！网上那些负面消息你看到了吗，怎么回事？现在立刻给我处理！"

虽是不满的声音，但汤达人心中反而松了一口气，刚才愤怒的火焰似乎被这些负面消息和 Dorran 的不满灭掉了一半。他很清楚，当 Dorran 知道这项目是华莹莹主导的之后，很快就会把满腹不悦转移到华莹莹的身上。

一抹邪魅阴险的笑容在他脸上荡漾开来。

　　"汤总，我只能帮您到这儿了！"宋晓雨在电话里低声地对汤达人说，"我们领导这次不想惹火上身，所以我只能在小范围内帮你推一下稿子。"

　　"晓雨，难得你还能帮我争取资源。你放心，只要华莹莹一离开公司，我立刻就把你挖回来。"

　　"我在这边也挺好的。"

　　"但你现在是劳务派遣……"

　　"嗯，到时候看情况，谢谢汤总！"

　　挂完电话，汤达人胸中的怒火消了大半，淡定地给 Dorran 发了一条信息："Dorran，一直没来得及和您汇报，'双十二'那个项目实际上是华总在休假期间策划的。不过看起来很好的传播策划，却引来了大量负面报道，我也很意外。"

　　看 Dorran 没有回复，他又补充了一句："您看，需要我帮忙做什么？"

　　汤达人这边在忙着不停拱火，而华莹莹那边在忙着灭火。突然冒出的负面文章的确让华莹莹很头疼，原本项目进展得好好的，这几篇负面文章一出来，网友也都跟着起哄。有的网友说网北公司实在惨无人道，逼着人家运营小妹出来卖惨求情，也有的说网北公司卖惨式营销也救不了其品牌和"双十二"的销量，还有的说网北公司这次"翻车"为运营者敲响警钟……

"气死了！这些网友不就是《乌合之众》那本书里写的，当个人进入群体后，智力会迅速降低，而情感则会被无限放大……"欧阳娜娜在三人小群里气愤地说道。

"现在气也不是办法……"Selina 分析过负面文章后，在小群里发起了语音通话，她说，"反正负面来源不是大枣科技，就是小枣科技，现在咱们就不用管来源了，总之负面文章的中心思想，就是要让咱们的策划看起来有漏洞、有瑕疵，是一次不成功的炒作。我建议哈，咱们能不能不反驳，反而顺着这个思路发散，让业界讨论，如果这件事是炒作会怎样，如果不是炒作又能怎样。这样把行业的水搅浑，让活动的曝光量在争议声中越炒越大。"

华莹莹觉得 Selina 的分析有道理，管他大枣科技小枣科技，既然敌人在暗我在明，人家看得起咱们，愿意炒作，那干脆就一起把话题炒起来吧！流量为王的时代，被骂也远比没有关注强，所谓"黑红也是红"，Just do it！

但是现在重新约第三方稿件已经来不及了，欧阳娜娜只能临时安排，把原先约好的几篇第三方稿件重新换个主题，顺着负面文章的思路写下来。

正在大家集思广益降低负面影响的时候，华莹莹手机来了个电话，她一看是 Dorran，顿感不妙。

"糟糕！"她刚反应过来，自己来上班后只顾着忙工作，还没顾得上和 Dorran 打招呼，这个项目也没有来得及汇报。

果然电话接起后，就听到一顿噼里啪啦的责骂："华总，'双十二'的项目和我沟通过吗？是谁批准你们这个方案的？在你眼里，还有没有领导，还有没有我这个 VP？好，就算你对我个人有天大的意见，这工作流程还得要遵守吧！不要以为你资格老，就可以无法无天！你要是不想干，现在就提，我成全你！"

本来华莹莹还因疏忽没向领导报备而心生愧疚，可 Dorran 来了这么一出，她顿时愧疚感消失了，淡淡地回复说："好的，下次注意！"

"还有下次？华总，我不是要故意为难你，你要再有下次，恐怕你离职就不是你说了算或是我说了算，而是烂摊子的项目说了算！我问你，项目出了问题，谁负责……"

"Dorran，您是担心这次项目的负面吗？我们正在处理，如果黄老师怪罪下来，我来担这个责任……"

"你以为你是谁？你能负得起这个责吗？我告诉你，你还真不配！最终的账都会算到我头上来。最后再和你说一遍，你要是再不配合工作，到时候不要怪我无情！"

"到时候不要怪你无情？这一年来，你对我时时设计陷害，什么时候有过情？"华莹莹心里不屑地想道，但 Dorran 前半段话说得还是有道理的，项目一旦出问题，领导的确可以甩锅给下属，可在慧眼如炬的黄老师眼里，他会认为最终还是团队负责人的领导能力有问题。

因此，Dorran 这么着急上火，很大程度上是看到了扑面而来的负面消息，应该是担心这些负面消息传到黄老师耳朵里不好听，怕黄老师怪罪下来。而她本人，在黄老师面前是甩不了这口锅的。

这个时候任何解释都没用，可是被骂得火冒三丈的华莹莹又不想去安抚 Dorran 的情绪，就在沉默的当口，Dorran 发出了最后通牒："华总，限你两个小时之内将负面舆情搞定，下班前给我一个传播快报和危机应对快报，完不成我会主动找黄老师请罪，你更是逃不了干系！"

好在刚刚对负面消息的应对已有所准备，挂完电话，华莹莹长长舒了一口气。但是 Dorran 的态度让她极为不爽，这次的确自己有错在先，可如果真把自己当成一个团队，就应该并肩作战，而不是颐指气使，甚至三番五次地找她麻烦，话语中处处充满着威胁。不就是因为自己的存在是 Dorran 最大的威胁吗？Dorran 每次都恨不得将她除之而后快。尽管她一再告诫楚姗姗和欧阳娜娜要忍，可是靠这种忍耐，什么时候才能到头？

正在头疼的时候，欧阳娜娜把发出的稿件链接转了过来——《网北公司运营翻车，是操作失误还是故意炒作？》《品牌屡被薅羊毛，到底是无心之失还是有意为之？》《薅羊毛是网红品牌的新套路吗？》《不管是真事故还是真炒作，网北被薅羊毛的回应堪称教科书级》。

她逐条看了，觉得挺满意，暂时忘却了刚才的不快。这时，蔚蓝海域发来舆情监测报告，她看到报告里说，网友在负面稿件发出后产生过短暂的质疑小高潮，负面评论居多，但在投放一批炒作稿件后，中性甚至正面评价就开始逐步上升。舆情报告做了一个分析，说经过反复炒作，网友反而觉得网北这个品牌更有趣了，一时间竟说不出运营出现价格 bug 到底是真事故还是真炒作，在好奇心的驱使下，网友的讨论热度始终居高不下。

下班前，华莹莹把当天的传播和危机应对情况，做成了高度凝练的文字快报发给了 Dorran。然而，奇怪的是，直到第二天也就是十二月十二日这天都过完了，Dorran 都没有任何回复。

人家不回复，但自己该做的还是要做到位。当天晚上，华莹莹还是将"双十二"的整体传播情况、销量转化情况，以及危机应对，做成了两页PPT 发了过去。尽管郝冬对这次的传播评价非常高，但毕竟她的直属老板还是 Dorran。

然而，她得到的，依然是沉默。乃至于在下一周的公关总监例会上，她讲完 PPT 以后，Dorran 依然没有任何反馈，只是简单说了句"知道了"，就请下一位总监汇报。一旁的汤达人，则不经意间流露出幸灾乐祸的微笑。

华莹莹觉得，Dorran 现在对她应该是冷处理。之前 Dorran 对她个人的打击是背后捅刀子，甚至通过明规则将她边缘化，在项目申报、预算申请上使绊子。但没想到绊倒了楚姗姗，她还能在公司屹立不倒。或许，冷处理就是Dorran 对她使的最后一招吧？

华莹莹心想，既然如此，干脆就井水不犯河水，反正春节项目的钱已经申请到了，日常应付一下业务传播需求，其他的等过完年再说，团队拼死拼活干了一年，到了年底也让大家稍微"躺平"一下。

至于年终奖，就别指望太多了，或许 Dorran 还会趁这个机会，通过少发奖金直接劝退她。

按照人力资源部的要求，领导在给下属发年终奖前需要提前沟通，因为年终奖是和绩效挂钩的。然而，Dorran 不仅没和她进行任何沟通，而且直接打了个"B-"，是她在网北公司这十五年来最低的一次绩效评分。她也懒得去投诉了，毕竟领导劝退员工离职的工具箱里，还有很多工具，这只是其中一个而已。

接下来的春节期间，一切都很平静，平静得让人很不习惯。的确，看似风平浪静的海面，往往暗流涌动。人人都感觉很别扭，可谁也说不上来，到底哪里有不对劲的地方。

春节回来的那段时间，大家还沉浸在假期中，并深受假期综合征的困扰。直到过了元宵节，才稍微有了正常上班的状态。

这天，大家一如往常地在大厦里忙碌着，远远望去，就如同密密麻麻的蚂蚁一样，在穿透玻璃幕墙的冬日暖阳下，繁忙而有序。

忽然，华莹莹接到黄西助理苏天鹏的电话，让她现在就去老板办公室，挂电话之前，还嘱咐她一定要快。她感觉到苏天鹏语气中的慌张，也不好问发生了什么，可有一种不祥的预感笼罩在她心头。

为了缓解双脚的疲惫，她在工位准备了一双棉拖鞋，省得在办公区还要穿着室外穿的大长靴，那样实在憋得慌。挂完电话，她抓紧甩开脚上的棉拖鞋，蹬上大长靴，可是长靴外面的拉链怎么拉都拉不上去，慌乱中一使劲，居然把拉链给拉断了。

她还记得这双鞋有点小贵，可此刻顾不上心疼，只想尽快找到一双能够走出工位的鞋子。忽然她看到办公桌底下还有双运动鞋，是双耐克的跑步鞋，也不管能不能和她的大衣搭配，直接蹬上后就往黄西办公室方向的电梯口跑去。

跑到电梯口，她发现 Dorran 也在气喘吁吁地等电梯。

两人目光一碰，如同电光石火般摩擦出了战斗火花，异口同声地问道："你怎么也在？"

"黄老师喊我来汇报工作，有什么奇怪吗？倒是你，跑过来找黄老师干什么，又想跨级告我状吗？"迎着华莹莹的目光，Dorran挑衅地说。

"到底谁在后面搞的小动作多，你心里有数！"华莹莹也不甘示弱。

"我搞小动作？别说我没搞，就算我搞了，那也轮不到你来黄老师这里说三道四！"

"搞没搞你心里有数，有些话还是不要挑明了说。"

"果然，你来黄老师这里就是告状，黄老师要能信你，算我输！"

正激烈间，电梯到了，两人迫不及待地走进电梯。结果，这两个人在电梯口肩并肩卡住了，动弹不得。华莹莹想算了，人家毕竟是VP，让她先上又怎样，于是一个使劲往前挤，一个使劲往后退，两人终于分开了。

也不顾Dorran难看的脸色，华莹莹随后一脚也跨了进来。在电梯逼仄的空间里，两人沉默不语，但空气中依然弥漫着一股硝烟的味道。

到了黄西办公室，随着两张打印纸迎着两人的面儿用力甩下，愤怒的骂声从天而降。

"你们这公关是怎么做的？睁大你们的眼睛看看，这都明目张胆地搞到我头上来了！你们每年拿几百万元年薪，都是干什么吃的？"这是华莹莹在网北工作十五年来，第一次听到黄西如此激烈、难听，而且是近乎咆哮的骂声。

她俩站在黄西的对面，瑟瑟发抖地从地上把打印纸捡了起来，翻过来一看，上面是两篇文章。

华莹莹看了一眼，脸色瞬间变得煞白。

Dorran却心中一阵窃喜，但又不能喜形于色，于是装作十分吃惊的样子。只是她不明白，这是两篇冲着华莹莹个人而来的负面文章，黄老师为什么会发这么大的火？

她用余光瞥了一眼华莹莹，见她战战兢兢的模样，心中越发得意。

你需要向她道歉

汤达人在 Dorran 办公室直冒冷汗。

"要么你主动离职，要么等着被公司开除，这次我真的救不了你了！" Dorran 难受地背过身去，才把决定艰难地说了出来。

"为什么？"

"说到底还是网北公司的水太深，咱俩触礁了！"

"什么意思？"

"你安排的那两篇负面消息，看着是在揭露第二十三届世界钢琴锦标赛中国赛区的黑幕，把华莹莹为她侄子 Elwood 得第一而做的内幕交易捅了出来，实际上每个字都戳进了黄老师的心里！"

"Dorran，我没懂，能不能说明白点儿？"

"唉！这种事情，怎么说呢……Elwood 是黄老师的儿子……"

"不可能！他有个女儿我知道，可我在这里工作这么多年，就从来没听说过他还有儿子……"

"没有什么不可能的，你已经把天捅了个大窟窿，还不明白吗？！"

"那怎么办？我赶紧安排撤稿……"

"不用了，稿子已经被黄老师安排人删了，幸好没几个人看到。他也专门安排了调查小组溯源调查，你是逃不了了。所以现在你有且只有两个选择，要么抓紧离职走人，要么等着被开除，这次你触犯了逆鳞，没有人能保得了！"

汤达人离职，Dorran万般不舍。自从她来到网北公司，最早旗帜鲜明跟她站队的，除了成为她助理的马小安，就是汤达人。汤达人自觉充当开路前锋的角色，她不能出手的、不屑出手的、不好出手的，都是汤达人在帮她搞定。虽说她可以从以往公司里再招一个自己人过来填补汤达人的岗位，但像他这样既熟悉网北公司文化，又能充当前锋角色的人，委实找不到第二个。

不过，令Dorran意外的是，汤达人离开后，另一名交"投名状"的人正逐渐浮出水面。

阳春三月，万物复苏。

网北公司和山南省的战略合作谈判进入关键阶段。这次战略合作是全方位的，包括建设网北公司南方总部基地、数字山南建设、国家级科技示范园区和国家级文娱产业示范园区建设等，投资规模高达数十亿元，是近几年来网北公司与政府合作的最大项目。

这其中，负责政府关系的戴京功不可没。这个项目他前后跑了将近两年，和山南省政府上上下下的人都打过照面，光开会就不下几十场，终于到了临门一脚的时候，他却越发焦虑和紧张。

这天，他对华莹莹说，晚上山南省委宣传部副部长房光明要和网北沟通战略合作的宣传工作，请她来一起沟通。华莹莹觉得这是公司级别的大合作，应该由Dorran亲自出面，可戴京坚持一定要她去，说她是网北公司最核心业务的公关负责人，最熟悉公司业务，由她来沟通最合适。

拗不过戴京的软磨硬泡，她勉强答应下来，但有一个要求，就是戴京要和Dorran报备，这种大事要是谈砸了，这口锅就太大了。戴京告诉她，Dorran已经同意了，还说具体业务上还得你华总出马。

Dorran什么时候变了？不待她多思考，下班前就和戴京两人打车，直奔沟通地点而去。车上放着戴京从公司拿出的两瓶茅台酒，华莹莹拿起一看，发现两瓶长得不一样。

戴京顺便就当起了知识博主："这一瓶是普通的飞天茅台，这一瓶是生肖茅台。这生肖茅台从二〇一四年马年才开始有的，根据每年不同的生肖推出不同属相的一款酒，所谓'一岁一生肖，一酒一茅台'。咱们的这瓶，就是第一年马年的酒，现在买的话，贵得很！说起来，还是涛哥有眼光，当年让我们囤了几十箱，就是为了应付这种场合。要是现在买，价格翻一番都不一定买得到！"

说完，他放低了声音，悄悄地在华莹莹耳边说："华总你要是想要，回头给你整一瓶！"

华莹莹直摇头："这玩意儿我喝不了，你还是留着招待用吧。"

没多久，车在德胜门内大街一处四合院门口停了下来。华莹莹留意了一下，这个四合院门口只有一个门牌号，其他什么标志都没有，既不像是餐厅，又不像是住所。

两人下了车，戴京打了个电话，随后有个高高瘦瘦、穿西装打领结的男服务员把他们迎了进去。戴京偷偷告诉她，这是山南省在北京的"第二办事处"，省里领导进京办事招待客人，往往都会在这里，私密性极强。

穿过影壁，经过院落间隙，华莹莹留意多看了一眼，只见正房和东厢房虽然灯火明亮，却大门紧闭，里面传出推杯换盏的谈笑声，让她有点胆怯。今晚是不是自己也要喝上几杯？

服务员先进西厢房，把灯打开后，将两人迎了进去。华莹莹把包放在桌上，脱下外套，服务员立刻上前帮她把外套和包挂到旁边的衣架上。

她仔细打量了一圈，房间正中有一张可以坐下四五人的小圆桌，旁边是古色古香的书架，上面都是古籍。在书架的另一侧，则是一张茶桌，上面摆放着各式茶具。

没一会儿，一个身穿黑色夹克，中等身材，头发数量屈指可数的五十来岁的中年男子走了进来。

戴京一看，连忙站起来握手："房部长您好！"

"原来这就是房光明，怎么完全没有社交媒体上形容的'厅里厅气'的那种帅气沉稳呢，反而多了一丝油腻感。"华莹莹心里正默默地想着，戴京开始把她介绍给房光明。

房光明看到华莹莹后眼前一亮，似乎看到了什么宝物，随后似乎发现不妥，把目光移开了，但还是忍不住对戴京说："要说你们互联网公司女高管就是漂亮，你看华总，是你们网北第一大美女了吧？"

戴京脸上一阵尴尬，只能点头称是。

小圆桌，自然是房部长坐中间，戴京和华莹莹分别坐两边。三人寒暄一阵，菜慢慢上来了。一开始是房光明和戴京喝那瓶生肖茅台，说着各种政坛八卦，华莹莹想插入正题讨论宣传方案，却屡屡被房光明打断。

酒过三巡，喝得红光满面的房光明忽然转过来对华莹莹说："光我们两个老爷们儿喝酒，没意思，华美女，来，你也来一杯。"

"房部长，我这……不会喝白酒……"

见华莹莹推辞，已有三分醉意的戴京给她使了个眼色，说："既然房部长今天兴致这么高，华总你就陪一个吧！"

勉为其难，华莹莹硬着头皮喝了一杯白酒。

房部长见状，更来了兴趣："再来一杯！"

华莹莹有点着急："房部长，咱们宣传方案还没聊呢！"

"喝了这杯咱就聊，来，喝！"

看着咧开嘴后黄色牙垢一览无余的房部长，华莹莹想逃离，但囿于工作，无奈又喝下了一杯。以前她常喝的是红酒和洋酒，白酒喝得比较少，两杯一下肚，自觉脸上有些发烫，好像是有点上头了。

这时戴京的电话响了，他看了一眼，说要出去接个电话，就独自往院子里走去。见房间内没有其他人，房部长把座位往华莹莹这边挪了挪，华莹莹见状，就想把座位挪远点儿，却被房部长一把抓住椅背，华莹莹动弹不得。

被酒精涨红脸的房部长感叹地说："自从我离异后，很多人都要给我介绍对象，可是我都看不上，戴总说你们互联网公司的人才多，说你华总不仅有才，长得漂亮，而且……单身……嗝……"

说了一半，房部长控制不住地打了一个饱嗝，从他嘴里喷出的浓浓酒气混杂着胃里消化的各种菜味，差点让华莹莹窒息。

猛地，房部长一只手摸住了华莹莹的右手。华莹莹只觉得恶心，连忙要挣脱。她这时才理解，原来新闻里说的被"咸猪手"摸，是这种感受。

房部长的力气更大，她没挣脱，只能大声地说："请你放尊重点！"

"华总，想想咱们的合作项目还要不要继续了？你要是把我得罪了，我一句话就能断送了这个项目，你信不信？"

华莹莹有些紧张。的确，如果因为自己而断送了这个黄西极其看中的项目，那么不仅网北公司损失惨重，而且自己在网北公司肯定也就没有了立足之地。

看到华莹莹慢慢安静了下来，房光明以为唬住了面前这个女人，所以更加来劲了："你也别装了！戴总和我说过，你在网北公司从一个小专员做起，到今天的总经理，也不完全凭的是真本事……"

听到这话，华莹莹更加愤怒，使出吃奶的劲儿抽出手，猛地给房部长扇了一个大嘴巴子，这清脆的响声直接传到了窗外。

这下激怒了房部长："你个小娘们儿，给脸不要脸了还！"

听到动静的戴京连忙跑了进来，看到捂着脸的房部长和惊慌失措的华莹莹，瞬间明白了什么，赶紧和稀泥："都是误会，都是误会……"

"误会什么误会，这不是很明显，有人在欺负人吗？！"突然，一个年轻的声音在他背后响起。戴京转过头，只见这个年轻俊俏的脸庞上是抑制不住的愤怒表情，他怎么都想不起这人是谁。

房部长见到此人，有点吃惊，脱口而出："小帅，你怎么在这儿？"

"光明叔叔，怎么会是你？"田小帅也很惊讶。

华莹莹也惊呆了："你怎么会在这儿？"

"一场误会，一场误会……"房部长语气中充满了谦卑，"小帅，这事儿千万不要和你爸说！"

"光明叔叔，这事儿我可以不提，但你刚才碰过的这人，你需要向她道歉！"

"我，向她，道……歉？"房光明愣住了，心想华莹莹算哪根葱，不就是一个向他求着办事的企业员工吗，还需要向她道歉？

戴京也觉得不可思议，这都是哪儿跟哪儿，这小子又是谁？为什么能用这种口气对房部长说话，甚至让房部长向华莹莹道歉？

"对，向她道歉！"

没有人说话，现场十分尴尬。

"算了，小帅，咱们走！"还是华莹莹打破尴尬，起身就要往门外走。

田小帅一把抓住她的手，死死拽着，并且把拽着的手举了起来，对着房光明和戴京说："她，华莹莹，是我女朋友！"

房光明和戴京两人对视了一眼，都露出了相当吃惊的表情。一个眼神里充满了惊慌，一个眼神里充满了惊奇。

"小帅，这女人比你大了得有一轮吧？你们……怎么可能？你别和叔叔开这个玩笑，好吗？"

"光明叔叔，我没和你开玩笑，我是认真地和你说，她——华莹莹——是我女朋友，这和年龄没有任何关系。请你向她道歉！"

见田小帅来真的，房光明嗳嗫着，说道："那个，华，华总……实在对不起，刚才都是……都是误会……"

华莹莹并不理睬，头也不回，拉着田小帅就往门外走。

见房光明道了歉，田小帅这才放松下来，任由华莹莹拉着往外走去，只剩下房光明和戴京在那儿面面相觑。

新的生命，
新的开始

后来华莹莹才知道，那天晚上是戴京故意设的局。一旦她得罪了房光明，双方战略合作项目在政府讨论会上通不过，那么对项目满怀期待的黄西直接怪罪下来，华莹莹"必死无疑"。这是汤达人离职后，戴京向 Dorran 递交的一份"投名状"，也是他拿奋斗了两年的项目，在临门一脚前和华莹莹的殊死一搏。

计划其实很顺利，但半路杀出个田小帅，让戴京始料未及。他当晚听房光明说，田小帅是山南省田副省长的儿子，从小就和房光明认识，这天晚上在这个"第二驻京办"另有饭局时，他整个人就像泄了气的皮球一样，心里暗暗叫苦：真是人算不如天算！

很快，网北公司高层都知道华莹莹和副省长儿子谈起了恋爱，而且年龄差距巨大，甚至 Dorran 都不得不感慨是不是连老天爷都站在了华莹莹这边。

而和山南省的战略合作，黄西提出，无论付出多大代价都要拿下，因为这是样板项目，只要拿下山南省，就能以此为标杆案例去和别的省份谈合作。为了尽快促成合作，在四月晋升前，黄西提名晋升华莹莹为副总裁。这可让落叶斌为难了。已经有了一个公关副总裁，一块业务能有两个副总裁？

他正要和黄西表达难处时，却被黄西犀利的眼神杀了回来。老板的需求哪能让你讨价还价，想办法完成就是。于是他找到 Dorran，说前几天他找黄老师汇报工作时，黄老师说公司的技术人才不是太多了，而是太少了，说要求加大技术人才的引进。

"黄老师还让我和你带句话，说咱们的传播也一样，技术传播不是太多，而是太少。他提议成立一个公司级别的技术传播委员会，你觉得如何？"

Dorran 听后，哈哈大笑："老板决定的事情，我的'觉得'有意义吗？当然是双手赞成，不过这个技术传播委员会向谁汇报，组成人员怎么定？"

"技术传播委员会成员涉及公司多个部门，除了公关体系，还有技术体系、产品体系，所以我们人力资源部会作为组织单位，协调各方面的参加人员。当然，技术传播委员会是公司级别的，所以委员会主任会直接向 CTO 林军汇报……"

"那岂不是这个委员会主任和我同一个级别？还是，公司打算让我做这个主任？"

"你说对了一半，这个委员会主任是和你一个级别，不过黄老师提名华总当这个主任……"

"让她……当技术传播委员会主任？"

"是的！不过你别急，她只是级别上来了，是专业岗的副总裁，而你是管理岗，她依然要向你实线汇报，向林军则是虚线汇报，对你没有影响……"

Dorran 耸耸肩，摊开两手："一切听公司安排。"

落叶斌前脚刚走，办公室门又被敲响了。她抬头一看，是林军。

CTO 亲自莅临她的办公室，这是第二次。她赶紧起身，让林军坐，然后叫秘书泡杯茶来。林军却说不必麻烦，他说句话就走。

林军双手握住撑在胸前，犹豫了一下，说："我前妻来找我复婚了。"

Dorran 愣了半晌，说："噢，好，恭喜你！"

"你老公回来找你了吗？"

"没有……"此刻，Dorran 心如刀绞。

既然林军前妻找他复婚，说明这个第三者已经和何常成分手了，可即便他们分了手，何常成也没有回家，那可是她精心守护的一个家啊！何常成发给她的那份离婚协议一直存在电脑里，她连打开都没打开过，她不忍心这个家就这么支离破碎了，她在等何常成回家。可是现在，她还要等下去吗？

　　林军看她难受的样子，也不忍待下去，站起来准备离开，出门前转身对Dorran说了最后一句："我没有答应。"

　　Dorran痛苦地转过身去，眼泪不争气地落了下来。她不知道是选择林军抛来的橄榄枝，还是继续等何常成回家，她是真的不知道。

　　"怎么办？"Dorran在心底默默地呐喊，却没有人回应。

　　人人都渴望爱情事业双丰收，可现实是如此残酷。此刻的华莹莹说不好自己是不是那个幸运儿，还是"剩者为王"的剩者。她执着于近在眼前的副总裁职位，却被空降的Dorran占据了；她想安安心心做一个总经理，却被暗箭一次又一次伤害；每当她被陷害到出局边缘时，命运一次又一次把她拉了回来；她害怕与他人投入深情，却遇到非她不可的田小帅……

　　当四月底公司晋升邮件发出来时，华莹莹还是不敢相信自己的眼睛，就这么当上副总裁了？她怅然若失。曾经的执念到手后，居然没有任何欣喜。

　　还记得她被戴京设局陷害却被田小帅营救的那天晚上，得知田小帅身份后，她"质问"为什么没告诉她家里的背景。田小帅戏谑地说，你也没问啊！那一刻她才发现，她心底爱着田小帅，从来不是因为对方的家庭，而单纯是因为这个大男孩儿是那么依恋她，是犯错之后的痛彻心扉，是在近来的时光里给予过她的安全感。

　　不待她多想，晋升邮件发出后，各种祝福信息纷至沓来。哪怕人人都知道这个副总裁只是专业级别的职位，并没有实权，但大家还是认为，网北公司这件事做对了，对得起一个忠心耿耿十五年的老员工，也给其他老员工树立了一个好榜样。

　　她原来以为自己真的会和大家祝福的那样，得到公司的认可会很开心，可是她意识到自己根本高兴不起来。她发现，自己拼命工作、拼命努力，甚至两次由于加班而导致心脏问题进入医院抢救，依然求之不得的职场突破，却因为田小帅，准确地说，因为田小帅的背景而轻易改变了。原来，所有命运馈赠的礼物，早已在暗中标好了价格。

她始终明白，只有自己争取到的东西，才是真正属于自己的，而别人给你的，有一天别人也能够收走。为此她哭笑不得：以前的拼命还值不值得？现在的努力还有没有价值？田小帅的背景还能不能够依赖？正想着，一种巨大的不安全感又扑面袭来。

"华总，华总……"正盯着晋升邮件出神的华莹莹，被欧阳娜娜急促的叫声唤醒了，"生啦！生啦！"

"什么升啦？升职？"华莹莹刚醒过神来，疑惑地看向欧阳娜娜。

"哈哈哈，你升啦，姗姗姐也生啦！"欧阳娜娜大笑两声后，激动地把手机拿给华莹莹看。

原来楚姗姗发了一条朋友圈说"母女平安"，还配了一张婴儿的图片。

"好可爱呀！我们什么时候……去……看她们去……"华莹莹一时间竟激动得语无伦次，慈母般的笑容荡漾在她的脸上。

"五一呗！马上不就放假了吗……"

"好，下了班，咱俩就去商场买婴儿用品！"

天气预报说，这个五一假期天气晴朗。的确，这个季节既没有严寒，也没有酷暑，有的是微风轻诉，碧柳知春，特别适合出行。

楚姗姗在北京东郊一家连锁月子中心坐月子，尽管约的是十点钟，可刘宇飞一大早就在楼底下等着老朋友们。

华莹莹带着田小帅最早到了，刘宇飞和他们刚寒暄了没两句，欧阳娜娜也来了。刘宇飞就打趣她："你看人家华总来了两个人，你就来了一个人啊？那个谁，或者那个谁，来不来？"

欧阳娜娜知道刘宇飞在故意逗她，于是故作生气地说："哼，你别小瞧人，我也来了两个人，那个人就是——我弟弟！一会儿就到！"

话音刚落，欧阳迪迪就和顾小威一起下了车，两人从后备厢抬起一个印着"Babycare"大 LOGO 的大箱子走了过来。

"那个，宇飞哥，姐，我看工作室今天没人，反正小威导演也没啥事，我就把小威导演一起喊了过来，他也想见见大家，还给小朋友准备了一个超级豪华的餐边椅。"

欧阳迪迪说着，就想和顾小威把餐边椅抬到楼上。刘宇飞连忙拦下，说再等等，再等一个人到了，咱们一起上楼。说完，他看了一眼欧阳娜娜，欧阳娜娜瞬间脸就红了，她猜到了来的会是谁。

果然，不一会儿，捧着一大束鲜花的别真从车上下来了。

刘宇飞迎了上去："别总，这一捧花是送给哪位女士的？"

别真和刘宇飞同时看向红着脸的欧阳娜娜，两人都默契地笑了起来。看到欧阳娜娜转过身去找华莹莹说话，别真知道这玩笑不能再开了，于是大声说："刘律师，你这玩笑开得……当然是给宝妈的，还能给谁？"

就这样，你一言我一语地，大家说笑着往月子中心里面走去。

刘宇飞订的是个套房，里面有一间卧室和一个客厅，客厅比较大，可以招待来看宝宝的朋友们。

进门后，大家首先不是看穿着月子服的楚姗姗，而是争着去逗刚出生的小宝宝。只见包裹在毯子里的小宝宝睡得香甜，两只小眼睛眯得很紧，像两条细细的线；两根眉毛像两枝柳条般细细的；小嘴巴伴随着匀称的呼吸一张一合，好像要和大家分享来到这个世界的喜悦。

"姗姗，这宝宝真像你，你看这小嘴巴，粉嘟嘟的，活脱脱就是你的模子刻出来的！"华莹莹笑着说。

"我看这眼睛像爸爸……"

别真还没说完，欧阳娜娜抢着说："真哥，人家小朋友还在睡觉，这眼睛还没睁开呢，你怎么看出来像爸爸的？"

说完，大家一阵哄笑，不过宝宝还在睡觉，每个人都笑得十分克制。

楚姗姗让刘宇飞把早就准备好的果盘端过来，让大家吃水果，然后走到卧室喊来了一位年轻的护理员，让她把宝宝抱进去睡觉，这样外面的人就可以大声说话了。

果然卧室门一关，华莹莹的话匣子就打开了："这是田小帅给宝宝买的爱马仕婴儿羊绒套装，只不过天气越来越热了，可以冬天的时候穿……娜娜你买的那个金镯子快拿出来，还有咱俩一起买的那个 Bugaboo 婴儿推车呢？哦对，还在我车里，回头让小威导演和你弟弟一起帮忙搬过来……"

看华莹莹在展示各种给宝宝准备的礼物，楚姗姗突然眼眶一热："华总，有你们大家真好！"

"这是哪儿的话，坐月子不许流眼泪的，对身体不好。快，擦干了！"说着，华莹莹给楚姗姗递了一张纸巾。

"你又没坐过月子，怎么知道？"

"没吃过猪肉，还没见过猪跑吗？"

屋里又是一阵大笑，这次大家终于可以放出声来了。

说完了孩子，楚姗姗关心起公司的八卦："那个宋晓雨怎么样了？听说她主动离职了？"

"说起来这孩子也是可怜……怎么说呢，也只能怪她自己罪有应得。"华莹莹叹了口气。

"怎么又是可怜，又是罪有应得？这很矛盾啊！"楚姗姗不解地问。

"她身上背着竞业协议，离职后居然还去大枣科技工作。虽然是劳务派遣的用工方式，但毕竟是帮他们工作，所以人力资源部就把她告上了法庭。可是起诉是要有证据的，于是杨总就给她寄了个快递，地址是大枣科技，居然被签收了。杨总还找人在大枣大厦里连续拍了她两个星期出入的视频，不得不说人力资源在这方面真是太有手段了。"

"可是，这也不是铁证，她完全可以说她到大枣科技是去找朋友啊？"

"对，她就是这么说的，不过法院认为她没能就此提供证据予以证明。总之就是她应该承担举证不能的不利后果，最后要向网北公司支付违反竞业限制义务的违约金。后来才听说她家庭条件不是很好，父亲在外面还欠了一屁股债，这违约金有好几十万元，估计她肠子都悔青了，也是可怜。"

楚姗姗怜惜地摇了摇头，不过她也庆幸自己当初没有选择举报宋晓雨，得饶人处且饶人吧。

她情不自禁地叹了口气："那汤达人他们呢？"

"娜娜，你来说吧。"华莹莹说着，伸手拿了个苹果吃了起来，说了这么多话，应该是渴了。

欧阳娜娜就把汤达人想通过负面消息逼华莹莹出局的事情说了一遍。

楚姗姗不解地对华莹莹说："按理说，汤达人应该知道你和涛哥的关系，老板的很多事儿不都是安排咱们私底下去做的吗？涛哥帮老板做了那么多事，最终连老板都还会让他三分，根本不敢动他。所以这汤达人也是傻，为了 Dorran，居然想通过这种办法来害你！"

"所以，万万没想到，这害人终会害己！"华莹莹感慨地说。

"不说这些了，说点开心的。"楚姗姗让刘宇飞给大家满上茶，端起杯子站起来，"来，祝贺我们亲爱的华总成功升职，晋升网北公司副总裁！"

"那我就祝贺我们的姗姗成功生娃，晋升宝妈，成为我们最新的奋斗目标！"华莹莹碰了一下楚姗姗的杯子，然后逐个碰了一下每个人的杯子，说："也祝我们所有人都能人生开挂，事业爱情两开花！"

"好！"

大家说"好"的瞬间，房间里宝宝醒了，传来了哇哇的哭声。

大家再次笑成一团，都说事业爱情双丰收看起来实在太有吸引力了，连刚出生的宝宝都要加入。

于是所有人再次举杯，在这阳光明媚的小长假里，伴随着新生儿的啼哭，许下对前途命运的祝福，趁阳光正好，趁微风不燥，趁繁花还未开至荼蘼，趁年轻还有无限可能……

——全文完——